何以情生

草莓青青 著

重庆出版集团 重庆出版社

图书在版编目（CIP）数据

何以情生 / 草莓青青著. — 重庆：重庆出版社，2015.5

ISBN 978-7-229-09435-5

Ⅰ.①何… Ⅱ.①草… Ⅲ.①长篇小说 – 中国 – 当代
Ⅳ.① I247.5

中国版本图书馆 CIP 数据核字 (2015) 第 023883 号

何以情生
HEYI QINGSHENG

草莓青青　著

出　版　人：罗小卫
责任编辑：王　淋
责任校对：杨　靖
封面设计：意书坊

重庆出版集团
重庆出版社 出版

重庆市南岸区南滨路162号1幢　邮政编码：400061　http://www.cqph.com
自贡兴华印务有限公司印刷
重庆出版集团图书发行有限公司发行
E-MAIL:fxchu@cqphcom　邮购电话：023-61520646

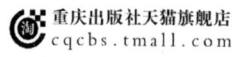

重庆出版社天猫旗舰店
cqcbs.tmall.com

全国新华书店经销

开本：700mm×1000mm　1/16　印张：19　字数：378千
2015年5月第1版　2015年5月第1版第1次印刷
ISBN 978-7-229-09435-5
定价：32.00元

如有印装质量问题，请向本集团图书发行有限公司调换：023-61520678

版权所有　　侵权必究

目录 Contents

第一章　　AA 制闪婚　　　　　　　　　　/001

第二章　　情场再见，职场相见　　　　　　/020

第三章　　标准老公的三大定律　　　　　　/038

第四章　　他有喜事，她有糗事　　　　　　/056

第五章　　腹黑老公 PK 前未婚夫　　　　　/074

第六章　　大灰狼 PK 小红帽　　　　　　　/090

第七章　　家有情敌，杀无赦　　　　　　　/107

第八章　　精明的"笨"老公　　　　　　　/123

第九章　　你踩我痛脚，我挖你墙脚　　　　/138

第十章　　AA 清算，娶个老婆是土匪　　　/155

第十一章　老婆请客，老公交钱　　　　　　/172

第十二章　夫妻间的生物学和历史学　　　　/188

第十三章　容负翁的黄脸婆　　　　　　　　/204

第十四章　我的老公我做主　　　　　　　　/220

第十五章　老公是贤内助，也是贤外助　　　/237

第十六章　没宝宝，怎么见公婆　　　　　　/253

第十七章　个个都想吃回头草　　　　　　　/269

第十八章　用飞吻打败觊觎老公的女人　　　/286

第十九章　AA 制成了"杀手锏"　　　　　 /302

第二十章　空白的离婚协议书　　　　　　　/318

第一章　AA 制闪婚

西藏。

这里的太阳感觉离地球更近些，晒得人忍不住手搭凉蓬，将太阳生生地挡出去。

站在火烫的地板砖上，乔云雪最后一次看了眼宏伟的布达拉宫。

群楼重叠，殿宇嵯峨。整个布达拉宫气贯苍穹，让人一见立即整个心神都为之一震。

而她，就是为了它的气贯苍穹，才不舍地留下来。看着这些坚实厚重的花岗岩，她的心就会一步步坚强起来。

在这儿已经停留了整整一年。再不回去，不放心的老妈八成会亲自上西藏把她打包带回家。

摸摸脸儿，昔日柔嫩的脸儿粗糙了许多。老妈如果看到，一定会心疼。

咳，真有点对不住自己这张脸……

明明是那个男人的错，明明她才是受委屈的那一个，怎么可以让自己这张秀气的脸受罪呢！江南女子，柔嫩的肌肤哪里禁得起西藏风雨……

所以，现在回去是对的。

收起画儿，拉着小小的行李箱，走出宽阔的布达拉宫广场，乔云雪上了开往火车站的 89 路公车。

她拿下美丽的帽子。

这帽子还有九成新，是她最贵的奢侈品，扔了可惜……

左右瞧瞧，却没有合适的西藏姑娘可以接受她这份礼物。

下车，却遇上了合适的姑娘。她笑了，把帽子扣上十五六岁姑娘的头："送你。"

妙龄姑娘果然喜欢："谢谢姐姐。"

"不，应该是谢谢阿姨。"乔云雪一本正经地纠正。

"啊？"妙龄姑娘傻眼。

乔云雪咯咯地笑了起来。面对十五六岁的姑娘，二十八岁的她自称阿姨也说得过去。但此时她并没有这个意识，而只是单纯地想逗逗少女。

后脑勺似乎有目光射来。她大大方方侧身看回去。

从出租车内出来个颀长男人。乔云雪仰首——好高的男人，她都快倒栽过去了，才看到他的脸。

长长的眉，长长的眸。宽宽的额头，宽宽的下巴。

这个造型她不排斥。

很俊挺，很可靠的模样。他正睨着她，似乎对她送人帽子的举动有点感兴趣。

顿时觉得亲切几分，她和他礼貌地点头，转身向售票处走去。

幸好，还有最后一张票。付了钱，她把车票紧紧贴在心口——果然老天都在赞成她现在回家。

正要离开，却听到排在她后面的孕妇哭了："售票员，帮帮我，我男人和我约了时间在郑州见面。如果我没赶到，我就错过我男人了……"

乔云雪在意识到自己做什么之前，手已经伸了出去："车票给你。"

孕妇欢天喜地地道谢离开了。乔云雪却无奈地望天——看来，老天爷还是喜欢她再在这里待一年。

要离开，身边传来一个清越迷人的男音："小姐，给你。"

修长的手臂泛着白色的光晕，优雅地停在她前面一尺远。修长的手指让人忍不住多看了眼。

指间，夹着张平整的火车票。

他正深凝着她，似乎在研究——一个秀气的江南女子，怎么会独自滞留在西藏火车站？

原来就是刚刚从出租车上下来的那个男人！

二话不说接过车票，乔云雪淡淡的笑容漾开，还调皮地朝他弯腰九十度："谢谢！"

他拉着行李箱，应该是某个公司的职员到西藏出差的吧……

数日舟车劳顿后，终于回到摩肩接踵的大都市。

天气很热，热得太阳的余热似乎都能煮沸水。但再热的天气，却阻不住她归来的脚步。

下了车，乔云雪停在一家画廊门口，静静地打量着里面忙碌的人。

晚霞把她的影子拉得斜斜铺在地上，像一幅泼墨山水。

"丫头……"里面传来惊愕的喊声，一个中年妇女飞快跑了出来，一把将她搂进怀中。

"爸，妈，我回来了。"她说，唇角慢慢弯起，那模样终于不像个浪子，而像个乖巧的女儿。

夏心琴搂住女儿不放。老爸乔承康却悄悄把女儿的行李箱拉进去。

"妈,我好着呢!"她真切地笑着,挣开母亲,转圈儿给母亲看,"不胖不瘦,不高不矮,不美不丑,人见人爱。"

夏心琴扑哧笑了,立即吩咐:"今天家有喜事,提早关门。"

"不,妈。我回来是最正常的事。"乔云雪轻快跑开,将客人弄乱的油画摆正,"妈,我来帮你。"

瞧见女儿没事般的样子,乔家二老悄悄松了口气,相互交换了个眼神。

果然照常营业。

乔承康说:"云雪啊,回来先休息一阵吧!我们虽然不富有,但不急着要云雪赚钱用。"

"我已经休息了一年。"乔云雪没停下手底下的工作,"我会去找工作。"

"出去找工作呀……"乔承康和夏心琴相视一眼,默契地摇头。

"爸,妈,我的大学和工作经验,不能白白浪费了。"乔云雪说,"我得赶紧找工作。"

乔承康深思着:"最近一年画廊生意越来越好,就在家里帮手吧。这画廊总有一天要传到云雪手里。我们都老了,早点上手我们更放心。我们记得云雪当初还想当画家。"

乔云雪忽然停住了手中的活,平静地看着双亲:"爸,妈,我知道你们是担心我,不想我再在职场遇上那个男人。不过请爸妈放心,我已经放下那个人了。本来不是我的错,为什么是我躲着他?我回来,就是要过正常的生活!"

相视一眼,乔家二老长长地吁了口气,笑着,争着表态:"那就好。那就好。"

夏心琴提起:"你姑妈来了好多次了,总是问你什么时候回来。"

正说着,门被人推开。

夏心琴笑了起来:"才说曹操,曹操就到了。瞧,你姑妈来了。"

可不,正是久违的姑妈。乔云雪还来不及说话,姑妈就乐呵呵地笑了:"云雪啊,总算回来了。我给你介绍对象呢!我这有好几个,模样不错,工作不错。我现在就去联系。"

"姑妈,你坐!我不急的。"她赶紧搬来凳子让座。

"急!怎么不急!我们七大姑八大姨全急了。"瞪她一眼,姑妈急着和她算,"云雪再过一个月就满二十八,虚岁就是二十九。一过二十九,就三十了。云雪,你以为你还可以慢慢地等自由恋爱结婚吗?"

三十?

乔云雪愣住了。她怎么就没意识到,自己无意中居然成了超级剩女一枚?

她尴尬地摸摸鼻子:"那就多谢姑妈了。"

夏心琴心急:"你姑妈说得对,先定终身大事。丫头,你现在就在画廊里帮妈做。

妈给你发月薪。"

母亲急成这样，乔云雪又好笑又心疼。不得不立即开始相亲历程。

但她也不耽搁找工作的步伐，把简历投向网上许多家地产公司。

地产营销，她做的就是这一块，之前在洛氏短短五年时间，已经坐到营销总监的高位。

相亲的流程总是一成不变。约时间，一起吃饭。第一印象决定双方是不是要继续发展下去。

前两个，乔云雪都毫不犹豫地否决了。

"我瞅着挺好啊！他们都挺会赚钱。而且他们对你印象挺好。"姑妈不明白这侄女是哪里不中意。

乔云雪平静地笑了："姑妈，我自己可以赚钱，不需要特意找个有钱人，普通的上班族就行了。"

这一句，姑妈自然想起侄女谈了八年，却没有结果的豪门未婚夫。姑妈不再抱怨，还连连点头："云雪这想法是对的。姑妈知道该找个什么侄女婿了。等着，姑妈立即给你找个合适的。"

姑妈果然有效率，回去不到半天就有新一号相亲对象传来："明天中午十二点，他在沉香咖啡厅等你。白衬衫黑西裤，身材适中。戴眼镜，银行主管。要姑妈陪么？"

"不用，我找得到。"乔云雪乖巧地应了。看样子，她就打算找个稳重诚实的，姑妈也不想委屈了侄女，不会找太差劲的男人。

乔家二老心有灵犀地相视一眼，两人悄悄潜到后面打电话给姑妈问具体情况去。

瞄瞄父母神神秘秘的模样，乔云雪摇摇头。看来，她真得快点把自己嫁出去，父母才安心。

有客人进来买画。

放下正欣赏的油画，乔云雪迎了上去。

她眸子一闪。

真丝长裙，卷发染成棕黄色，高高挽成个髻。脖子上钻石项链，手腕上是白金手链。小巧的耳垂戴着对猫眼石耳环。化着浓妆。

一派豪门贵妇的派头。

没想到，她会这么快见到这个女人。

她奇怪，对方更惊异，惊叫起来："乔云雪，你怎么在这种小画廊干活？"

乔云雪淡淡一笑："不好意思，苏青兰，这小画廊是我的家产。"

苏青兰睥睨几分，转而笑了："谢谢你的成全啊！要不是你的成全，我怎么可能成为豪门少奶奶，过上这么好的日子。"

"哦。"乔云雪淡淡地，"那当然，我从来不会去破坏别人的感情。否则心里哪能心安。"

苏青兰脸色一变，但立即保持开心的笑容："呵呵，如果我早知道你没嫁出去，一定会求我老公给你介绍个有钱人，省得窝在这么小的画室里。"

"哦？"乔云雪拉开门，"我这画廊确实有点小，装不下豪门少奶奶。请回。"

苏青兰想买几幅油画回去，以证明自己有内涵。这会儿也不好意思说了，只得讪讪地离去。

乔云雪平静地回到柜台，接着她未完成的工作——素描。

夏心琴瞄上一眼："这男的是谁，挺帅的。"

"他帮了你？"乔承康也问。

"嗯，他在西藏火车站让给我一张火车票。"乔云雪画好最后一笔，收好。

凡是帮助过她的人，她都会事后给对方补上张素描，然后放到一起保存起来。

"这男的不错。"乔承康衷心赞扬。

乔天雪勾唇轻笑。爸妈就是这样，一听谁帮了她，谁就是大好人，怎么看都是龙凤一族。

"我去买点护肤膏回来。"这脸在西藏吹坏了，确实得好好呵护。

走上大街，一年前和一年后没什么不同。除了——好像大家看她的眼光有了些变化。

乔云雪笑笑，加快脚步。

可偏偏就有三姑六婆不放过她。王大妈就扯着她问："闺女啊，别伤心，虽然嫁不了个有钱的，虽然年纪也不小了，可大妈一定给你介绍个不错的男人回来。"

乔云雪要晕倒，大妈到底是在怜悯她，还是在打击她……

赵大婶说得更令人丧气："云雪，没有二十八岁嫁不掉这回事。就是三十八都嫁得出去……"

尴尬地站在大街，乔云雪想，下次她出来的时候最好戴个帷帽。这样大家都轻松愉快。

她真的得快点结婚了。

乔云雪暗下决心，只要明天那个相亲的男人还勉强，她立即拉着他去领结婚证——只要他愿意的话。

十二点终于到了。乔家二老把女儿一直送到巷口，才一步三回头地回去。

这次更快，不到十分钟就把人 over 掉。

乔云雪向家里走去。

这里是有名的油画街，两侧全是油画，店老板都是多年的老邻居。为免被大妈大婶们逮住问相亲结果，她加快脚步。

好不容易回到自家的画廊，不想苏青兰又来了。

又来干什么？

乔云雪只当不认识。可苏青兰紧紧跟上她。

第一章 AA 制闪婚

"虽然我谢谢你去年成全我。但……"苏青兰把玩着名贵手链，似乎有些难以启齿。

乔云雪挑眉："说吧，什么事都可以说。"

"真的啊！"苏青兰两眼亮光，忘形地抓住乔云雪的胳膊，"我是来问问，你什么时候结婚？"

"啊？"乔云雪一愣。

"你结了婚我就放心了呀。"苏青兰一脸羞怯，"这两个晚上我都睡不着。我怕少帆知道你回来了……我求求你，快点结婚吧！"

天上很多星星在闪耀。乔云雪不明白苏青兰的脑袋是怎么构成的。

居然有脸求她这个？

乔云雪想了想："洛少奶奶，是不是我结了婚也不保险，最好马上生孩子？"

"那样最好了！"苏青兰欣喜地跳了起来。

乔云雪不由自主压了压太阳穴——她说的苏青兰不懂。苏青兰说的呢，她觉得幼稚可笑。

乔云雪摸摸鼻子："洛少奶奶总往这里跑。你这是明明白白告诉他，我回来了。"

"天！我怎么没想到。"苏青兰脸色一白，转身就跑。

跑得太快，乔云雪看她连绊三次。心头一恼，乔云雪一脚踢出，把玻璃门踢紧。

真解气。

夏心琴扑哧笑了："你姑妈今天到底给你介绍了什么极品，让你失望得踢门？"

"他要我一边好好赚钱，一边把他家所有的家务都包了。他不是要娶老婆，是要一个倒贴钱的漂亮保姆。"乔云雪边说边上楼研究简历去。已经投了三家简历，下午就有一场面试。

面试的感觉还不错，虽然已休息一年，但洛氏营销总监这份工作经验，都让那些地产公司侧目。

对方说："请乔小姐静候佳音。"

傍晚时姑妈又来电了："云雪呀，我这里还有一个，这可是杀手锏。要是云雪再看不中，我再不催你相亲了。"

"哦？"有这么好的男人要相亲么？乔云雪疑惑。

姑妈乐了："地产公司职员，三十二岁，工作稳定，一米八多呀，帅气稳重。明早八点沉香咖啡厅八号桌。"

第二天八点。

"是你？"乔云雪瞪大了眸子。

容谦顾长的身子往椅背一仰："是我。"

俯身瞅了瞅桌牌，乔云雪皱眉："是8号桌啊，没错……先生是地产公司职员？"

算是吧，容谦颔首。

"工作稳定？"她得确认。

他的工作比谁都稳定。容谦再次颔首。

"三十二岁？"乔云雪连连问。黑白分明的眸子，锁定他的身材——至少一米八多。

容谦点头。算是明白她为什么问得这么仔细，八成是相亲。

"那就是你没错。"乔云雪长长地松口气。他长眸长眉，宽额宽下巴，其实很帅气。

被她估量许久，容谦举止依然从容优雅，端起咖啡慢慢品着。

乔云雪不卑不亢："我叫乔云雪。先生贵姓？"

"容。"他轻轻吐出。

"容先生？"点头，乔云雪直视着他，表明她严肃认真的态度。

他点头，表示有在洗耳恭听。黑瞳慢慢深邃几分，不着痕迹地扫过她。

她举止大方，可指尖掐在掌心，表明她有些紧张……

深呼吸，乔云雪认真地凝视他："我先自我介绍——我马上二十八周岁。大学毕业，就业六年，有过一次没有结果的感情。我会有稳定的工作，不会成为容先生的负担。我希望在婚姻中，夫妻互相尊重。"

黑瞳一闪，容谦淡淡笑了。

"容先生有意见吗？"屏住呼吸，乔云雪字字清晰，"没有意见就结婚吧。"

唇角一松，容谦轻柔一句："这么急？"

听他这样说，乔云雪尴尬地瞄向天花板："当然，可能你不急……"

"我……的确不太急。"他沉吟着。

脸红到脖子。乔云雪十指拧成麻绳："如果容先生对我没感觉，那就算了。如果容先生觉得我还行，我们下午四点在这里见，一起去民政局领结婚证。"

说完起身，乔云雪大步离开，裙摆在风中划起优美的弧度。

瞅着她挺直的背脊，略显慌乱的脚步。容谦深邃的眸子好一会儿才收回。

长臂拿过桌牌，隐藏在花瓶后边的"1"字显露出来。这是18号桌，她看成8号桌。

时间八点十分，黑瞳深邃几分，容谦走向停车场。

乔云雪从咖啡里出来，就紧紧捂着脸儿。她急，可他居然说，他不太急。

尴尬！真是尴尬啊……

乔云雪的脚步渐渐慢了下来。走出好远，她才转身，望向咖啡厅。

金色的灯光十分柔和美丽，看不真切他是不是还在里面。他会和她去民政局吗？

唉，好烦恼。她应该问清楚他的意思再出来，现在可真是煎熬。

想了想，她蓦地迈开大步——上午还有个面试呢。她回来的日子过得真紧凑，不是相亲就是求职，忙得团团转。

奇怪，面试过的两家公司，老总对她印象明明很好，可就是没有通知她去上班。

她上午应聘了两家地产公司，目标是营销经理。

"乔小姐果然才思敏捷，别出心裁。"丰城地产的老总亲自面试，赞美着。

"那……"乔云雪合适的把话卡到一半，言下之意是问上班时间。

谁知她一问，对方却沉默下来。

满腹疑云，可乔云雪想不通透，到底是哪里出问题，让一个个满意她工作能力的老总，就是不肯痛快地请她上班。

她要走的时候，对方话中有话："乔小姐的工作能力人人赞叹。但我们只能羡慕，可真不敢留下乔小姐。"

她明白了，淡淡一笑，转身进了个网吧，把简历投进本地最大的地产公司——京华地产。

出来时胳膊被人拉住，一闻那香味，乔云雪就知道是谁。转过身，似笑非笑地看着闲来无事，就跑来骚扰她的女人："洛少奶奶都不用带自己的孩子吗？"

"孩子有保姆带。"苏青兰眼睛红了，抽泣起来，"请乔小姐再成全我一次。"

"哦！"乔云雪瞄瞄她。苏青兰怎么一直认定，她乔云雪就应该成全她？

苏青兰一把鼻涕一把泪："你离开这儿吧！我给你一百万。不，我给你一千万。只要你肯离开这儿，只要你不让少帆看到，我给你磕头都行。"

乔云雪轻轻拨开她的手臂："你什么时候给我磕头再说吧。"

说完大步离开。

"我不是吓你的。"苏青兰大喊，"他说你就是嫁了人，也逃不出他的手掌心。我求你了……"

乔云雪伸手拦下出租车，坐上去，把苏青兰连同她的声音全挡在外面。

大公司就是不一样的工作效率。乔云雪上午才投的简历，十二点半就收到面试电话。

面试时间是两点，可和容先生约了四点。想了想，乔云雪觉得时间能安排过来。匆忙吃上几口饭，就赶向京华地产。

京华地产离油画街很近，一千多米的距离。赫赫有名，在一二线城市都有项目开发。但之前总部一直设在外地，两年前才到这里安营扎寨。

她去西藏之前，京华地产只在这里开发了一个特大花园楼盘。短短一年时间，京华地产投资的本地项目，居然已近上千万平米。扩展速度令每个地产商咋舌，自动回避三舍。

京华地产像个传说。可想而知，自然一跃成为洛氏龙基地产的劲敌。

来到五十层的京华大厦楼下，乔云雪仰首，几乎把脖子给折了，才看到楼顶。真气派！

她来到顶楼面试。

这里很幽静，豪华而气派，设计独特，不愧为知名地产公司总部。

面试她的是副总裁钱涛，一个精明的中年男人。但她敏感地觉得，那个用帘子挡着的办公室，里面投射过来一束精锐的目光。

钱涛的问题既多且细："乔小姐，如果我给一个楼盘给你销售。你会怎么样处理？"

乔云雪笑了笑："我要求第一手的齐全资料，锁定楼盘适合的客户群，根据客户需要对症下药。"

颔首，钱涛轻笑："我们京华地产没有低端楼盘。"

好自负的口气，可乔云雪淡定："那么，我们客户对高端楼盘最大的要求是——环保。周边环境，花园绿化，以及健康的建材。这些都是我们拿来促销的杀手锏。"

钱涛步步相逼："那如果老板要求必须在一个月要求你售完整个花园，你要怎么办？"

好犀利的问题。略略深思，乔云雪淡定接住："只要老板能给出必须在一个月内售完的理由，和硬性权力支持，我会接受这个挑战。"

赞赏地点头，钱涛眼眸带笑："乔小姐以前是龙基销售总监。现在进京华，有细作的可疑。"

真刁钻的主考官。乔云雪淡淡一笑："如果钱先生怀疑这个，那就不必要面试我。"

估量着，钱涛起身："我去请示一下。请乔小姐稍等。"

钱涛不到一分钟就出来了："欢迎乔小姐加入京华。"

工作的事终于尘埃落定，心中一松，乔云雪含笑鞠躬："谢谢！"

"但是……"钱涛忽然来个急转弯，"我们老总的意思是，乔小姐太年轻。希望你从主管做起。乔小姐觉得怎么样？"

好拽的京华地产！

她自降总监求职经理，结果对方再给她降几级，成了主管。

为嘛她有种想踹那劳什子老总一脚的冲动。

想了想，乔云雪唇角微弯。没事的，有机会给她就行。那个销售总监，最好他做好些，省得被她一不小心给抢了位置。

点头，乔云雪伸出手来："行。"

"欢迎乔小姐成为京华一员。明早九点过来报到！"钱涛伸出手来。

"谢谢。"工作的事终于落定，她现在只剩结婚的烦恼了。看看时间，乔云雪飞快离开。

离四点不到十分钟。这外面未必刚好有出租车和公车配合她的时间。她跑到咖啡厅还快一点。

瞅着乔云雪匆忙的背影，钱涛含笑进了办公室："容总，我不明白，你为什么要留下洛少帆的前未婚妻……"

乔云雪加大马力赶到咖啡厅门口时，身形颀长的容谦，正倚着奥迪悠闲地等她。

"不好意思，让容先生久等了。"乔云雪尴尬着。可工作的事落定，她忍不住神采飞扬，唇角一直翘着。

第一章　AA制闪婚

他的赴约，也让她心里安定。这说明，今天是个好日子，事业婚姻，她双喜临门。

"我也刚来。"容谦拉开车门，"请进。"一只胳膊伸到她跟前来。

他的模样俊美，手也很好看，修长白皙。

她把小手儿放进他的手里。她知道，他答应她了。他抓她胳膊的手结实有力。这双手是不是真能在以后的日子里，帮她挡住风雨？

他谦和优雅："我们现在去民政局。"

钻进奥迪S8时，乔云雪停了下来——这是奥迪最便宜的那种车型吧，要不然他哪里买得起。

民政局离这里不远，几分钟就到了。

照相的时候，乔云雪却一把拉住他："容先生，关于婚后的事，我有计划……"

他温和的长眸凝着她，像汪洋："婚后的事回去商量。"

"嘎？"瞄瞄四周，人有点多。他这么稳重内敛的男人，不喜在公众面前谈家事完全可以理解的，那就回去再说。

整个登记流程快捷而顺利。签名的时候乔云雪停了下。

容谦温和的声音从旁边传来："要不我先签？"

一听这话，乔云雪飞快地签下自己的名字。签完，她却握住笔不给他："你真的决定了？"

闻言，他唇角勾成微笑的弧度。

他飞快签下名字。

乔云雪却走神了——她就这样把自己痛痛快快嫁了……

今天是从西藏回来的第三天。

八年恋爱没能走进婚姻，可她才见了他两面，却把自己的未来交到他手上。

捧着大红本本，乔云雪悄悄瞄瞄他。

捕住她的偷窥，他似笑非笑的目光落上她颤动的睫毛……

乔云雪别开眼："今天是个好日子，职成婚就。容先生，我请客吃饭。一边谈点事情。"

容谦似笑非笑地瞅了瞅她微红的脸儿。起身："正是吃饭的时候，走吧。回家再谈事情。"

回家？回谁的家？

可怜她一心只想着结婚和求职，还来不及考虑婚后生活。

他黑瞳一闪："我不可怕，你不用紧张成这样。"

"我没紧张。"她鼻子一哼。她明明没紧张嘛，只是不知为什么心里有些慌乱。但她隐藏得那样深，他怎么就看见了？

他八成在诈她。只是歹命的刚好诈中了。

他谦和地问："你家住哪里？"

"油画村。"她说。

"哦。"他表示明白，奥迪朝油画村开去，"叫上你爸妈，一起吃个饭，算认识一下。"

"啊？"这么快！乔云雪错愕地瞄瞄他。这么内敛的男人，怎么行动这么快？才领了结婚证，首先就想到见她爸妈。这男人越看越不容易懂。

可爸妈会大吃一惊的。乔云雪想着，但愿爸妈能满意她的闪婚，满意他们的女婿。

她指尖悄悄朝自己家的方向指了指："我家在这边。"

十指缠得更紧了些，可脸上还漾着淡定的笑容。心思却跑得好远——他才说不太急，却居然跟着她来民政局。还急着见她父母。他为什么忽然改变主意？难道他忽然发现她的魅力了？

她心里忽然不踏实起来。

"到了。"她指明方向。

"夕阳画廊。好名字！好地方！"容谦轻轻地。黑瞳深邃几分，似乎把这里要看到心里去。

她赶紧下车，他忽然拉起她的手。

要挣开他，可他气定神闲的模样让她觉得，她如果一定要挣开，倒显得自个儿小家子气。眼角瞄过去，果然他舒适自然，压根没把拉她手儿当回事。

这时，身后的店门开了。

"爸，妈！"乔云雪喊着。

"岳父岳母好！"容谦微一欠身。

"岳父岳母？"乔家二老傻住，疑问的眸子一齐瞅着乔云雪。最后目光一同落在两人相握的手上。

"妈，我结婚了。"乔云雪扬扬手中的结婚证，果断雷倒二老。

结果，简单的一餐饭，变成结婚宴。油画村的长辈一家派了一个，整整三大桌。

虽然闪婚，可大家对这个乔家女婿还算满意，席间皆大欢喜。

月朗星稀。

父母到家了还兴高采烈，乔云雪却瑟缩了下。父母的这种喜悦，一年前她要结婚时也有过，那时候二老多开心啊！却没想到，结婚的前一天，即将产子的苏青兰找上门来："乔小姐，成全我和孩子吧。我有他的孩子了啊……"

瞬间，她心碎一地，手中婚纱掉落。陌生地凝着相恋八年的洛家大少。

然后，她从婚纱上走过……

那瞬间，她的心坠落地狱，所有往事全在血光中。她不想再经受那样的伤害……

转过头来，她噙着浅浅的笑："容先生，我有很重要的事和你谈。"

似乎感受到她的瑟缩，容谦悄悄拧眉："我们回家谈。"

夏心琴耳尖地听到了，笑了："容先生，今天太晚了，不如明天一早把云雪接过去。"

"妈，我明早九点报到就职。"乔云雪赶紧说。

瞄瞄她，容谦淡淡一笑："后天吧，后天周六，我一早过来接云雪。"

他说得那么自然，好像她就该周六走进他家大门……

"也好。"夏心琴赶紧牵着女儿，"还能和妈多待两天。"

母亲的这种忧喜参半，患得患失，令乔云雪眸子温润了。这一次，她绝不再为一个男人伤心，绝不再被男人伤到。她得好好合计一下，这门婚姻怎么样才能达到最佳平衡状态。

乔云雪琢磨了整整一个晚上。

第二天早早起来，把一年前的职场套装全翻出来，最后挑中一套米色套裙。穿好，看上去青春大方，还不错。

拿着米色手袋，站在镜子面前，整个人非常精神。

她踩着自信的步子向京华地产走去。

一千多米的距离，不算太长，正好锻炼身体。走进京华，路过停车场。似乎瞄着有辆车比较眼熟，她没有停下。可当里面钻出个男人时，她忽然慌慌张张走过去，二话不说把那男人摁进奥迪，自己也飞一般钻进："容先生，你没告诉我，你也在京华上班。"

迷人的俊美喷薄而出，容谦唇角微弯："你没问，所以我没说。"

乔云雪眼睛抽筋——她根本就还来不及问啊……

眸子闪了闪，她紧紧抓着他的胳膊："我们能不能在公司的时候，当作不认识？"

"这个……"容谦黑瞳倏地深邃几分。

"就这样说定了。"她自个儿拍定，"你在哪个部门上班？"

"五十楼。"他说。

"我一个主管，不会参加什么总裁或高管级别的会议，应该很少见面。"乔云雪满意地点头，"你在五十楼做什么？"

容谦淡淡一笑："给老板打下手。"

"我明白了，是助理类的吧！"乔云雪了然，"这样说来，我们更加不能认识了。"

他来了兴趣："为何？"

"你在五十楼，和老板离得近。如果我做出成绩升职，人家会认为你给我找关系升的。"乔云雪理性地表明。

他黑瞳间多了几分欣赏，却语气淡淡："你想做销售经理？"

"我还想做营销总监呢！"乔云雪唇弯了起来，干脆利落地打开车门，"我要上班了。你得等我走远才准出来。"

踩着优雅的步子，乔云雪高高扬首走进京华总部大楼。

容谦出来，瞄着那个自信优雅，有少许野心的女人，微微勾唇。

他阔步优雅走向电梯。

营销部在四十二楼。

下班时她特意绕开停车场那边，避免和"老公"打照面。步行回家。

唉，又要面对明天进容家的烦恼了。

不过——乔云雪眸子一亮。

容先生既然那么容易和她领结婚证，想必对婚姻也是没抱多大希望的。

她有办法了。想想就兴奋，半夜没睡。呵呵，她的婚姻生活会非常平稳的。自己不受伤，也伤不着容先生。

第二天毫无意外，一早起来，"老公"就到了。

在众多街坊的眼光中，乔云雪坐进那辆黑得发亮的奥迪S8，正式摆脱女儿身份，成为人妻。

没有婚纱，没有礼炮，她就这么简单地被一辆奥迪接进他的家。

他家其实离她挺近，不过一千米的距离。离公司也就两千米的距离。

可是乔云雪下车时，却呆了呆："容先生，这房子你贷了多少年的款？"

她昨天上班就来过这个楼盘——水乡花园。这是京华地产在这里的第一家楼盘，全是两百平米的大户型，价值两百万左右。按一个小职员的工资，她估计容先生贷款三十年，每个月还一万有多。

他月薪有超一万吗？八成就是负翁一个。

似乎看透她的心思，容谦深邃目光扫过楼房，有了捉弄她的心思："我现在负翁一个。云雪如果能帮我解点燃眉之急，更好。"

"我才不。"她咕哝着。一抬头，遇上他通透的目光，不由脸有点红。

"那算云雪每个月贷我点款如何？"容谦淡淡一笑，十分乐意她脸儿更添些红晕上去，"等这房子哪一天卖了，我再一起还。还有利息。"

她总算听出他调侃的意味，抿嘴儿不再多话。

房子十分漂亮。从整齐的摆设，和巧妙的颜色搭配看来，他有点小资情调，是个有品位的男人。想到这儿，她忍不住瞄瞄他眸子。

很深邃，不是一眼看透的那种。

挑眉，容谦淡淡一笑："云雪前晚说有话要说，开始吧。"

乔云雪立即神采灼亮几分："容先生……"

"容谦。"他说。

"好，容谦。"清清嗓子，乔云雪真挚极了，"我有自己的职业，会有稳定的收入，不需要你养。我很希望有足够的空间做我自己。放心，我会给你平等的尊重，不会限制你的自由。"

"哦？"他神色高深莫测。

她热切地建议："我们AA制吧！"

AA制？

黑瞳深邃几分，他不着痕迹地扫过她刻意平静的脸儿。那平静下面，明明有着小心翼翼藏起来的自卫。

她要向京华地产的营销总监进攻，是不想让洛少帆看扁是吧……

"容谦，我是很认真的。"久久得不到他的回应，乔云雪有些紧张。

他轻咳一声。

她立即乖巧地把他桌上的饮料送进他手心。

他瞄着手心的饮料，淡淡一笑——在她防卫的一颗心内，这个举动可有些突兀，显得谄媚……

"容先生。"她一急，容谦又变成容先生。

颔首，他黑瞳深邃几分，温和回应："行。不过AA制不仅仅是各做各的，还包括我为你做什么，你也该为我做什么。"

"当然。"她飞快接住他的话，眉眼弯弯地赞成，"我们谁也不会吃亏。"

"嗯。"他唇角微弯。

她瞄着他意味深长的笑容，心里有些忐忑，可看着他宽宽的下巴，选择相信他。

他看上去不是喜好玩乐的那种男人，可也许新婚，他居然带着她出去，到大超市购物。

她只带了几件衣物和笔记本电脑过来，生活用品全部要买，购物车很快满了。她眼尖地发现，容谦居然买了厨房那套用品。

容谦淡淡一笑："有你在，可能用上这些。今天第一次，都算我账上。"

她赶紧摇头："说好AA制，那就AA制。我不会让你吃亏的。等会回去记账上，我们一个月结算一次。"

厨房装置花了他不少时间，动作笨拙。乔云雪忍不住郁闷："容先生，我发现你好笨啊！"

容谦尴尬："这些……我从来没碰过。"

"那你以前都干了什么？"她好奇。装个灶这种活儿，男人应该都会啊！

他想了想，干脆利落地回答："上班。"他的工作全年无休。

乔云雪没话了，敢情她嫁了个书呆子，要不然就是个工作狂。

这算不算好事呢？她郁闷了。

等容谦装好灶出来，乔云雪正咕哝着："你这房子不错，够宽，两个人用绰绰有余。"

"哦？"他疑惑——她闪动的眸子里，明显有着特别的欣喜和打算。

她已经拿着本子在和他算着："水电费由你出，煤气费由我出；你用大洗手间，我用小的；书房归你，婴儿室暂时让我当书房用……"

她分得这么清楚？

唇角翘高，他云淡风轻，一泓深幽黑潭映入她眼帘："有一样，是决不能AA制的。"

"什么？"她仰首，十分好奇。

"床！"他云淡风轻。

"嘎——"乔云雪一愣。瞅他面色淡淡,看不出什么来。他神色从容,她也不好借题发挥。可她心里总是有点怪怪的感觉。

她还没这个心理准备。只想着结婚了心愿,生生地把结婚和同床共枕分成两个概念。并潜意识里希望他也是这个想法。

容谦去书房了。

她接着罗列可以AA的东西,最后瞄瞄厨房,考虑着是否去买点大米回来做晚饭。自己做的饭卫生点儿,还是做吧……

走向书房,传来他说电话的声音,低低的:"海华从巴黎回来?好,我现在过来……"

皱眉,乔云雪不知道要不要敲门打断他的电话。海华是谁?这个名字宜男宜女。

等等,她才和他说过给他尊重,给他自由,自然不能探测他的隐私……

想着,她扬手要敲门。书房门却开了,他依然那般云淡风轻,黑瞳一闪:"有事?"

"我出去一下。"她赶紧交代声。不想让他认为,自己才嫁过来就想落跑,虽然她偶尔会有这个念头。

"我去公司。"他也简单地交代。

"哦……"快天黑了还去公司?见那个海华吗?先是一愣,她接着眉眼弯弯,"嗯,以公司为家,那再好不过了。"

说完,才觉得自己说得太快,有赶人之嫌。想改口已经来不及了。

"云雪了解就好。"他好像忽然轻松好些。

她非常赞成:"负翁多多努力工作是必需的。慢走。"

两人都彬彬有礼,无可挑剔,一直并肩走到下面。正要分道而行,随着一声尖锐的喊声,一团火红的身影滚过来。

苏青兰?

怎么哪里都能遇上这女人?豪门少奶奶果然不是一般的闲。

乔云雪不悦,可苏青兰更不悦,激动地抓住她的手:"你们怎么在一起?"

皱眉,容谦黑瞳深邃几分。

乔云雪眯眼:"我们在一起。洛少奶奶有意见?"

"我……"苏青兰看着容谦,忽然有些瑟缩,似乎不敢乱说话。

乔云雪唇角翘高:"我结婚了。你可以睡个安稳觉了。"

"和他?"苏青兰脸色发白,一指容谦。

"嗯。"乔云雪淡淡一笑。

"怎么可能?"苏青兰大吃一惊,"你这残花败柳,怎么还可以嫁这样的男人?你……"

"不好意思,我就是嫁了。"乔云雪从容一笑,"至于嫁谁,洛少奶奶真的不用这么关心。"

苏青兰嘴唇一颤，忽然一把拉着乔云雪飞跑，一直跑到容谦看不到的地方。双手合十，声音急切："乔小姐，你怎么可以嫁他？你这不是绝我后路么？赶紧跟他离婚。成全我吧，我真的给你跪下了。"

皱眉瞄着苏青兰，乔云雪无语——洛少帆那样精明的男人，怎么会栽倒在苏青兰手里？

她声音有些凉："苏青兰，我不结婚，你急，天天求成全。现在我结婚了，你还是求成全。你到底想让我怎么样？"

"我……"苏青兰急得十指交缠着，指关节都白了。

"这回你求我也没用。洛少奶奶请记着，我每一次做的，包括放手洛少帆，并不是为成全你，而是成全我自己。"乔云雪拉开苏青兰的手，挺直背脊，朝容谦的方向走去。

苏青兰跳了起来："你嫁谁不好，你非得嫁他——"

"哦？"乔云雪皱眉儿。苏青兰这话太奇怪了。

"因为……"苏青兰吞吞吐吐地，"他……"

"我嫁个普通男人你也有意见？"乔云雪淡淡笑了。

普通男人？苏青兰脸色怪异几分："是啊……是不关我的事。我就是不服气你还能找到帅气的男人。"

乔云雪无语，向前走去。

"你找到工作了吗？"苏青兰还是不放过她。

"找到了。"乔云雪不瞒她。

"天啦……"苏青兰脸色一白，再也迈不开步子，"你一定是在京华上班。只有京华才敢要你。"

"哦？"乔云雪停下。她就知道，都是洛少帆的原因，面试多次，却没有公司敢用她。

所以她才聪明地选择京华，只有京华可以无视龙基。

苏青兰转身走了，脚步快得像飞。她要怎么办？要不要告诉洛少帆，乔云雪去京华上班了。是京华呀……

乔云雪回到原地时，容谦居然还在那儿，看到她时微微皱眉："没事吧？"

"没事。"乔云雪轻松摇头，"不是说京华是龙基的死对头吗，怎么龙基的少奶奶还往京华的楼盘跑。"

闻言，他黑瞳一闪："说明京华开发的楼盘好。"

她有些恼："容先生，下次看到这个女人，提醒我快点闪开。"

容谦黑瞳灼亮，淡淡一笑。

奥迪启动时，乔云雪想起一件事："要帮你做晚饭吗？"

"不用。"他的声音随奥迪消失在空气中。

不用？正常的妻子应该失望，可乔云雪立即心情高扬起来。轻松愉快地买米做饭，吃完就舒服地趴在阳台看夜景。

　　一个人霸着房间，比AA制幸福多了。怀着这么美好的心情，她趴上他的大床。

　　可以肯定，这床是他一直睡着的。因为这床上满满的男人气息，还有他淡淡的古龙香水味。

　　一个人睡这么大的床真是浪费！可是真的很舒服。

　　她不敢睡着。没忘记这是新婚之夜，怕新郎爬上来。

　　困得眼皮打架，她就是不睡。

　　十二点，实在撑不住了，才在蒙眬中眯上眸子。

第一章　AA制闪婚

第二章　情场再见，职场相见

乔云雪睡了个舒服觉。

手机闹钟响了，她眼睛都不眯一下，手直接摸着按掉。这床真舒服。接着睡。

电话响。真扫兴！

摸过手机，按了接听键，却是一阵盲音。这才明白是房间里的电话响。

知道电话机在床头柜上。她依然摸过去，接了："喂？"

怎么还是盲音？利索地挂掉。可还没躺下三秒钟，电话又响起来了。

深呼吸，耐着性子，乔云雪又拿过话筒："喂？"

"不对呀，怎么是个女人的声音？"一个娇娇的声音传了过来，"我又按错号码了吗？"

"你是……"乔云雪还没来得及问，对方又挂掉了。

不到三秒，铃声又起。

是可忍，孰不可忍！乔云雪拿过话筒吼："姑娘，大清早地梦游么？"

话音未落，身后传来低笑。乔云雪手一抖，话筒随之掉落。

这床太舒服了，睡死都不知道，原来旁边有个男人。

她慢慢地转过身来，眼睛一抽——她新婚夫婿正在床边解睡衣扣子。

乔云雪不自觉瞄瞄床的另一边。是有点零乱。但真心看不出来他昨晚到底有没有睡在身边……

忽然收回眸子，抓紧自个儿的衣领，上下打量了番，眉儿秀秀气气地打了个结——做为新娘来说，她好像安全得有点过分……

电话铃声第四次响起。

身后是新婚老公，她的起床气只得生生压下："找你的，快接。"

他含笑离开:"帮我接。"

她勉为其难接起:"喂,哪位?"

"怎么有女人?天……"对方扔下一句赶紧把话筒挂了。

容谦洗漱好,已经回到房间。乔云雪挂断第N个类似虎头蛇尾的电话,疑惑的眸子锁住他,"容先生,你这是公用电话亭么?"

他一身白晃晃地在她面前经过:"号码才换一个星期。应该没那么快成公话。"

"都是年轻女孩打过来的……"乔云雪点点头,"真看不出来,原来你这么有女人缘。容先生,原来只要进京华总部五十楼,就是小职员也都是明星,讨人喜欢得很。"

电话铃声再次响起。她眼睛瞄他,顺手拿起话筒:"容谦在穿衣服。"

"在穿衣服……"对方哭了,"你一个女人居然在他房间?呜呜,他怎么会找情人……"

哭得怪伤心的,惹得乔云雪扁扁嘴儿:"容先生要不要安慰一下下?"

容谦接过话筒,利落挂断:"女人的电话归你接。"

浓浓的男人气息扑面而来,她这才下意识地仰首瞅他:裸着上身。浅麦色的肌肤,肌理匀称结实。五官俊美,很吸引人……

感觉她的注视,他回视,黑瞳深不见底。

"床不能AA制?我睡这儿接不完的电话。"乔云雪摸摸鼻子,"容先生难道特意娶我回来接电话的?"

闻言,容谦长眉一挑:"云雪想多了。"

是么?可她更相信自己的直觉。

正想着,忽觉有股视线扫来,乔云雪顺着他的视线看,看到的是自己白生生的脚趾头……

乔云雪缩缩脚趾头:"外面好像有声音,有人敲门么?"

"哦?"他出去了。

调虎离山之计成功。乔云雪眉眼弯弯,以迅雷不及掩耳之神速,跳下床,换好衣服。整个动作一气呵成。

开门。

容谦正站在门口,打量她焕然一新的衣着,似笑非笑:"只花了三十秒……"

这是表扬还是奚落?

乔云雪当是表扬,含笑转身,洗漱好出来:"你在家里吃早餐么?"

"嗯。"他爽快答应。

走进厨房,乔云雪瞄瞄客厅里,那个需要仰脖才能看到的男人,聪明地下了三人份的面条。

容谦打开中央经济频道看早七点新闻。直到面前出现香喷喷的面条,才淡淡一笑,接过她的大碗面条，颔首："挺好！"

果然挺好，他吃了两人份的，还在看锅子里面有没有。正看着，乔云雪的空碗放到他面前："该你了。"

"哦？"容谦不明白。

"AA。"她笑盈盈地，"我煮面条，你洗碗。要不，明天我洗碗，你下面条。"

他愣了愣，有些尴尬："一定要这样？"

"一定要这样。"她挺严肃。

他长眸一闪："你做的面条味道好。我洗碗。"

那还差不多。乔云雪抿嘴儿笑，耐心诱导："家务要主动分担呢，不能什么都要我喊。那太不像一家人了。"

闻言，他似呛到了。瞄瞄她，还是合作地洗碗去。可刚放了水，还没开始……

"咚——"昨天才买的新碗碎了一地。

"天——"她奔过去，救下他拿起的第二只碗，脸儿抽搐，"容先生果然只适合上班……"

想了想，她坚决离开："那也得学会洗碗。容先生，打破的碗都记在你账上。"

给他压力，应该不会再打破了吧？

瞄到阳台的洗衣机，想起昨晚的衣服还没洗，她洗去。看看单薄的裙子，再看看他换下的衣服……她还是一起洗了算了。

很快洗完，晾好，把脸盆送回浴室。才站到浴室门口，她一声惊叫："容先生你在做什么？"

"AA。我主动分担。"他转过身来，黑瞳若笑，"你洗外衣，我洗内衣。"

说着，修长十指撑起内衣，示意给她看："你的内衣我快洗好了……"

"谁许你动我的内衣！"她冲过去，脸儿狂抽筋，"不许摸，不许挤，不许压……"

等等，这些字眼说起来怎么特别别扭。略一回想，她脸红了，一把夺过他手里的衣物，紧紧捂到心口："我的内衣不AA。"

"你拿的是我的内裤。"他语气轻快，悠然含笑。

"啊？"慢慢瞄向手中，果然是条天蓝色的平角男内裤。手一抖，它往下掉。

他稳稳接住，一起放到清水底下冲。

眼睁睁地瞅着自己粉红小内裤和他的纠缠在一起，看着他的指尖轻柔地划过棉柔中心。拧干。双手平压文胸，挤出多余的水分。

她脸红，心情复杂地凝着他的动作——他笨手笨脚得很，但很认真。

卧室里电话铃声又响。这回她直接冲进去，拿起话筒："容谦在洗内裤。"哼，就不信这美眉还会搔扰下去。

"内裤？你是他传说中的情人么？"对方似乎受到惊吓，但很快喜极而泣，"姑娘，坚持住，别让他甩你。加油加油！"

话筒再一次从手中爽快滑落。乔云雪哭笑不得——这位又是哪路神仙？

想了想，她弯腰拿起话筒，直接挂上。

容谦进来整理仪容。差不多了，他转身："走吧？"

"啊？"去哪，她怎么不知道？

"回门。"他说。

"嘎——"她都忘了还有回门这回事。他却记得。心儿，生生地扯了下。

奥迪招摇过市。还没晃到夕阳画廊呢，差不多所有的画廊老板全探出头来："云雪回来了啊！"

面对这么多热情的邻居，容谦倒是扭头认认真真瞅了瞅她。笑意浅浅，倏忽而过。

她看不懂他的笑容。

下车，乔承康高兴地拉着容谦上二楼聊去。

夏心琴也不管店里的顾客，拉着女儿问："昨晚几点睡？"

"十二点。"她说。

"好晚。年轻人就是贪乐子……"夏心琴揶揄着，喜悦地点头，"这样也好。现在的年轻人就是亲密……"

乔云雪忽然挺直背脊，静静瞅着进来的顾客。

放逐一年，以为平静，却仍有一脉尖刺击中心尖。高高地扬起下巴，乔云雪睥睨着那个清雅超群，卓尔不凡的男人。洛少帆，这个天之骄子，在经历那样的事情之后，还有脸皮走到夕阳画廊来。

"去陪容谦，这里有我。"夏心琴立即保护女儿。

"妈，我没事。"淡淡笑着，乔云雪反而把老妈推后面去了。

他在挑油画。薄唇轻抿，隐隐有着抑郁的感觉。举止优雅，依然是当初的情圣模样。可惜，金玉在外，败絮其中。

他挑完了，全抱到她跟前，温文尔雅："麻烦帮我包装一下。"

他淡定，她也可以优雅。手法娴熟，几下搞定。

"这一年过得可好？"说这话时，洛少帆白白净净的手，就那样优雅轻松地搁在柜台上。

他细长的眸子，紧紧锁着她一头如瀑青丝……

指甲深深掐入掌心。掌心好疼！她却笑得淡定优雅："先生慢走！不送！"

洛少帆纹风不动。长眸定定凝着她。

"先生，油画已经结账。"乔云雪提醒，"有顾客在先生后面等。"

"还没结完。"淡淡一句，洛少帆随手从柜台上拉下一叠袖珍油画，"这些我都要了。分开打包。"

一愣，乔云雪飞快扫了洛少帆一眼——唇角绽放一缕讥讽的笑。

"既然爱我，为什么不肯为我受点委屈？"洛少帆长臂压住袖珍油画。

第二章 情场再见，职场相见

原本心内弥漫淡淡的忧伤，这会儿她听着好想笑……

乔云雪还真笑了，任他压着油画。她今天就是休息日，没关系。洛家大少日进斗金，他的时间浪费才不合算。

洛少帆陡地压住她的手臂，声音低沉："这么傻，把脸弄成这个样子……"

听起来好像很关心她的样子。结婚一年，儿子都快一岁的男人，却来问她为什么不保护好自己的脸，乔云雪唇角越翘越高，越来越想笑。

不着痕迹地移开手臂，她落落大方："先生，这些油画不能打包。谢谢合作！"

他看她，没说话，也没移动。神采飞扬的俊脸，浮上落寞。

乔云雪笑了，她淡定，他反而不淡定了。男人眸间满满的失意。

玻璃门外面停下辆红色法拉利，乔云雪的笑容扩大——接他的女人来了。

车内跳出怒气冲冲的美丽少妇，旋风般冲进夕阳画廊。可一看到里面的男人，盛怒脸儿马上绽放笑容。

"老公，你怎么到这里来啦？"无限柔情蜜意，苏青兰把儿子轻轻放进洛少帆臂弯中，"老公，宝贝想爸爸啦！"

接过孩子的瞬间，洛少帆神情缓和几分，连已付款的油画都忘了，抱着儿子向外走去。拉开车门，坐进去。

乔云雪暗暗松了口气。放逐一年，她平静多了，但显然不够她把之前八年的事全忘掉。

心儿，生生的刺痛。

苏青兰狠狠瞪过来，气急败坏地指着乔云雪："我知道女人都舍不得初恋。可你都结婚了，就不要来勾引少帆好不好？"

乔云雪瞄着她："这是我家的画廊。需要我报警吗？"

"你……"苏青兰声音小了些。

乔云雪真挚相劝："洛少奶奶不如把老公绑裤腰带上，大家都安全。"

"你……"这一气非同小可，苏青兰口不择言，"并不是每个女人都和你一样没本事，守不住男人……"

声音戛然而止，苏青兰惊惧地偷窥车内的洛少帆，飞也似的跑出去，闪进法拉利，比洛少帆还先离开。

长吁一口气，乔云雪平静地挂好一大堆袖珍油画。眼角瞄着宝马跟着法拉利离去。这一对儿下次应该不会再来了吧？

"云雪——"姑妈的笑脸出现了，一边拉着后面的俊挺男人，"来，认识下。"

嘎，现在是什么情况？乔云雪愣愣地瞅着姑妈和男人。

姑妈乐呵呵地："我才知道秦先生相亲迟到，咖啡厅没看到你。所以姑妈现在把他带家里来。"

"什么？"夏心琴走过来，大吃一惊，"怎么没看到？云雪不仅相中了，都结婚了。"

秦先生一脸懊恼。

姑妈瞠目结舌，夏心琴一脸怪异。乔云雪完全没明白到底是哪里弄错了，她当时明明相亲的是8号桌呀。

她不由瞄瞄通往二楼的后门口。那儿，容先生不知什么时候站在那儿。

容谦过来，随意地牵起她的手，摩挲着她纤细的手指。

"你什么时候下来的？"乔云雪忍不住了。刚刚苏青兰骂她的时候，他有没有看到？

"有一会儿了。"容谦对着傻呆了的姑妈和秦先生笑了笑，"各位失陪，我和云雪出去有点事。"

直到被拉出去坐进奥迪，容谦才松开她。

"你什么时候下来的？"乔云雪纠结得不得了——她挨那女人的骂他也看到了吗？

容谦凝着她指尖。

"等等——"她一把抓紧他衣襟，"你明明知道我相错亲，怎么还和我结婚？"

容谦微微勾唇："拒绝姑娘的求婚是很不礼貌的行为。"

"……"乔云雪内伤。她灵光一闪，目光晶亮，"容先生，难道你失恋了吗？所以随便找个女人结婚……"

他摇头轻笑。

他们要去哪？

不到三分钟，乔云雪就知道他带她出来干什么了。他买了一对钻戒，一手抓住她的指尖，钻戒轻轻巧巧就套住她细细的无名指。

心头微微一荡，她默默瞅着他。

他淡淡笑了："现在大家会知道云雪已婚，不会再误会。"

坐回车上，乔云雪还摸着钻戒沉思。钻戒让她终于有了结婚的感觉。飘忽的眸子，不时飘到容谦身上，落到他的无名指上——他那只也戴上了。

他似乎比她更尊重这婚姻……

奥迪忽然停到一边。容谦望着她："云雪对我的外表还合意不？"

"嘎——"飞快收回目光，乔云雪尴尬，脸儿大红。他明明在提醒她，她老盯着他看，已经影响他开车，影响到两人的安全。

可他的目光还直视着她，迫使她不得不拼命打趣儿："容先生戴着结婚戒指，那些打电话的姑娘，都要碎了一地的芳心了。"

"容谦。"他温和地提醒，"我们不是洽公，喊容先生不合适。我们不是假结婚。"

她暗暗心惊。容谦话少，语气温和，可总是直击重点。这是个不爱浪费时间，而习惯抓重点的男人。

那么，他不会做任何没有意义的事。娶她，对他而言有什么意义呢？

023

回到画廊，夏心琴瞄到女儿指间多了钻戒，暗暗心安。悄悄替女儿欢喜："我瞧，幸亏相错了，歪打正着。要不然哪里找得着这么稳重可靠的男人……"

乔承康夫妇一直把女儿女婿留到月到中空。乔云雪想赖下来，可还来不及找借口，容谦已非常自然地牵着她坐进奥迪："劳烦云雪回去帮我接电话。"

如果只是接电话，那还可以。乔云雪放松下来。

回到水乡花园，他冲澡去了。她拿着笔尖咬着沉思，眉儿秀秀气气地打成结儿。

容谦出来的时候，乔云雪正坐在沙发上数钱。

看到他，她飞快起身，眉眼弯弯，把钱塞进他手心："今天那对戒指花了你不少钱，估计会影响你还房贷……我决定以后每个月交两千房租。"

长眉一挑，容谦失笑："戒指的钱我付得起。"

放低声音，乔云雪绽开神秘笑容："容谦，我绝对不会和别人说你是负翁。你就收了，以后升职有钱了再还我。放心，我爸妈就我一个女儿，画廊那一栋楼都是我的，我有钱用。至少比你好多了。死要面子活受罪，那是笨男人做的事。你一定不笨，是吧？"

看着她，容谦扯扯嘴角，最后乖乖接过她的支援现金。

乔云雪开开心心地跑去浴室，关紧门，下紧闩。

她穿着最保守的睡衣出来时，发现容谦在书房忙着。她的眸子不知不觉落到那张大床。唉，他今晚怎么不出去了……

她的眸子眨呀眨的，脑筋急转弯中。

容谦十二点才回房。看着大床，他扯扯嘴角。

床上两床被子，两床被子中间有半杯水放着。就像楚河汉界，分外分明。

容谦薄唇颤了颤："还好，不是拿老鼠夹子放在床中间……"

容谦一句话，乔云雪脸红得像熟透的柿子。他脸上一本正经，可明明在调侃她。

"是雪碧。"她尴尬地告诉他。

"哦！"颔首，他大大方方地端过凉席上的杯子，一饮而尽。

"容先生——"乔云雪眼睁睁地瞅着，她想了半夜精心设的局，他轻轻巧巧就攻克了。

"一个被子够了。"他长臂一伸，一床被子就到了他胳膊上。

"等等——"乔云雪压住他手中的被子，可一看到他坦荡的目光，赶紧生生别开目光，"被子……"

"云雪，我们一定要在晚上十二点讨论被子的事情？"他声音轻松平缓，有镇定人心的作用，也不容人拒绝。

"……"她没话说了。本来两人就领证了嘛，他现在就是压过来，也很理所当然……

容谦似乎嫌热。伸手脱了睡衣，麦色肌肤，肌理匀称结实，黄金比例的身材，映入乔云雪眼帘。

他这模样俊挺而性感,难怪那么多女人打骚扰电话。

站在床边,乔云雪进退两难。她还没准备好……

她纠结,容谦不纠结。非常自然地拉开被子躺上去,淡淡地笑:"云雪在京华什么职位?"

一说职位,所有的尴尬全飞了。乔云雪眸子喷火儿:"销售主管。容谦,你在五十楼,见过那什么老总没有?"

"哦?"容谦淡淡的黑瞳幽深。

"我明明应聘经理,结果他让我做主管。"她气咻咻地,不知不觉忘了楚河汉界,利落爬上床,握着拳头晃给他看,"我可是匹千里马。如果他在我面前,我一定问他是不是老眼昏花,看不到我的优秀。"

她生动的五官动人极了。

容谦黑瞳一闪,很随意地一抖被子,被子瞬间遮住两个人。

而她沉浸在愤怒里,并没感觉两人已经同一个被窝。

"京华现在没有正式的总裁。"容谦说。

"是么?"她疑惑了。搞半天,她连个发泄的对象都不存在。真忧伤!她闷哼,"如果有机会,我一定把京华总裁扁成猪头。"

黑瞳一闪,容谦俊脸僵了僵:"今天跑了一天,云雪不累?"

"累。"心里累得很,为了洛家大少,也为了洛少奶奶的胡搅蛮缠。好想把苏青兰丢火星上去。

"那就睡吧。"他友好地建议,"明天还要上班。"

"嗯。"她思路跑得快,想到相亲,替自己挣面子,"容谦,我虽然相亲,可是并不是没人要。我的行情好得很哦。"

"嗯。"他应着。侧过身来看她时,她已经睡着了。

抓过她的手,容谦看着她纤细手指上的戒指。

正瞄着,忽觉睡梦中的人儿呼吸不如刚才均匀,更像屏住呼吸了般。

看她略显僵硬的背影,容谦若有所思——装睡么?

他的新婚妻子表面镇定自信,偶尔可爱又精明,可心底焦灼不安,缺少安全感……

黑瞳变深,容谦关了灯。

周一的早上忙碌而紧张。不用再提醒AA,两人自动各用一个浴室,非常节省时间。

然后一个下面条,一个洗碗收拾桌子。容谦很合作,看到她跑卧室去接早上的女人来电,主动做面条。

乔云雪不明白,这些女人怎么这么喜欢早上打电话过来搔扰容谦。不过,她能随便一句话就把对方雷得说不上话来。

对方总是伤心欲绝:"天哪,容谦怎么有情人了……"

第二章 情场再见,职场相见

她总是一本正经："可能我比较迷人！"

容谦在那边听到了，扯扯嘴角，不发表任何意见。

"啊呀！"乔云雪回客厅，瞅着两碗面条皱眉。

"哦？"容谦瞄着两碗面条，他今天进步许多，基本上还算合格。又有什么问题？

她飞快端起自己的碗，夹了一半放进他碗里："容先生是男人的食量，我是女人的食量。"

他黑瞳一闪，微微动容，颔首："谢谢！"

很赶时间，可容谦还忙里偷闲地看经济频道的新闻报道。换台时一不小心看到本市电台，正在放十大杰出青年。

而洛少帆正在其中。

容谦认真地看了小会。乔云雪却啪的一声关了："现在阿猫阿狗都可以竞争十大杰出青年。"

说完，她拿起手袋就走。

凝着她略带僵硬的背影，容谦含笑起身。

乔云雪准备去搭公车，可才走到花园门口，奥迪停在她身边。

歪歪头，她俯身，一脸认真："我不能坐你的车，否则会被大家看到。"

"我会在到公司之前放你下来。"他语气温和而不容人拒绝。

这方法倒是可行，乔云雪浅浅笑了。坐上去。好半天她才想起一件重要的事——好像他太配合了点儿，难道他也不想被大家知道，他们是夫妻？

她瞄瞄他，生生地把疑问压下。果然在离京华还有三百米的时候，乔云雪就下车。

可是经过停车场时，她站住了。

容谦正从停车场里出来，身边有个大波浪卷发的美女。大美女笑得花枝儿乱颤，拼命说话，容谦偶尔点点头。

乔云雪立即想起早上的电话，想着这会是其中哪一位。

但她坚持无视两人，大步走进京华大楼。

先去茶水间打水。

才走近，前面传来窃窃私语："你们知道吗？容先生不举呢！就是五十楼的那个容先生。"

"哦？"乔云雪唇角一抿，似笑非笑，"容先生亲自告诉你的？"

"笑话，容先生怎么会说。"对方扑哧笑了，"顶楼的美眉们都说了，容先生在美女如云的顶楼，居然没有绯闻，除了不能举，那还能有别的原因？"

乔云雪脸儿抽了抽，难不成现在男人不花心，也有罪？

想了想，乔云雪扔下一句："你们不怕这些话传到容先生那儿？"

"天——"八卦的美眉们立即一哄而散。

乔云雪反而是最后离开的一个。她摸鼻子——不举么？

容谦那身子骨看上去相当健康，胸膛结实得一般男人都比不上。此事可疑……

怀着心事，乔云雪在熟悉业务的进程中度过大半天。

销售经理位置暂时空缺，她的直属上司是营销总监施靖。

下午，施靖把她叫过去："乔小姐，我们销售主管一共有五位，在售的每个楼盘各配有一个，但只有乔小姐留在京华总部上班。乔小姐知道为什么吗？"

"施总，我正想知道这是为什么。"乔云雪不卑不亢。

施靖满意地点头："市委要严管楼盘虚假广告销售，我们要和龙基合作，统一给上面答复。乔小姐在龙基工作五年，对龙基十分熟悉。我现在倚重乔小姐负责和龙基合作。"

"啊？"乔云雪噌地站起，"京华和龙基不是对手吗？"她现在不想见到龙基里面某位情圣。

"乔小姐，竞争与合作并存，这是商界潜规则。"施靖含笑解释。

"这是公司的安排？"这实在不是个好差事，乔云雪有些懊恼。

"这是我的安排。"施靖笑盈盈的，"乔小姐如果有意见，可以向更上一级反映。"

"我没有意见。"开玩笑，她才上第二天班，明目张胆地对直属上司有意见，除非她不想混下去。

当天晚上，她和龙基的负责人见面。才站到包房门口，乔云雪就无力地看向天花板。

为什么和她接洽的是洛少帆？

洛少帆同样大吃一惊，但立即似松了一口气："云雪。"

乔云雪的目光，悄悄落到自己无名指上的戒指。深呼吸，她绽开职业化的笑容："洛先生你好，我代表京华过来找你。洛先生请先看看我们施总准备好的资料，我们再讨论相关事宜。"

洛少帆随意扫视一遍："明天把这些资料传真给我。具体做法，需要斟酌。"

"行。那就这样说定了。"乔云雪落落大方，"我先走了，洛先生再见！"

"等等……"洛少帆声音低沉几分，"青兰说话没轻没重，云雪不要放在心上。"

乔云雪云淡风轻："洛先生无须担心。我放在心上的人，都是有品的。"

"云雪……"洛少帆欲语还休，失神地凝着她微微掉皮的脸。

乔云雪头也不回地离开。

没想到，洛少帆会这么疼苏青兰。真心不明白呀！

回来时途经油画村，她进画廊蹭晚饭吃。

夏心琴笑着："云雪自个儿赖妈这来吃饭，容谦一个人在家怎么办？"

"妈你真是大惊小怪。"乔云雪眉眼弯弯，"他之前三十二年都没娶妻，怎么可能娶妻三天，就会失去生活方向。"

"真是没心没肺的丫头。"夏心琴打趣，"容谦很靠得住，云雪要好好网住他的心……"

"妈,应该是容谦要好好网住我的心。我才是妈的女儿,妈胳膊肘往外拐。"乔云雪一本正经。

夏心琴忍不住抱怨:"这丫头……真不知道容谦压不压得住。"

压?乔云雪走神了。容谦总是云淡风轻的模样,看不出来他有没有这个欲望……

不期然的,她想起一大早听到的"不举"。忽然闷声笑了。

时间倏忽即逝,快十点了。手机来电,陌生的号码,她接了。

"云雪在哪?"容谦温和的声音传来。

没想到他会打电话来……微微一愣,乔云雪悄悄走到一边:"我在妈这里,今晚不回来了。晚安!"

"哦!"他沉默了下,挂了电话。

收拾着摆在外面的油画,乔云雪一张一张叠好。

她忽然停下所有动作,瞅着奥迪停在她跟前。想不到他居然来接她了,而且还这么快。

"妈,我接云雪回家。"容谦声音柔和。

当被妈轰上车的时候,乔云雪闷哼:"想让我回去帮你打发早上的电话就直说,怎么可以哄我老妈。"

他微愕:"我哄你妈做什么?要哄,也得哄老婆。"

心漏跳了半拍,她脸儿抽搐了下——咳,他这没温度的话好煽情……

"老婆"两个字困住了乔云雪,一路上目光飘啊飘的,就是不再瞄他一眼。

十指交缠,胡思乱想。唉,老婆……这称呼真乱心。

容谦黑瞳灼灼,像在看天上美丽的星星,眼角的余光偶尔扫过她纠缠的十指。便马上移开目光,唇角微勾。

手机来电。乔云雪接了:"你是……"

"乔云雪,你怎么又和少帆见面……"苏青兰气急败坏的声音传来。

乔云雪二话不说按了挂断键。

苏青兰这么快就找上门来,难不成她请了私家侦探,随时监控洛少帆的行动?

真让人郁闷!看来这份差事比预料中的还难完成。

容谦瞄瞄她气闷的模样,淡淡一笑,不多话。

回到家,乔云雪就溜进小浴室沐浴。有两个浴室就是好,不用闻到他的气息。

沐浴完,出来见容谦在书房忙着。摸着下巴沉思,好像遇上难题了。

唉,她也有难题。真心不想再和洛少帆多接触,而且苏青兰公私不分,像摆了个不定时炸弹……她应该好好想想怎么用最少的来往,达到最高的工作效率。

挨着他书房门,乔云雪摸摸鼻子:"容谦,今晚的家务该你啦。"

"哦?"他随口应着,好一会儿才抬头,"今晚云雪帮手。谢谢!"

看来今晚两人都忙。眸子一转，乔云雪飞快跑回婴儿房，做两个纸条，放到容谦面前："我们抽签吧！抽中 A 字的今晚做家务。没抽中的明晚做。"

放下手中的笔，容谦似笑非笑凝了凝乔云雪。她身上的卡通睡衣印着破脸灰太狼，能打消男人的欲望……

她脸红之前，容谦淡定地捡起一个纸团打开——他捡起的字条上有个大大的"A"字。

他抽中了。

"恭喜容先生中奖！"乔云雪神采飞扬，"我明晚再伺候容先生。谢谢！"

容谦真好糊弄，她赚翻了。

眉眼弯弯地跑到小婴儿室，乔云雪打开小手提，进入冥思苦想中。

瞄着她轻快离开，容谦没忽略她眸间掠过的狡黠之色。心中一动，他弯腰捡起她的那个纸团。

展开——上面果然也是一个大大的"A"。

乔云雪做了两张一模一样的纸签。他不管抽到哪个，上面都会是 A。而她狡黠地先看他的，让他坐实中奖，再不动声色地扔掉自己那张。死无对证！

他的老婆大人为了逃避家务，居然使诈？

长眉一挑，容谦唇角微松，勾出个好笑的弧度——他娶了个狐狸妻！

摸摸下巴，容谦似笑非笑地瞄着纸条上的 A 字。

看来，她当初做到龙基营销总监，不仅因为当时的身份，也因为她的小聪明。

捏着纸条，随意拉开抽屉，瞄到那两千块"租金"。容谦黑瞳一闪，指尖轻抚币上真实的触感。

纸条放进抽屉。容谦起身出来。经过婴儿室，里面传出碎碎念。

容谦眼角余光瞄过门缝，瞅着乔云雪正皱眉翻看手中的资料，低低抗议："洛少帆你个臭王八！老昏君！我整死你……苏青兰？哼，你眼睛长脚板底下了！"

唇角一扯，容谦去找拖把。

乔云雪出来喝水的时候，傻了："容谦？"

地板其实挺干净，随便拖一拖就行。可容谦大动干戈，用了地板清洁剂。用了清洁剂不说，还一地板的水。看上去一片汪洋。

"快好了。"容谦挺自然。

"快好了？"乔云雪眼睛有点抽，"容谦，你以前也这样拖地板的？"

"以前有钟点工。"容谦温和地解释，"每天会定时过来清扫。"

"负翁还请钟点工？"傻眼，乔云雪接着笑盈盈总结，"有着富翁的心，只有负翁的命。容先生要努力赚钱啊！"

"那个……"容谦颔首，"有消费才能促进发展。"

他还有理了，用经济学来回答她。幸亏他们 AA 制，要不然她一定会被他拖垮的。

实在看不过，乔云雪放下工作的烦恼，找了扫把来扫水。

"谢谢！"容谦黑瞳微闪。一手接起电话，"海华要走？好，我现在过来。"

她撇嘴儿——又是海华？

容谦真诚极了："云雪，我有事。麻烦先帮忙一下。"

容谦出去了。乔云雪愣着，海华到底是谁呀？

乔云雪起晚了。

很晚才爬上床，床又太舒服，一趴上去就没法自然醒。爬上床的时候容谦不在身边，她睡得更加舒服。

鉴于每天一大早的搔扰电话，乔云雪没再调闹钟。但她万万没有料到，那些姑娘们似乎都已经相信容谦养情人，今早的第一个电话快八点才响。离上班时间仅仅不到半小时。

害惨她了。

她的起床气来了："姑娘，下次早点打，追男人也要有恒心才对。"

"你到底是谁呀？怎么老是赖着容先生？"对方小小声。害怕她，又好奇，又不甘。

乔云雪无力："姑娘，你怎么还在问这个问题。真的太没潮流感了。"

"可是容先生怎么会养情人嘛！"对方哭了，打死不相信这个事实，"而且大家都说容先生不举……"

看着时间飞跑，乔云雪没了耐心："容先生生龙活虎，神勇无比，前无古人，后无来者。我们夜夜贪欢，默契幸福。"啪的一声，电话挂掉。

真痛快！

保守估计，这下如果还有女人打电话来，八成对方缺根筋。好吧，乔云雪瞪着电话——刚刚这女孩就缺根筋，都已经相信容谦不举的传闻，还拼命打电话过来。

转身，乔云雪不由自主跟跄了一下。

容谦啥时站在门口的？那张俊脸还有些生硬。

"容先生……"满眼冒星星啊，她刚刚说的话，他有没有听到？

如果听到，她没脸见他了。努力弯起唇角，拉开笑脸，乔云雪扯开话题："昨晚什么时候回来的？"

"十二点半。"容谦云淡风轻。

"哦？"好像有点早。她目光飘啊飘，"京华五十楼不是大把股东吗？她们不去搔扰股东，反而老是搔扰你？"

他黑瞳一闪："五十楼的男人，我最年轻。"

乔云雪无语。

本来想责问他为什么不喊自己起床，可刚刚那些话不知他有没有听到，乔云雪只能厚着脸皮从他面前经过，跑到小浴室洗漱兼换衣服。

容谦谦和的声音传来："下次可以直接告诉她们，你是我老婆。"

"嘎……"乔云雪不小心喝了小口漱口水。好半天才记得加快速度。

一路上乔云雪都不好意思抬头,连容谦的脚趾头都不敢看。十指不知不觉中扭成天津大麻花。

很快就到京华,奥迪停下。

才下车,一声惊呼从旁边传来:"容先生,她是你的情人吗?"

乔云雪心里咯噔了下——被抓包了。

旁边停了辆漂亮的小跑车。小跑车摇下车窗,露出张漂亮的脸儿。这脸儿有点眼熟,她想起来了——就是前些天停车场的那个漂亮的大波浪卷发姑娘。

乔云雪笑盈盈:"小姐误会了。"

"喊小姐挺别扭。喊我燕子。"燕子颇有深意地揶揄着,"我误会了么?"

"嗯。误会了。搭个便车而已。"肯定地点头,乔云雪转身就走。

"等等——我知道你就是那个情人,我听出声音来了。"燕子不肯轻易放过她,"喂,我和容先生走得这么近,你怎么不吃醋?"

因为他们ＡＡ制,互不干涉。因为她不想再轻易涉足感情……

乔云雪轻笑:"你和容谦今天才认识?"

"当然不是。"燕子摇头。

"我瞧也不是。"乔云雪笑盈盈,"应该三五年都有了。"

"不止五年。"燕子乐了,"十年都不止。"

"就是了。"乔云雪云淡风轻,"认识十年,容谦都没有和你走得更加亲近。你在容谦心目中不过尔尔,我为什么要吃醋?"

说完,踩着轻松的步子,大步向京华走去。

"容先生被你情人忽视了,我该为你节哀吗?"燕子半天才生生收回目光,"她……是女人吗?"

她是不敢再爱的女人……容谦眸子一闪,踩上油门。奥迪远去。

"才怪。瞒得了别人,还能瞒得了我聪明的燕子吗?"燕子撇嘴儿,自言自语。

五十楼。

钱涛犹豫着:"容先生,全五十楼的女人都在说你和情人夜夜贪欢。"

"我这年纪,夜夜贪欢有什么稀奇。"容谦淡淡一句。

"可你曾表示,对方为你心折,才有闺房乐趣。"钱涛不怕死地追问。

容谦随意瞄他一眼:"我们的副总裁看起来很闲。"

"我……"钱涛尴尬。

情人?容谦黑瞳一闪——谁要真敢当面这样说她,她八成会送对方一个无敌鸳鸯腿。

"和龙基合作的事怎么样了?"容谦问。

"这个已经交给施靖。"钱涛说。

颔首，微微抬手，示意钱涛离开。容谦盯着显示屏许久，忽然慢慢靠上椅背。

夜夜贪欢——

这几个字有些干扰他的思维……

起身，他按下免提："施靖，和龙基合作的事怎么样了？"

施靖愉快地答着："乔云雪刚刚和我说了，他们昨晚已经见面，双方会尽快达成一致意见。"

"乔云雪？"容谦加重语气，"施先生，京华一直是龙基的假想敌人。不应该派一个女人和龙基共事。"

施靖一愕："要换人吗？"

要换人吗？黑瞳一闪，容谦挂掉电话。起身，向外面走去。

下楼。一直到四十二楼才停下。

他慢慢沿着长廊走。正走着，一纤细的胳膊一把拉住他，把他拉进旁边一个房间。

闻着熟悉的体香，容谦非常合作地任她拉着。

乔云雪瞪他："你怎么来这儿找我？不行啦！容先生，你如果不和我保持距离，我再不给你接电话了。"

这算威胁么？容谦黑瞳一闪，谦和严肃："我来找施靖。"

"嘎——"乔云雪傻住，好一会儿才讪讪地松开他，"施总在那边。"

他没立即离开，修长手臂轻轻搁上她肩头："云雪……"

"哦？"乔云雪一脸困惑，眼角的余光瞄着搭上她肩头的手臂。

"默契幸福是婚姻生活的最高境界。"他说。

"啊？"他果然听到了。她挖个地洞钻进去如何……

"夜夜贪欢是很有爱的梦想。"容谦声音轻轻。

"呜。"脸烧成四十度，她要潜海底清热解毒。

容谦轻咳一声："生龙活虎是个好词。"

"嘎……"她想变个木偶。

"神勇无比令人向往。"容谦温和极了。

"哦……"乔云雪想插上翅膀飞出京华四十二楼。

她脸儿绯红……容谦黑瞳间飞过淡淡兴味，可语气平静："前无古人，后无来者。这个……云雪，我压力有点大。"

容谦说得含蓄，乔云雪好一会儿才回味过来，脸儿抽搐了："容谦——"

瞪他，可是她傻住了。他的模样好认真，隐隐让人觉得谈军国大事般。怎么看都像一个实诚的男人，在为夫妻的事烦恼……

可她的第六感告诉她，他在调侃她。

皱眉，乔云雪黑白分明的眸子探究地扫过他深幽黑瞳——容谦到底有没有在消遣她？

他那么平静的模样，毫无温度的语气，真心让人觉得他在和妻子很坦诚地沟通。

她被他弄迷糊了……

甩甩头赶走无数种想法，乔云雪憋着气儿："你不是要找施总吗？去吧！"

她委屈的模样有点好玩。容谦唇角微松："云雪，今天京华所有职员都在说我们夜……"

"施总在那边……"再不许他有机会多说一个字，乔云雪硬把他推出去了。

关紧门，捂紧脸儿，乔云雪不知道自己晚上有没有勇气回家。

离开，容谦脸色渐渐变得柔和。可一进施靖的办公室，容谦脸色凝重起来。

"容先生……"施靖恭恭敬敬亲自请容谦落座，垂首侍立，"容先生觉得乔小姐不适合吗？"

"她的本职工作是销售。你安排了越职工作。"容谦慢慢转向施靖。

施靖抹冷汗："我马上换人和洛少帆联系。"

容谦黑瞳一闪："乔小姐不喜欢做半途而废的事。"

"那……"施靖傻眼，他要怎么做才能如容先生的意？

容谦悠然离开。

乔云雪有了新的烦恼。苏青兰又一次来电："乔云雪你不是很有骨气的女人吗？少帆背叛你，你怎么还和少帆见面？我都不知道你这个女人的脑子是怎么长的？"

这可恶的女人，怎么就老是阴魂不散呢！

乔云雪深呼吸："我理解——一定是洛少帆不疼你，你才会产生这么严重的危机感？"

"你胡说！"苏青兰失态地怒吼，"啪"地挂了电话。

真头痛！乔云雪盯着手机——她要不要和施靖说一声，拒绝这个差事？

摇头，她不能拒绝。

第二章　情场再见，职场相见

第三章　标准老公的三大定律

上洗手间。

还没走近就传来哭声："容先生为什么要养情人？我最后一个偶像啊，形象就这么破灭了。呜呜，那个女人怎么这么厉害，居然能当上容谦的情人。"

"好啦！现在你可以死心啦！"又一个女孩的声音。

"不，这一定是假的。"哭的人就是不肯相信，"肯定是因为容先生听我们在背后说他不举，故意找个女人住家里，冒充情人。一定是这样。呜呜，容先生要是真养情人，我不活了！"

推开门，乔云雪啼笑皆非："姑娘，犯得着么？要是他娶了老婆，你不是更没法活了？"

"容先生要是娶了老婆，我就跳楼。"年轻美眉抹泪发誓。

"嘎——"乔云雪困惑不已，难道现在花花公子终于被淘汰了，诚实可靠的男人被追捧得这么厉害。

"没出息的女人！"旁边传来淡淡的鄙夷。

总算遇上个成熟冷静的。乔云雪转过身来，眯眼瞄着来人。

高挑，苗条，杏眼。眉眼灵动，擅长打扮，一个潮流感很强的漂亮女子。

但眉眼间有股傲气，眸子里面有些冷，显然富有心计。

"苏雅，你不懂我的玻璃心。"年轻美眉还在哭呢。

可苏雅的目光落在乔云雪身上。那目光有探究，也有鄙夷。

乔云雪的目光却落在苏雅旁边的燕子身上。这两人携手而来，一定是无话不说的好友。想必她是容谦"情人"一事，苏雅早听燕子说了，才会有这种鄙夷的眼神。

乔云雪大大方方经过她们，上了洗手间就离开。下次再有人打电话过去，她是得考虑容谦的建议——直接说是他老婆得了。

省得麻烦。

走出老远，乔云雪还感受得到苏雅冷冷的目光。

回了办公室，把相关资料传给洛少帆。不一会儿洛少帆就来电："云雪，我看了。这些意见我们必须约个时间逐条讨论。今晚我来接你。"

很温和的语气，似乎他们之间从来就没分开过，乔云雪恍神了那么几秒："洛先生，如果一定要当面讨论，不如白天来京华。我等洛先生。"

洛少帆失笑："云雪，我是龙基总裁，来京华是件大事。"

乔云雪一愣，她忘了两个公司之间的隔阂。洛少帆真来京华，那是低了他的身份。洛少帆的傲气依然还在。

乔云雪想了想，不给洛少帆有建议的机会，"我们去油画村前面的沉香咖啡厅。"

那里是公众场所。

下午，乔云雪来到咖啡厅。洛少帆果然已经等在那里了。

乔云雪落落大方点了咖啡："我不明白，这种事怎么需要洛先生亲自前来？"

听出乔云雪声音里的疏离，洛少帆黑瞳黯淡几分，目光落上乔云雪的脸。修长的手臂不知不觉横过咖啡桌。

乔云雪抬头，感觉到前面的暗影，赶紧闪开，可是手儿落入他掌心。一碰到他掌心的温度，乔云雪赶紧缩手。

"云雪，你变了。"洛少帆语气间有淡淡的失意。

"洛先生，整个银河系都时刻在变化。"乔云雪凝着自己无名指间的小小钻戒，心儿微微刺痛。曾经，她也以为有永恒。

洛少帆声音低沉："我们做不成夫妻，可以做朋友……"

心中微涩，乔云雪轻笑："洛先生，做朋友又怎么样呢？"

洛少帆抑郁的声音十分感性。那若有若无的伤痛，慢慢弥漫开来："再给我一年时间，我会让云雪风光回到我身边。"

乔云雪深呼吸："难道你去年抛弃未婚妻，今年想抛弃孩子他妈？"

说着，她十指交叉，婚戒全部呈现在洛少帆视线内。

洛少帆不可置信地凝着她无名指上小小的钻戒，眸间锐利而伤楚。

"和你结婚的那个男人是谁？"洛少帆缓缓问。

乔云雪浅笑："一个小职员。他很好。"

洛少帆一把抓住她的胳膊："云雪，你不能胡乱和不相爱的人结婚……"

轻轻隔开洛少帆的手臂，乔云雪站起来："如果洛先生不能和我谈公事，我只能回去复命，说我不能胜任这份工作。洛先生再见！"

"我们谈公事。"洛少帆长臂拦过她的去路。

乔云雪这才坐下来。

半个小时后，乔云雪站起身来："请洛先生尽快给出意见。谢谢！"

"好。"洛少帆黑瞳凝着她的眸子，"一起吃个晚饭再走。"

"不了。"乔云雪淡淡一笑，"我还是上班时间，应该回去复命。"

那笑容淡定清爽，洛少帆一个失神，手臂落上她肩头："云雪，回龙基来。"

轻轻拉开他手臂，乔云雪向外面走去："那是不可能的。洛先生，当你不能给一个人美好生活的时候，你应该绅士一些，祝福对方过上美好生活。"

"如果生活上有困难，随时找我。"洛少帆眸间清晰地露出焦虑，紧抿薄唇，"云雪，不管什么时候，什么情况，我会尽我最大的能力帮助你。"

经过停车场的时候，乔云雪眼尖地看到苏青兰正坐在红色法拉利里瞪着她。

真纠结！

有心事的她下班时间一到，马上离开公司。不打出租车，不挤公车，她慢悠悠逛马路。到油画街的岔路口，乔云雪停住了。她想回家和妈谈谈心。

奥迪不声不响停在她跟前。

回首，凝着车内稳重儒雅的容谦，她忽然咧嘴儿笑了："容先生想在大街上勾搭妞儿么？"

容谦失笑："云雪，这个妞儿本来是我老婆。"

又是老婆？乔云雪脸红红地扁嘴儿："我喜欢步行回家。"

"哦！"容谦瞄瞄油画街，打开车门，"云雪迷路了，这是回娘家。上来，我带云雪回我们的家。"

回我们的家？

心中一跳，乔云雪不知不觉就乖乖坐进去。

坐下来，才感觉到自己太合作了。歪着脑袋想了好一会儿，乔云雪也没明白——明明他说话总是那么随和，看不见丁点儿杀伤力，她却这么乖。

抿抿嘴儿，乔云雪不知不觉皱眉儿，闷哼："我没迷路。"

"哦。"他语气平平，听不出味道来。

"容谦，我想回去看看妈。"乔云雪语气软和几分，很好商量的样子。

瞄瞄车内的反光镜，将她不悦的模样收入眸底，容谦方向盘一转，朝油画街驶去。

"那个……"乔云雪清清喉咙，"我自个儿回去就行啦！"

容谦挑挑眉："哦？"

"你不是很忙吗？回去嘛！"她拼命赶他回去。

"不行。"容谦语气淡淡。

"为什么呀？"乔云雪不明白。

容谦颔首："这是礼貌。"

张张嘴儿，乔云雪最后沉默。他说得对。

经过路口的时候，容谦停下，在旁边的大商场买了箱红艳艳的小樱桃。乔云雪飞快上前结账，完了转身，见容谦不动，仰首，脸红了："给我爸妈的礼物，我结账。"

　　容谦黑瞳幽深："云雪，我们一定要分得这么清楚？"

　　"我们 AA 嘛！"乔云雪轻轻地笑，"瞧，我爸妈，我自个儿会负责。容谦，你不是有房贷嘛！说不定这车也是贷的。你瞧我帮你省钱，你应该谢谢我。"

　　薄唇微抿，容谦黑瞳深幽几分："云雪，我们的爸妈不能 AA 分掉。"

　　"我……"乔云雪完全失去了说话的功能。只瞪他，直到觉得眼睛累了，才涩涩地收回目光。好半天她才回过味来——这个看上去温和真挚的男人，刚刚这话真击中人的死穴。

　　好吧，床不能 AA 制，爸妈也不能……

　　容谦语气淡淡："云雪，这事长辈知道，会担心我们。"

　　"容先生——"乔云雪脸红成熟透的柿子，憋得一身都热，再不看他，也绝不再多说一个字儿。她算得上思维缜密，反应灵敏，口才一流，结果面对这个温和儒雅的男人，立即舌头发僵，大脑短路。

　　连洛少帆和苏青兰带来的郁闷都给忘光光。

　　到了夕阳画廊，一停车。她腮帮鼓鼓地闷哼："容谦，我也没说爸妈要 AA。"

　　说完就蹦下去了。那轻盈的身子，就像只夏日翩飞的蝴蝶。

　　容谦唇角微松，弯成个似笑非笑的弧度。黑瞳深幽几分，透过车玻璃，扫视那窈窕灵动的纤腰。

　　爸妈已经很久没这么高兴了。吃饭时一个劲地给容谦夹菜。乔云雪反而备受冷落，她愣愣地瞅着二老，目光最后移上淡定温和的容谦。

　　他可真淡定，接受二老的殷勤款待，丝毫没有局促的感觉。

　　"云雪有点要强，容谦多多担待。"夏心琴适当提醒，"我们只有这个女儿，养得娇惯。"

　　怎么尽抹黑自己的女儿呢？乔云雪皱眉："妈……"

　　"云雪很好。"容谦不动声色地表达自己的意见。

　　夏心琴立即眉开眼笑："容谦，这塘鱼是野生的，特意为你准备的。"

　　"男人吃这个好。"乔承康也劝着，一边把龙虾挟进容谦的碗。

　　乔云雪傻眼——二老都什么心思，老妈买的菜居然全是助男风的……

　　夏心琴瞄瞄女儿，转向容谦，"容谦呀，你们打算什么时候要孩子？"

　　"咳！"他们牵手都还没开始，哪来的孩子……

　　瞄瞄呛得脸儿通红的乔云雪，容谦平静："爸，妈，我们会努力。"

　　乔云雪飞快瞄了眼容谦，只见他唇角含笑，可眉眼不动。大概，他说这些话也只是场面功夫……

　　"那就好！那就好！"夏心琴乐得脸儿笑成了荷花儿。

第三章　标准老公的三大定律

"亲家公亲家母呢？"乔承康问，"我们什么时候能见见面？"

"是呀！"夏心琴立即紧张起来，女儿幸福不幸福，和容谦的爸妈有很大关系。

"我爸妈暂时不在这里。"容谦淡淡一笑。

"大概什么时候能过来？"夏心琴紧张极了。

"要几个月吧。"容谦语气平稳。

离开时，乔云雪抿嘴儿："妈，你们不能太惯容谦的。"

夏心琴听出女儿语气中的不悦，偷偷笑了："容谦当然要好好相待。"

闷哼，乔云雪扁嘴儿："我是别人家的媳妇，容谦才是你家的儿子！"

夏心琴压低声音："傻丫头，妈是为你着想呢！你想想，我们长辈这么夸他，容谦他只会努力更加绅士，还好意思待我们云雪不好吗？"

嘎！乔云雪眸子一亮。原来姜还是老的辣，爸妈果然老奸巨猾。

坐上奥迪，乔云雪轻轻一句："谢谢！"餐桌上生孩子的话题，多亏容谦圆场。

容谦黑瞳一闪。在乔家二老的叮嘱声中，在大妈大婶的打趣声中，奥迪缓慢离去。

快到水乡花园的时候，乔云雪下车，走进大商场，买了一大袋护舒宝。途经收银台时，瞄到架子上的杜蕾斯。纠结许久，最后小偷般拿了两盒放进购物篮里。

听说杜蕾斯是百年品牌的避孕套……

付款完毕，乔云雪把两盒杜蕾斯藏进手袋里。

上车。

容谦瞄着乔云雪手里大袋护舒宝，薄唇颤了颤，却不动声色。

她干吗把手袋抓得那么紧？里面有宝贝不成？

到家，乔云雪懒洋洋趴进沙发。

容谦进了浴室。沐浴出来，发现乔云雪还保持趴着的姿势。一脸深思的模样，嘴里还在说着什么。

再近些，他听到了。她在生气："洛少帆你个王八蛋，老是吃着碗里的看着锅里的。苏青兰你有本事，咋就不管死你的男人……"

她很认真地生气，容谦站在身边一分钟都没感觉到存在。

容谦去书房了。

十二点，容谦回房，站在门口微微一愣。

乔云雪居然还没睡，躺在床上瞪天花板。眸子氤氲，乌亮的长发随意散开，衬得那张脸楚楚动人。

容谦深幽目光最后落在床头柜上的护舒宝。她应该是特意放那儿的吧……

脱掉睡衣，掀开被子，容谦躺下。乔云雪忽然爬过来，俯身凝视他。

她的长发覆住他裸露的肩胛骨，清新体香袭人心房。她完美的胸形若隐若现……

"云雪……"容谦声音隐隐不稳。

如果床头柜上不摆着护舒宝，容谦真以为新婚妻子为他准备了福利……

乔云雪在离他二十厘米的地方停下，紧紧抿唇："容谦，你是男人？"

翻腾的旖旎情思灰飞烟灭，容谦脸儿微微抽搐："云雪可以验明正身。"镇定地揭开被子，一片浅麦色中，结实匀称的肌理诱发男性劲美。

美色映入眼帘之际，乔云雪飞快别开眸子，身子慌慌张张向后仰去："容谦你想干什么？哎呀，我的腰……"

快闪断了。跌落地板的瞬间，容谦闪电伸出长臂，用力把她捞回。

他一捞她，手扯到睡衣，几乎扒掉一半。半裸的晶莹肌肤，粉红内衣吊带，美丽的胸形，不经意就映入容谦眼帘。

"……"容谦的目光落在她粉红内衣吊带上……

乔云雪脸儿大红，手忙脚乱拉好睡衣，拼命强装镇定："容谦，你站在男人的立场上看，男人女人之间有纯正的友谊吗？"

"男孩和女孩有，男人和女人没有。"容谦说。

"嘎？"乔云雪微微拧眉，"容谦，男人要求前恋人成为好朋友，正常吗？"

这个问题相当严重！犀利黑瞳几分，容谦面色凝重——洛少帆想干什么？

"容谦，你懂男人的心理嘛！"乔云雪纠结。

若无其事地拉过她微凉的手儿，容谦正视她黑白分明的眸子："这男人有贼心。"

"哦——"她陷入沉思。好一会儿，绽开笑容，"我知道了。谢谢你。"

说完，卷起薄薄的空调被，裹住自个儿。

可不一会儿，她又扭头问："容谦，有什么办法可以赶走苍蝇一样的女人？"

黑瞳一闪，容谦微微勾唇。这只苍蝇，不用说就是苏青兰。

"活得比她漂亮，过得比她幸福。"容谦挑眉。

这个说得妙。她要努力提升自己，让苏青兰自惭形秽。

想着，乔云雪眉眼弯弯，用力拍拍他的胸膛："真是好哥们！谢谢，我现在睡得着了。"

"哥们？"容谦面容一僵，瞄着胸口她白生生的指尖——哥们会领结婚证么？

容谦轻轻抓着她的无名指，亮晶晶的婚戒映入两人眼帘："我们是夫妻。"

"你是个好哥们。"乔云雪闷笑，"可是……真不够做标准老公。"

"标准老公？"容谦拧眉。那是什么玩意儿？

乔云雪挣开手儿，摸摸鼻子："标准老公的三大定律——上得厅堂，下得厨房，还有……"

她忽然脸红红地侧过身去："我困了。晚安！"

"第三条是什么？"容谦追问。

"第三条啊……"乔云雪鼻子哼哼，"第三条……滚得大床。"

越说越小声，最后传来均匀的呼吸声。

她睡着了。

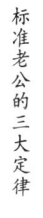

容谦坐起，俯身，黑瞳锁住她秀美的容颜。

她睡得很熟。

可他现在比任何时候都清醒，毫无睡意。

凝视她半晌，容谦大掌落下，指尖轻勾她裸露肩头的粉红吊带。吊带扣子在容谦指尖下脱落，雪白的美丽在夜的熏染下格外迷人。深邃黑瞳灼亮几分，容谦俯身，却忽然凝着床头柜上的护舒宝没动。

清晨，旭日东升。

容谦有了淡淡的黑眼圈。

"容谦——"乔云雪中气十足的声音破空而起，"我的内衣……"怎么会掉扣子？一个被子睡，他弄的？

"哦？内衣怎么了？"容谦一脸无辜。

那张脸何其无辜！乔云雪凝神打量十秒，讪讪收回视线："没事。"

接下来几天她都有注意容谦，容谦处处中规中矩，她慢慢打消那个扣子的疑虑。满意两人现在这情形，不亲不疏。她不向他伸手要什么，他也不会要求她为他服务。

非常幸福自由的生活！

这几天洛少帆比较合作，事情稳步发展中。

坐在奥迪里，乔云雪伸了个大大的懒腰："容谦你的大床太舒服了，让人想一直睡下去……"声音戛然而止。她讪讪地别开脸——她怎么可以夸这个呢，真的，大清早的，这话多暧昧。

"哦。"容谦轻应。

"终于没有骚扰电话了。"乔云雪忍不住笑，"这些妞们终于知难而退。"

容谦唇角弯成微笑的弧度："今晚我有应酬，不用做我的饭。"

"嗯。"这是好消息，乔云雪眉眼弯弯，两百平米的房子又是她一个人的了。

距京华大厦三百米远的时候，容谦主动停下奥迪。

乔云雪拿着手袋，轻快下车："再见……"

转身之际，她却看到旁边一辆宝马。宝马里坐着燕子，旁边是那天见过的女人——苏雅，财务部主任。而燕子是财务部经理。

苏雅看过来的目光令人很不舒服。乔云雪没多留神，大步离开。

上到京华四十二楼，打好开水，开了电脑，乔云雪开始整理过去在龙基时各种销售策略。等做完施靖安排好的这件大事，她应该会离开总部，到售楼第一线开始工作。

"乔云雪！你怎么在这里当一个小小的主管，你果然假结婚。"委屈的声音响起。

办公室门口，穿着真丝长裙的女人正等在那儿。洛少奶奶一脸委屈，甚至有点憔悴。

乔云雪无力瞄向天花板。这女人居然找到她的工作场所。

苏青兰走到她面前,放下张银联卡:"我就说,你怎么可能嫁给容谦!你也好可怜见的,这一百万你就拿着,不要再在这儿做这苦差事了。我只求你离开这座城市吧!谢谢你!"

乔云雪眼睛一抽,拿起银联卡,意味深长地笑:"苏青兰,你说我会拿这卡怎么办?"

乔云雪唇角若笑,镇定优雅。苏青兰紧紧盯着她半天,越看越迷惑。最后她只好装弱:"云雪,我嫁给少帆才一年。除了这一百万,真的拿不出更多了。如果我能拿得出来,我一千万都给。我只求你放过少帆……"

"你给,我就得要,是吗?"乔云雪声音轻轻。

"不!是我求着你要,求你成全我。"苏青兰能屈能伸,可怜巴巴,"你一直都那么善良,为什么就不放过我呢!"

到底是谁不放过谁?贼喊抓贼原来可以这么理直气壮!

乔云雪扬眉:"如果洛少帆知道你来京华公司,后果有点严重。"

"求云雪不要告诉少帆。"这是硬伤,苏青兰脸色发白,声音颤抖。

乔云雪轻笑:"我不会离开这儿。我不可怜,可怜的是洛少奶奶。苏青兰,并不是每个女人都喜欢成为菟丝花。"

"我不是菟丝花。我是为了孩子守护家园。"苏青兰可怜巴巴地瞄着云雪,"少帆已经是我孩子的爸了,云雪你就放手吧!这一百万,就当我替少帆补偿你的青春损失费。"

眸子一闪,乔云雪将卡放回苏青兰手心:"晚八点咖啡厅见!上班时间恕不奉陪。"

"我……"苏青兰讪讪地收好卡。离开。

晚上八点,乔云雪来到咖啡厅。

她来,是为了和苏青兰做个了结。

苏青兰早来了,翠绿长裙,长发高高盘起,颇有富家少奶奶的气势。

但乔云雪依旧淡定,不淡定的仍是苏青兰。

瞠着乔云雪,苏青兰几分妒嫉,几分内伤。她打扮了一个晚上,想在乔云雪面前展示豪门少奶奶的风采。结果乔云雪一身简简单单的红裙,一头如丝水滑的青丝,就让人移不开目光。

那自信的美丽,气派的潇洒,炫目动人,令男人倾心,女人侧目。

面对苏青兰的惊骇,乔云雪婉约轻笑——活得漂亮果然更痛快!

容谦的观点是对的。

苏青兰好半天才收回目光,咬咬牙,从手袋里拿出卡,塞进乔云雪手中:"云雪,你就收了这卡。放了少帆,离开这儿吧!"

乔云雪凝着掌心的银联卡,含笑瞄瞄苏青兰,从苏青兰面前飘然走过……

苏青兰长长吁了口气。

乔云雪的声音从苏青兰身边传来:"洛少帆,请你的妻子不要再来打扰我的生活。这青春损失费,你们夫妻留着养老好了。"

那张卡,她轻轻巧巧地放在洛少帆掌心。

苏青兰面如土色。不能动弹——乔云雪居然留了心眼,同时约了洛少帆过来。

洛少帆面容阴郁:"青兰你……"

"洛少帆,你就是把龙基双手送给我,也补偿不了我的青春。"乔云雪轻轻笑了。

"青兰,你用钱打发云雪?"洛少帆不可置信地转向妻子。

双眸微湿。乔云雪背脊挺直。

她已婚,安心过自己的生活,这也能惹到苏青兰?她怎么就惹上苏青兰这么个口蜜腹剑的女人……

那八年青春啊……

"等等——"苏青兰尖锐的声音传来。

"青兰,别胡闹!"洛少帆声音隐隐严厉。

乔云雪听到了,没有停下,步子却优雅而轻快。洛少帆,花开花落,故事有始有终。

虽然,曾经那般疼……

"乔云雪你给我停下!"苏青兰声音更加尖锐。

不明白被拆穿的苏青兰为何还这么嚣张。她一直装的是可怜的猫儿。

乔云雪迈出咖啡厅的大门,苏青兰也跑出来了,一把拉住乔云雪:"你诬蔑完我,就想跑吗?我今天就让少帆看看,他爱了八年的女人,到底有多奸诈!"

是可忍,孰不可忍!乔云雪转身:"苏青兰,放开你的手!"

"不放!我们说清楚!"非但不放,苏青兰还抢过卡,一边招呼着洛少帆,"老公,我可不是云雪说的那种人。她是看不惯我们恩爱,所以挑拨离间。"

"放开云雪。"洛少帆过来了。

苏青兰闻言瑟缩了下,但笑了,温柔得不像话:"这卡是老公你的,老公瞧瞧卡里有钱么?这里有柜员机可以查。"

洛少帆在苏青兰的催促下输入密码。点击余额,上面出现"0.00"的字样。

乔云雪愣住了,不可置信地扫过苏青兰洋洋得意的脸儿。

一百万?

零?

苏青兰这么快就调包了卡?苏青兰原来这么有心计。

"老公,这卡是你以前废弃的旧卡吧?她以前拿走的吧?"苏青兰眉开眼笑,"现在拿着来,却说是我给她一百万,这种小把戏,她怎么好意思在我聪明的老公面前玩。真是太好笑了!"

真是太好笑了!乔云雪也笑,她该不该祝贺洛少帆娶了有能耐的女人?

"可是你真不该来破坏我们的家庭啊!"苏青兰扼腕。

"云雪……"浓浓的失望，洛少帆俊美无俦的面容披上寒霜，"没想到，你也和那些吃醋的女人一样……"

乔云雪浅浅笑了："是啊……不过，洛大少，我今天终于可以完全漠视那八年了。"爱慕多年的男人，情商智商不过如此。是该埋怨自己的眼光，还是岁月的无情……

"老公，宝贝在家等我们呢！"苏青兰神采飞扬。

他们离开了。

不言不语，乔云雪静静站在夜空下，瞄着变幻的霓虹灯。眸子晶莹。

忽然一脚狠狠踢出："一群混蛋！"

踢着的是车，防盗铃立即长鸣。也惊得别的车发出阵阵防盗铃声。

混杂的铃声中，乔云雪受痛蹲下。

灯光中，她的足踝肿成小蟠桃。好疼！强行走上一步，差点绊倒在地。

脚是崴了？还是脱臼了？

拿出手机，她红着眼睛，吸吸鼻子："容谦，我……我回不了家了。"

"云雪现在在哪？"容谦隐隐焦灼。

"我在咖啡厅这儿……"乔云雪忽然抿紧唇儿。她听到容谦那边的劝酒声，还有钱涛的声音。是了，他说今晚有应酬，他没有时间。她在职场滚打摸爬整整五年，明白功成名就对男人至关重要。

她不该打扰容谦的应酬。

吸吸鼻子，她尽量平静："没事，我挂了。"

左右四顾，没有可帮忙的人。难道她要打 120 急救？

拿着手机，瞪着半晌，拨爸妈家的号码。可拨到一半，又退出来。

爸妈去年因为洛少帆，气得血压上升到 180。再不能让爸妈操心了。

想了好一会儿，她拨打舒渔的电话。他是提供油画给夕阳画廊的小油画家，很热心的大哥大。拨了一半，乔云雪停下——舒渔对她心存爱慕，还是别让他误会比较好。

好一会儿，她拨通了还在龙基工作的几个姐妹淘的电话。

"云雪，我们马上过来。别动啊！"林小眉兴奋地跳了起来，"幸亏踢痛脚了，要不然我们还不知道你回来了呢。"

眼睛一红，乔云雪靠着小车，静静等着林小眉她们到来。

这会儿，那些小轿车的蜂鸣器还在响着呢！

"你对我的车子做了什么？"车主过来了，凶神恶煞。

乔云雪心里咯噔了下——她刚刚用高跟皮凉鞋狠狠踢车，鞋跟坚硬尖锐，还真不知道有没有伤到车身……

"她不会对你的车做什么！"淡淡的语气从身后传来，容谦正在打开奥迪的车门。

那车主一看奥迪，看了看挺拔从容的容谦，乖乖闭了嘴儿。

乔云雪愣愣地瞅着，觉得有片流光掠过夜空，周边瞬间璀璨起来。

钱涛这副总裁在的地方，一定是很重要的应酬。她没想到他会离开那儿，来找她。

"怎么了？"上下打量着她，容谦研究的目光落在她格外晶亮的目光上——这种晶亮，是泪光洗过的晶亮。

明明他没什么温度，可她瞬间心安神定，连疼痛都觉得轻了许多。

"脚痛！"乔云雪不好意思地别开头，瞄着夜空。

"不能走？"容谦了然。

"疼。"她回答。

"哦。"容谦表示懂了，忽然俯身，轻柔而快捷，拦腰抱起她纤细身子。

"容谦——"发出惊慌的喊声，可是悬空失重的感觉很惊惧，乔云雪抱紧容谦的脖子。

沉香咖啡厅透出来的光线照在容谦立体的五官上。他的额际，居然有细密的汗珠。乔云雪慌神了——

感觉到她的惊慌，容谦抱紧了些。

隔着衣料，感受着他的热气。乔云雪心儿渐渐安稳。他手臂结实有力，似乎她像布娃娃般轻巧。这是要和她共度百年的男人啊……

她的泪忽然汹涌洒落。

"脚很疼吗？"他轻问。

"不疼！"她扯开唇角，绽开个柔和而坚强的笑容。

把她轻轻放进后座，打开车灯。

他俯身，轻柔地取掉她的高跟皮凉鞋，一手托起她纤足，宽大的掌心轻轻落上她白皙的肿胀位置……

乔云雪脸儿红成熟透的柿子，心事漾开……

他的动作轻柔，大胆，寸寸抚过白皙的肌肤，偶尔经过的地方。乔云雪惊呼出声："疼！"

她的足踝处肿得厉害。

容谦轻轻放下纤纤玉足："我们去医院！"

"啊？"乔云雪皱眉，有这么严重？

"怎么会这样？"容谦问。

一言难尽，她不想再提："那个……我在看天上的星星，不小心踢到了。"

"哦。"容谦颔首，坐进前座，"今晚没星星。"想糊弄他，可要水平的。

"嘎——"乔云雪尴尬得满脸通红，连疼痛都忘了，直埋怨这么个好天气为什么独独没星星。别开眸子，却又忍不住瞄向他，默默瞅着他俊美的侧脸。

他宽宽的下巴，总给人一种稳重可信的感觉。整个轮廓似有魔力，不经意就吸引住人的目光，移都移不开。

"容谦，你对每个女人都这么好吗？"她忍不住问。

容谦黑瞳一闪:"云雪,你是我老婆。"

言下之意是不是,因为她是他老婆,他才会对她这么好。

乔云雪微微动容。他把她当老婆,她也应该把他当家人……女人的第六感真的很准,她一眼相中他,果然是个好男人。爱情也许还遥远,但关怀已经悄悄走来。

容谦带她到医院。大步如飞地把她抱到急诊科。

诊断结果出来了,皮肤下面的肌肉组织可能充血,肿胀得厉害,但幸好没有伤到骨头。

"太好了!"乔云雪忍不住漾开笑容,"我明天还可以上班。"

容谦目光一闪:"你这样还上班,想报工伤?"走都走不了,还想着上班。她的坚韧,实在令人叹服。

"如果可以报,我就报!"乔云雪歪着脑袋瓜笑,"我这本来就是工伤嘛!只怕京华总裁太抠门,不给报。"

容谦扯扯唇角,无语。

到家的时候,容谦把她抱着放在床上,语气温和:"如果工作吃力,我可以和施靖谈谈……"

"绝不!"乔云雪暗暗握紧拳头,"容谦,工作上的事我绝不会走后门。困难就是经验,我不会做缩头乌龟。"

容谦替她指压完后,不知从哪儿找来十来斤重的冰块,融成冰水,让乔云雪冰敷。乔云雪瞪着那大盆冰水,身上起了冷疙瘩:"容谦,我不是企鹅!"

容谦俊脸微赧。

乔云雪扑哧笑了,单脚跳着进了浴室,在他快跟进去的时候砰地关紧门:"我自个儿能行。"

出来的时候,容谦不在了。

乔云雪跳着去婴儿房拿笔记本,出来时愣住:"容谦,那个……我明天洗。"

他居然在帮她洗内衣。

他正皱眉瞄着内衣,一动也不动。

乔云雪想抢过来,可脚不灵活。乔云雪脸儿红透了:"你看它做什么?"

"内衣海绵有点厚。"容谦不动声色。

是说她胸小么?乔云雪脸涨得通红:"容谦,赶紧放下内衣。呜呜,你是故意的……"

哭声是真的,可没有眼泪。乔云雪懊恼得不成。

容谦薄唇轻颤:"外面高温三十七八度,穿着这个热,汗味重……"

"汗味?"原来不仅说她胸小,还说她汗臭……

不等容谦再解释,乔云雪眼不见为净,闪人。他就是把她内衣揉成布条,也懒得管了。

第三章 标准老公的三大定律

单脚跳回卧室，抱着笔记本爬上大床。

容谦一会儿就进来了，长眸瞄着她不雅的姿势，白皙的足踝，扫过大盆冰水："冷敷好得快一点。"

乔云雪搬着笔记本笑盈盈的："容先生，我在请QQ里面的企鹅下来游泳。"

容谦面容一僵，扯扯薄唇——她真生气了？

乔云雪把脑袋埋进笔记本电脑。

容谦过来，瞄到她正在狂打字儿："不能小看任何一个柔弱的女人……"

乔云雪感觉到视线，倏地抱紧笔记本："容先生今天不用办公？"

长眸闪烁，他长臂横过半张床，双掌轻轻落上她肩头："不要为别人的错误惩罚自己。不值得！"

"嘎——"乔云雪仰首，眼眸不知不觉湿润了。灵光一闪，也许他早看出她不开心，所以他才故意借内衣逗她……

她喃喃着："容先生，我不笨。"

薄唇微松，容谦松开她双肩，随意轻轻把她掉落的发丝捋到耳后："以后谈事，可去油画街那儿。那里都是你的邻居。"

"嗯，确实，那里谁也不敢欺负我。"她含糊应着，小小的感动。闻着他男人味道，淡淡的古龙香水味道，乔云雪不知不觉脸红几分。

容谦去书房了，按上免提，想打给施靖，又放掉电话——就让她自己开拓出一片天空吧！

她可爱，热情，可个性独立，不喜欢别人闯进她独立的空间。

乔云雪下床，脚泡进冰水，不一会儿那肿痛就消失好多。疼痛一消，她困意上来了，立即爬上大床。

睡觉！

第二天，乔云雪是被电话惊醒的。那个声音轻快而调皮："容谦的情人，你还没醒？"

乔云雪听出来了，对方来过电话，支持她做"情人"，拼命喊"加油"。

"没醒怎么接你电话？"乔云雪反问。一边查看足踝，消肿许多了，不再那么疼。

"嘿嘿，那倒是。"对方呵呵笑，"温柔乡里懒起床。喂，我打听下，容先生那方面怎么样？"

怎么样？乔云雪眼睛一抽，她曾夸过他生龙活虎，神勇无比，前无古人，后无来者……

对方笑："云雪姑娘，你今天居然没来上班。容先生这么厉害，把你整得爬不起来了？"

"上班？"谁说她不上班？一骨碌爬起来，呜呜，十一点了……

容谦居然不喊她起床上班……乔云雪打开手机，发现调好的闹钟也被取消了。

"容谦——"好生气呀，乔云雪知道是容谦干的。

准备好上班，手机来电。

施靖的？

乔云雪脸色一白："施总，不好意思！"

"乔小姐因公受伤，我特意来慰问。"施靖小心翼翼地，"乔小姐可以休假三天，回来再报工伤……"

还真成了工伤？乔云雪傻了，手袋掉落……

容谦干的么？

"施总，不能把我的工作交给别人。"乔云雪深呼吸。洛少帆，我乔云雪会活得更漂亮！

单脚跳着，停在容谦书房门口。想进去找书看，可是……

男人的书房像女人的闺房，有秘密。她不会去探测他的内心，否则后果很严重。

她的AA制就是为了给两人的心灵划清界限……

纠结着，她的目光被一本相册吸引住。

不知不觉走进去，翻开。相册里有京华的高层管理，有燕子，有苏雅。还有一个气质女人照片。一身气质更像学者，和容谦的气质十分相近。

放下相册，乔云雪决定回房，想想如何干好施靖的那份苦差事。

晚上容谦回来，乔云雪问："你找的施靖？"

"啊？"容谦一脸糊涂。

乔云雪只得生生打消自己的疑惑。

休息三天，脚伤全好，心里平静。洛少帆的事儿，西藏一年里早就想通了不是么？容谦说得好，不要为别人的错误惩罚自己。

容谦很忙，来去匆匆，神龙见首不见尾。乔云雪甚至觉得，容谦生活压力太大，没精力培养感情，才与她儿戏闪婚。

三天后终于上班，乔云雪格外欢喜，比容谦还早钻进奥迪，手痒痒地摸摸方向盘——奥迪价格二十来万到数百万，他这款到底多少钱？

容谦不动声色："你有驾驶证？"

"我以前有车。"她闷哼，"只不过出了点小车祸，爸妈勒令我以后不许动车。"

"哦。"容谦长眸隐隐似有笑意。

离京华三百米时，奥迪停下。

乔云雪下车，瞄着一侧的宝马。燕子？坐着宝马上班，殷实的白富美。

怎么又在这儿遇上……这时间巧得令人觉得，燕子特意掐着点儿来的。

"早！"燕子眉开眼笑，灵巧地拿出一束紫红色的勿忘我，送到车窗，"容先生，早安！"

容谦瞄着燕子，神情有些诡异，没反应。

"容谦，我帮你处理了。"乔云雪利落接过花儿。一扔，拥有三分投篮手的魄力，一举命中垃圾桶。

"居然抢我的花儿。"燕子苦着脸儿，"这花我花了99块。"

乔云雪笑盈盈："勿忘我送给死者的。容谦不能要。"

"你吃醋了？找借口扔我的花。"燕子瞪她，"菊花才是送给死者的。"

"啊，我记错了！"乔云雪一脸错愕，"需要我再把花儿捡回来吗？"

"不要……"燕子一脸懊恼，"会有女人笨成这样——混淆勿忘我和菊花的花语？"

"有，就是我。我是花语白痴。"乔云雪落落大方，"不好意思。容先生拜拜——"她轻快离开。

容谦凝着她窈窕身子，长眸深幽，唇角微勾。

燕子抿嘴儿笑："好一个情人……"

来到办公室门口，乔云雪站住了。手机来电。洛少帆的号码。他来电做什么？

深呼吸，想了想，乔云雪按上接听键……

"云雪，我们好好谈谈。"洛少帆声音真挚。

"工作的事，当然要好好谈谈。"乔云雪谨慎地把地点选好，"中午十二点，油画村茶餐厅见。"

"好。"

"洛先生，我很忙。先挂机了。还有，请洛先生下次打京华办公电话。"乔云雪淡淡地。

"云雪……"

乔云雪已经挂了电话。她做事向来不拖泥带水。去年伤心之余，没有一哭二闹三上吊，而是直接跑到洛少帆都找不到的西藏。

洛少帆高高在上，只怕忘了她还有自尊，更有自爱。

安心办公。

没想到，燕子会专程过来看她。

"财务部看来很闲。"乔云雪抿嘴儿。这燕子到底安的是什么心？

"是有点闲。那是我因为我管理能力好。身为中级管理，闲才是王道。"燕子居然点头，笑盈盈地，"别以为我傻，真认为你不懂花语，你就是装傻，毁了我花儿。"

点点头，乔云雪云淡风轻："容先生都没意见，你有意见？"

"啊？"眸子一闪，燕子惊奇几分，"有趣儿。难怪容先生肯收你做情人。"

"多谢夸奖。"乔云雪眼皮都不跳一下。

燕子眨眨眼睛："乔小姐，你说，如果我明天再送花给容先生。你要怎么办？"

乔云雪也学着她眨眨眼睛："燕子，为什么等容先生有了我这个情人，你才开始送花？你想看到容先生跳脚？还是想看看容先生对我有没有心？"

"真不好玩！"燕子撇嘴儿，手指卷着大波浪长发玩儿，"世上最古怪的就是容先生，找个情人也找这么聪明的。这么聪明敏感的女人，应该娶来做老婆持家。一定特别旺夫。"

乔云雪无语。

燕子撂下话来："记住，我是你的竞争对手。今晚我就约容先生烛光晚餐。"

乔云雪啼笑皆非——燕子如果真和容先生去烛光晚餐，会特意跑来告诉她乔云雪？

真奇怪的女人！

十二点，她去了油画村茶餐厅。

洛少帆已经到了，奔驰就停在门口。雪白衬衫，黑色西裤，风采非凡，可一脸忧郁。

洛少帆忧郁地凝着她："云雪，我知道你还爱我。我想补偿云雪。"

"补偿？"声音轻轻，乔云雪目光清澈，"我的青春你补偿不起，你补偿别的我瞧不起。"

"和他离婚！"洛少帆目光深邃，"回到我身边，我愿意为你倾注财富。"

乔云雪惊骇地盯着他："洛少帆，你的意思是要包养我？"

话音未落，不明飞行物从面前飞过……

"谁敢对我们云雪提这样的要求？"中气十足的男音传来，一块香蕉皮落在洛少帆面前。

第三章 标准老公的三大定律

第四章 他有喜事，她有糗事

乔云雪站了起来。

"舒渔？"洛少帆认得他。

"你敢不尊重云雪，我废了你。"舒渔的拳头在洛少帆面前剧烈晃动。

乔云雪深呼吸，淡淡笑了："洛少帆，你是不是我说的那个意思？"

眸子闪烁，洛少帆坚定真挚："我暂时不能给你婚姻，但可以好好疼你。"

乔云雪疏离而清冷："洛先生如果不能保持平常心和我谈公事，我们最好不要再见。"

乔云雪惘然，这是她第一次在工作面前打退堂鼓。

"可恶！我们云雪去年的账还没算呢！"张大妈愤怒极了，"我们油画街老老少少都是云雪的娘家人。你要敢动我们云雪，看我们怎么把你扁成豆腐渣！"

"他奶奶的狗嘴里吐不出象牙。"这是邻家大哥的闷吼声，"敢让云雪做情人！"

乔云雪平静的目光落在洛少帆身上——整条油画街都是疼爱她的人，就是天王老子也休想动她一根汗毛。

容谦的建议，多实用。

"云雪……"洛少帆镇定高雅的脸焦灼了。

混乱间，一个绿色身影猛冲进来，拦在洛少帆面前："你们想对我老公干什么？"

乔云雪抚额。她真想问苏青兰请的是哪个私家侦探，效率这么高。

"乔云雪！"苏青兰狠狠地，"你又勾引我们家少帆……"

苏青兰话音未落，"啪"的一声，破空而起。舒渔卷起衣袖擦巴掌："奶奶的，一年前就想打这臭女人。我还没来得及找上门，就自个儿送上门。真痛快！只可惜打脏我的手。"

"呜呜……"苏青兰捂着脸上的五指印,拉着洛少帆哭了,"老公,他打我。我要报警!"

"报啊!"张大妈笑呵呵地,"我们全是证人,全看到你老公调戏良家妇女,你是帮凶。舒大画家伸张正义嘛!"

苏青兰忘了哭,傻傻瞪着一大堆男女老少。

一群惹不起的刁民啊!

"我们走。"苏青兰一见形势不利于自己,拼命拉着洛少帆离开。

走向茶餐厅大门,洛少帆蓦然回首,深深凝着乔云雪……

乔承康夫妇闻讯赶来的时候,已经接近尾声。

"呸,洛云城和江琼怎么不去撞墙,养出这儿子!"夏心琴挡住洛少帆的视线,拉着女儿回家,"别怕,我让容谦来接你了。哼,他不哄好我女儿,我就不让你跟他回去。"

"妈,我一根汗毛也没掉,挨打的是苏青兰。"乔云雪摸摸鼻子——这关容谦什么事?

"他们吃过一次亏,希望以后别再这么嚣张。"夏心琴紧紧地握着女儿的手。

"妈,舒渔打人不对……"乔云雪没说下去,舒渔毕竟是为自己出头。

"妈知道,你是担心这样一来,和洛家结下梁子。洛云城奸诈,江琼强势,不好惹……"夏心琴感慨,"洛少帆怎么会这样,真看错了。"

"妈,不要再谈他了。"离上班时间还有半个小时,乔云雪上楼先洗把脸。看着浴室里镜中的自己,用力扯开个笑容。

脸上还是掉皮。

浓烈的男人气息袭来,夹杂着好闻的古龙香水味。

容谦真来了?

飞快出浴室,乔云雪眸子闪动。可不,二楼大厅里正站着个颀长的身影。

一看到她,容谦唇角微弯,犀利的眼眸不着痕迹地扫过她全身,落在她清亮的眸子上。

"云雪很漂亮。"容谦颔首。

他那正儿八经的模样,字正腔圆地说出这五个字,说不出的喜感。乔云雪扑哧笑了:"容谦,你在演话剧?"

容谦黑瞳一闪:"我在哄你。"

"啊?"乔云雪傻眼。

"你妈勒令,不哄好云雪,不许带老婆回家。"容谦温和极了。

"噗——"他当真啊!

黑瞳锁着她眉间淡淡的寂寥,容谦低头从裤子口袋里掏出一样东西来:"我托人从法国带回的。"

那是个小巧玲珑的小瓶子，上面印着法文。她不懂法文，可看着图片，知道那是护肤品。

"用上几天，脸不会再掉皮。"容谦温和极了。

原来，他竟然把她被西藏气候磨粗的脸放在心上……

心中微微一漾，乔云雪眼眶一红，先一步下楼："我得上班了。"

新婚夫妻在乔家二老祝福的目光中坐进奥迪。

乔云雪瞄着不远处的茶餐厅，心里微酸："容谦，我想转一转。"

容谦颔首，果然带着她远离闹市，一直开到寂静的高尔夫球场才停下来。

满眼的绿，空旷的视野。乔云雪眸子慢慢湿了，侧过脸儿："容谦，借你肩头靠靠，好不好？"

不等容谦答应，她已靠着他宽宽的肩头，眼泪掉了下来。

温暖的怀抱诱发了她坚强表象下的脆弱，她号啕大哭，鼻涕眼泪全揩到他雪白的衬衫上。

容谦一愣，片刻后长臂搂过她肩头，搂进臂弯。

他下午有个极其重要的会议，现在看来，只能错过……

足足哭了十来分钟，乔云雪猛然醒悟到自己失态，赶紧坐正身子，有些不好意思："我……我现在一定好丑。"

"这样比较有女人味。"容谦轻笑。长臂中没有她，有些空。

她脸红如霞："容谦——"

"哦？"容谦颔首。

乔云雪脸红红瞅着他结实的胸膛："谢谢你的肩膀！"他质地极好的白衬衫全皱了，还沾着她的眼泪鼻涕……

"不用谢！我们AA制，所以这个……我以后会要回来的。"容谦黑瞳若笑。

要回来？反过来的话，是男人靠女人胸口？

想着那画面，乔云雪脸红到脖子："容谦——"

容谦长眸凝着她脸上的羞红，扫过她肿肿的眼睛。平时豁达大方的她，乍一伤感，娇弱可爱。

"我们该上班了。"乔云雪别开眸子。身边坐着的新婚老公仍然算半个陌生人。他看上去好依靠，她才会不顾矜持在他面前痛哭……

发泄的痛哭令乔云雪平静许多，容谦更是静默的人，路上寂静如冬夜。然而有一种神秘而浅浅的暖流，悄悄在两人之间弥漫开来。

他们回了水乡花园，将一身狼狈去掉。但乔云雪红肿的眼睛，却没法一下子复原。

容谦带着她上班去。

"不好意思，害你也迟到。"乔云雪吸吸鼻子，一手刮着车玻璃，反光镜里看到他换掉的浅灰衬衫，有些出神。

他是个好衣架子，不管穿什么都笔挺帅气，夺人眼球，而且不给人轻浮的感觉。

"没事，没人扣薪。"容谦淡淡一笑。

"那就好。我不自责了。"乔云雪轻轻地，"怎么不问我为什么哭？"

容谦沉思数秒："云雪认为该告诉我的时候，自然会告诉我。"

她心儿猛地一颤。

容谦有涵养，善洞悉他人内心，但同时会给对方尊重……乔云雪明白了，凝神打量着他，屏住呼吸："容谦，我知道你为什么讨女孩子喜欢了。"

容谦唇角微扬："讨妻子喜欢的男人才是幸运的男人。"

"嘎！"乔云雪心儿漏跳一拍。容谦说这句话是什么意思？

难道，他并不安于现在这种无爱婚姻？

容谦的话乱了乔云雪的心。进到京华办公室，她还在静静沉思，琢磨他那句话。

唉，他想讨妻子喜欢么？

想着被她毁掉的白衬衫，乔云雪脸红——和他的大度包容一比，她今天丢脸到家了。

来到顶楼，容谦系好领带坐下，按上免提："钱涛进来。"

钱涛很快进来，恭恭敬敬站着："容总，董事会议刚刚结束。会议宣布，董事会对容总的六年考察期结束，肯定容总的工作能力，近期会给容总正名，容总可以开始培养自己的工作班子。"

"明白了。"容谦颔首，指尖轻叩桌面，面容凝重，沉思着。

钱涛恭敬地问："容总想从外面招秘书及助理，还是内部提拔？"

"我考虑下。"容谦颔首。

"容总不准备把结婚的事告诉容老板？"钱涛小心翼翼地问，"这可是大事。"

"她以前的身份对于容家而言太过敏感，再等等。"容谦淡淡地。

"难道等生孩子再说？"钱涛试探着，"今天油画街闹得厉害。苏青兰越来越过分。容总这么沉得住气，虽然像容总的作风，可让人觉得怪怪的。"

容谦不动声色："她不能再逃避下去。痛过才能真正接受我。"

钱涛眼睛一亮，知趣地退出。

容谦薄唇微扬，按上免提："云雪，今天家有喜事，晚上我请客。"

"好。"乔云雪应承着。放下话筒，她双手托腮，发呆。容谦有喜事，她却只有糗事。不过，借用他的喜事，中和一下她的糗事，也是件不错的美事。

再三考虑，乔云雪终于下定决心，她要放弃跟踪施靖安排下来的这份工作。

收集好相关资料，全部抱入臂弯，乔云雪向施靖办公室内走去。

"乔小姐来了呀，我正要找乔小姐。"施靖态度越来越好。

或许容谦为她的事和施靖谈过，施靖才这么好说话。容谦到底是五十楼的人，与高层接触频繁，施靖八成还想容谦和领导们美言几句，才会对她越来越谦和。

"施总，我来找你是因为……"她要拒绝这份差事。她不能再和洛少帆见面了。这是对自己负责，也是对容谦负责。

"我先说。"施靖好声好气得很，小眼睛笑眯成缝儿，"龙基来电，洛大少最近会非常忙。和乔小姐合作的人，换成龙基营销部的秘书方晴晴。我的话说完了，现在请乔小姐说。"

"换人？"乔云雪吃惊得很。洛少帆那人向来心高气傲，越有困难越有干劲，如今忽然就看开了，好奇怪！

但，相当好。她真的很不喜欢半途而废。既然换了人，她还是坚持到底。

深呼吸，乔云雪浅浅笑了："我没事。我回去干活儿了。"

她转身回去了。明明那叠资料沉得很，她却跳着步子跑回办公室。

下班了。

与容谦有约，可不想被人看见两人在一起，乔云雪故意磨磨蹭蹭拖时间。十分钟过去，她才拿着手袋出来。

电梯里没人。走到停车场，差不多也没几部轿车了。

容谦果然还在，神情高深莫测。瞄到他，唇角才微微勾起。

容谦定了酒楼小小的包厢，十分温馨的感觉。乔云雪不时凝着他微翘唇角，微弯长眸——看来这是特别大的喜事，容谦内敛，从来没这样喜形于外。

"升职了？"她猜测。

颔首，容谦轻笑："快了。"

"多快？"乔云雪疑惑着。他这语气太过轻松愉快，听起来都不像他。

容谦只淡淡笑着。

"那恭喜哦！"乔云雪歪着小脑袋瓜，斤斤计较，"不过我们ＡＡ制，你赚再多银子……对我好像没多大好处。"

"等升了职，我给你零花钱。"容谦挑眉。

扑哧笑了，乔云雪摸摸鼻子："好呀，我都不知道有人给零花钱是啥感觉了……"她眉眼弯弯，可眼睛还肿着，说不出的可爱动人。

容谦一慌神，长臂伸出，指尖很轻很轻地触上她颤动的美丽的睫毛。

"你房贷贷了多久？"乔云雪埋头替他计算着两百万的本息。

容谦闪神中。

睫毛痒痒的，乔云雪一愣："我睫毛上有什么吗？"

指尖离开她的睫毛，容谦的旖旎情思渐渐消弭："云雪的睫毛很漂亮。"

"嘎——"这低沉的语气听起来煞是动情。听得脸儿发烧，乔云雪不自在地清清喉咙，"你以为我还是二八少女呢，用这么天真的话哄我。我可不上当。"

容谦长眸闲闲凝着她嘟起的小嘴儿："云雪睫毛真的很漂亮。我总不能觉得漂亮，却故意说丑是吧！"

"嘿嘿！"这话听着真舒心，她眉眼弯弯，"容先生真是可教之才，这赞美技术上了一个档次了。"

容谦无语。可幽深的眸子，不时瞄过她变化的脸儿。

痛哭过的她，眼睛还是肿着的，可眉宇间淡淡的忧愁不见了，多了几分神采飞扬。黑白分明的眸子十分明亮。

"不许看啦！"她的睫毛真有那么漂亮么？乔云雪娇嗔着，也想看。她眨巴着眼睛，做出个无数怪异的动作，可最后也没能知道自己的睫毛到底有多美，甚至连睫毛的影子都没看到。

低低的笑声滚落，容谦别开眸子："随便点菜，今晚我结账，不AA。"

"不。我要AA。"她终于不再和睫毛过不去，托着腮儿凝着他，"我不怕把自己吃垮，可是还真担心把你吃垮。瞧，你那房子真的很漂亮，可是里面空空的。存点钱买几样家具怎么样？"

"哦？"容谦不语，他以前一个人住，觉得那样刚刚好。如今看来，是该添点家具了。

"好啦！不谈这些了。嘿嘿，我们一醉解千愁！"乔云雪利落地满满斟了两杯红酒。修长指尖高高擎起玻璃杯，眨巴着眼睛，"来，干杯！"

大杯红酒灌下。

"云雪——"容谦想阻止她。可看到她红肿的眼睛，想起白天的事，他不再有意见。

乔云雪笑得眉眼弯弯："我酒量很好呢！保证你醉了我还没醉。"

结果，第二杯还没喝完，她就有了醉意："好酒！就是这酒楼不咋好，老是晃，看着头昏眼花。"

容谦哭笑不得，轻轻压住她酒杯："云雪，你醉了。"

乔云雪可爱地伸出食指给他看："我没醉。瞧，这是一个指头。"再伸出中指，"瞧，这是两个指头。我哪里醉了嘛！"

"是没醉……"容谦含笑附和，不和醉鬼一般见识。

"我本来就没醉嘛！"眨眨眸子，她附上他耳根，"难不成容先生想我快点醉，好酒后乱性……"

她挨得很近，发丝垂落在他脸上，有些痒。

淡淡的体香和着芬芳的酒香交融，慢慢沁入容谦心脾。容谦懒懒瞅着醉美人。

她想歪了？还酒后乱性……

他如果录下她刚刚这句话怎么样？让她清醒的时候听听，自己曾经说过什么，她一定脸红红地想挖个地洞钻下去。

凝着她因醉酒而绯红，却又十分生动的脸儿，心中微微一动，容谦黑瞳深幽几分。

她漂亮。灵动眉眼混合着她特有的清新独立味道，再加上一点点可爱的世故，格外迷人。

第四章 他有喜事，她有糗事

"容先生，你一定不会这样想。"喃喃着，乔云雪认真想着这种可能，脸儿慢慢红了，"你挺有柳下惠的霸气。来，喝酒！"

柳下惠！

这是赞美还是讽刺？容谦淡定的脸微微抽搐。手一动，撞掉筷子。

若无其事地弯腰捡起筷子，随意放好，抬头时，目光的角度正对乔云雪身侧。容谦目光蓦地一凝。

他深凝的目光停在她的手儿。

她眸子有醉酒般的迷蒙，可手握成了拳，握得很紧很紧，指尖掐进掌心。

她没有醉。她说屋子在摇，只为了误导他的思维。她在装醉。她为什么装醉？还问他那么敏感的话？

黑瞳深幽几分，容谦扫过乔云雪灵动的眸子，明白了。

她淡定的外表下，不仅装着洛少帆和苏青兰的心事，还装着他容谦的心事。她整天在他面前没心没肺，吼着什么都要ＡＡ制，又小气又精明，天真可爱得很。

可那不是真正的乔云雪。

她更多的想法根本深埋心里。也许一直疑惑他为何与她闪婚，疑惑他为何愿意与她一张床睡，却老老实实地不动她。

所以，她借酒装醉，打探他对夫妻生活的看法。或许，她想从他这儿知道的不仅仅是这个，而是更多。他的老婆又聪明又纠结。

"我们吃点菜。"脸色谦和几分，容谦不动声色地抓着她手儿，让她不得不松开掌心。果然，她掌心是湿的，在二十二度的空调下，她握出了一手心的热汗。

掌心正中，被她指甲刻出一个深深的月牙儿。

没见过这么要强的女子……

心中一动，没有点破她的伪装。容谦起身，按上铃。

不一会儿有服务员过来："先生，请问有什么可以服务？"

"解酒药。或者醒酒汤。"容谦淡淡的。

"我们马上准备。"服务员退了出去。

乔云雪挣开他手，失口拒绝："容谦，我不要那些……"

"要的。"容谦不动声色地拿起桌上的筷子，轻轻放入她手心，"既然是来替我庆祝，当然得听我的。今晚没吃开心，云雪不许回家。"

乔云雪还来不及拒绝，服务员已经端着醒酒汤过来了。

"云雪喝一口。"他说。

看着容谦不容拒绝的目光，乔云雪只得仰脖喝下去。喝完，乔云雪摸摸肚子："饱了——"

这一大碗汤灌得她晚餐都不用吃了。

容谦瞅着她不忸怩的动作，目光一闪："我测试下，这解酒汤有效不。"

"怎么测试？"乔云雪好奇得目光闪闪。

容谦颔首，缓缓将一根筷子横放桌上："云雪告诉我这是什么？"

如果她能说出是"一"字，那他可以顺口说她已经清醒。

乔云雪好笑地瞅了容谦一眼："容谦，这不是筷子么？"

"它不是筷子。"容谦不动声色，等着看装醉的女人如何反应。

乔云雪笑着，眉眼弯弯："容先生醉了，连筷子都认不出来……"

"我看的是'一'字。云雪果然醉了。"容谦慢慢扬起唇角，凝神看她的反应。

"一"字？

乔云雪眨巴着眼睛——可不，横着的筷子可不就是一字。

"容谦你要诈！"乔云雪气闷，脸儿都憋红了。

容谦低低的笑声滚落。

乔云雪诧异间看容谦时，他又一脸平静。真难懂的男人！

她闷闷地："吃饭。"

装了一肚子解酒汤，她只吃了一点儿饭，坐在那儿静静打量容谦。

容谦吃得不紧不慢，挺会养生的那种吃法，一辈子不会得胃病的那种。举止轻缓优雅，不像个公司职员，倒像个道行高深的学者。

他再戴上眼镜的话，别说是哲学家，连文学家都像了。可惜他只是个地产集团的职员……

明知乔云雪在打量自己，容谦当作不知道，慢慢品味佳肴。吃完才慢条斯理地抽出纸巾，擦净，这才起身："我们回家。"

出来结账，AA制消费。乔云雪抢着付自己点的菜钱，其他的平分。

容谦瞄瞄她，意味深长。

乔云雪闷哼："我点的菜其实都是容先生吃完的。"

容谦淡淡的："你点的菜比我点的好吃。"

这没温度的话有点暖意，乔云雪脸红。唉，他是大度的君子，她是孔夫子认定的难养的女子……

可是，他居然打了包。

果然是负翁才干的事！到这种酒楼还打包，好羞！乔云雪捂脸儿。从指缝中看过去，这打领带穿白衬衫的男人玉树临风，正一本正经等服务员打包。

"拜托别和人说我们结婚了。"乔云雪脸红红咕哝着，"打包好丢人呀……容先生真缺钱，我想办法帮你……"

"打包有什么丢人？"后面老奶奶看不过去，"姑娘，亏你有这福气。真要嫁了个挥金如土的，你哭都来不及。"

"嘎——"乔云雪傻眼。容谦这张脸就是欺骗世人，居然连老太太都帮他。

一激动，她手碰翻了东西。打好包的菜落地，毁了。

乔云雪讪讪的："不好意思……"

"现在云雪的夜宵没了。"容谦说。

"嘎——"原来容谦是因她没怎么吃才打的包，乔云雪心儿漏跳一拍。明明只差一步就跨出酒楼大门，她的腿却像生了根似的，迈不动分毫。

容谦随手抓住她手儿，向外走去。

手腕被他抓着，看似轻轻，其实紧紧的。乔云雪默默跟着。他似乎知道她走不快，放慢脚步，让她刚好能跟上。

"容谦……"他似乎并没有为她做什么，至今为止两人最亲密的动作就是牵手。她也没想着要和他如何亲密，要怎么做好他的妻子，可她总会不时涌现感动。

不是特别强烈，总是淡淡的，但不能忽视它的存在。

到了停车场，容谦松开她的小手儿，替她拉开车门，悠然坐进驾驶座，发动奥迪。

乔云雪弯腰，正要钻进车，旁边闪亮车灯闪过。她侧过身来。

一辆红色法拉利停下来，里面高贵的洛少奶奶钻了出来，向乔云雪跑来。

"乔云雪！"苏青兰气得牙齿打颤，"你为什么要把少帆约到油画街？你没有本事留男人，只有本事害男人。少帆当初对你不薄，你为什么这么恨他？你瞧油画街那些刁民，明明想要少帆的命。"

乔云雪听到苏青兰的声音，脸色从厌恶，变成平静，最后冷淡："苏青兰，我听明白了。你的意思是我对洛少帆态度不好，要我对他温柔一些是不是？"

"天！你还敢对他温柔？你到底是个什么样的女人？你离他远些。"苏青兰声音尖锐得刺耳，"他一年前就已经是我老公了。你为什么还不放手？"

"老婆，坐进来。外面太热。"容谦不动声色地拉开车门，声音不高不低，刚好够苏青兰听见。

"哦？"苏青兰居然直接跑过来，透过玻璃，看到容谦……

"哎哟……"很小很小的呼声，苏青兰拔脚就跑，一溜烟进了酒楼，连头都不回。

好有戏剧化的效果，乔云雪忍不住再度转身，疑惑地瞅着那个穿真丝长裙的富家少奶奶，逃得那么落魄。为什么变脸这么快？

车里只有容谦，这男人脸上不带煞气。虽然没有温度，但看上去并不可怕。

乔云雪皱眉，疑惑着，苏青兰认识容谦吗……

容谦淡淡的："云雪不生气。"

"我不生气。"乔云雪确实不生气。苏青兰自掘坟墓，请私家侦探盯死洛少帆。如果东窗事发，苏青兰没好日子过。

洛少帆不是好惹的！

静静坐进奥迪，乔云雪脸色柔和，语气低柔："容谦，我们回家吧！"

没听到回音，乔云雪转过身来，眸子瞄上容谦放大的脸。

他离她好近。男人温热的气息几乎全部裹住她，那古龙水味道明明很淡很淡，可她却觉得快被熏晕了。

容谦眸色深深，凝着她抿紧的红唇。

"容谦……"乔云雪喃喃着。

他要干什么……

容谦修长的指尖轻轻挑开乔云雪唇边一根细发。悠闲地收回手。

乔云雪长长地吁了口气，她想歪了，又误会了君子……

她乖乖坐在后面不作声，想着苏青兰奇怪的举动。不时瞄上容谦一眼，如果他的气质不像个学者，她都怀疑是容谦吓跑那个混蛋女人的。

想着，她眉眼弯弯。看到苏青兰落荒而逃，毕竟是件大快人心的事啊！

容谦不时扫过她那张变化太快的脸儿。俊脸淡淡的，黑瞳闪过灼亮光芒……

回到家，乔云雪沐浴洗漱好。开始涂脸儿，容谦送的叫不出名的润肤霜很有用，脸儿虽然还是有些粗糙，但已经不掉皮，光泽许多。

觉得背后有视线投射过来。她侧过身子，看到容谦瞄自己睡衣上的破脸灰太狼。

"怎么？"她立即竖起刺儿。

容谦颔首："女生比较喜欢美羊羊。"

"嘎——"乔云雪眼睛一抽，"容先生居然知道美羊羊？"太意外了！

容谦也不多说，进书房去。

看看自己睡衣上的灰太狼，再瞄瞄书房里的容谦，她又跑回浴室，把睡衣穿反。乖乖爬上床睡觉。

"这床太舒服了。"她嘟囔着，唇角微微上翘，好满足的小模样。

不能一下子睡着，她想心事。龙基的方晴晴，她有印象的，是个乖乖女，相貌甜美。特别有人缘，心细如发，才进龙基两年就成了营销总监的秘书。

方晴晴以前就是她最亲密的下属。

但愿这事不会再换人，一直由方晴晴接手，那她就混出头了。怀着美好的心愿，她含笑睡了。

容谦半夜才回房，看到的就是把破脸灰太狼睡衣穿反的睡美人。可能开始睡觉时太热，她已经把空调被踢到地上。乱乱的睡衣下露出小截小蛮腰，暖色的光线下，她晶莹的肌肤令人赏心悦目。

扯扯嘴角，容谦弯腰捡起空调被，双臂一展，被子覆上大床。

脱下睡衣，他躺到她身边。

凝着她皎洁的脸儿，好静柔的她，可平静的外表下是敏感脆弱的心。

瞄瞄她穿反的睡衣，过高的后领勒着了她的脖子，让她很不舒服，睡梦中不时伸手扯衣领。想了想，容谦脱了她的睡衣。

要帮她再度穿上，目光瞄过她粉红的文胸……

海绵是有点厚，但那儿并不是全靠海绵撑起来的。饱满而晶莹的美丽，生生绽

第四章 他有喜事，她有糗事

放在夜晚。

这内衣什么时候才会取下，不利女性健康……

天色大亮。容谦醒来时身边空空。

乔云雪正在落地镜前打量自己的睡衣。在镜中看到容谦起身，她嘟囔："容谦，我昨晚一定梦游了。"

"哦？"容谦挑眉。

乔云雪瞄瞄容谦，鼻子发出一声几不可闻的闷哼，眉儿秀秀气气地打结儿："内衣带子会自己掉，睡衣会自己换个方向……容先生，你知道这是什么原因吗？"

"哦？"容谦黑瞳一闪，"不清楚。"眉眼不动，果然一派君子模样。

皱眉，乔云雪决定保持沉默。去小浴室换衣服。还在嘟囔着："别以为我真那么笨……"

黑瞳一闪，容谦懒懒倚在门边。难道她什么都知道，只是她的演技太好？

乔云雪从浴室出来的时候，容谦正在打电话："燕子，这两天我有安排行程。"

燕子？他在和那个大美人通电话！

乔云雪站在那儿，撇撇嘴儿："我觉得还是分成两个房间睡好，以免影响到容先生的私生活。"

又变成容先生？容谦长眸扫过，淡淡的："燕子不是你想象中的那样。"

这是保证还是解释？

"我说分成两个房间也不是你想象的那样。"乔云雪抿嘴儿，"我不担心燕子。如果你对她有意，早在一起了。要担心，我也得担心五十楼那些女人。"

有些头痛，容谦黑瞳一闪："我的工作就是我的私生活。我如果要女人，直接找自己的老婆更快！"

"嘎——"乔云雪失去语言功能。忽然转身就走，"我下面条去。容先生你该洗碗了。"

她走了。

手机来电。看了看号码，走到阳台上，容谦悄悄掩紧阳台的门："我会过来……"

从客厅经过，容谦去阳台拿衣服换。

热腾腾的面条已经好了。瞄瞄他不到膝盖的短裤，乔云雪目光从容谦光光的胸膛，一直滑到脚趾头。咳，好养眼……

能生出这么俊美的儿子，他的父母一定非凡。乔云雪这才发现一件大事——到现在为止，她还不知道公婆长的什么模样。公婆到底在哪里？她问问容谦，顺便好拜访下。

进了房间，瞄瞄没人，乔云雪随意经过浴室找人："容谦——"

"啊——"一声尖叫，乔云雪想逃，结果脚像生了根一般，就是挪不动。呜呜，希腊美男跑她面前来了。

身材穿着衣服就看得到，可身形是剥了衣服才看得到。他整个都是那么性感完美……

"云雪……"容谦声音轻轻，隐隐尴尬。

"那个……你的腰看上去很有力。"喃喃着，乔云雪用看希腊神的眼光欣赏。

自小学着绘画艺术，对美向来有独到的眼光；因为油画街多的是人体艺术品，更因为面前的美景就是艺术。那么多人体艺术品，不都是摆在阳光下让人欣赏？她这还是在自己家里呢，看的还是自己的老公。

她热爱艺术。

"云雪……"容谦长眸深幽，一脸严肃，"如果云雪愿意，可以爬上来……"

一个男人说这话像话么？容谦这个混蛋，总是板着面孔损人。

乔云雪脸红红，严辞以对："你别误会，我只是欣赏艺术。视觉和触觉都很重要。"

容谦松了浴巾，一边瞄她："高级人体艺术？"

一双筷子朝容谦飞去："色狼，女人在你面前，你居然换衣服。"

"妻子在面前。可以。"容谦纠正。

"呜——"乔云雪半个字也说不上来了。

他今天一定到了发春季节，居然这样说话。他一定被燕子还是哪个女人给调戏了，才会嘴上生毛。

回到客厅，那幅高级人体艺术图还在脑海里乱晃，乔云雪压根儿忘了自个儿要做什么。好吧，谁叫她是油画街长大的呢，从小到大被艺术渲染。自从出生就对艺术有着非凡领悟力，看到美感的事物会多多品味……

换好衣服出了浴室，容谦听了听厨房传来的声音。他用力揉了把脸，梳好头发，喷点古龙香水，优雅走向客厅。

容谦停住。面前脸红红的女人若有所思地看电视。坐得笔直，眸子一眨不眨，显然心不在焉。

唇角微勾——她在回味高级人体艺术？还是仍然在生他的气？

不过，他们是该熟悉彼此的身体了……

容谦走进厨房，果然里面有三人份的面条。只是已经稠掉。

小心翼翼地捏着碗，容谦努力不让碗再滑出手心。可是，仍然不如他的愿，手一抖，面条撒上手指，碗又滑落。

"砰"的一声，碎成片片。

不到一分钟，一个本子出现在他面前，和乔云雪那双似笑非笑的明眸："容先生，这是你本月打破的第五个碗。这个月已经扣掉你十八块钱。为了缩减负翁开支，请容先生务必下次再小心些——"

容谦微赧："我下次买不锈钢碗。不会再摔破了。"

"嘎——"乔云雪被口水呛到了。上有政策下有对策。三十二岁的男人买不锈

第四章 他有喜事，她有糗事

钢碗防摔，真不赖！

脸儿微抽，乔云雪中肯地建议："容先生现在就该买了。这样还可以多省两个碗，留着给我用。"

"有理。"容谦不动声色。

乔云雪好像非把他训练成下得厨房的男人不可。虽然，现在仅止于洗碗盛饭。

收拾好碎片。面条上了桌子，容谦坐下，瞄瞄电视："中央开始调控楼市？云雪对这个感兴趣？"

乔云雪手一抖，镇定换台："我不正在换台吗？"

按着遥控器，换台时就是那么巧，再一次看到洛少帆出现在市频道，而且苏青兰就在身边，踮起脚尖，一双手都抱住洛少帆的胳膊。

苏青兰笑得那个欢乐啊！可苏青兰幸福才怪！

因为洛少帆脸上没一点欢乐。没有欢乐的丈夫，哪来幸福的妻子？

撒撒嘴儿，乔云雪无限感触："这年代，婚姻生活各种离奇啊！"

"云雪在说我俩么？"容谦面条快吃了一半了，这会儿闲闲地停下，凝着她。

"嘎——"乔云雪这才从艺术世界回到人间烟火，瞪他——居然一个人吃面条。这面条明明是她下的好不好？

乔云雪低头猛吃面条："容先生，我帮妈看两天店。明晚回来。"

想逃？容谦长眸一闪——这是好现象。

"你可以和燕子约会。"她说。

容谦一愣。

乔云雪已经飞快回房拿了手袋，向门外冲去。"我的鼻子——"她的惨痛呼声从门口传来。

乔云雪瞪着面前一大堆——门口何时来了这么多年轻人，还端着摄像机？

站在最前面的小哥儿笑得谄媚极了："乔小姐，你是容谦的情人吧？我们专程拜访。请问，乔小姐是迷上了容先生的银子，还是身子？"

什么银子身子？他们这些小鬼头都在胡说些什么。

"你们难道不怕挨板子？"她瞪着这群笑盈盈的娱乐者。

"乔小姐是容先生的情人，这是大家都想知道的。"小哥儿笑眯了眼，"乔小姐就说说嘛，让我们一起分享你的快乐！"

"是呀，分享你的幸福！"后面小萝莉更开心，"瞧，乔小姐和容先生看上去亲密无间……"

亲密无间？她和容谦？

乔云雪慢慢伸手，摸了摸后面的男人。是站得很近，但亲密无间，他们用哪只眼睛看到的。为了不给大家错觉，她悄悄挪动脚步，可容谦没让她动。

瞅着面前一群捕风捉影的人，她忽然笑盈盈："各位，你说我现在报警如何？"

一边飞快拉开手袋拉链，掏出手机。

"乔小姐别开玩笑。我们马上就走，打扰不了你们恩爱。"小哥儿似乎有些紧张，但却不肯打退堂鼓。

真不走？

不客气地拨上"110"，乔云雪正要开始说话，容谦忽然轻轻拿过她的手机。

"喂？"她挣开男版维纳斯，转而瞪他，"你想上新闻啊？没听说过人怕出名猪怕壮吗？不对……"她是斯文的姑娘，怎么会说这话。唉，在油画街长大的姑娘，大妈大婶们那些粗俗话儿也学了不少。

"我来处理。"容谦不着痕迹地把她拉到身后，"你们要采访？"

"嗯嗯！希望容先生合作！"小哥儿兴奋极了。

容谦淡淡的："拿你们的摄像器材过来，我看看效果。"

"效果很好的，全新的设备。"小哥儿居然轻易就听从容谦的话，把摄影机送到容谦跟前，请他审视。

容谦慢慢审视，慢慢儿说话："燕子花了多少钱买这个？"

"也不多，才八千块。"小哥儿随口说，猛然醒悟，一把捂住嘴。呜咽——他穿帮了。

"燕子？"乔云雪明白了。就说嘛，容谦又不是名人，要采访什么。搞半天是燕子搞的鬼，她在京华做财务经理做得闲，难道连周末也没什么休闲活动，居然上门搞事儿。

或者真的特别倾慕容先生？

容谦随手把录像机递给乔云雪："燕子如果要摄像机，让她来找我。"

面前一堆人儿发出一片呜咽声，不敢再待下去，全溜了。

乔云雪转过身来，斜着眼睛瞄他："容先生，你已婚。"闷哼一声，从他面前走过，"我决定后晚才回来。不许来接我。"

"嗯。"容谦很平静。

"你有燕子的电话吗？"她十分贤惠恭顺的小模样，"我帮你约她，一起逛公园如何？"

"云雪？"容谦错愕地瞅着她。但慢慢地，他长眸柔和，唇角微勾，"如果云雪很生气，我很高兴。"

乔云雪眨眨眸子，容谦这是什么逻辑？

容谦双臂轻轻压上她胳膊："云雪在乎燕子，便表明在乎我们的婚姻。我当然开心。"

她闷哼："男人总喜欢把快乐建立在女人的痛苦之上……"

下楼，乔云雪一个劲儿摸鼻子——容谦到底是从哪儿看出，那些人是燕子派来的？

走着，乔云雪忽然捂住心口："喂，你到底想怎么样？"

第四章 他有喜事，她有糗事

面前忽然冒出个人，快吓死她了。

燕子一脸委屈："我委屈啊！认识那么多年，容谦都不感冒我……要不你加加油，快点给他生个孩子，这样我就死心了。要不你赶紧离开容谦。怎么样？"

瞪着燕子，乔云雪成了石膏。她居然遇上这样的竞争者……

"乔小姐？"燕子好声好气地提醒，"你说怎么样嘛？"

乔云雪要晕了，闷哼："别来烦我，我要回娘家。你去找那什么苏雅玩去。"

"你娘家在哪？"燕子就是甩不掉。

"油画街。"

燕子高兴极了："你娘家在油画街啊？好好哦！我爸最喜欢油画了，我正好可以买油画给我爸过生日。来，你上我的宝马，我送你去。然后你给我当导游，帮我挑油画。咱们互惠互得。"

乔云雪被拐进宝马，燕子一个问题接着一个问过来——

"你跟容先生什么时候认识的啊？"

"你真的愿意给容先生做情人啊？"

"容先生那拽样，怎么会看上你这熊样？"

"你不给容先生生孩子，他爸妈可不会让你进容家的门。那你就只能做他一辈子的情人了。"

……

短短一千米的距离，乔云雪居然在燕子的唠叨中打起瞌睡。到了夕阳画廊门口时，乔云雪终于打起精神下车。

"我想哭，你抢走了容先生……"燕子也下了车，扁起小嘴儿。

果然是个富家千金的德行……乔云雪懒得理她，扬高脖子："妈，我回来了——"

"嗯。"夏心琴开心地迎上来。

燕子可怜兮兮地："你不带我买油画啊！我不懂油画啊！我要买最贵最贵的油画给我爸过生日的啊！"

乔云雪忽然原谅了容谦，遇上这么个难缠的天真爱慕者，他能甩掉她就不是人，是神！

"妈，我带她走走。"无力地转身，乔云雪准备把她扔到张大妈家就回来。

走上两步，她眸子轻轻落上巷尾。

苏青兰来油画街了。不是苏青兰一个人，洛少帆也在。还有另外几个人，带着摄影机，似乎在谈论油画街。

乔云雪转过陪着燕子进了张大妈的画廊。张大妈只要缠上来，燕子八成半个小时抽不开身。

燕子对一切都感觉稀奇，对人体艺术画更是觉得好玩。一进画廊，就完全不管乔云雪的存在了。

终于轻松了，乔云雪出来，一愣。

苏青兰擦身而过："做不了容谦老婆，做情人也好。不过没关系，容谦会甩掉你的。"

乔云雪无感。

"不过，容谦甩掉你，你也不能回来找少帆哦！"苏青兰睥睨几分，"要不然有你受的，我苏青兰可不好惹。"

乔云雪淡淡笑了："当然，小三上位的女人，一般都会有几把刷子。不过，这种女人一般是留给小四治的……"

轻快回家。

乔云雪没回头。她不想再为卑鄙的女人花一分钟时间。

大清早的"高级人体艺术"刺激了她的脑神经，她还真时不时挑上两幅同类艺术品鉴赏。有些失望，她翻了几十张，也没有找到和容谦一样完美的艺术品。

夕阳西下的时候，她皱皱眉，有意无意朝巷口扫了两眼。

第四章 他有喜事，她有糗事

第五章　腹黑老公 PK 前未婚夫

容谦一天没消息。

当然了，他是个大忙人，常常神龙见首不见尾。晚上常常应酬，虽然从没醉醺醺回来，但身上的酒气还是闻得到。回来得早一点，也大多时候耗在书房。而她根本不知道，他成天都在忙什么。

她能逮着他的时候，就训练他做家务。

看来她今天可以安心睡在老妈家了。

晚上十点的时候，她趴到三楼卧室被窝里，静静地欣赏以前的感恩素描。不知过了多久，外面传来脚步声，还有容谦的声音："云雪那张床够宽，可以睡两个人。"

乔云雪傻眼。

他果然听话地不来接她，可是他把自个儿送上门来，要分她一半闺床。他挺听话，可她还是没逃出他的掌心……

怎么看他，都是老实的。可做出来的事都是圆的，挑不出一点刺儿。

这张床她睡了二十八年，还没想着要和别人分享。容谦……暂时也不行。

拿起手袋，她飞也似的向外跑。才到门口，就一头撞到他怀里，揉着鼻子，疼得很，可她笑："我正好要回家，容先生真会算时间。走吧！"

若有所思地扫视她全身，再瞄瞄她那张凌乱的床。容谦领首，不动声色："我可以睡你的床。"

"不行不行。你那张床舒服，用什么姿势都容易睡着。"乔云雪漾开笑容，胳膊拽上他胳膊，"快点，真的很晚了。"

利用各种纠缠，乔云雪才把容谦送回家。一到，她就趴上大床，挥舞着双手："容谦，燕子呢？来了吗？"

双手被他抓住，本以为会训她。结果他平静地坐在她旁边，揽着她的腰。看似松松地挽着，可她一动，才知道他的手臂把握得多巧。她根本别想移开他的掌握。

"别动！"容谦低沉性感的声音传来。

乔云雪失去了语言的功能。只能安安静静感受着他温暖的体温，强劲有力的手臂。

只静静地揽了一分钟，容谦离开。

留下乔云雪一人，凝着掌心的热汗半晌，也没弄懂容谦的意思。他动了春心了么？还是他也想ＡＡ，因为他的身子今早被她的眼睛轻薄，他就晚上轻薄她的腰⋯⋯

她不想改变现在这种现状呀⋯⋯

除了吃饭在一起，两人基本在一条平行线上漫步。彼此都相当安全。

她来到书房门口，握着小拳头，走来走去，焦躁不安："容谦，我觉得我们现在这样很好。"

"不好。"容谦抬头，黑瞳若漆，像星光，"我们不像夫妻。"

"那怎么样才能像夫妻？"她质疑。

容谦沉吟着："做夫妻间做的事，就差不多了吧！"

容谦莫名其妙的夫妻论，占了乔云雪整整一天心思。

周日晚上，容谦没来。乔云雪站在阳台上，瞅着天上最亮那颗星星出神。

唉，他想做夫妻呀⋯⋯

夏心琴进来了。唠叨着："你给我评评理，我就让你爸替我梳头发，结果他就拽起来了，一晚上都不理人。我发誓一个月不理他。丫头，我明儿去你那儿住去。让他一个人嘚瑟好了。"

"扑哧"一声，乔云雪乐了，半搂住老妈，"都老夫老妻了，爸还这么拽吗？不会吧？"

"怎么不会？"夏心琴气咻咻地，"看了一晚上的新闻，那新闻都被他看成旧闻了。我就不信我比那新闻难看，可他就是不瞄我一眼。"

"妈别生气，还要留着美美的脸儿和爸爸过玉婚，宝石婚，最后金婚，钻石婚⋯⋯"乔云雪哄着老妈，"结了婚可赖不掉我老爸了哦。"

"我赖不掉你老爸，那你呢？"夏心琴巧妙地把女儿带进自己的陷阱，"你嫁给容谦，自然也没法赖掉他了。现在还是新婚呢，老赖在妈这里不肯回家。夫妻感情是磨合出来的。不磨哪有合。心要磨，身体也一样⋯⋯"

先是乖乖听着，听到后来，乔云雪哭笑不得："妈呀⋯⋯"说了半天，原来是拐着弯儿赶她回去。

"别打岔！"夏心琴训女儿，"乖乖回去给自己男人暖被窝。丫头，一生该珍惜的人，不是过去的人，是未来要陪你走下去的人。"

眼睛湿润了。乔云雪轻轻揽住妈。她懂的，只是迈不开那一步。

夏心琴招呼了舒渔，让他开车送人。

第五章　腹黑老公ＰＫ前未婚夫

"云雪，你怎么可以这样就嫁了呢？"舒渔无限忧伤，"云雪想结婚的时候，一点也没想到我。"

乔云雪轻笑，不解释。

和舒渔告别，上了二十八楼。进去，一室漆黑。容谦还没回来。他到底是真忙，还是应酬哪个女人……

睡上大床，乔云雪越过中间那条隐形的线，睡上容谦的半边枕。枕头上是他男人的气息，很浓重，她闻着，睡不着。不由爬起来，瞄到枕下有纸，她拿出来。

一本《人之初》。

非常温馨的性爱指导，各种夫妻生活的诠释。适合懵懂夫妻看的杂志。

容谦居然看这个？还是他特意放在这里，让她能看到，暗示他的渴望？

脸儿烧红，乔云雪轻轻捂住脸儿。容谦，含蓄委婉，睿智内敛，让人讨厌不起来的男人……

她悄悄收好《人之初》，放进床头柜的最底层。刚放好，外面的门开了。容谦脚步匆匆。有包落在沙发上的声音。然后是开书房门的声音。

乔云雪起来，瞄着书房里的背影。悄悄来到客厅，目光被一个服装纸袋吸引住。

打开，女式绸缎睡衣在她掌心展开。柔软，吊带，半透明的性感睡衣。薄如蝉翼。有两条，一条粉色，一条浅绿。

她忽然小心翼翼放回，小偷般蹑手蹑脚地跑回卧室。

乔云雪没能抵制住睡意，容谦回房之前，她已经睡了。

她没再看到那两件性感睡衣。难道容谦送别人了？或许送了燕子呢？

他们很熟，送件睡衣应该也没什么……她穿上这睡衣睡到容谦身侧，她只怕也睡不着。可如果他真送这睡衣给别的女人……

说不出心里的感觉，乔云雪想得头疼！

到第三天的时候，她终于逮着了个机会试探："其实吧，男人有房有车就很够了，再多出来的钱，估计会给别的女人用。"

容谦颔首："对于有些男人来说，的确如此。"仅此一句，没了下文。

凝着他平静的模样，乔云雪懊恼得想扔个拳头过去。最后皱眉闪人，心事又多一分。

五十楼。

钱涛笑盈盈地："容总，你的秘书来了。"

杜蓉蓉，容谦的新任秘书。很漂亮清爽的一个职场女子。

容谦随意瞄过，吩咐几句。回到自己座位："和龙基合作的事怎么样了？"

"容总……"钱涛试探着，"快好了。可这大热天的，让她去销售现场，还是太辛苦。"

"哦。"容谦拉正领带。

"容总……"钱涛想发表意见。

容谦淡淡的："容家的人事命脉，经济命脉，她该懂点儿。"

"容总的意思是让少奶奶慢慢参与京华高层？最好能掌管京华的人脉与经济命脉？"钱涛恍然大悟，"这是容总的苦心么……"

容谦不语。那淡淡的神色，让老江湖钱涛也看不出心思来。

乔云雪相当满意这几天的工作。方晴晴不愧是她亲手调教出来的秘书，语言精练，动作敏捷。和洛少帆谈得蛋疼的事，一到方晴晴这儿全不成问题。

早由方晴晴相商，就不会发生苏青兰用一百万买她自由的事。

"乔小姐，你真不回龙基啊！"方晴晴甜美依旧，"她们都想你呢！"

"我也想大家。"乔云雪眸子有些湿润，"没事，这事一完。我就去销售现场，到时和大家低头不见抬头见。但愿我抢了龙基的生意时，你们别来群殴本姑娘！"

说完，扬扬她的小胳膊："其实我巴不得你们来群殴，然后我报警，把你们全抓到局子里去。这样我不用推销，大家都会买京华的房子了。"

"噗！"方晴晴捂嘴儿笑，"乔小姐你还像当初那样精神，真好！我们还以为乔小姐你……"

方晴晴没再说下去。去年那事，整个龙基集团的员工都为乔云雪心疼。

"都已经过去了！"乔云雪深呼吸，浅浅的酒窝陷深。

"我坚信乔小姐这么可爱的女人，会有一个完美的男人来呵护。"方晴晴衷心祝福。

"那当然。"乔云雪中气十足。惹得方晴晴捂嘴儿笑。

道别，方晴晴回龙基办公室。

苏青兰悠然走进，从方晴晴手里拿过所有合作资料。

"少奶奶，这些很重要。"方晴晴急了，可又不敢抢回来。

苏青兰温柔地笑笑："当然重要，所以我才亲自经手。方晴晴，从今天开始，你的工作直接向我汇报。包括你和乔云雪每次的交流。"

乔云雪觉得容谦有了极其细微的变化。

他会抓着她的手，把玩着，却没有半句话。

乔云雪疑惑，但不肯问出一言半语。她只要一关心他，结婚以来两人之间的那种天平就会失去平衡。

这么久了，容谦和她都表现得可圈可点，喜怒都有，但都没有接近彼此的心，大家都很安全。

容谦是怎么了？

他再度拥抱了她。很轻很轻，轻得让乔云雪没法感觉出来，这个拥抱是不是有一点男人的情愫在内？

她心慌慌跳出他的怀抱，嘟囔着："容谦，你到青春期了么？"

第五章　腹黑老公PK前未婚夫

"嗯。"容谦居然应着。

明显心不在焉的男人！

眼睛抽筋，乔云雪甩头就走，小心翼翼地保护着自己的小心脏。

两个拥抱，乔云雪心内不安起来。

偏偏燕子还不时跑来刺激她："你再不赶紧造个宝宝出来，就完了。哼哼，要是容先生什么时候冒出个初恋出来，或者跑出来个为他要死要活的女人，你就准备出局吧。"

容谦有初恋吗？

乔云雪愣了下，转而轻轻笑了。三十二岁的男人，就是有初恋，也已经不知是多少年前的事了……

但京华里面，确实有不少女人打着容谦的算盘。那些不举的传闻，是因为一个个女人爱而不得，转而只能诽谤求平衡的结果。连那个苏雅，看似清高，其实也是妒忌她才讽刺的吧。

直到方晴晴再次找到她，她才甩甩头打起精神："晴晴你真有效率。这么快就好了。"

"这是我昨晚熬夜整理好的稿子。依乔小姐要求，特意做了幻灯片。乔小姐帮忙审核。如果没问题，我们就把文稿盖上京华的大印，然后带回龙基盖印。"方晴晴漾开甜美的笑容。

"真能干！"乔云雪赞美着，"时间很紧，明天就是地产商大会。这个要在会上念的。我现在带你去五十楼盖章。你再拿回去盖龙基的公章，明天在会上的时候，再给我京华的那一份。"

"OK！"方晴晴感激地，"乔小姐在为我着想，让我少跑一趟路呢！"

"这说不定是京华和龙基第一次，同时也是最后一次的合作。能多合作就多合作吧！"乔云雪无可奈何，"听说京华和龙基不可能友好共存。"

满脸春风，乔云雪带着方晴晴出来一起上五十楼，找秘书杜蓉蓉盖章。杜蓉蓉找了好一会儿，才拿出个半新不旧的章来，在最后一页署名的地方重重压下。

看着红印落下，乔云雪轻轻吁了口气。

方晴晴离开了。她也跟着下去，却被一个声音阻止："乔小姐……"

钱涛？

"钱总好！"躬身，乔云雪浅浅笑了，"谢谢伯乐！"她是钱涛面试进来的呢！

"好好干！会有好前途！"钱涛意味深长地叮嘱她。

"嗯，我会的！"乔云雪嫣然一笑，"钱总我先下去了。"

神采飞扬地往电梯走去，旁边却传来个女职员的鄙夷声："听说，她就是容先生的情人。"

"真不要脸！"另一个女职员附和着。

懒得理她们，乔云雪加快脚步，向电梯跑去。在电梯快合上的瞬间，她飞冲进去。

这电梯来得真巧！深呼吸，她绽开笑容。可瞅着电梯内的装饰时，乔云雪摸摸鼻子——她进的是总裁专用电梯。

抬头，乔云雪受了惊吓："容谦？"

"嗯。"他淡淡的。

"你坐错电梯啦！"乔云雪小心翼翼指指豪华电梯，尴尬着，"我也坐错了。被抓到要全公司批评！"

那可丢死人了！

容谦不动声色："我不要紧。这电梯只能扫描出女人，会报警。"

"真的？"乔云雪跳了起来。

她慌张的样子惹欢了容谦，捉住她手臂："你只要脚不着地，就扫描不到了。"

"真的？"乔云雪眸子眨呀眨，忽然跳起，双手圈上他脖子，"容谦，先借我抱抱。"

大掌托上她，容谦长眸微眯——她着忙的时候比较可爱。

"别抱那么紧……"她脸儿烧红。

"哦？"他倒听话，手臂松了些。可才松上一点儿，她就觉得快要掉下来了，吼，"容谦你别松手。"

"……"容谦眯眼，瞄她，似乎在问她到底是要松还是紧。

"我……"他的气息包裹住了她，让她脑袋不是那么好使，要说什么也找不出词儿来了。正傻眼间，只觉额头微凉。

摸摸额头，瞅着他平静的脸，深邃黑瞳，乔云雪非常不确定——他刚刚有吻过她吗？

他的目光总让她觉得，他能穿透她的内心。她不敢看久了，赶紧收回目光。

四十二楼到了，她飞快滑下他的身子。可他更快，在她跑出去之前轻轻地拥了下，如果不是夏天，这会是个很温暖的怀抱。

"这是公司里面……"乔云雪跑得比兔子还快。

容谦平静的语气传来："今晚有应酬，我会晚一点回来。云雪早点睡。"

"嗯。"她很乖很乖地应着，可不知为什么，心微微不服气，"容先生这么拼命，不会是想把京华占为己有吧？"

"云雪如果想要京华，我就把京华占了。"容谦语气平平。

傻眼。乔云雪闷哼："京华老板应该踢了你，这种职员养不得。"

"老板踢了我，云雪养我？"容谦的声音已经消失在电梯内。

"呸——你忘了我们ＡＡ制。"乔云雪撇嘴儿。纤纤手儿轻轻压上额头——他刚刚到底有没有吻她？

她已经越来越看不懂他了。唯一能确定的是，他很忙。

自从那天那个莫名其妙的拥抱，说要做夫妻间的事，容谦的气息似乎就离她越

第五章　腹黑老公ＰＫ前未婚夫

来越近。而她身为油画街的后人，自小学素描的半路画家，天生有着对美的追求，总是不知不觉瞅着他勾勒人体艺术画。

"乔云雪——"有声音从后面传来。是燕子。

无力地转身，乔云雪挑眉："我们能不能当作不认识？"

"不行。"燕子坚决摇头，"你如果真不行，我可上了哦。别占着茅坑不拉屎。"

"好臭。"乔云雪做捂鼻状。却背脊挺直，看上去比燕子还高傲雅致几分。

燕子脸儿都黑了，卷衣袖抡胳膊，最后一巴掌拍到自个儿的大腿上，恨恨地："我看你八成就是容先生请来扮戏的，才这么逍遥。容先生到时娶了名门千金，看你到哪哭去。"

"哦？"容谦不会笨到犯重婚罪，乔云雪相当放心。

"你以为我哄你的啊！"拉开车门，燕子悠闲坐进去，"容先生今晚见的就是名门千金。"

名门千金？

乔云雪一愣，他喜欢名门千金吗？

想了想，乔云雪莞尔——燕子在找借口刺激她。容谦已婚，名门千金都是什么东西！

她笑着笑着就停住了——苏雅正鄙夷地瞅着她。

酒楼。

慢慢端起酒杯，轻轻抿了一口，容谦黑瞳最后落在对面的老人身上。

旁边极漂亮女人礼貌地站起，极其谦恭："容老板，容先生，我们以后联系。"

容谦颔首，面色平静。

"赵小姐慢走！"旁边的老人清风瘦骨，很威严，"她喜欢你。"

"哦。"容谦淡淡的。

"这么多年她都没再回来。想来不会再回来。你不能再等她了，现在必须另外娶妻。"老人严肃地教导着，"容家长媳必须出身名门，才华卓绝。最少也要上得厅堂，下得厨房。"

容谦淡淡地："现在女人对男人也要求上得厅堂，下得厨房。"他还有一条没说——滚得大床。

"胡扯！"老人鄙夷几分。

容谦起身离开。

第二天。地产界规范销售市场大会顺利举行。济济一堂。

京华的代表是施靖和乔云雪。十点准时到会，既彰显了京华的龙头地位，也表明京华对此次会议的重视。

"龙基居然比我们京华还后到，真气人！"施靖气愤。

主持人是方晴晴，笑盈盈站在台上和乔云雪做"OK"手势。乔云雪笑了，知道事情已经高枕无忧。

转身，只见洛少帆夫妻联袂而来。

淡淡一笑，乔云雪回避，去洗手间。等上两分钟才出来，可洛少帆迎面走来。

垂下眸子，侧身而过。却被洛少帆挡住："你没结婚……雪，不管你是谁的情人，我都会让你回到我身边。"

"……"乔云雪无语，他的消息应该来源苏青兰。苏青兰不乐意她嫁给容谦，硬生生说她是情人……

回到会场，扫过喧闹的人群。乔云雪愕住——苏青兰满面笑容站在台上。

苏青兰显然抢了方晴晴的差事。

乔云雪轻轻摇头——苏青兰抢着主持节目，是急于想得到业内认可她洛少奶奶身份吧……

"乔小姐请留步。"苏青兰看到她，立即双眼放光，拉过乔云雪，看上去亲如姐妹。

乔云雪轻笑。这样的场合，她代表京华，自然得维持风度。

苏青兰拿出资料："乔小姐是京华的代表是吧？"

"当然。"乔云雪颔首。

"呵呵……乔小姐也是我老公的前任情人。"苏青兰故作优雅地扬起资料，对着话筒说话，"乔小姐旧情难忘，已经代表京华，书面向我们龙基表明，地产界相关事项，都以龙基为主。乔小姐昨天已经代表京华和龙基签订服从协议。乔小姐去年被我老公抛弃，可她不计前嫌，为我老公做到这些，真是太感人了。"

苏青兰有模有样地深深一鞠。眼角的利光，如一把雪刃扫过乔云雪。

全堂喧哗，全议论乔云雪。

"苏青兰，你疯了——"乔云雪不敢置信——苏青兰居然敢当着全市开发商的面胡掰。

"胡扯！"施靖怒。

苏青兰悠然走下来："施靖，看清楚，这些文件全盖了京华的红章。"

"乔云雪，你果然是龙基派来的商业间谍！"施靖惊骇莫名，"我会报告董事会，对乔小姐进行刑事起诉。"

乔云雪凝着盖着京华大印的间谍文件，怎么也想不明白——她明明和方晴晴签的是双方共同认定的方案，苏青兰是怎么换掉文件内容的？

拜苏青兰所赐，她成了商业间谍，职业生涯全毁了。

苏青兰得意洋洋往回走："乔云雪，你想知道容谦为什么会和你在一起吗？"

洛少帆大步过来，激动得长眸灿灿生光："雪,怎么可以为我做这么大的牺牲……"

"……"无语。真搞笑！乔云雪茫然凝着面前议论纷纷的人群，指尖掐入掌心，背脊挺直，唇畔凝着瑰丽笑容。心里默念：风度，风度……

一双有力的手，稳稳扶着她细细的腰。

闻着熟悉的古龙香水味，乔云雪眸子一热，身心放松下来，后退一小步，轻轻靠上他宽厚的胸膛："容谦……"

容谦神色淡淡。可一股强大的气场，无形地笼罩住偌大会场。

整个会场鸦雀无声。

"洛先生，我们又见面了。"容谦犀利长眸落在洛少帆身上，语气微凉。

会堂上百人，都看着他们较量。

"少帆，我们应该谢谢乔小姐的支持。"一直害怕容谦的苏青兰，此时飞快抱着洛少帆的胳膊。看上去好像没有洛少帆的胳膊，她就没法站稳。

容谦黑瞳扫过去。

苏青兰脖子一缩，猛地往洛少帆身后躲去。

瞅着妻子的举动，洛少帆是聪明人，知道这里面有猫腻，心里咯噔着，保持镇定。

面向听众，容谦儒雅谦和，语气不容置疑："各位，我们公司的协议拿错，让龙基的洛少奶奶误会，并由此对本司职员做出错误判断，这些事，我们京华和龙基会私下处理……"

"容谦，我没有……"苏青兰想说话，可瞅瞅容谦没有温度的脸，将话儿生生吞回腹中。

轻咳一声，将所有人的注意力汇集到他身上，容谦面无表情："现在，由我代表京华五十楼向全市同行表态：京华拒绝与龙基协商。为了大家共同利益，现在由我亲自表明京华的意见。我只提一句：售楼广告的基调是打动人心，不是蛊惑人心。宜真宜精，不宜浮夸……"

容谦仅仅用了不到一分钟时间，就把要说的全部说完。赢来一片掌声。

容谦手一扬，明明轻缓，却自成魄力："散会！"

"等等——"洛少帆有话说，"凭什么……"

"问你妻子。"容谦懒懒瞄他，目光淡淡扫过台下，"各位慢走。"

面对陆续离去的同行，洛少帆没再发表意见。眸子锁住苏青兰。

"不可以这样……"苏青兰急了得跳脚，"容谦，你凭什么擅作主张，决定大家的去留？龙基不比京华差，我老公是龙基正宗的总裁，他才最有资格站在台上发表意见！"

"哦！"容谦一个字打发掉苏青兰一大串话。

乔云雪一直沉默，这时才微微扬眉。苏青兰说得不错，洛少帆代表龙基，妇孺皆知。道理上没什么名头的容谦是不合适主导全场。

但容谦就是主导了，还主导得无可挑剔，让每一个财大气粗的爷们服气。

施靖坐在台下，喧闹间，随着人流走了过来，把手中的协议交到容谦手中，低声相告："容先生，事情很严重。这协议上居然写着，我们京华以后听命龙基。太扯谈了。乔小姐居然这样公私不分，一心帮以前的恋人。我们京华需要立即起诉乔小姐……"

瞄着容谦胳膊里面的乔云雪，施靖咬牙忍住。有些扼腕，向来极受女人青睐，却从来没有绯闻的容先生，怎么可能对这样一个是非不分的女人产生好感。

还当着所有开发商的面，用京华公司的名义来保全她的名誉和职业。

"容先生你不该这样放纵乔小姐。"施靖抱怨。

容先生应该把这个不合格的职员咔嚓掉。这才是容先生的作风。

施靖急得对乔云雪瞪着眼睛。

不动声色地拿过薄薄的协议，随意翻了翻，容谦深幽目光落在末尾的红章上。目光忽然锐利几分，声音淡淡地："施靖，你真是我京华的营销总监？"

"容先生，我当然是啊……"施靖冷汗都出来了。容先生不会说废话，这话压力山大啊。

"是的话就闭嘴。多看，少说废话。"容谦声音还是那么温和，"京华不养草包。"

"草包？"施靖快连心跳都停了。容谦说人草包，那他一定做了草包做的事，可他思前想后，左右揣摩，也没发现自己到底哪儿草包了啊！

"还留在这里做什么？"容谦淡淡地，黑瞳深邃，扫过施靖。

"立即走，立即走。"明明三伏天，施靖冷汗都出来了。赶紧跟着人流向外走去。

人终于走光了。

洛少帆没走，苏青兰自然没走。

容谦和洛少帆的目光撞上。估量的目光渐渐升级。

容谦淡淡地："若动了我女人的胎气，龙基……不知洛先生是否还有办法保得住？"

"胎气？"洛少帆惊得脸色都白了，手腕间青筋暴跳，定定地凝着沉默的乔云雪。

"怎么可能？"苏青兰失声尖叫。她去年借由腹中孩子一步登天，成为洛家少奶奶，这所有人里面只有她最明白子凭母贵的意义。

有了富贵人家的血脉，那就是飞黄腾达的代名词。

如果乔云雪怀了孩子，那容家上下说不定也和洛家长辈一样，立即把乔云雪抓回容家，逼容谦结婚……

苏青兰完全傻了，那个结局她想都不敢想。她咬牙低低地："她凭什么呀，一个二十八岁还嫁不出去的女人……"

是啊，怎么可能……乔云雪默不作声，可心里却翻江搅海般，乱成一团。

结婚近月，他们虽然没真的在床中间放一杯水，但基本楚河汉界两不相连，不越雷池一步。她这时要是真有身孕，那是多羞耻的事，估计容谦脾气再好，也会立马拉她去离婚。

容谦为什么要这么说？

默默凝着容谦，乔云雪想从他那张脸上看出点端倪来，可惜瞅了半天，那个没温度的男人仍然一脸镇定，好像说"胎气"二字，如同在说"今天天气怎么样"。

她什么时候才会看得懂他的心……

相对乔云雪的心思纷乱，容谦坦然，像是什么都没有发生过，只是夫妻俩在家聊天。

洛少帆黑瞳隐隐掠过痛楚，半晌才语带伤感："容谦，原来是你？云雪聪明可爱，不是能委身的女人。你到底用什么威胁云雪，让云雪委身于你？"

暮然抬头，乔云雪不可置信地瞪着洛少帆。他既然知道她的脾气，为什么在油画街还会提出那样的要求？

还有，洛少帆居然认识容谦？

"京华不是黑帮，无所谓威胁。"容谦淡淡地。

"容谦……"乔云雪困惑。这事太过离奇，苏青兰再大胆，不至于到外面刻个假章盖上，那是要负刑事责任的。一跃成为豪门少奶奶，苏青兰不会笨得恨她，用自己的前途做赌注。

苏青兰不笨。怀着洛少帆的孩子，她能忍到临盆前一天，在不可能再流产的时候，她才来找洛少帆。这样她就算再没有身份背景，洛家的长辈也会留下她。

甚至要用一百万来打发她走时，身上都会随身带一张废弃的银行卡，以备后患。

这么精明的女人，一定把事情做得滴水不漏，才会来诬陷她乔云雪。

事情，不会太简单。

"云雪，有事回去再说。"容谦温和极了，"我们走！"

"容谦，你给我说清楚再走。"苏青兰跳脚了，她忍受不了洛少帆对她的逼视，更害怕已经惹下的祸根。

"你到底在协议里做了什么？"洛少帆居高临下地瞄着妻子。

"我能做什么呀？"苏青兰一脸无辜，纯正的小模样，声音软软的，娇妻一个，"协议一直是方晴晴跟着的，今天也是方晴晴带过来的，我今天早上临时想替换她上台而已。"

"不可能。"乔云雪淡淡一句，不想说再多。方晴晴单纯热情，根本不可能出卖她。

"走吧！"容谦轻挽过乔云雪的胳膊。转身时，淡淡扫过苏青兰。

苏青兰身子一缩。

容谦经过洛少帆，微微一顿："如果不想龙基的少奶奶被京华告上法庭，请洛少奶奶亲自上京华，亲自来给我们销售主管乔云雪道歉。"

懒懒伸出三个指头："三天之内。"

乔云雪瞪大眸子——三天之内，苏青兰上京华给她道歉？

天上掉馅饼呀！

"三天之内？"苏青兰喃喃着，可忽然跳了起来，"凭什么？我没有做什么？我真的什么也没有做！容谦，你的君子风度呢？"

容谦恍若未闻，早洒脱离开。顾长的身躯似顶天立地的白杨，需要人仰视。

乔云雪已心乱如麻。瞅着他挺拔的背影，心中的疑虑越来越重。这等气度，这等胜券在握的淡定，真不适合她心目中老老实实的容谦啊！

乔云雪跟了上去。

洛少帆淡淡扫了眼妻子，转身离开。

"老公，我真的什么也没有做。"苏青兰要哭了。

"回去再说。"洛少帆向来挺拔的背影，竟隐隐有了沉重——她居然有孕了？

灵光一闪，洛少帆忽然大步跟上，在停车场截住已跟上容谦的乔云雪："你才回来不到一个月，怎么可能就有身孕？"

容谦脸色不变，似乎没听到洛少帆的问话。

乔云雪拉开奥迪的车门，缓缓坐了进去。见洛少帆紧紧抓着车门，没打算离开，她淡淡笑了："西藏璟城国际商务酒店，你知道那个地方吗？我和容谦在那里早就遇上了……"

洛少帆面色惨白，细长眼眸合上，手渐渐松开车门："云雪，你好狠……"

车门关上，奥迪飞驰而去。

云雪，你好狠……这话，却轻轻萦绕在乔云雪耳际。他说她狠……

她狠吗？

为他痴心八年，看着他为家族企业拼命，她心疼他，倾尽自己的青春助他创造一个又一个销售神话，八年间两人一心为了龙基的前途拼命。把同时起步的同行远远抛在身后，让龙基发展得既快又猛。

青春热血，为爱不顾一切的她，只想着他轻松一点，快乐一点。她只是一个平平淡淡的女孩，明明想过最平淡的夫妻生活，却不敢跟他要孩子要婚姻。等他终于想到要结婚，他却让苏青兰怀着孩子，趾高气昂地走到她面前，偏偏那个女人还装作受害者的模样，泪汪汪求成全。

她唯一能做的事，就是第二天离开这儿成全他们。他居然说她狠……

手心一热，容谦的手伸过来，轻轻抓住她指尖。

容谦的目光，似有似无地落在她轻颤的指尖上。那种细微的动作，有着女人忧伤的心事。

她身子一颤，忽然别过脸去。

可不经意间，扫到那份协议。乔云雪拿了起来，翻开细看。果然，里面的内容全改了，但最后的盖的确实是京华的大印。那一个大印，她和方晴晴亲眼看见杜蓉蓉盖上去的。

"这不是你做的那份计划书。"容谦淡淡地，"苏青兰调包了。"

"可是盖的是京华的大印。"乔云雪冲口而出。

容谦颔首："上面盖的确实是京华的大印。"

"那……龙基就可以凭它吃定京华了……"乔云雪幽幽的。

"不,苏青兰会找你道歉。"容谦神色不变,语气淡淡。却有股胜券在握的淡定。

越听越糊涂,可是乔云雪现在的心思不在这儿,而是"胎气",以及西藏璟城国际商务酒店……

天知道,她就知道有这个酒店的名字而已。

回到京华,容谦立即上五十楼办公了。乔云雪瞅着他悠闲的背影,眉儿皱得紧紧的,今天发生了这么大的事,他居然能如此淡定。

难道,他这一阵对她的关心都是表面现象,所以才会临危不乱。

怀着心事,她上了四十二楼,才不到十分钟,施靖一个电话打过来:"乔云雪,你给我过来!"

好凶的语气!果然有上司的款儿。无奈地笑了笑,乔云雪镇定地朝施靖办公室走去。

"对不起。"她说,乖乖低头认错。

"你还知道认错!"施靖怒火燃烧,"要不是容先生力挽狂澜,今天京华的脸都被你丢尽了。可是,这事儿还没完呢,我都不知道这事什么时候才能完全摆平。"

"对不起。"乔云雪更加谦逊了些。施靖虽然发火不对,但说的是真话。她向来明理,明白施靖的心情。

"你还没过试用期,现在就可以走了,我不敢再用你。"施靖吹胡子瞪眼睛,"我在京华两年,好不容易坐稳总监这个位置,可不能因为你一个小小的销售主管下马。"

乔云雪蓦地抬头,瞪着施靖:"这件事情还没查清楚。容先生说,这事不简单。"

"容先生在众人面前当然这样说,这是给京华自己挣面子,也是给你乔云雪面子。乔大小姐,你年轻漂亮,可以找个更好的工作,何必一定赖到我这里屈就呢?"施靖急得直跳,恨不能一棍子把她打出去,"京华不能留你,本市不能留你。中国这么大,你都可以去北京上海深圳发展,我保证乔小姐能出人头地。依乔小姐的本事,在一线城市月薪十万八万都有可能,又何必赖在京华不走。"

"我不走。"乔云雪执拗地抗拒施靖,目光灼灼,"这事关系到我的声誉,没有查清楚,我绝不离开京华。施总,如果你想我离开,你让保安把我扛出京华大门好了。"

施靖大概从来没见过这么胆大的下属,一时惊得瞪大眼睛,然后全力猛拍办公桌:"乔云雪,别以为我施靖治不服你。"

一本台历响当当甩在乔云雪面前:"你仔细看看,三个月的试用期,你连一个月都没过。我现在撵你走,你就是告到劳动局都没用。你就是把我当爷爷求,我也不敢要你这个孙女。"

施靖说的话,句句封喉。乔云雪听着,指甲深深掐入掌心,瞪着施靖,好一会儿才挤出三个字来:"我不走。"

"不行！"施靖强硬地下命令，按上免提，"人事部，请立即结算乔云雪的工资，送上来。乔云雪小姐从现在开始，不再是京华的职员。"

人事部的效率是无可挑剔的。乔云雪还没消化完施靖的话，人事部的文员已经把几千块钱送到施靖办公桌上。外加一张离职证明。

"我不走。"乔云雪瞪着红色的人民币，她怎么可能因为苏青兰的诬陷离开京华。不能！

"保安！"施靖生怕拉他的后腿，立即召唤保安上来请乔云雪离开。

还真是快，不到一分钟就有保安出现在施靖办公室门口。

"施靖，你不要后悔！"乔云雪咬牙。多现实的老男人，这么怕引火烧身。

"我不后悔，请乔小姐合作！"施靖急了，"请！"

保安看了施靖的暗示，早抓住乔云雪的胳膊："乔小姐，不要为难我。"

捡起那叠红币，乔云雪瞅着。眸子忽然湿润了。她在这里争什么，都是苏青兰搞的事，她应该找苏青兰算账才对。还有洛少帆，他欠她一个巴掌！

或者，她真的该永远离开这儿；或者，她就该乖乖待在油画街，好好帮爸妈看着夕阳画廊。日子也会过得有滋有味。

低了脑袋瓜，乔云雪捡起离职证明书，慢慢向外面走去："我先回办公室拿我的东西。"

"快去！"施靖长吁一口气，"谢天谢地，别牵连我就好。"

走到门口，迎面遇上杜蓉蓉，这个美女秘书瞄了乔云雪一眼，奇怪地看看拽着乔云雪胳膊的保安。皱眉："施先生，这是……"

施靖一见杜蓉蓉，立即笑盈盈："没事没事，一个员工离职而已。"

"她是乔云雪。"杜蓉蓉说。

"离职的就是乔云雪。"施靖态度非常好。

"可是……"杜蓉蓉为难极了，"容先生要见乔小姐。"

"不用了不用了。"施靖赶紧摇手，"你就跟容先生说，乔小姐已经离职。对于犯错误的员工，我施靖坚决不会让她留下，以免影响京华声誉。我知道容先生是想亲自教训乔小姐，不过现在已经不用了。"

目光一闪，乔云雪身子一僵。她还在容谦面前说自己有稳定收入呢，结果……

"哦？"杜蓉蓉犹豫着，瞄瞄乔云雪手里的离职证明书。一步三回头地走了。

施靖笑了："乔小姐，你瞧，我帮了你的大忙。幸亏拿了辞职书，要不然还要多挨一次骂。"

乔云雪侧身，当没听到他的话。向办公室走去。

第六章　大灰狼 PK 小红帽

施靖安心地窝进电脑椅，搭起二郎腿。可不一会儿，来电话了。他慢悠悠接起，脸色严肃几分："容先生！"

容谦的声音淡淡传来："基于今天在会场，施先生是非不分，缺少高层管理应有的敏锐，我已通知人事部，施先生由销售总监降职为销售副总监。"

"容先生……"施靖苦了脸，"犯错的乔云雪我已经处理好了。"

"处理乔小姐么……"容谦沉吟，语气更淡上几分，"这件事本来由你全盘监管。事情发生失误，是施先生监管不力。施先生不从自己管理方式上找原因，反而把过错推卸给下属，不是一个副营销总监所为。我现在决定让施先生降职为营销高级经理。"

"施先生，真不是我的错。"一个电话，他居然连降两级。施靖身子都软了。

容谦声音淡淡："施先生请记住，只有不好的管理，没有不好的员工。"

"是……"施靖大气都不敢出，生怕说错一个字会让自己连降三级。

"现在，请施先生将乔小姐亲自送到我办公室来。"容谦挂掉电话。

"容先生……"施靖哭丧了脸儿，瞪着话筒。恨恨地呸了声："该死的乔云雪，我当初瞎了狗眼才把你招进来。"

施靖压根就忘了，招乔云雪进来的根本就不是他。

施靖急忙起身——他还得把乔云雪送到五十楼去。来到乔云雪办公室，里面早就空空的了。

"乔云雪——"施靖脸色一白，冲进电梯，狂按按钮。心急火燎，好不容易下到一楼，旋风般跑出去，高高举手，挥动着："保安，拦住她——"

快走出大门的乔云雪立即被保安挡住。

转过身来，乔云雪冷冷瞄过施靖："施总还想怎么样？"

"我……"施靖一脸尴尬，搓着手，好一会儿才堆起笑脸，"有人要见你。"

"有人要见我，我就要见么？"乔云雪浅浅笑了，笑得风过无痕，"我现在有权利拒绝京华任何人的要求。"

"乔小姐……"施靖无限尴尬，"容先生要见你。你就见一见嘛！你瞧，容先生今天帮了你多少忙，你应该去谢谢他是吧？"

容谦？

心中微微一动，乔云雪不知不觉缩了缩胳膊，掌心轻轻压在腹间。可惜毫无变化。

唉，"有胎气"到底会是啥感觉呀……

"乔小姐就算帮我了。"施靖绷紧脸，不让自己像个丧家之犬的模样。可这看上去更加怪异。

被他用保安拽出来，她还帮他？

乔云雪淡淡笑了，明明自己比施靖矮上一个头，这时反而觉得施靖要仰视她。

不过……乔云雪眨眨眸子，转过身子："好，我去见容先生。"

乔云雪在五十楼所有人的目光中，进入容谦的办公室。钱涛一个四十岁的大男人，居然比各位大姑娘小姑娘先跟到容谦办公室门口。还拼命擦擦他八百度的近视眼镜。

因为，向来没有温度的容先生，不举被传得沸沸扬扬的容先生，居然亲自走出他的办公室，和乔大姑娘并肩进去。

还亲自关上他的办公室门。

乔云雪站在办公室正中，瞪着容先生工作的地方，完全失去语言能力。

从职多年，乔云雪第一次发现世界上有这么洁净整齐的男人。

容谦的办公室井井有条，一尘不染，连成叠的文件，都没有一点错落的视觉感觉，所有纸张都四四方方，没有一个角翘起来。连电脑，都摆得方方正正，看上去就如他那个人一样四平八稳。

乔云雪的目光最后落在墙壁上的八马图上。那是真迹。

"你什么职位？"乔云雪轻问。

什么职位？容谦黑眸一闪："我暂时……只是帮老板打下手。"

"那就是助理了。男助理，通常都是实力派的。京华老板应该是个英明的老板。"乔云雪轻轻叹息，"宰相家的门人大过乡野的县官，难怪施靖怕你。"

这话超乎她性情的犀利。偏偏又带着淡淡的忧伤，说不出的韵味……

容谦不动声色地扫过她微红的眼睛，紧握的手心。不动声色地走到她跟前，轻轻拿过她捏成团的离职证明书，瞄上一眼，扔进垃圾桶。

"容谦……"他想干吗？

掌心轻轻落她肩头，容谦声音轻轻地："做下去。我会让人事部留你下来。转正，谁也不敢叫你走。"

081

"我……不想留了。"和施靖较劲的劲儿已经过去，乔云雪冷静了。

"你不做下去，哪有工资和我 AA 制？"容谦挑挑眉。

"我……"乔云雪傻住。

"云雪二十八了，不会再向爸妈要钱了是不是？"容谦循循善诱。

"我……"她还真想回去帮爸妈一起看店。

容谦淡淡笑了，那如烟笑容一闪而过，掠起一片惊艳："云雪曾说，进京华的目标是营销总监。云雪如果不留下来，怎么有机会令施靖对你俯首称臣？苏青兰做这一切，为的就是云雪不能在地产界立足。如果云雪不坚持下来，那才是如了苏青兰的愿。"

"有理！"乔云雪背脊挺直。

容谦温和而坚定："云雪，商场之上，就算理弱，也要一股气势。想想，如果经历过这种打击，云雪都能坚持下来，在人前自然就会有股天然强大的气势。苏青兰下次还敢来动你吗？"

乔云雪眸子湿润了："谢谢！"容谦惜时如金，居然花这么多时间来开导她。

"我们是夫妻。"容谦目光温暖如煦。

"我……"她不知要说什么好。

"云雪如果不留下，怎么接受苏青兰的道歉。"容谦声音轻缓，可字字如刻印铁器。

"她真的会来京华和我道歉？"乔云雪仰首，锁紧他俊美的脸儿。

"当然。"容谦目光一闪。

她轻易就相信了他。眼眶一热，热泪夺眶而出。心里的委屈，忽然就觉得有了宣泄的地方。她用胳膊抹着眼泪，可越抹越多。手忙脚乱间，忽然瞄到容谦含笑的目光，她闷哼："不许笑我。"

"没笑。"他淡淡的，很严肃的模样，可眸中，却浮起淡淡的笑意。

"不许笑！"她低吼。忽然将一脸泪水埋进他怀中，抹上他干净的衬衫，还闷哼，"取笑他人，要付出点代价。"

容谦还真付出了点代价，整齐的衬衫领带，被她揉成了一团，连衬衫扣子都掉了一个。而她自个儿也没好到哪里去，发丝零乱，泪痕斑斑。像个被欺负了的小媳妇。

最后，她捧着容谦给的咖啡，慢慢喝着，慢慢平静下来。

听着他在吩咐人事部，吩咐她的去留必须经过他容谦的批准，她的泪水不知不觉掉落咖啡，一起喝进去。

一直到下午下班，容谦才起身，和她一起出来。

"你不应酬？"她轻问。

"嗯。"他淡淡应着。

才打开门，乔云雪就愣住了。

外面一大群男男女女，居然都等在容谦门口。男人都是四十以上的年龄，女的倒是老少皆有。

"原来容先生不是不举。"其中一个女孩忽然大哭离去。

钱涛傻眼，最后一脸敬服的模样："容先生，整整三个小时呀……容先生果然能干。"

她一杯咖啡喝了三小时，他在旁边努力工作了三小时。乔云雪摸摸鼻子："嗯，容先生是干了三个小时。很努力！"

话音未落，面前女孩伤心得倒成一片。而那些中年以上的男人，一致用敬佩的目光凝着容谦："果然不鸣则已，一鸣惊人！"

听着感觉有些怪异。乔云雪眨眨眸子，仰首瞅容谦，可看到他胸口因为被她揉掉了颗纽扣，肌肤若隐若现，赶紧又收回目光。

"容先生真能干，牛郎都要向容先生学习。"钱涛汗服，"乔小姐别哭，千万别认为容先生有强暴倾向。你要多多体谅容先生。实在是，容先生久旱逢甘雨。是可以理解的。"

另一个长辈感慨："果然男人对情人才激情。"

牛郎？激情？

瞄瞄容谦和自己凌乱的模样，忆着自己断断续续的哭声。乔云雪总算明白过来了……

原来面前这群为老不尊的老男人，想入非非的各色女人，居然以为她和容谦在办公室里激情了整整三个小时。而且还以为容谦强暴了她……

"容谦——"唉，激情三小时呀……他有脸，她也没脸了。又羞又恼，乔云雪箭一般飞出办公室，冲进电梯，下楼。可到达大门口时，容谦的奥迪居然停在她面前。

心中微漾，乔云雪泪意又涌了上来。

回到水乡花园，默默绕过容谦，她闪进卧室。

泡进浴缸整整半小时，她才出来。躺上大床，瞄着天花板，一直瞄得眼睛疼的时候，她才一个鲤鱼打挺，起来。

来到容谦书房门口，书房却半掩着，容谦努力工作的背影有小半落入她眼眸。

她转身，脚却移不动。终于，她微微推开门："容谦！"

"哦？"容谦转过身来，目光落在她半湿的长发，卡通睡衣上。

深呼吸，乔云雪眸子瞟上天花板："你不该留我在五十楼那么久，那样……大家严重误会了。"

"大家误会了有什么不好，我相信京华不会再有人欺负云雪。"容谦平静极了。

"嘎？"会么，好吧，没人欺负她？这个效果有待确认。她先问更重要的问题，"你为什么说我动了胎气？"

容谦淡淡地："可以断绝有些人不健康的幻想。云雪已经是我老婆。"

指洛少帆么？乔云雪抿紧唇儿，目光飘忽——难道他知道她以前和洛少帆的故事？

"仅仅是这样？"她多嘴地问了句。

"哦。"他放开鼠标，沉思小会儿，"不仅仅是这样。"

那到底还为哪样？

乔云雪懊恼得揪头发："但是……以后人家会发现我根本没怀孕，哪来的胎气……"

"哦……"容谦神色从容，"云雪，现在怀上也不迟。"

"嘎——"乔云雪愣了，傻傻地瞅着容谦。然后猛地拉上门，将容谦那张俊脸挡在视线之外。

他……他居然说现在怀上也不迟？他怎么可以这样说？当然不可以，绝对不可以！他们要当无爱丁克家庭。容谦只爱工作，她只爱平等自由。两人各有所爱，那些爱情和传宗接代的事，统统交给全国人民负责好了。

她的心全揪在一块儿，连脸儿都揪成一堆。

纠结得做什么事都没心儿，她最后窝进沙发里，百无聊赖地看起相亲节目。

有人敲门，乔云雪起身。正要看是谁，容谦已经从浴室里出来，仅着中裤，拉开大门。

"啊啊啊，我终于到啦！"燕子轻快的声音传来，然后有行李箱滚动的声音。似乎没看到客厅里还有个人，燕子直接把行李箱滚进客房。好一会儿才哈哈笑着出来。

轻快地挤上沙发，燕子眉眼俱笑，好活泼的模样："乔小姐不欢迎我么？"

"欢……迎。"眸子凝向容谦，乔云雪有些不明白——这是什么状况？家里忽然多了个女人来住，而她居然不知道有这个信息。

容谦说："不会麻烦到云雪，燕子自己照顾自己。"

"哦。"好奇怪的感觉，为什么要到这儿来住，一个同事而已。乔云雪想着。

虽然这燕子的模样看上去就是大家闺秀，但这样跑到他们家来住，还真令人匪夷所思。

"放心，我会好好照顾自己的。"燕子乐在其中，不知到底有啥好乐的。

"我们……"乔云雪有话要说。

"我们AA制。我明白。"容谦颔首，"不会麻烦云雪。"

愣住，乔云雪瞄瞄燕子，再瞄瞄容谦："你要照顾她？"

容谦眼睛微微抽筋……但长眸，却飞快灼亮几分。她似乎十分在乎燕子的到来，这是不是表明，有些事情正在朝可喜的方向发展——譬如，她的卡通睡衣该换掉了。

"我先泡个澡。"燕子似乎很熟悉这里，早蹦进客房，然后找了睡衣去小浴室。不几分钟就出来了，带着一阵好好闻的香气。

瞪着穿着浅绿薄绸睡衣的女人！肌肤若隐若现的女人。乔云雪脑袋轰的一声……

燕子怎么穿着容谦前几天带回来的睡衣？那种透明的绿色，她一眼就能认出来。

原来他送给燕子了……

而穿着这半透明睡衣的女人，居然还站在他们房子的客厅里。燕子美好的轮廓，若隐若现，十分吸引人。

"瞧我穿这睡衣，好不好？"燕子站在光影里转动着身子，像一只优美的小天鹅在翩翩起舞。她顺手拉住容谦，声音像夜莺般动听，"我如果穿着这睡衣，不会让一个男人热血沸腾，立即扑上来吧？"

扑上来？

乔云雪瞪她——燕子想诱惑容谦？

可是，容谦是她法定丈夫！她可没想要离开这个法定丈夫。找个听话的好老公不容易。

燕子眯眯笑，站在容谦面前，乖乖地："我是不是很年轻漂亮？"

黑瞳扫过燕子，然后扫过郁闷的乔云雪，落在她的卡通睡衣上，容谦不动声色："燕子漂亮，云雪年轻。"

闻言，乔云雪心中一热。原来，他不认为年已二十八岁的她有点老……

"怎么会？"燕子大为不满，"我才二十五岁，可她二十八了。"

"哦。"容谦淡淡地，"云雪爱卡通，睡衣也是卡通图案。还没有达到一个女人的心理年龄……"说完，长眸轻轻落在乔云雪的卡通睡衣上。

"哦……"燕子若有所思地扫过乔云雪的卡通睡衣。

乔云雪猛地起身，向卧室走去。

"不好玩。"燕子嘟嘴儿，"没情趣的女人，你怎么就看上了……瞧，一句话就走人，太没风度了嘛！"

声音不大不小，刚好让乔云雪能听到。

乔云雪忽然转身，瞄过燕子半透明的睡衣，咬咬牙："容谦，睡觉！"

"好。"容谦在压太阳穴。唇角，却悄悄掠过意味深长的笑。保守预计，她的睡衣很快会换掉。

"现在过来！"她硬邦邦地，腮帮鼓起，"睡。"

"哦？"不寻常的语气令容谦起身，大步走向她，"云雪怎么了？"

"睡觉！"她说。先行一步回房，等容谦进去，她却把门反锁起来。然后爬上大床，歪着脖子，清亮的眸子里跃动着两束火光。

"云雪？"容谦长眸闪烁，一脸无害。黑瞳不慌不忙落上她雪白的锁骨，默默下移。那里峰峦优美，起伏灵动……

乔云雪咬咬牙，脸红红的："躺下，把衣服脱了。"

"什么？"泰山崩于前而面不改色的容谦，薄唇一颤，错愕之色淡淡显露。俯身，凝着坐在床上绷着脸儿的妻子。

"叫你躺下就躺下，哪有那么多话。"脸红得发烫。乔云雪火气挺大，可眸子闪烁，

第六章 大灰狼PK小红帽

天知道她现在是最正宗的纸老虎。

凝着她飘忽的眸子,容谦目光一闪。乖乖脱了衣服,看上去和猫儿一般温驯,轻轻躺在她身侧。

"你有生理需要?燕子才会半夜出现在家里是吧?"

颔首,容谦目光掠过光芒:"我是男人……"

"谁都知道你是男人。"嘟囔着,乔云雪咬咬牙,转过身子,凝着他的脸儿,热血沸腾的她在看到燕子身上的睡衣时,完全失控了。

而他居然还说她没达到一个女人的心理年龄,就因为她天天穿着灰太狼的睡衣睡觉!

容谦不语。

"燕子非常喜欢你。你也很疼她?"她不想问,绝对不想。可是……她不想再一次有女人大着肚子来求她成全了。女人结一次婚就够了,她还差点结了两次婚。和容谦不爱,但不能影响两人的婚姻。

她不想再让爸妈担心。

乔云雪拼命替自己找理由,可绝对小心翼翼地不碰自己的真心。尽力忽略掉和他在一起时的心安,和淡淡的温馨。

"燕子心地纯真,你也会喜欢她,疼她。"他温和地说。一双深邃黑瞳,紧紧锁着她的眸子。似乎十分喜欢她眸中流露出来的信息。

这回答似乎有些伤她的心,但也燃起她的斗志。乔云雪忽然利落下床,跑到衣柜前面,折腾好一会儿,才找出件红色睡衣。飞快闪进他的浴室。

目光一闪,容谦慢慢淡定,黑瞳间隐隐有着笑意。

不过一分钟的工夫,乔云雪从浴室里出来了。眼前一亮,容谦却似漫不经心地扫过她。

灰太狼总算从她睡衣上跑掉。这睡衣虽然也算保守,但窈窕几分。在夜的渲染下,别有几分味道。

而红色,却让房间多了几分热烈与喜庆。结婚那晚,房间可没什么红色,连被子都不是红色的。

"嗯,不错。"容谦颔首。

站在他身侧,乔云雪深呼吸,终于爬上来。

看来,他的妻子终于准备走出一大步……容谦勾起个微笑的弧度,向她伸出长臂。

她凝着他,咬着唇,忽然瑟缩了。

犀利黑瞳瞅着她细微的变化,容谦忽然侧身,似要坐起来。

"别动。"她说。飞快按住他。可一碰到他,她又赶紧缩回手,心儿乱了,忽然跳下大床,趿起拖鞋就往外面跑去。

站在客厅,瞪着不夜城的夜晚,乔云雪懊恼地捂脸。呜呜,她为什么要临阵脱逃?

不是已经放倒他了吗？她只要再坚持一会儿，他们就是真夫妻了。

"乔小姐你还不睡呀？"燕子娇娇的声音传来，客房门开了，里面露出张漂亮小脸蛋，大波浪卷发扫着门框，看上去慵懒性感迷人……

"我睡不睡，不用你操心。"她冲口而出。一说完，又捂紧了脸。唉，她不是个讲信义的人，居然一下子忘了ＡＡ制。她说过要给他空间，给他自由。结果，她却在为他的交友而生气。

燕子应该只能算他的朋友，虽然是比较亲密的朋友……

"乔小姐生气的样子好漂亮，好诱人，好独特……"她心里不舒服，可燕子高兴得要死，瞅着乔云雪那张变化多端的脸儿，一脸兴味。

"闭嘴！"乔云雪头痛。容谦真是太霉了，居然能遇上这么绝版的爱慕者。

燕子嘟嘴儿："可是你这模样，真不应该出现在我面前。快滚你的情人那儿去。我包管容先生会扑上你。快去快去，省得我老缠着容先生，你真给他生个宝贝儿出来，我就彻底死心了，然后我才好咬着牙，找个混血儿谈恋爱结婚。"

"……"乔云雪无语。

"你还傻在这儿干吗呀？"燕子冷哼，"听说你有胎气了。我觉得嘛，你得赶紧半夜里多运动运动，看能不能有啥胎气。容先生这回八成会被全城耻笑。他情人的'胎气'成氢气，不知啥时没了。"

"……"乔云雪瞪着她的睡衣，忽然转身就朝卧室走去。昂首阔步，视死如归。

真生气啊，这燕子明明傻不啦叽的，可居然一眼看破容谦的把戏。

她决定了，这次无论如何不打退堂鼓。

容谦不动声色地瞄着心神不宁的人儿，淡定地把枕头竖起，懒懒倚着，结实匀称的肌体，就那样撞进她的眼帘。

咽咽口水，乔云雪闪神了。唉，美男在侧，她居然浪费了整整一个月的光阴。

握着小拳头，她向他走去，平静的模样里透着种视死如归的意味。

跪坐在他身侧，眼观鼻，鼻观心，结果总是不知不觉溜到他那张脸。

"睡吧！"容谦声音比平时低沉几分，透着说不出的味道。那种淡定，似乎着急的是她，而与他无关，让乔云雪看着想勒死他。

白天的刺激还没完全消散，晚上又来个大美女，穿着性感睡衣出现在他面前。

真有笨到这样的男人吗，看不出来燕子的居心不良，也看不出她现在心情起伏，想吃了他？

而他还这么老神在在，真可恨！

"如果云雪喜欢，我愿意……"他试探着，没忽略她眸中不确定的意味。就算她不知哪来的勇气与冲动，可她心底并没有冲动到放开心结。

"不……"她有些别扭，生硬地解释，"别想歪了。男人有生理需要，女人也有。我们无关感情。"

"嗯。我会尽力配合。"他好温柔地同意她的看法。虽然心底决不这么认为。她可能对西藏布达拉宫更有欲望……

吸吸鼻子，她努力镇定："你给我乖乖躺着就好。"

"我已经躺好了。"他好温柔的，声音隐隐有着委屈。

听得她忽然觉得自个儿有些残忍，更要加快速度，才对得起他的合作。这会儿她都忘了，她做这些是因为，他带回来的浅绿薄绸睡衣穿在燕子身上，她心里不舒服才爬上他。

努力再努力，保持平静，她要喂饱他，最少不能因为生理需要去找别的女人。好吧，她从今天开始承认，在温柔乡里喂饱一个男人，也是一个女人对婚姻的责任。

督促着自己，她坚决俯身，唇轻轻碰上他的。很好，他的唇是软的。

容谦没动。黑瞳深邃几分，按兵不动。瞅着她的小脑袋离开他的脸，向下挪去。蓦地身子一紧，很好，她果然有点诚心。

果然闭着眼睛好干事，她确定自己把他的平角裤扔地板上了。

然后，她僵住了，不确定要不要脱掉自己的睡裙。不脱也能的……

关键时刻，她居然神游了。有些懊恼，忍不住握拳头，一不小心，却碰到他的身体。她下意识地瞧过去。蓦地捂脸，转身就要跳下床。可是已经来不及了。

一只大手搂过她，天旋地转之间，她的身子挪了一百八十度，深深陷入弹簧垫子。

她脸儿通红，混乱间架着他的胳膊，细细的声音又低又快："我弃权了……"

"云雪……"容谦的声音有些委屈，"可是……做事不能半途而废。"

"我没有……"她抗议。她向来是个好公民，任何事都用心做，而且向来有始有终，他在污蔑她。

"云雪刚刚摸也摸过了，亲也亲过了，我都没抗议。"某男声调不变，"我的贞操只能由云雪负责了。"

"……"她好像刚刚是对他干了这些事。

"云雪乖，坚持到底……"他似终于满意了些，很努力地让她坚持到底。顺手转换开关，将三色灯调成浪漫温馨的浅浅紫红，渲染着美丽的夜，和阵阵旖旎心思。

"不许……"她抗议多多。

某人委屈："这都是老婆刚刚对我做的。"

"呜……"乔云雪捉住他的手，嘴唇颤抖着，"容谦，那个……那个……"

"哦？"有了新的借口？容谦略停。

"我忘了，我大姨妈还没完。"她非常认真地朝他伸出两个指头，"估计还要两天……"

眼睛抽筋，容谦最后轻轻放开她。就算明知是假的，他也得尊重她的假大姨妈。

他不着急，而且可以断定，她会比他着急。燕子那件睡衣，威力比想象中要大得多。容谦的长眸落在她睡衣上。看了一个月倒胃口的灰太狼，这会儿她红艳艳的睡袍看上去真的很舒服。

如果她不继续，估计今晚两人都失眠。

"可是……"他有些乏力，"云雪应该记得……"

没想到他会追问，乔云雪有些尴尬，心一横："我只是想看你对我有没有反应，你不是说我还没达到女人的心理年龄……"

"有反应。"容谦忽然说。

"嘎？"什么反应，乔云雪一时没领会过来。

"我有反应。"容谦的声音没温度。

听着，乔云雪脸儿红到脖子上——他居然说他对她有反应。他明明可以装糊涂的嘛，为什么不装糊涂呀他！

但乔云雪显然没打算继续了，连睡在一起都不敢。脸红红的她，可没那么容易忘记刚刚自己做了什么，这会儿哪敢睡到他身边。早赤着脚跳下，很文静的模样儿："你先睡，我去去就来。"

她坚决打算去了就不来了。哼哼，她又不是个傻瓜。

拉开卧室门，迎面而来的面孔，把乔云雪吓得倒退两步。瞪着燕子："你想干什么？"

"不干什么！"燕子嘟嘴儿，"我睡不着。所以我就过来了。你怎么出来了？正好，你出来，我和容先生聊天。"

"现在两点了。"乔云雪一指墙上法式镀金大挂钟，"你不打算睡了？"

"不睡。"燕子拼命跳脚看里面，"我就是来找点家里没有的东西。譬如快乐，譬如男人……"

不等燕子说完，乔云雪转过身来，要说什么，可一见容谦的目光，她所有的话都卡在喉咙里，半个字也说不上来了。

容谦居然盯着燕子看，看的还是没多少布的睡衣，从吊带往下扫视……

当容谦扫视到腰际时，乔云雪关了卧室门，把燕子关在外面。

"别把我关外面啊！"燕子在外面跳，"我知道你是假情人，假胎气。你干吗这样嘛。你有本事就把容先生榨干，我就服了你。"

榨干容先生？乔云雪被口水呛到了。

乔云雪下了门闩，二话不说钻进被窝，闷闷地："容谦，女人的睡衣能随便看吗？"

"不能。"容谦说。

那你还看……撇撇嘴儿，她瞪着天花板："那你还瞪着燕子不放……"

唇角一勾，容谦语气淡淡："燕子穿那睡衣有女人味，看上去成熟了些。是该谈男朋友的时候了。"

听着，乔云雪锁着容谦的黑瞳。她唇儿轻颤："我的大姨妈过去了。我记错了。"

居然夸燕子有女人味，这是多么危险的信号。她如果再矜持下去，估计这老实老公，会被燕子那个坏丫头勾走。

她可以不要爱情，但怎么可以不要婚姻。既然占定了容谦，那么她必须得想法儿一个人占下去。

更何况，他今天非常帅气地把她从洛少帆和苏青兰手里救出来，她就算以身相许报恩也应该的……她到底在纠结什么？

小手儿才试探着伸过去，容谦却挡住："别生燕子的气。"

替别的女人说话，心里特别不舒服啊！乔云雪一巴掌拍掉他的手："容先生，我怀疑我是不是看错你了，居然让女人进来住。我们应该保持单纯美好的婚姻。"

"燕子住这儿没关系。"容谦温和极了。

也就是说，燕子要穿那睡衣在这里一直晃悠……

胡思乱想着。乔云雪想起白天发生的事。这一想，她的心柔软几分，也没有那么尴尬。容谦啊……今天好像救了她几次。但想着，她咬咬牙，明天真去京华上班么——容谦今天可"干"了三小时。

全五十楼的人都可以作证。

再去京华，她会被全京华的职员给喷死的。

可是既然都已经这样了，既然已婚，既然有了"胎气"，既然已经干了三小时，她更应该实事求是地榨干他……

"你的大姨妈过去了？"容谦轻轻地。燕子威力无穷大，只在门口站一站，她的大姨妈就闪了。

这几个字唤回她的神志。看着被窝中俊美的男人。为了婚姻，她豁出去了："嗯。"

"要负责到底？"他好温柔好温柔地问。

她脸红红地："能不能不说这话了……"嘎，她想死。他问这个干什么？

可是，她死不了，只能羞涩地对峙着。只觉一个天旋地转……

这回，由不得她了。薄薄的红睡袍，轻轻落在地板上，映上美丽的红。

他温热的气息传来："乖，负责到底。"

她的脸儿快和睡袍一样红了。

被窝中的他怎么没那么一板一眼了呢？她想着，散乱的心思却被他慢慢全聚集到一块儿。她迷茫了，今晚，到底谁是大灰狼，谁是小红帽？

然而她的思想被热浪吞没，旖旎的夜，戴着神秘的面纱，把两个人紧紧裹在了一块儿。

他果然比她有毅力有恒心，果然负责到底！什么不举，果然都是各色美女们极端无聊的诽谤。只是，她明明觉得他所有的动作都很温柔，让人心安，可是，她还是好累。

她迷糊地睡了过去。

天色大亮。

乔云雪醒了。却不能动弹。她居然还窝在他怀中。很温暖的怀抱，很有力的怀抱。浓烈的男人气息，几乎把她熏晕了。他的存在感强烈干扰到她向来清晰的思维。

凝着浅红窗帘，她的心思全集中在一件事上……她身上什么也没有。如果他现在醒了，那多尴尬啊！

他的呼吸声很均匀，应该还在睡。

太好了！

赶紧悄悄爬起，捡起地上的睡衣，三秒内套上自己，她几乎小跳着跑向衣柜，拿了内衣和裙子，连手袋都拿了，旋风般向小浴室跑去。

听着她慌乱的脚步声，容谦缓缓睁开长眸，唇边，漾开个淡淡的笑容。那抹惊艳，让清风都不敢太拢。被窝里还有她缕缕清香，闻着让人特别舒服，也轻易记得美好的夜晚。

洗漱好，正系领带，听见外面传来关门的声音。

容谦出来，瞄瞄四周，两百平米的空间里没有乔云雪的影子。燕子正坐在沙发上，看到他，笑容满面地撇嘴儿："她跑啦！"

跑得还真快！

人家偷情的都没她这么敏感，一大早像小偷般消失在他视线之内。她居然这么害羞，真怀疑她是不是真有二十八岁了。

燕子说："你不去追？"

容谦转身拿了包，换了鞋子，离开。

"这房间的隔音效果干吗那么好呢？"咕哝着，燕子起身，"想听个墙脚都听不到。唉，好命苦的燕子，没男人，没快乐，生活没滋味……"

下楼，容谦开出奥迪，却悄悄停下，凝着花园门口那抹浅红色的身影。

她居然穿上相亲时的浅红长裙，勾勒出纤细美好的腰身。衬着高跟鞋，说不出的淡雅迷人。

可神色间有说不出的懊恼，也按捺不住自己纷乱的心，在花园门口走来走去，显然在纠结该去哪里。不上班，对不起容谦昨天一下午的用心；去上班，她真没勇气面对京华的职员。

奥迪静静地停在她眼皮底下。

"上来。"容谦声音轻缓，和昨天以前一样，好像昨晚只是一个美梦，丝毫不影响两人之间的相处模式。

"哦。"他没事般，她也不能太小气，咬着唇儿，乔云雪最后坐进奥迪。

上班吧！容谦说得对，她不上班，哪有银子和他ＡＡ制。她不上班，哪有机会把是非不分的施婧给整倒。她还要做京华的营销总监呢。

乔云雪坐上去，容谦也没立即开车。只是平静地凝着远方，似在打量马路上来去匆匆的人流。好一会儿，十分自然地拿起她的手儿，用他略为粗糙的指腹轻轻摩挲着她纤纤十指。

很轻，可是，很意蕴流长。

"要不要我送你上营销部？"他问。不确定她是不是脸皮薄得不敢再去公司。

"不要。"她闷声。他还嫌不够乱么？估计她现在身上打上"容谦的情人"的烙印，这会儿就算拿出结婚证给大家看，人家也会以为是个假结婚证。

老婆怎么会和老公在公司办公室大干三小时呢？只有情人之间才会这么激情。

闻着他浓郁的男人气息，她的思路不是太畅。她都怀疑自从和他结婚，自个儿变笨了。

手掌不知不觉摸摸腹间，唉，这里会有胎气吗？

远远看到燕子的宝马向花园外面开来，他们之间真的很熟，虽然无法无天的燕子看上去有点害怕容谦，但总算是那些人里面唯一敢和容谦谈笑的一个。

乔云雪撇撇嘴儿："燕子到底是你……"忽然闭上嘴儿，她不问这个。她要尊重他的朋友圈子，一边保护自己的小心肝儿。

摸摸鼻子，她可爱地笑笑："容先生，该走了。"

"容谦。"他说。这个称呼，他提醒很多次了，可是被提醒的人似乎是故意遗忘似的，总是坚持半天一天的，就统统忘记。

"哦？"脸儿一红，乔云雪摸摸鼻子，"容谦，该走了。"

这次，离京华大厦还有五百米时，乔云雪就下了车。等奥迪从她面前开过时，乔云雪才慢慢向京华大厦走去。但她走上几步，又挥手追上去。等容谦停下，她神秘兮兮地趴上车玻璃："容谦，帮我打听一下，最近京华职员招聘人数卡得严不严。"

"哦？"她问这个做什么？

看出容谦的疑惑，她有点不好意思："我今天就去现场了，得培养自己的业务精英，可是我想走捷径。我要把我以前得力部下请过来。"

经过昨天的事，乔云雪连最后的顾虑也不再有。龙基那三个销售组长，她用尽全力培训了整整三年，才不会笨得留给洛少帆。

目光一闪，容谦微微勾唇："这是好事，带来销售精英，等于带来一批客户。这事跟施靖说就行。如果施靖十分钟内没给你答复，就马上打电话给我。"

"真的？"声音高扬几分，乔云雪眉眼弯弯，跳开，让他离开。

离开这里也好，去现场累些，可是自由些。正想着，燕子的宝马从她身边经过。

奇怪的是，燕子每次遇上时，都会停下车打趣一会儿。就今天没有，燕子只是露出个意味深长的笑容，宝马就像箭一般向前飞去。

一群看不懂的人。不过，燕子那件睡衣，真的很令人纠结啊！

燕子穿的是浅绿色的睡衣，那还有件嫩粉色的呢？

不知道施靖会给她安排到什么地方。

想到施靖，乔云雪头痛。

到了四十二楼，上洗手间。遇上苏雅。跟她不熟，乔云雪只是点点头，就侧身而过。苏雅淡淡的声音传来："我不明白，你受过高等教育，为什么甘于做容谦的情人。"

乔云雪皱眉儿："我也不明白，你受过高等教育，为什么以讹传讹？"

"你是女人的羞耻！"苏雅深深地凝了她一眼，扬首，高傲离去。

深呼吸，乔云雪也离开，她要去见施靖了。

这个莫名其妙的苏雅，她懒得理她。

经过茶水间，听到里面又有女孩哭，还是以前那个女孩："呜呜，容先生没节操，居然在公司里要情人，呜呜。还三个小时，容先生都不怕崩盘的……"

头痛啊！乔云雪抚额，向施靖办公室走去。

"施总，我是去哪里？"乔云雪开门见山，"不管是去哪里，我希望施总能给我三个名额，我要招助手。"

昨天为了她，施靖连降两级，心里别提多恨："乔小姐还是喊我施经理好了。你去映月花园那里上班。"

"我知道了……招助手的事呢？"乔云雪追问。

"那是不可能的。"施靖问也不问要招什么人，一口否决，"各个楼盘的销售员都有名额配置，如果没有员工辞职，就不能加名额。"

好吧，一个墨守成规的老男人！乔云雪不再多说——既然容谦能说上话，她还是找容谦好了。

已经走出门外，可又好心地走回来，替施靖关门。施靖的埋怨清晰地传到门口："这年代，一个不要脸的情妇，也敢在我头上撒野……"

"我不是情妇。"乔云雪一把推门，狠狠瞪着施靖，"我是容谦的妻子。施靖，想暗地里诽谤人，也得等这人走远了才好意思吧？"

施靖老脸挂不住，讪讪地："你要是容谦的妻子，我还是容谦的老子呢！"

你明明就是个龟孙子！

乔云雪扭头就走。她才不和极品争吵，免得自己被影响成极品。

走到电梯口，她瞪着总裁电梯，皱眉儿——这电梯真能识别男女吗？

两部公用电梯一直在下面上不来。她又瞅着了总裁电梯，忽然大大方方按上——如果真被抓住了，她就告诉京华某总裁，浪费资源是不对的，应该给有需要的人坐。

果然进去，可上了五十楼也没报警。她跳了出去，被砸到馅饼一样的喜悦，绕过大办公室，轻轻敲开容谦的门："嗨——"

一进去，她闷哼："容谦你骗我，那什么总裁电梯根本不会报警。"

"怎么不会？"容谦挑眉，四平八稳，"当然，有可能报警装置坏了。"

"是么？"乔云雪忽然眉眼弯弯，"这样更好，我以后都悄悄坐那个电梯。真是的，这么高的楼，三个电梯根本不够用嘛！总裁他老人家就是老胳膊老腿的，也不能一个人霸了一座电梯……"

第六章　大灰狼PK小红帽

老胳膊老腿？轻咳一声，容谦懒懒靠上老板椅："有事？"

"施靖他就是老八股，他什么也不问，直接说不能加人。"乔云雪气呼呼的，"真不知道这人是谁招的，营销总监的脑袋这么不开窍，京华的出路令人担忧。"

"施靖是我招的。"容谦凝着她。

乔云雪讪讪地别开目光："那好吧……可能是这两三年施靖老了，才开始变成老顽固。容谦，你不是说，可以帮我招三个人么？"

"可以。"容谦颔首，"你把她们的名字留下，我帮你申请。"

"谢谢啦！"漾开笑容，她知道他忙，赶紧挥手拜拜。朝门口走去。

"洛少，我的话已经说得很明白。"容谦语气微凉。

洛少？洛少帆？

乔云雪停住了，瞅着容谦。他那个模样，似乎有些不屑。她困惑了——洛少帆才是富二代，应该是洛少帆对他不屑。

不知对方说了什么，容谦唇角微勾："凭你妻子伪造京华文书，侵犯京华主权，损坏京华名誉，伤害京华职员。三天之内道歉，否则法庭上见。"

容谦按掉电话，抬头，黑瞳似笑非笑，里面的东西却是她看不懂的。

疑惑他说话这么精练，几乎找不出一个多余的字来。乔云雪点头："容先生果然是个不可多得的好助理。"

长眸一闪，容谦居然"嗯"了声。

第七章 家有情敌，杀无赦

"苏青兰来道歉才怪。"她好奇。难道京华方面真会因为昨天的事起诉苏青兰？难道京华这么维护员工？

"嗯。"容谦唇角微勾，"她会来，而且我知道她什么时候来。"

"真的？"太神奇了，她十分地好奇，"什么时候来？容先生，如果你告诉我，我一定做好吃的给你。"

容谦含笑不语。

乔云雪焦灼地等待着——没有什么事比苏青兰向她道歉更吸引人的了。她想离开快点去映月花园售楼部，可就是挪不开脚步。

见她纠结，容谦黑瞳若笑，悠然踱着步子，在她面前停下，俯身，语气飘忽几分："真想知道，给点诚心。"

诚心？他要啥诚心。仰首，他深凝的眸映入眼帘。他正看着她的唇儿，毫不犹豫地俯身下来。她的唇儿，被轻轻擦过……

她明白了，飞也似的向外跑去："我不想知道了……"

她才不会以美色换信息呢！哼，容先生太小看她了。

低低的笑声滚落，容谦若有所思地凝着那个纤细的人儿，冲过大办公室，冲过长廊。消失在总裁电梯之内。

今晚，她能怎么逃？

他期待——

映月花园开盘还要十天，现在都是前期广告工作。但这才更重要，一到映月花园售楼处，乔云雪就投身到工作里。

这里很适合她。

她笑了，可走出售楼部时，她疑惑地瞅着对面即将开盘的楼盘。

"那是龙基的龙腾花园，也是十天后开盘。"销售策划告诉乔云雪，"跟着我们的时间走，一看就知道是要和我们拼业绩。"

"嗯，太好了。"乔云雪笑笑地点头。漂亮的眸子里闪烁着火花。

她会做得很好的。

下班的时候，乔云雪还在那儿熟悉策划细节。人都走完了，她才出来。

走到门口，她眼睛忽然有些潮湿。容谦开着他的奥迪来了，正倚车而站，像棵白杨，似笑非笑地凝着她。

心中一热，她迎了上去。

乖乖被他带回家，和他进行着AA制的家务，在燕子诧异的目光中记下容谦欠下的费用。

晚十点的时候，容谦回房。

"昨晚忘了杜蕾斯。"她蹦出一句。

杜蕾斯？

扫她一眼，容谦颔首："是个好品牌，但不是个好东西。"

"嘎——"乔云雪一呆。

"那东西，能让人幸福吗？"他淡淡地，可明显不喜欢那东西。他向来惜字如金，所有能说出口的事，对于他来说，都算是重要的事。

"嘎——"乔云雪愕然。她竖起耳朵也没听出来，他到底是说幸福，还是性福？

拉开房门，她飞快跑出去："容谦，我马上回来。"

瞅着她身轻似燕，容谦没做声。

她马上回来了，手里拿着盒药。容谦非常自然地拿过她手里的药："这种避孕药有副作用，对身体不好。"

"真的——"乔云雪扑过去抓住他的胳膊，可已经晚了。

"真的。不过……"他长眸凝住她，"我三十二，云雪二十八，该有孩子了。"

年龄上是，可实际上两人都不适合要，两人的感情在哪里呀，还没有经济基础。

乔云雪摇头："我们现在都没有经济能力养孩子呢！"他工作压力太大，生活紧张，根本还没能力抚养孩子。她才进京华，脚跟都还没站稳，怎么能要孩子？

容谦离开，不一会儿拿来个五厘米高的小瓶子，随意放进她手里，"一定要避孕，就吃这个。效果好，对身体也好。"

接过来，乔云雪打量那个白色的瓶子，上面看着像英文，可仔细翻译，才发现不对。她看不懂上面的文字，不知道写的是什么。

真的是避孕药么？

"妈富隆，荷兰原装出品。"容谦解释。

心里一咯噔，原来他早准备好避孕了。乔云雪倒出两颗，皱眉："为什么我看着像QQ糖？"没听说避孕药还会五颜六色。

"它本身有QQ糖的味道。"容谦不动声色。

是么？疑惑着，乔云雪吞下两颗。果然有QQ糖的味道。吃完了，她还把瓶子高高举起，想看明白说明书。可惜，上面的文字长得像英文，就是没有英文的脾气，她一句都看不懂。

真的不是QQ糖么？他不会诈她吧？扭过头来，看到的容谦是一张平静的脸。

她一定想多了，所以居然怀疑起自个儿这么老实的老公……

"上面是荷兰文。"容谦黑瞳一闪。估计她要在本市找出个懂荷兰文的，不是件容易的事。

"哦！"她表示明白，秀秀气气的眉儿打成结，"可是，它明明就是QQ糖……"

"这是荷兰本地产的。"容谦声音四平八稳，让人听着十分放心，他难得的多解释一句，"对身体没有副作用，不会影响以后生育。"

瞄瞄他平静得过分的俊脸，乔云雪信了，爽快咽下两颗。

容谦这才离开，顺手拿走她买的避孕药，揭开盖子，白色颗粒全部滚入垃圾桶。

经过燕子的客房，他淡淡吩咐："叫你的荷兰朋友多带两瓶QQ糖味的维生素回来。"

翻着衣柜，乔云雪拿着那件灰太狼睡衣皱眉良久。一会儿举起，一会儿放下。

容谦回房，瞄着她纠结的动作，平静地凝着那个灰太狼图案。

转身瞄瞄容谦，乔云雪忽然闷哼："看什么，卡通有它的魅力。会欣赏卡通的人才有创造力。"

唇角微扯，容谦上前一步，皱眉："这已经破了。"他十分自然地拿过睡衣，"我帮你……"

双手一用力，卡通睡衣一破两开，灰太狼的破脸终于再也缝不起来。

"容谦你赔我睡衣……"谁许他撕她的睡衣了？乔云雪瞪死他。

"你不是让我把它们撕开？"容谦一脸无辜。

有些不舍地瞄瞄破睡衣，乔云雪找着件睡衣，把自个儿关进浴室。可抱怨声却能让容谦听到："容谦你一定是故意的。"害她现在只能怀念卡通睡衣。

凝着紧紧关着的浴室门，容谦唇角微勾，斜倚在床上，翻了翻枕边，他买的《人之初》呢？

将床单翻了个透，连影儿都没看到。容谦的目光凝在乔云雪那边的床头柜上。

大步上前，一把拉开柜门，上下打量，果然在最底下找到。

黑瞳一闪，容谦摇头，拿起《人之初》。看了两页忽然放下，起身去客厅，从冰箱拿了瓶红酒，倒上两杯。一手端了一杯回房。

放一杯在床头柜上，慢慢品着自己的那一杯。

乔云雪推开门进来了，瞅瞅里面，嘟囔着："容谦,你不会放窗帘？不会开空调么？

第七章 家有情敌，杀无赦

我怀疑你一定是个从小被爷爷奶奶宠坏的乖孙。里面一股热气。这么热的天,居然在里面喝红酒,却不开空调。我才洗的澡,估摸再过两分钟又是一身汗了。"

"哦。"他果然老老实实遵从她的吩咐,做好一切。然后优雅地倚在床上柜边,细品红酒。

他太合作了,乔云雪有些不好意思。缓缓仰首,掠过放下的窗帘,瞅着那个慵懒品着红酒的顾长男人。脸儿,慢慢儿红了。

其实今晚风挺大,吹着挺舒适,只是气温确实高。也许他天天坐空调办公室,这会儿想特意开窗,感受点自然风。可还是听从她的意见,什么都照着她的吩咐做了。

容谦的目光不着痕迹地落在乔云雪身上。她依然是昨晚那件睡衣。只是在大红睡衣上加了件小小丝质披肩,将胳膊和胸口都遮了起来。

容谦长眸深凝几分——哪有女人睡觉时还披着披肩……

轻轻一晃酒杯,容谦淡淡勾出个微笑的弧度:"明天去个地方。"

"嘎?"有事?

"我们一起去。前后一个星期。"容谦淡淡的,可听起来无可拒绝。

乔云雪摇头,尽力保持得体的笑容,从他身边经过,保持身体平衡,勾勒出几分优雅来。

经过容谦身边,也不知怎么就撞到容谦的手,红酒倾泻而下,正好从她面前淋下。

"容谦——"懊恼几分,乔云雪跳了起来。双手拼命拍着胸口,似乎要把红酒全拍落。

容谦端着酒杯,似乎有些手足无措:"云雪……"

乔云雪跳着脚,漂亮的眸子灼灼的:"容谦,你是故意的。你的眼睛不许瞧我的……我的……"她说不上来了。因为他本来只淡淡扫过她,这会儿她一提醒,居然锁上她衣料贴紧的胸口。

他的目光似乎有些灼热……只轻轻一扫,似在调情。

裙子全湿了,紧紧贴着胸口,还沾着酒气。本来不透明,可这会儿若隐若现。

"不是……"容谦不慌不忙地澄清,微眯的黑瞳却有几分笑意。她生气的时候感觉像幅生动的画。

瞪着容谦,乔云雪忽然大步走向衣柜,一阵猛翻,终于从里面找出件合适的衣服。得意地从他面前经过:"借你的衬衫穿穿。"他的衬衫长得够当她的睡袍了。

果然不一会儿,穿着他衬衫的乔云雪大大方方从他面前经过。那双美丽的长腿,空空地在他衬衫下面优美地移动,生生映入他眼帘。

这衬衫穿在她身上,居然比哪一件时装都更显风情。容谦心中一动,放下酒杯,随着她向床边走去。谁知刚走两步,乔云雪却转过身来,将自己换好的半湿裙子郑重其事放进他手里:"洗衣服。"

"明儿……"他今天也想早点休息。

"不行。"乔云雪闷哼,"男人得为自己做错的事情负责。"

无奈地笑笑,容谦放下红酒,在乔云雪督促的目光下,拿过裙子,想了想,没去找洗衣机,而去浴室洗了。

听着浴室里传来的水声,乔云雪缓缓绽开笑容,趴上大床,却慢慢发呆。昨晚的事很清晰地浮在脑海里。那个死脑筋容谦,昨晚要她负责,今晚应该不会了吧……但如果他还要呢?

"云雪——"容谦淡定的声音传来。水声停了。

"哦?"她应着,不想动。

"云雪——"容谦的声音似乎没刚才那么镇定。

发生什么事了?

懒懒地爬起来,懒懒地来到浴室,看着容谦居然光着膀子在帮她洗睡衣。但……

"容谦——"乔云雪发出母老虎的吼声。扑过去,一把把自个儿的睡裙抢过来,却对着睡袍扁起了小嘴儿。

"我下次小心点。"容谦好脾气地哄着,"一定不再把睡衣洗破了。"他的指尖上,明明原本是漂亮的红裙,现在竟成了两块毫无关联的红布。

他一晚毁了她两件睡衣。

"你还想下次?"瞪他,乔云雪眼睛抽筋。

"怎么啦?"门口响起敲门声,燕子好奇地瞅着里面,"不是床头吵架床尾和吗?怎么你们在床尾吵起来了。乔小姐,他满足不了你吗?不是听说,三小时也不在话下嘛!"

"闭嘴!"乔云雪转过身来瞪她,"他只是不会洗衣服,把我睡衣洗破了。"

"洗衣服?"似乎受了惊吓,燕子美丽的脸儿变了形,顾不得一切,急急跑进来,等看着容谦手上的红布。燕子眸子越睁越大,最后瞅着乔云雪,胆战心惊地低问,"你让他帮你洗睡衣?"

"有什么不对吗?"乔云雪皱眉,"男女平等。都能洗衣服做饭。我要上班,要做家务。为什么他不能做?燕子,你难道想嫁个男人,除了在床上用用,别的地方一无是处?"

容谦长眸深幽几分——床上用用?她不实战的时候,练嘴巴子倒是很痛快。

"有理。"喃喃着,燕子想说什么,最后忽然捂着肚子大笑。笑得直不起腰来,"呜呜,我要乐晕了。做家务哈哈,在床上用用哈哈……"

容谦会做家务,打死她都不信。

瞅着燕子傻笑,乔云雪淡定地看着。目光久久凝着她的绿色睡衣,最后撇撇嘴儿:"如果笑完了,可以回房了。我这空调有点大,可能会冻坏大美人。"她那睡衣基本没起啥作用吧,除了美观。

"没笑完。不会冻着我。"燕子乐得很。可目光一扫,看到容谦警示的目光,只得不舍地向外走，"乔云雪，你这情人要是能当满三个月，我崇拜你。"

这会儿，容谦手机铃声响起。他放下破红布条，看了看号码，微微皱眉，向书房走去。

关紧书房，容谦才按了接听键。

"容先生……"苏青兰细细的声音传来。

容谦语气淡淡："苏小姐？"

苏青兰拼命控制自己的情绪，有些紧张："容总难道真不介意，乔云雪和少帆恋爱多年吗？我在会上说的都是事实哦。容总那么聪明，不会没看清乔云雪的本来面目吧……"

"说完了？"容谦淡淡截断她的话。

"我……"苏青兰语气一变，急了，"我还没说完。"

"挑重点的说。"容谦淡淡的，"你应该懂我的习惯——我不接受废话。"

"我绝对不是说废话。"苏青兰急得跳了起来，"我那样做其实也是为了容总好。我是帮容总啊！瞧，乔云雪现在再也不敢找少帆了。"

"云雪值得我信任。"容谦挑眉。

"我……"苏青兰扯七扯八，就是不敢扯到正题上去。要她到京华和乔云雪道歉，那简直要她的命。

"希望你不要再打我这个电话。"容谦黑瞳微深。

"等等——"苏青兰声音尖锐起来，"容谦，他们谈了八年恋爱，难道会天天看星星看月亮，手拉着手儿逛公园这么纯洁？难道你不担心乔云雪甚至会为少帆打过胎儿？"

"你扯远了。"容谦冷淡几分，"如果云雪不退让，那么如今被打掉胎儿的是你。很明显，你对自爱二字欠缺认识。"

"你……你……"苏青兰气得说不出话来。费尽心机，终于让乔云雪在公众面前丢脸，可结果让自己进退两难，心里那个恨啊，"容谦，你是聪明人，你完全可以找个十七八岁的少女做情人，为什么要找她？"

容谦沉吟着，淡淡一笑："云雪很迷人。你如果不明白男人，可以和洛少好好沟通。刚刚的通话我有录音。你懂的。"

"容谦——"尖锐的声音再度响起，苏青兰痛恨的模样几乎可以想象。

容谦缓缓按了退出键。幽深黑瞳，缓缓投入夜空。

拉开书房门。他微微一愣。

燕子和云雪在客厅里热闹得很，她们在干什么？放轻脚步，容谦紧走几步。啼笑皆非。

什么三个女人一台戏，两个已经足够。

二十五岁的女人和二十八岁的女人有足够的共同语言。乔云雪明明潜意识里排斥燕子，可总被她天真无邪的笑容所骗。明明想远离燕子，结果总是被燕子缠着不放，还和她谈天说地。

燕子的问题一个接一个甩过来："我很好奇，他还帮你洗了什么？"

"内衣。"这个答案应该会令燕子满意。乔云雪想。

"他摸你内衣的时候，你难道不会觉得那是他在摸你那儿吗？"燕子好奇。

"……"乔云雪终于明白自己确实老了，跟不上新新人类的大胆言论。

燕子目光闪闪，一脸惊奇："他会不会说你内衣海绵有点厚？"

嘎！

这句话将乔云雪所有的旖旎心思全炸飞了，瞪着燕子："他也说过你？"该死的容谦，她上当了，原来还真够隐蔽的，天天摆着张没温度的脸装纯真。

"差不多吧！"燕子气呼呼地，"他不说我，可是他的神情就是那个意思。乔云雪我告诉你，如果你想在他面前偶尔占点上风，得到点成就感，你最好无视他，否则你在他面前会吃一辈子哑巴亏，想找人投诉都没门。"

"哦——"乔云雪拉长了声音。燕子姑娘对容谦真够熟悉。可她到底想干点啥？站在哪边的？

"咳！"燕子猛咳。

"当然了，容先生有点坏。"乔云雪点点头，"不过我们现在不谈男人。"

"那谈什么？"燕子眨眨眼睛，"我们之间除了容先生还能谈什么？瞧，你看容先生多重视我，把我当上宾对待。所以你别想把我赶出去。我说了，只要你没怀上宝宝，我就会天天缠着容先生。乔云雪，嘿嘿，我最喜欢看你失败的样子了。"

无语，乔云雪无力地瞄着燕子："我们现在不谈男人。谈家务。"

"啊？"燕子傻了，细长的丹凤眼睁大，"你不会让我帮你洗衣服吧？"

"没有，你拖地。"笑盈盈起身，乔云雪慢悠悠回房，"今晚就要拖哦。"两百平方的地，够这个娇娇小姐拖的。哼，她怎么可能给出机会，让燕子破坏她的婚姻。

才走到走廊，看见容谦在。乔云雪没事般地走过他，轻飘飘落下一句："基于AA制，我不会替你养燕子。不管她什么来历，她的花费都记在容先生身上。容先生有没有意见？"

"没有。"容谦不动声色。侧身，也回房。

"但是，我有意见！"乔云雪猛然站住，"虽然我们是AA制，但本身你对我有义务。凭什么你对我有义务，我都不接受你的扶持，你当然更不能扶持朋友。我决定了，燕子的钱由她自己出。"

天天屑想她的法定夫君，燕子还想享受特权，做梦！

她会把租金水电网线什么的，全部和燕子分摊。光算下来都要半天工夫，看燕子下次还来不来抢容先生！

婚姻是神圣的，抢不得动不得！

使劲儿想着，脸上的神情千变万化。可不一会儿，她感觉到异样，这才低头瞅着自己的睡衣——他的衬衫。

"不许瞧！"她脸红了。没穿内衣的感觉如同没穿衣服。他深邃的长眸扫过来，她就觉得自己完全透明。她不由自主地拉着衬衫。

容谦皱眉："穿着不舒服，不会脱了么？"

"嘎？"她闷闷地，拜他所赐，她成了个没睡衣穿的女人。

容谦想了想，十分诚挚："可以裸睡。"

唇儿一颤，脸儿通红，乔云雪好大一会儿才心平气和地转过身来，一本正经地建议："男人裸睡更好。"

"嗯。"容谦颔首，"云雪这个意见不错。"

"……"乔云雪一身都抽搐着。

"一起裸睡吗？"燕子的小脑袋出现在门口，美丽的脸儿焕发光芒。

唇儿发抖，乔云雪闷哼："除了你。"

"嗯。"容谦在旁边颔首，凝着燕子。脸还是那脸，好像刚刚那些话只是新闻报道，并没有任何心怀不轨。

她刚刚话说快了……乔云雪捂脸儿，一脸懊恼，从指缝里瞪着燕子。

伸伸舌头，燕子缩回她的小脑袋："呜呜，没人爱没人疼。还要被人瞪，为什么受伤的总是我……"

声音忧伤得让人掉泪，可她轻快的模样，显然好心情。

真是个让人看不透的丫头！乔云雪撇撇嘴儿，也跟到门口瞧，燕子正在沙发上练瑜伽，有模有样。那神态安乐无极限，把这完全当成她的家了。

空调开得有点大，乔云雪双手环胸，都觉得起了鸡皮疙瘩。赶紧缩回卧室，关好门。转身回来，要趴上她喜欢的大床，可身子僵住了，眸子忽然定在她睡的那半边床上。

《人之初》？

它啥时自个儿从床头柜里跳出来的？

不可置信地回眸，却差点掉进容谦那双幽深的黑瞳里面去。不知不觉，只觉得自个儿的手都多余，不知该放哪儿才好。唉，为什么她忽然觉得，面前这个男人好难懂，他那样看着她干什么嘛……

容谦终于喝掉最后一滴红酒，修长的身躯压上大床。

眼尖手快，乔云雪一把拿起《人之初》，要扔开。容谦俯身，浓烈的男人气息包裹住她，几乎环住她的身子。他伸出二指，轻轻巧巧从她手中拿出杂志。

"睡觉啦！"他在床上看这种杂志，她还能睡得安稳吗？乔云雪咬咬唇，瞪着杂志，忽然胳膊一抬，轻轻巧巧把容谦还没拿稳的杂志撞到一边。

她抿唇儿笑了，这下大家不尴尬了。

可是，她的笑容慢慢凝固——《人之初》落在被子正中央。

刚好在两人无形之间的楚河汉界上面。还无巧不巧地是男人脸埋上女人胸的画面。

呜……乔云雪捂住脸儿，那画面好令人遐思啊！在这样的夜里，她看了都脸红心跳，男人看了一定更是下腹发热。不行，她得赶紧毁尸灭迹。

二话不说，她跳起来，扑上去，想先用身子挡住那画面再说。可是……

"呜——痛！"鼻子疼，胸口疼。乔云雪傻住了。

容谦不动声色，拉过扑上他的女人："云雪，这是……传说中的扑倒么？"

"你……"乔云雪吃惊地指着他，连疼痛都给忘了，"我……我是去扑《人之初》，哪里要扑你。我是扑书，结果不小心扑倒你。唉，我……"她怎么绕来绕去，最后还是说扑倒他。乔云雪抓了把头发，纠结着，结婚近月，她怎么笨成这样，连超好的口才都快退化了。

容谦颔首："嗯，云雪是扑书，顺便扑倒我。"

"我……"乔云雪瞪着他，结果一个字都说不上来。他说的是事实，可为什么她觉得，他说这话时神色不对，语气不对，有几分调侃，平静的眸子间却隐隐有着笑意。

她飞快滑下去，光着脚就想跑。却被他的长臂不紧不慢地圈回去："我们没有经过婚前教育，也没做婚前体检，应该自学。"

"就学这个《人之初》？"她错愕几分，这个看着是有点用，但用来做婚育教材，真逗。

"哦。"容谦蹙眉，"云雪没看过《三字经》？"

"谁没看过《三字经》？"她反问，很不悦。好歹她是油画街出来的，多少受了点艺术熏陶，怎么可能连《三字经》都没有看过。

"看过就好。"容谦颔首，那模样，倒和在会场时一样严肃，"《三字经》第一句话，人之初，性本善……"

"它们是两回事！"乔云雪瞪他，可被他胳膊圈着，瞪得好像不够力气。

"性本善，指夫妻生活美好。《人之初》就是解释夫妻生活。"容谦面容严肃。《三字经》在他嘴里全变了样。孔夫子大概都会被气得从土里跳出来。

"胡扯。"她生气地掐他大腿，"这六个字明明在说人本性善良，哪有说夫妻生活。"

容谦静默，只凝着她掐红的大腿，薄唇微抿。

眼睛一抽，乔云雪手儿悄悄缩回，这下真不好意思了，只得窝在他怀里，一页接一页地看着那些搂胳膊大腿的画面，和男男女女如何互相合作体贴的金玉良言……

慢慢地，一颗心怦怦地跳了起来。闻着他的气息，她心里好乱，好像一身都热了起来……

特别是，她还穿着他的衬衫当睡衣，而衬衫下什么也没有。

看到一半，容谦合起杂志："剩下的明晚再看。"

"明晚？"乔云雪脸儿抽筋，"容谦，不如今晚一起看完算了。"已经热血沸腾了，难道明晚再来一次折磨。

"哦?"容谦微愕,"光看不练,看多了没用……"

"……"乔云雪总算明白他打的什么算盘,一捶扔过去,毫不客气地砸上他的身子。却看到他受疼时,眉头一蹙,红了脸儿。

这男人压根故意在消遣她,喜欢看她生气的样子。连一本书,都拿两次用。可是,他那模样真是让人心疼。她就不明白了,他明明做的事让人想愤怒啊,结果就让人心疼。

搂过被子,将自个儿整个包起来,她闷哼:"睡觉!"

结果她没睡着,反而听到他均匀的呼吸声。

她坐起来,默默凝着他平静俊美的脸孔,心中的迷惑像豆芽般疯长起来。

"容谦,你到底在搞什么?"她喃喃着。他昨天可没有今天这般君子,居然坐怀不乱,一起和她看《人之初》,还能保持心平气和,睡得这么安稳。

他一定是故意的。

一个男人能练就这境界,不是傻子就是人精,他是哪一种?据她看来,前一种可能些。被她抓着他就结婚,被她摆平,他才知道反扑。

揣摩着容谦的心思,乔云雪第二天起来的时候,居然有了熊猫眼。

"容先生心情很好,气色不错。"燕子搭着二郎腿,笑盈盈扫过一对"情人",十分中肯地发表她的意见,"乔小姐,你气色不好。是因为容先生没满足你么?还是实在激不起容先生的性趣?"

说着,笑眯眯拿起筷子,准备吃早餐。

本来已经帮燕子盛好面条,这会儿乔云雪唇角绽开笑容,非常爽快地将燕子那碗面条倒进自个儿碗中,笑意盈盈:"我妈昨儿说我太瘦了,以后要孩子可能都不容易,所以从现在开始,本姑娘要增肥。燕子,不好意思呀,面条家里还有,鸡蛋是最好的农家蛋。燕子自己去下面条吧。"

"我是客人耶?你怎么这么小气?你怎么可以这样对我?"燕子憋屈地扁嘴儿,回头朝已坐下来的容谦撒娇,"我也要吃面条嘛,要不然你分我一点。"

蹙眉,容谦沉思足足十秒,才颔首:"你自己夹一半。"

"好呀好呀!"燕子乐了,果然飞快端过容谦的大碗,立即要分一半。

乔云雪瞅着,加快速度吃面条,差不多了的时候放下筷子,眯了眼看燕子的动作。

等燕子倒了一半,乔云雪才笑盈盈转向容谦:"我决定了,明早开始,我洗碗,容先生煮面条。"

"云雪,我洗碗。"容谦黑瞳一闪。

"咳……"燕子呛到了,吃惊地瞪着乔云雪,"你……你……你居然让他洗碗?不对,你……你居然帮她洗碗?"

"不行吗?"乔云雪唇角微弯,可眼睛里有火焰,"当然,今天换你洗碗。"

"我洗碗?"燕子的眼睛瞪得像铜铃般,手中的筷子不知不觉掉落,"那么油的东西，我才不碰。我这双手可是给男人疼的，不是用来侍候男人的。不好意思哦！"

"进我家的门就得守我的规矩。自己动手，丰衣足食。谁也不能例外。"乔云雪目光灼灼，瞄着的却是容谦，"如果容先生心疼，可以由容先生代洗。不过……"

拉长声音，她已经拿起手袋起身："容先生你以后别想吃到我的面条。"她踩着优雅的步子离开。

容谦目光一闪，随着她的背影移动，语气淡淡地："燕子……"

"没事。"燕子对着乔云雪的背影做鬼脸，"走得快一点啊，这样我才有时间和容先生一桌儿吃饭。"

已经走到门口，乔云雪忽然转过身来，歪着头打量着两人。看着他们之间，那种别人无法逾越的熟悉与坦然，她忽然走了回来。瞄着燕子的碗，她浅浅笑了："燕子也喜欢吃这个？"

"嗯。"燕子优雅地端起容谦给的半碗面条，说不出的得意，"虽然这面条不咋的，但看在容先生分我食物的情况下，火辣辣的心呀——"

"要加点盐么？"乔云雪慢悠悠问。

"好啊！"燕子喜欢得不得了，"我讨厌厨房。太感谢了。"

懒得听燕子的废话，乔云雪果然主动帮她的面条回锅，一会儿后，把面条送到燕子身边："燕子慢慢吃。但愿燕子一直有颗火热的心。"

走得痛快利索。外加一点开心的笑容，乔云雪把客厅大门紧紧关上。

容谦已经吃完："燕子洗碗。"

他也出去了。

燕子委屈地瞅着碗，郁闷极了："我明明才是最尊贵的那个，为什么还要我洗碗呢？"

咕哝归咕哝，燕子抵制不了面条的香气，夹起，大口吃。才不过三秒，燕子跳了起来，吼："……乔云雪，你陷害我。小气女人，没良心的女人。我让容谦灭了你。呜呜，火辣辣的心……果然火辣辣。我……我要辣死了……"

乔云雪给她回锅时，居然下了看不显眼的朝天辣椒粉。可以辣掉心肝肺的那种辣。

看上去很可爱的嘛，对她下手可一点也不心软。燕子哼："总有一天我会讨回来的。苦命的容先生被这女人压榨。我要好好劝劝他……"

燕子把冰箱里的王老吉全搬出来，慢慢浇着心头之火。

容谦下来时，乔云雪已经离开了。显然，燕子的存在确实让她郁闷了，居然跑得这么快……

容谦唇角微松，勾出个淡淡的微笑，说不出的意味深长。开出奥迪，朝京华开去。一路上长眸淡淡扫过两边，没有看到乔云雪的影子。

他老婆消失得真快！

途经油画街时，容谦朝夕阳画廊驶去。

长眸一扫，各个油画店的概况全落入眼底——她没来油画街。

映月花园就在京华大厦过去一千米的地方，她应该不会步行去那里。如果她步行去，那他一定能在路上看到她。

方向盘一转，容谦向大马路驶去。离京华越来越近，也没看到她的影子。蹙眉，容谦加快速度，车进入停车场。停好，坐在车内没动，眉宇深蹙，似乎在思考着什么。

来电。

拿出手机，容谦接了："钱副总？"

"容总打算订什么时候的飞机？"钱涛稳重的语气稳重。

"今天傍晚。"容谦淡淡地。

"乔小姐愿意和你一起么？还是只订容总一个人的。"钱涛语气愉快，隐约有着调侃的意味。"一起去，很方便扑倒……"

"钱副总有意见？"容谦淡淡一笑。

"哪敢哪敢！"钱涛讪笑着，"我专程咨询容总一下，容总确定是要买两个人的机票？"

"当然。"容谦淡淡地。

"你秘书刚刚特意跑来，问我订几个房间。"钱涛暧昧的指控让人忍俊不禁，"容总，早点扶正老婆啊！省得下面的人不好办事。"

"哦……"挂机。容谦长身从车内抽出，面容微微一僵，目光犀利几分。他站着没动。

"容总我可算等到你了。"娇娇柔柔的声音响起，穿着真丝长裙的女人出现在容谦面前。

皮肤细致，五官柔和，模样娇柔。只是唇角的笑容令人觉得极不真实。

容谦黑瞳一闪，居高临下地瞄过她："早！"

来得这么早，八成是想摆脱媒体追踪吧！颔首，容谦悠然转身，向京华走去。

一段白白的胳膊横在容谦胸口，苏青兰一脸委屈，楚楚可怜地瞅着容谦。

容谦淡淡地："洛少帆呢？"

"他没来。我是来求容总的。"苏青兰楚楚可怜极了，"请容总成全我。我只是为了自己的家庭着想嘛。所以才说了些过激的话，但那真不算什么呀。求容总撤诉。"

容谦蹙眉，淡淡扫过苏青兰："……都不算？"

"我真的不是故意的。"苏青兰黏上容谦了。在容谦面前丢脸，绝对比在乔云雪面前丢脸气派多了。所以她绝对要咬定青山不放松。

"这事我已经交由法律顾问办理。"容谦不想多谈，他的时间很宝贵。

"容总，你不会是个软耳朵，妻管严吧？"苏青兰黔驴技穷，激将法上演。

"哦？"容谦黑瞳一闪，脸色微凉，"云雪性格不错，我没机会患妻管严。"

最多 AA 制罢了。

心里慌了，苏青兰撒娇儿："容总，你就把前天的事当作没发生过就好了。"

说着，苏青兰不要命地伸开胳膊，要拉容谦胳膊。

微微蹙眉，容谦长身略闪，不着痕迹地避开苏青兰的手臂。

平静地凝着苏青兰那双手，容谦神情凝重："洛少奶奶的宝座得来不易。你应该看到我就退避三舍。"

"我……"苏青兰脸儿发白。只有她明白容谦淡淡一句话里包含多少警示。唇儿颤抖着，她不敢再和容谦说话，可又想不就此罢休，摇摇欲坠地站在那儿，苦着脸。

纠结一会儿，苏青兰抬头："如果我真不承认那份协议是我动的手脚，容总也拿我没办法是不是？"

"如果你觉得我没办法，你会过来找我？"容谦面容淡淡。

"我……"容谦一语中的，苏青兰哑口无言。她自己做了什么事，心里自然有数，但前后思量两天，也自认那份文件以假乱真得无可挑剔。她现在来到这里，仅仅是因为容谦。

她不敢轻视容谦。

也困惑那份盖了京华真印章的假文件，到底是哪里被容谦看出了破绽。

"失陪！"轻轻弹了弹衣袖，容谦优雅转身，准备上班。

迎面跑来一个高挑的女子，哈哈笑着，拉住容谦的胳膊，轻松愉快："居然有野女人来屑想我们的容先生，不想活了。"

"你别胡说八道，我找容总有事。"苏青兰赶紧澄清，这话要是乱传，洛家还待得下去吗？她才真不要活了。

"洛少奶奶找京华的容先生有事？好好玩。"燕子瞪着双细长的丹凤眼，一脸好奇，"难道洛少帆那样好体格的男人，都喂不饱自己的女人，一大清早出来打野食？"

说完，燕子眯眼儿瞄着苏青兰。

"你……你才打野食！"苏青兰瞪死燕子，几乎想掐上燕子细细的脖子。她真的背运了，一大清早遇上这么粗鲁的女人。

早知遇上这样的女人，她还不如直接找乔云雪。至少她自认吃得住乔云雪，可不，去年她就抱着大肚子在乔云雪面前一站，乔云雪就主动消失在这个城市。

"我是想打野食啊！"燕子笑盈盈地，还特意抱紧容谦的胳膊，"我长得这么漂亮，打野食也能打得到。你呢，只怕想打，反而被人家打回去。"

说完，燕子笑啊笑的。那自信而带着睥睨的神情，十足挑战着偷偷跑出来的洛家少奶奶。

"你这个不要脸的女人……"苏青兰尴尬得生气。

但忽然，苏青兰笑了——容谦身边有这么漂亮的女人，那乔云雪还能在容谦身边待得长久么？想到这里，她心情大好，也不再和燕子计较，转身笑盈盈离开。

步子都轻快得看上去飘然欲仙了。

第七章 家有情敌，杀无赦

连为什么来找容谦都忘了，只想给多点时间让容谦和燕子相处。

"怎么这么没有战斗力？"燕子皱眉，"我还没开始进入状态呢。总得让我过过瘾再闪人嘛！洛少奶奶，咱俩再聊聊……"

苏青兰只当没听到，反而再走远几步，转过身来，用手机悄悄拍下燕子抱着容谦胳膊的镜头。她得意地笑了。

直到坐进奢华的法拉利，苏青兰脸色寥落下来。

喂饱呀……

那跟东方西方有什么关系，只跟男人有关系。可是洛少帆……

苏青兰咬咬牙，踩上油门，法拉利像疯牛般离去。

"唉，真没见过这样的女人！"燕子很忧伤，手指缠着金色的卷发发愁，"天天担心自己的少奶奶位置坐不安稳，自个儿没法安心过日子，连累人家的日子也不安稳。你情人真悲催，遇上这么个对头……"忽然觉得头顶有异样，燕子闭上喋喋不休的小嘴儿，仰首。

容谦淡淡的目光落在燕子的胳膊上。

那段嫩藕似的雪白胳膊还缠在他胳膊上呢……

嘟囔着，燕子悄悄松开他手臂。一甩满头大波浪长发，掀起无限风情，踩着高跟鞋走了。

十足的千金小姐派头。雅致而俏皮，多一分嫌张扬，少一分嫌稚嫩。

几不可察地摇摇头，容谦拍拍被燕子弄折的衣袖："施先生十分钟后请来找我。"

"容先生找我有事？"施靖立即紧张起来。一个劲偷眼瞄容谦，可实在看不出容谦的心思。

似乎没听到施靖的疑问，容谦已阔步离开。

进了大厅，按电梯。

"容先生早……"身侧响起试探的声音。

瞄到身边的京华职员，容谦微微颔首。

"我是苏雅。财务部的主任。"苏雅模样大方，语气轻柔，浑身透着贤良淑德的感觉，让人觉得她身上写了贤妻良母四个字。

"苏小姐。"淡淡一句，容谦收回目光，进了电梯，到五十楼。

独留下苏雅，愣愣地站着，似乎没料到容谦对人这么疏离，一下子还没回过神来。

原来，传说中的好男人，居然是这么冷淡的一个男人……

苏雅暗暗咬着唇，站在原地半天没动。

第八章 精明的"笨"老公

　　十分钟后，施靖站在五十楼。年过四十的男人居然像小姑娘般，紧张得十指拧成天津大麻花。
　　他不敢坐，垂着脑袋，恭恭敬敬听着。
　　"你派苏小姐去映月花园？"容谦示意施靖坐下谈。
　　施靖这才敢吭上一声："接手这个楼盘销售的王主管家里有事，请假半个月。所以我把乔小姐调去，以后王主管回来，可以直接另派工作。"
　　颔首，容谦语气平平："映月那块地，原来就是从龙基虎口夺过来的。前天才和龙基闹得满城风雨，事情至今没有完，施先生就敢让乔小姐再次对上龙基？"
　　"那个……我认为乔小姐有能力做好那份工作。"施靖冷汗直流。
　　容谦颔首："施先生可能以为，我们的销售主管是变形金刚，所向披靡，天下无敌？"
　　"容先生……"施靖听出容谦的不悦，想起自己被连降两级，冷汗直流。
　　"哦？"容谦颔首。
　　"容先生应该信任我，给我足够的权力。"施靖不满意容谦的看法，也来了脾气。
　　"我当然信任施总。"容谦脸色不变，"但施总在这件事上，处理得草率了。"
　　恼羞成怒，施靖心里那个不舒服啊："容先生，作为下属，向来是不做无错，少做少错，多做多错。容先生这样，让我很不好做。乔云雪昨天还和我吼，胡说她是你的妻子，这么嚣张，我怎么管她。"
　　"哦？"她会说她是他妻子？微微恍神，容谦唇角却微微勾起。
　　"容先生？"施靖有些恼火。
　　"那如果她真是我妻子呢？"容谦慢慢扬眸，定定瞅着施靖。

施靖一张老脸抽搐，挤出字眼："我……我懂了。"原来容先生真向着那个情人，原来"大干三小时"是真的。

容谦颔首："乔小姐至今没说施总半句坏话，而施总对乔小姐没有一句好话。施总应该知道自己的差距在哪里。"

施靖哑口无言，一张老脸慢慢红了："容先生，我明白了。"

容谦颔首："去秘书那拿苏青兰那份文件，好好研究下文件中的破绽。"

"我……明白。"施靖忐忑离开。

回到办公室，容谦按上免提，不一会儿传来乔云雪的声音："喂？"

"下午五点去机场。"懒懒靠着办公椅，容谦眸间有着淡淡的笑意，"我会接你。"

那边好一会儿没有发出任何声音，久得容谦以为电话出故障的时候，乔云雪闷闷的声音传来："去做什么，我连睡衣都没带。不好意思，我没有裸睡的习惯。再有，我要努力赚银子AA制，恕不奉陪。"

低低笑声滚落，容谦抚额，小心地把话筒拿开些。

"喂？"不确定容谦是否在笑，乔云雪疑惑地瞅瞅话筒，没听到对方有声音，立即挂了。

她才不会和他一起去哪里呢。

她还要工作呢。如他所说，不工作哪有银子和他AA制。瞧她现在活得多自在，就是因为AA制，这种自由平等的生活简直太美妙了。

如果不是燕子搅乱他们平静的生活，如果容谦不半拥着她研究《人之初》，她说不定连单身贵族的感觉都有。

当然，现在是没有那感觉了。

燕子的到来，打乱了他们的生活，她甚至为了保护婚姻，爬上了他。这两天，她表面依然淡定，可心里隐隐有些柔软的变化……

旁边有策划师吴园，她笑："乔小姐你结婚了？老公打来的？"

"嗯。"乔云雪点头。可"老公"二字，却让她的心儿生生地跳了下。这词，和听到"老婆"二字一样，带有电闪雷鸣的感觉。

"我还以为乔小姐还没男朋友呢。"吴园打趣着。

"是吗？"乔云雪歪着脑袋瓜，想了一会儿才回答。老公么？他就喜欢用那张没温度的脸对着她，用那双深邃的长眸凝着她，这算是老公的形象么？

不想老公，她努力干活。赚银子AA制，赢取自由幸福的生活。

楼盘销售方面，她的能力与思维都特别活跃。带着楼盘一些信息资料，乔云雪在外面一天。下午接到施靖的电话才回到楼盘。

回映月花园时，她眸子定住了。

两百米开外，一副修长身躯正立在龙腾花园前面，戴着工地专用的铁帽。尽管工地尘土飞扬，可丝毫不损那人的风采。

洛少帆？

他怎么亲自到这里来了？看来他很重视这个楼盘的销售。

撇撇嘴儿，乔云雪收回目光，整理手头上的工作。她忙着呢。施靖马上会过来，说是容老板亲自过来看楼盘，希望有人陪同。

果然没过多久，施靖过来了，他站在一个近六十的男人身边，一副恭恭敬敬的模样。太恭敬了，有卑躬屈膝的嫌疑，乔云雪远远瞅到，扑哧一笑。

她是第一次见到容长风。

龙基和京华最大的不同，就是龙基父子出尽风头，不时会在电台上露露面。而京华的老板及其家人十分低调，很少出面。乔云雪在没进京华之前，知道的仅是钱涛一个人。

钱涛是京华对外的招牌。

"乔小姐喜欢这个楼盘不？"容长风颇有风骨，一站在那儿，就有股气势。

乔云雪眸子眨了眨："不是太喜欢。"

"哦——"容长风质疑的目光，毫不客气地锁住不怕死的职员。

"容老板，我不喜欢，但会有人喜欢。"乔云雪浅浅一笑，将手中的资料给容长风看，"容老板请看，这是我今天一天，跑完十个高端住宅，咨询住户所得到的调查数据。这些综合数据表明，我们映月花园的构造、配套及风格，比较适合那些习惯三代同堂的家庭。而不适合年轻小两口，当然也不适合我。"

"哦？"容长风拿过她的调查资料，一目十行，"这是你自己做的调查？"

"是的。"乔云雪浅浅笑着，"我是销售主管，如果不知道楼盘适合哪些客户，那怎么可能得到好的销售成绩？"

"嗯。"淡淡一句，容长风沉默小会儿，"但我这个楼盘的初衷是希望适合大众。乔小姐的意思，是我这楼盘的适用人群并没有达到理想效果？"

一愣，乔云雪摸摸鼻子——难不成自家的老板是刁民？

抿抿唇，清清嗓子，黑白分明的眸子眨呀眨，乔云雪大大方方回应："维纳斯出现的时候，有人说是残废，有人说是垃圾，有人说是艺术，有人骂羞耻……"

容长风不悦地打断："我并不稀罕维纳斯也来买我的房子。"怎么扯到维纳斯去了？

"嘎！"傻眼，乔云雪眼睛一抽。这老板真逗，维纳斯来买他的房子？乔云雪摸摸鼻子，"我的意思是，即使绝世珍品，在不同人的眼光里，它的价值就不同。萝卜青菜，各人所爱。强求每个客户喜欢映月花园，那……比较神话。"。

容长风闻言不悦，锐利长眸落在乔云雪身上。

即使说不喜欢的时候也眉眼弯弯，说不出的喜感。这模样倒适合第三产业。

可她这么犀利，能把这楼售完吗？

乔云雪礼貌地笑笑："容老板，我们的目标是牢牢抓住每一个合适的客户……"

她忽然停了，瞄着停在面前的快递员，摸摸鼻子："找我的？"

"嗯，有份快递请乔云雪小姐验货签收。"快递员笑盈盈地将一个纸箱交给她。

好精致的纸箱，里面很轻。不知装了什么神秘宝贝。

拆了纸箱，乔云雪还没看到里面是什么，一张美丽的卡片从纸箱里掉落出来。正好飘落在容长风脚边。

容长风居然弯腰捡起卡片，放在老花镜下，一个字一个字念出来——

"老婆请笑纳，情趣很重要……"

"嘎——"尴尬得脸儿大红。乔云雪不知不觉中食指压上唇儿，就那样傻傻地盯着容长风手中的彩色卡片。

心跳得厉害，好一会儿都在半空中荡秋千——容谦会干这种事？那个四平八稳的男人，怎么会干这种脱轨的事呢？喊句老婆就已经很了不得了，还和她说情趣。他都不嫌肉麻？

他们现在的关系够得着说这么肉麻的两个字么？除了她不小心扑上去一次，他们很"相敬如冰"嘛……

容谦写这十个字，太令人匪夷所思。

紧紧瞪着大老板手中的卡片，乔云雪考虑着是抢过来，还是骗过来……

容长风轻咳了声："这是上班时间。"

"是。"容谦在搞什么鬼。难道她拒绝陪他出远门，他就送个快递过来整她？

"现在的员工都喜欢把工作时间公为私用……"容长风沉吟着。

乔云雪瞄着精致纸箱，默念——容谦，你害我被老板批评……

猛一抬头，只见容长风还对着卡片皱眉，好像在研究字体。

容谦是五十楼的助理，虽然不知道是给哪位大人物打下手，但说不定面前这位大人物就认识容谦的字体。容谦那个负翁可不能失业，要不然他的房贷怎么办？

她结婚没婚礼没酒宴，可不能连房子都没得住。

心里一激灵，手一伸，乔云雪飞快把卡片从容长风手里轻巧夺过。绽开有生以来自以为最甜美的笑容："老板，这是小事。一定是小事。我十年也就接到快递一次，所以接下来十年我都不会在工作时间做私事。我们接着看花园吧，瞧，只要过十天就开盘了，我们应该多多了解。映月花园比对面的龙腾花园高档多了……"

她根本就没看过对面的龙腾花园怎么样……乔云雪胡诌完，嘿嘿傻笑。至于容谦说要五点来接她去机场的事，全给忘光光。

容长风风骨铮铮，利眼扫过慌乱的员工，落在那个精致美丽的纸箱上。

心中一激灵，乔云雪弯腰，不着痕迹地把纸箱半搂在身后，浅浅笑着，可无论如何说不出流畅的话了。

"那里面是什么？"容长风问。

"嘎——"乔云雪一愣，瞪着容长风。人家卡片上不是已经说了吗，情趣之物，他老人家想知道干吗？她想了想，非常认真地，"不好意思。私人物品，恕不奉告。"

"你是销售主管？"容长风皱眉。

"是。"她坦率回答。

"公为私用的人不适合做主管。"容长风挑剔的目光轻轻落在她那双特别灵动的眸子上。

"不，当我真正销售的时候，业绩摆在面前的时候，老板才能判定我是不是适合做销售主管。因为一个员工是否优秀，不是凭感觉，而是要用数据来评判。"乔云雪飞快澄清。抬高下巴，正义凛然，一副自信满满的小模样。

可心中咯噔着，面前这位大老板因为容谦的礼物，对她的第一印象非常糟糕。

"哦……"沉吟着，容长风严肃极了，"那我倒要看看，乔小姐能做出什么业绩。如果乔小姐没有做出业绩来，这销售主管嘛……"

容长风点到为止，言下之意，乔云雪前途堪忧。

压力袭上心头，乔云雪扁起嘴儿："老板事必躬亲，真辛苦！"语气真挚得让人感动，可她唇角微翘，噙着特别的笑意。

施靖在旁看着容长风面色不悦，知道乔云雪已经惹恼老板。生怕自己又被乔云雪牵连，赶紧狠狠提醒："乔小姐认为老板不该管职员？别说老板能管，我都能管。"

乔云雪十分乖巧的模样："食君之禄，忠君之事。老板非常应该管职员。"

施靖立即点头："就应该这样。"

容长风这才满意地颔首，朝施靖打了个手势，背负着双手慢慢朝大门走去。那精瘦而高高的背影，说不出的威严。

乔云雪一直垂首，十足的温良恭俭让。无论是谁，都对她无可挑剔。

容长风一消失，施靖冷哼一声："乔云雪，别以为有容谦帮你撑腰，就无法无天了。这是我们的大老板，你得放聪明点儿。"

乔云雪倏地抬头："施总，我一直都不笨，而且没有无法无天。"男人不是四十一枝花吗，为嘛她就觉得他腐得像豆腐渣。满肚肥肠，名利熏心的臭施靖。

"你……"气得施靖一巴掌拍到旁边的绿化树上，"乔云雪，别让我再看见。"

施靖迅速跟上容长风，跟着去拍马屁了。

抱着精美纸盒，乔云雪愣愣地瞅着施靖，这男人卑躬屈膝的模样真令人生气。容谦的眼光真令人生气，居然给她招了个这样的渣上司。

回到售楼处，容长风和施靖果然走了。

黑白分明的眸子扫过对面的龙腾花园，洛少帆还在那儿。

吴园从里面走出来："老板好不好伺候？"

"还好。"乔云雪闷哼，"幸亏只是我的老板，要是当他的媳妇，估计会被磨死。嗯哼，眼高于顶的老人，又精明又麻烦！我打赌他儿子娶不到媳妇。就是娶到了，八成也是个傻姑娘，一不小心上了他儿子的当。"

第八章 精明的「笨」老公

113

"噗!"吴园一笑,伸手过来摸着精美纸箱,"这是什么?纸箱好漂亮哦,我也看看。"

"没什么。"乔云雪后退三大步,用手护着纸箱,扯开嘴角傻笑,"家里人寄的东西。啊……下班了。"飞也似的避开吴园的手,她跑出售楼处。

来到马路,这里还没有出租车,只有极少的公车经过。因为两个楼盘刚刚封顶,马路上还尘土飞扬。乔云雪站在马路边,一脸的灰尘,热得冒汗,拼命用手儿扇风,可越扇越热。

等了会儿,发现洛少帆的视线正对着这边,她赶紧抱着纸箱挪上几步,躲到绿荫处。

"什么东西呀?"嘟囔着,乔云雪伸手摸进去,触到冰凉柔软的东西。

大热天的,摸到这么舒适的东西,真好!

手机铃响。拿出来,她皱眉——容谦来电。正要找他算账呢,正好他送上门来。

正要按绿色键接听,一辆奔驰悄悄停在她身侧:"云雪,我送你回去。上来。"

车门缓缓打开,一张俊脸出现在乔云雪面前。

洛少帆?

悄悄关掉手机,乔云雪困惑地瞅着洛少帆。

洛少帆越来越像舒渔一样的忧郁。但舒渔是画家,那叫艺术气质,可洛少帆的只能称之为憔悴……

生生移开目光,乔云雪实在不明白——身为龙基总裁,拥有巨额财富,还有妻子全身心的爱,外加可爱的儿子。洛少帆的幸福大家都看得到,可洛大少为何越来越憔悴了呢?

他其实适合快乐,常常一笑倾城,灿亮灼人……

"云雪……"洛少帆提醒着,长眸似星,只是不如当初温暖。

"哦?我最喜欢坐公车了。"乔云雪目光一闪,飞快跳上正停下的公车——洛先生再见!

默默合上长眸,洛少帆双手压上太阳穴,静静瞄着远去的公交车。

公车上人多,乔云雪几次想打开纸箱,都脸红红地缩回了手儿。咳,公共场所,这"情趣"之物,怎么拿得出手呢。公车途经油画村,乔云雪想回夕阳画廊,可又怕爸妈问纸箱里的东西。

老妈说不定看了不该看的东西,一准儿问她要外孙。

乔云雪决定乖乖回水乡花园。

潜进婴儿房,捉住纸箱底部,一股脑儿倒了出来。

透明的丝质物?还有件是薄绸织物。两样都是粉红的,适合十四五岁少女的粉红。

伸出指头,乔云雪轻轻勾起一根带子,整个丝织物都被轻轻提起,自动落成原形。

瞅着,乔云雪心中一跳,忽然放开它们,紧紧捂住脸儿:"容谦王八蛋!"

她今儿赌气说没有睡衣，结果他居然送她睡衣。而且是这么透明的睡衣，穿在身上，根本不起衣服的作用，反而只有色诱色狼的作用。

她的目光忽然落在另一件稍微正式一点的睡衣上。

那是那天带回来的两件睡衣之一，绿色的穿在燕子身上。这是那件嫩粉的。不是那么透明，但真心遮不住什么。

她目光一亮，忽然扑上睡衣——嘎，上面有美羊羊耶！耶耶，真是太好了。

可她明明记得是纯色的，怎么会跑上只雪白的美羊羊呢！不管它，乔云雪飞快冲进小浴室，洗掉一身灰尘，将袒胸露腿的睡衣穿上。

果然舒服，不开空调都凉快。连晚饭都懒得管了，她趴上大床，睡了。

睡得美美的。不知过了多久，只觉一抹清凉碰上胳膊。睡梦中的美人儿生气了，一巴掌拍掉。

"云雪醒醒！"容谦焦灼的声音响起，一边轻轻拉着她胳膊。

"睡觉。"她回应。

"等会再睡。"容谦拉拉她的胳膊。

"不啦！"她在睡梦中很不合作，"我最喜欢睡了。"

"不舒服要去看医生。"容谦说。

"不舒服？"她醒了，坐起来，一脸茫然，"你不舒服吗？要不要我帮你打120？"

啼笑皆非，容谦修长胳膊伸过来，掌心轻轻抚上她额头："感冒了？还是云雪受委屈了？"

"没啊！"她说。

容谦慢慢坐上床沿："没感冒？没受委屈？"

"没。"她肯定。

"我们约了去机场。我找了你三个小时。"容谦双臂轻轻落上她裸露的双肩，长眸深幽，"手机关机，也没回你爸妈那儿……"延误登机时间，找不到人，结果她在家里睡大觉。

"我……"脸儿嫣红，乔云雪不好意思地摸摸鼻子，"我被施靖气着了，然后因为洛少帆，我关了手机。然后……"然后因为喜欢睡衣上的美羊羊，她提早沐浴，睡觉。

她压根就忘了约去机场的那回事。而且还关了手机，容谦当然不会想到，她居然会在家里睡觉。可是，她忽然生气了："容谦，你怎么可以写这个……"

她把卡片递过去。

接着，容谦黑瞳落在后面五个字上——情趣很重要。

脸儿微抽，容谦长眸一闪。

这五个字是谁加上去的？除了燕子还能有谁，这顽皮的丫头。

115

"走这一趟很重要。"容谦黑瞳一闪，目光轻轻落上她美好的沟壑，紫色灯光下，透着美丽诱人的光芒。

乔云雪脸儿一红："对不起，害你浪费两张机票啦！不过，我可以自个儿付款。可我到底去做什么？"

"我有安排。"容谦轻轻地，十分轻松地睡上她身侧。

"可是……"她坐起来，眸子眨呀眨的，眨一下，便无意间掠动男人的心。夜，悄然笼罩美丽的温柔。

容谦颔首："可是什么？"

"可是我要等苏青兰给我道歉。你不是给了她三天时间。"乔云雪抿嘴儿，"明天就是第三天了，我等着洛少奶奶和我道歉。她欠我的。"

原来她还记着这个，原来她期望苏青兰的认罪……

颔首，容谦黑瞳淡淡散发令人费解的光芒，慢慢搂住她细细的腰："可是我并不打算给她三天时间。"

"嘎？"那是什么意思？乔云雪摸摸鼻子。

容谦淡淡一笑："我们为什么要给她三天时间？"

"嘎？"乔云雪还是不懂。容谦明明就给了对方三天时间嘛。

"我们给她三天时间，可她前两天都不好好把握，我们为什么要把第三天的机会给她？"容谦语气舒缓，"如果我们明天不在京华，她想找云雪道歉，却偏偏找不到人。到时她会急得想跳楼。"

"啊？"眨动着眸子，乔云雪眉眼弯弯，说不出的美丽，"她找不到我道歉，然后三天期限过去，只能被京华告上法庭？我猜，这几天她会坐立不安，度日如年。"

"嗯。"容谦颔首。

"容谦你太可爱了！"乔云雪顿时喜欢得不得了，"容谦你怎么这么坏？嗯嗯，好坏好坏！苏青兰会恨死你。啊哈，太好了。嘿嘿，恶人自有恶人磨。"

容谦黑瞳一闪，平静依旧："那么，明天陪我一起去？"

"好。"她乖极了。

"明早八点就起来？"

"好。"她绝对没意见。

"给我做面条？"

"好。"小事一桩。

"我要两人份的？"

"好。"

"今晚早点睡觉？"

"好。"

"把睡衣脱了吧。"

"好。"
"我们运动。"
"好。"
……
　　容谦不再说话。灯光换成温馨的橙红，平静地瞅着乔云雪。
　　静默三秒后，乔云雪翻身掐上容谦的脖子："容先生你阴我。"前面说得好好的，结果他借着话尾儿，居然拐她。她却天真地没有发现拐他，全答应了。
　　呜呜，她怎么可能在他面前主动脱睡衣嘛，还运动运动呢……
　　刚刚沐浴过的他清凉宜人，而猛睡大头觉的乔云雪却一身热气。一接触，紧紧吸合。
　　她羞得想逃。
　　"别……"乔云雪脸儿红成柿子。只瞪着橙红灯光，想吹蜡烛般吹灭它。
　　关了灯就不会这么尴尬了。
　　抚着她轻颤的美丽身子，凝视着她的遮掩，容谦忽然俯身……
　　"容谦你使诈……"夜色中，她委委屈屈地抗议着。
　　晨曦初露，清风拂帘。
　　八点赶去机场，乔云雪六点就睁开眸子，出神地想着什么。
　　容谦没醒，一条浅麦色长臂横过大床，悄然落在她细细的腰上。他温热的气息，轻轻拂着她脸儿，有些痒。

第八章　精明的「笨」老公

　　瞄瞄熟睡的男人，乔云雪脸红红别开眸子——容谦模样超前君子，但为嘛他的举动越来越像色狼做的事呢。床笫之间，他不疯狂，但绝对不亏待他自个儿，属于他的福利，他一丁点儿都不放弃。虽然，他们现在的结合，总微微别扭……
　　幸亏穿着睡衣，遮住他留下的痕迹。要不然她身上会写着"容先生到此一游"。
　　乔云雪捂脸好一会儿，才慢慢放开手儿，如水目光悄悄停留在自己的睡衣上。
　　睡衣上白白的美羊羊是哪里来的呢？
　　难不成他特意把性感睡衣加个卡通形象，既饱他的眼福，也让她乖乖穿上身。难道容谦并不如他表面那般好欺负？
　　小心翼翼地拿开他的手，乔云雪侧过身子，把放在床头柜上的笔记本电脑抱过来，开机。指尖飞扬，绷着脸儿打上几行字。
　　等等，她要上洗手间。脑袋一不小心撞上床头柜。
　　"哎哟——"乔云雪轻呼出声。悄悄瞅瞅没关的笔记本，转身瞄瞄容谦。幸好，这男人昨晚也累了，居然睡得很死，这么大动静他都没被惊醒。
　　摸摸被撞疼的膝盖，乔云雪半跳着跑洗手间去了。
　　门一关，容谦悠悠睁开眸子，要起床，却被她的笔记本电脑吸引住。
　　眯眼，她一大早居然在写QQ空间日志。黑瞳一闪，容谦坐起，凑近了看，一行字

117

映入眼帘:"女人切记:不要相信长得放心的男人。男人有个共同的别名叫色狼。"

俊美的脸微抽,容谦长眸一闪。下床,优雅走向洗手间。

两个洗手间,让两人不会照面。乔云雪进来的时候,床上空了。侧身瞄瞄,看见房间大浴室里有个穿平角短裤的男人正在抹脸……

大清早没穿长衣长裤的男人,说不出的慵懒性感。特别那结实的肌理,让人不自觉地回眸,想看得更清楚些,是不是家里的这个性感男人,就是平日优雅温润的那一个。

突然响起的放水声唤回乔云雪的神志。想起没写完的日志,飞快跑向床头柜,看着没有移动的电脑,她长长地吁了口气。赶紧保存了,关掉。

看看凌乱的被窝,她脸儿烧红,悄悄地把被子折好。倒出QQ糖味道的"避孕药"服下,然后跑到阳台上松松筋骨。

"衣服收拾好了?"容谦进来了。

美男比较吸引人,可乔云雪强制自己生生转身,眸子转向蓝天白云。

早晨的天不蓝,也没有白云,她看得很纠结。但又不能转身看他。既然结婚,她自然不能太抗拒他的合理需要。他变着法儿要和她滚床单,她只能装傻相陪。

面对容谦,总是会让她失控。那个在家里常常一副笨模样的男人,一个月来,总是惹欢她。但要将心放开,全然接收一个男人,她就是再努力,也没有那么快吧。

她就一直装傻吧……

那颗心,早在一年前自动竖起壁垒,不会那么容易交出去。虽然,容谦的举动常常温暖人心。

或许容谦的心情,和她有异曲同工之妙……

他是个正常男人,汲取妻子的温柔理所当然。也因为他是个男人,理所当然成为主动的那一方。但他那没温度的脸,已经清清楚楚表明,他的心多少封存在哪个世界里。

如果不是,他为什么不笑呢?当然也有笑的时候,但都是淡淡的。一个男人,难道也会矜持吗?

他在床上是不矜持的……

记得曾经的洛少帆,得意非凡,神采飞扬,笑的时候灿若星辰。是男人,当如是。

容谦如果笑,不知道会是什么风景。但那么俊美的俊脸,笑起来一定很男人。其实,他偶尔勾唇的时候,已经能夺尽一片芳心……

她忽然拧了下自己的脸儿——不该花太多心思在这上面的。太过注意的人,总会不知不觉烙上心头。她想结婚,或许将来会想要个孩子,但不想再为男人哭了……

"云雪?"容谦淡淡的声音传来。

本来尴尬,可听到这淡淡的声音,乔云雪坦然了。走进去,发现容谦正在收拾衣服。声音性感而低沉:"施靖那里,我已经和他打过招呼。这几天你不会去京华上班。"

他怎么可以一厢情愿地这样做?

抿抿唇,乔云雪站到他面前:"容谦,你不能擅自做主,决定我的工作时间。"

我希望我们还记得，我们之间AA制一直存在。"

长眸一闪，容谦深邃黑瞳落在那黑白分明的眸子上，抬手，轻轻理顺她被晨风吹起的长发："和我合作一次。以后我会好好与你合作一次。"

"哦……"这好像还可以接受，正符合他们的AA制协议。乔云雪有些闪神——他的指尖轻轻地划过她脸颊。这个镜头，应该是一对恩爱夫妻才有的吧。

脑袋里灵光一闪，她忽然一把拽住他："容谦，昨天施靖怎么说……好像说你在京华挺有权力。"她记不清了，好像是这个。

"哦？"容谦挑眉，凝着她。一脸平静。

他太平静了，让她的心儿有些不确定起来，想了想，她自个儿打了退堂鼓，喃喃着："不可能呀……当然了，有可能我不知道。容谦，你应该是哪个老总的助理吧？"

应该是这样没错。她昨天被情趣快递乱了心，也被大老板一直压迫着拷问她，而且施靖最近一直针对她，她也没有耐心听他说完。

平静地凝着她，容谦颔首："云雪，这一切并不重要。"

"嘎？"男人不就是追名逐利吗，他怎么说不重要。乔云雪拧了眉，有些不明白。但她不再抗议，收拾着自己的东西。不想太累赘，只带了身长裙和内衣裤，还有睡衣。

装进手袋就行了。

容谦深幽的目光定在她的米色手袋上——她不是个愿意被物质束缚的女人。这包非常大众化，按理她可以用更高档些的。

毕竟油画村老板的独生女儿并不愁吃穿，毕竟她给他两千房租时，眼睛都不会眨一下。

乔云雪自个儿乖乖进厨房做早餐。可出来客厅时，阳台上竟有两个并肩而立的身影。

燕子也起来了，还没换掉睡衣，正静静地陪着容谦站在阳台，似在远眺，也似在低声交谈。燕子相当娇美的脸儿，正轻轻贴在容谦胳膊上，看上去俊男美女，十分养眼。

但乔云雪觉得有些刺眼。

无爱婚姻，但也是婚姻，容谦怎么可以一直和燕子走得这么近……

轻咳一声，不大不小，刚好够阳台上的两人听见。

燕子站直身子，转过身来，又是那张明媚灿烂的脸儿。看见热腾腾的面条，她飞跑进来，很不客气地将容谦碗里两人份的面条分了一半出来。还仰首嘻嘻笑："我没有吃你的哦，我在吃容先生的。"

容谦进来了，看着只剩一半的面条，长眸一闪，竟瞄向乔云雪的碗。

"别想着我的。"闷哼，乔云雪的眸子还定在燕子身上。燕子怕容谦，她一眼看得出来；但燕子也腻着容谦，她还是一眼能看得出来。

但女人这两样反应，正是初陷爱情的反应不是吗？爱着，但怕爱，患得患失的心意，通常是爱情正走向浓密的开始。

"分一半给我，我会多洗一次衣服。"容谦竟和她协商。那张脸，竟有着可疑的红。

容谦也会害羞么？

乔云雪和燕子两人，手中的筷子双双掉落。

"走火入魔了。"喃喃着，伸手摸了摸容谦的额头，又摸摸自己的，燕子摇头，"没发烧啊！完了，完了，越来越不像大男人了。我的天！容先生堕落成居家男了，吐血呀……"

乔云雪捡起筷子，走进厨房洗去。回来时，发现燕子正悄悄用筷子夹她碗里的面条，偷偷送往容谦碗里。

还挺会做顺手人情的嘛！

乔云雪伸出筷子，一下夹住燕子的筷子："燕子？"

"别那么小气嘛，我不是帮你老公偷吃的嘛。"燕子委屈地嘟起嘴儿，"他要吃得饱饱的，身体才会壮壮的，你才会有性福，才能生个宝宝出来玩玩。"

"……"乔云雪无语。这样的竞争者，她永远无法招架。

"我在等你生宝宝呢！"燕子努嘴儿，"我得找到一个死心的理由嘛！"

"那我不生呢？"乔云雪头痛极了，哪还吃得下去，瞪着燕子。

"那……"似乎没想到会有这种情况，燕子眨眨眸子，"我就一直住下去吧。反正你们这房子挺宽，多我一个不多。"

"可是，少你一个也不少。"乔云雪冲口而出。咬咬唇，着恼地瞄瞄容谦，这男人看上去绝对与花心萝卜无关，可为什么独独纵容燕子在家里胡搅蛮缠。

"我……"燕子被堵得说不出话来，只瞪着乔云雪，半天挤出一句，"有本事你把我打出去。我自己才不会走呢。你可别告诉我，你会避孕。"

她是在避孕。

婚姻的不确定，工作的不稳定，让她压根没想到要怀孕。如果有了孩子，夫妻还能"相敬如冰"么？

有些闷，她没心思和燕子抬扛，埋头猛吃。

吃完。按照老规则，容谦主动洗碗刷锅，锅倒刷得干净漂亮，可碗还是没有逃脱亲吻地板的命运。

"容先生，这一个月共计砸了八个饭碗，五个菜碗，三个汤碗……"乔云雪翻动着记得满满的本子，"今天已经满一个月了。容先生我们要结账了。"

"哦。"容谦颔首，不以自己砸破这么多碗而尴尬。倒是十分合作地自个儿找扫把，把碎片扫好。

乔云雪看看手中的本子，暗暗感慨嫁了个笨手笨脚的老公。忽然感觉到身边特别安静，不由疑惑着抬头，瞄瞄燕子。

燕子眼波盈盈，正凝神瞅着她那个本子，双手相握，十指交缠。看得出她有心事。

不知为什么，明明讨厌燕子在家里，可此时，乔云雪竟觉得这职场白领，其实还只是个天真的小姑娘。

容谦开门去放垃圾的时候，燕子小小声地嘟囔："你为什么不好好爱他呢？如果你不能用心去爱他，就不该在他身边……你应该多给他点温暖呀，那种女人的温暖。如果你能好好爱他，那说不定会有惊喜呀！他很有女人缘的，你不能捡到珍宝，还不肯捧在掌心呵护嘛……"

乔云雪久久看着燕子，凝着燕子十指交缠，指关节泛白。她忘了说话。忽然有些闷——燕子对容谦十分用心。

燕子对容谦的心，比她这个做妻子的不知真挚多少……

乔云雪郁闷了，她是不是无形中用婚姻掐断了容谦的幸福。

一直到坐上飞机，乔云雪脑海里还不时浮起燕子的话。眼角的余光，不时飘到淡定的容谦身上。

他神色淡淡，但目光凝在她无名指上，盯着小钻戒上的光芒微微出神。那神情，似有着淡淡的安宁，与莫名的心安。他的长臂，越过靠背，轻轻落在她肩头。那神情，似乎真当她疼爱的妻子般……

有些不自在，但如果突兀地移开身子，只会更尴尬。

"燕子很关心你。"她胸口好闷。别的女人珍惜自己的老公，原来这么别扭。

"燕子性子直，涉世未深。"容谦颔首，"多让让她。"

听容谦这样说，心头不知不觉多了几分生涩。乔云雪咬紧唇儿，只瞄着窗外，安静得不存在似的。

容谦蓦地收紧胳膊，她的身子歪歪地斜进他有力的臂弯，清清楚楚地听到他有力的心跳。

"容谦，我们的婚姻……是我强求了。"因为燕子的话，她心有些乱，咬咬牙，"如果你有爱上人，一定要提早告诉我。我会成全你。"

他胳膊收紧了些，温热的呼吸轻拂她头顶，声音一如往常平稳："傻丫头！"

傻丫头？

这三个字是什么意思？

好像热恋中的人才会这样称呼，或许是老公疼爱妻子的昵称。可怎么会出自容谦嘴里呢……

一个小时后，他们下了飞机。没有片刻停留，坐上出租车，一直向东行驶。

"我们来度蜜月的吗？"乔云雪故意说。

容谦颔首，面不变色心不跳："如果云雪想度蜜月，就多留几天。香格里拉的情侣房非常适合新婚，有情调，床比我们那张还舒适。"

她脸儿瞬间绯红。哼，男人！

容谦握着她的手很温暖，很有力。让她竟滋生想依靠他的感觉。这种莫名的氛围，让她不时想到妻子两个字。两人现在这模样，确实是恩爱夫妻的模样。

第八章　精明的「笨」老公

容谦买了束大得他都抱不过来的康乃馨。

　　很快，两人到了一个墓园。他们站在一块很华丽的墓碑面前，上面只刻了三个字：夏思思。

　　弯腰，容谦将大把康乃馨放上。

　　退后两步，顾长身躯如巍巍小山，与乔云雪并肩站着。他静静地注视着那三个字，拉着她一起深深鞠躬。声音低缓有力，隽永流长："我妻子，乔云雪。"

　　哦，他向夏思思介绍，她是他妻子……乔云雪睁着眸子，困惑着——夏思思是谁？

　　他俯身，声音十分轻柔："为了证明你是我妻子，请云雪多多合作。"

　　"哦？"死者为大，她可以好好合作。

　　他修长指尖划过她娇嫩脸儿，掌心托起她尖尖的下巴。一手紧紧钳着她细细的腰。

　　他温热的气息包裹住她的身子。

　　优雅俯身，容谦吻住她。热吻。

第九章　你踩我痛脚，我挖你墙脚

　　乔云雪没想到她要合作的是接吻。一下子傻了。
　　怎么可以在墓地接吻，太扯了。虽然这个时候人少，但总是有人在旁边，多不好意思。而且，他们好像滚过床单了，可还真没吻过。这感觉，有些奇怪。
　　慌乱中，乔云雪的高跟鞋踩上容谦的皮鞋，结束了证明之吻。
　　大太阳晒着，气温高得不得了，这样的吻还真是货真价实的"热"吻。从容谦胳膊中获得自由，乔云雪忙着擦热汗。一边混乱地想着，容谦这么四平八稳的男人，怎么可能在这种公众地方失态。
　　在指缝中瞅到"夏思思"三个大字，好奇夏思思是谁，但她绝不问他。
　　容谦最后凝了三个字一眼，转身，离开。颀长的身躯在太阳下有着非常强烈的存在感。
　　"我们现在就回去吗？"他来，应该就为这个夏思思吧？现在看完，应该回去了。乔云雪想着。
　　"我们停留几天。"容谦说，"先去租辆车子。"
　　容谦是行动派，三分钟后，他们就坐进了租来的小别克。
　　"一会儿飞机，一会儿租车，奢侈浪费。你什么时候才能摆脱负翁的身份啊！"乔云雪感慨着，窝进小别克，扁着嘴儿，"容谦，你什么时候能省点钱出来，让我好理直气壮地告诉我爸妈，是你在养我，而不是我自己养自己……"
　　唇角一松，容谦手轻轻搁上方向盘，声音轻轻的："云雪的意思是，我们取消AA制了？"
　　"没有。"她赶紧申明，"那怎么可能。"
　　容谦黑瞳若笑："如果云雪想用我的钱，书房抽屉里随便拿。应该够花。"

"不用不用。"乔云雪赶紧摇头,"我们现在这样很好。你千万别给我钱用,省得我有犯罪感。"在他面前,她算是有钱人了,最起码没欠银行的钱……

拿人手短,夫妻间也会这样。她才不落他话柄。

容谦踩上油门,车开上大道。

陌生的地方,乔云雪只能任容谦带着,分不清东南西北地跑着,最后来到一栋海边别墅。

"容谦……"好奇他居然有这里别墅的钥匙,乔云雪小心翼翼地试探着,"这别墅是你朋友的吗?他都不在家,我们待在这里有点不好哦。要不我们还是去外面住宾馆吧?"

薄唇微勾,容谦眸间闪过淡淡的笑意:"宾馆酒楼不便宜,有免费的别墅住,云雪就将就些。"

乔云雪脸儿红了,不好意思地移开眸子:"真不害臊,连这种便宜也占。住在这里,你睡得着吗?"

容谦已走进大厅,拉开领带,随意放在红木椅背上:"有云雪在身边,在哪都睡得着。"

"嘎——"乔云雪一愣,脸儿慢慢红了。如果不是容谦的声音这么平淡,她还以为这个男人在调戏她……

努力忽略掉容谦的存在,乔云雪打量着别墅。

别墅不大,但布局合理,温馨的格调。院子里是红艳艳的杜鹃花,绿草地在阳光的照耀下似乎反射出油亮的光芒。三层楼的白色外墙,酱红的楼顶尖尖的,有点欧式风格。

她喜欢这里。瞅着,慢慢儿眉眼弯弯。趴在大厅里的沙发上,享受着海边别墅的微微海风。

她的手机响了。

打开,虽然没显示名字,但她对这个号码不陌生。瞄瞄容谦,乔云雪不接,也不挂,任由铃声自然消失。

"谁?"容谦随意坐在她身边,淡淡的古龙香水,夹着浓烈的男人味,漫入她鼻尖。他声音淡淡的,可却让人觉得,必须回答他这个问题。

乔云雪撇撇嘴儿:"苏青兰。"

薄唇微勾,容谦颔首,长臂伸过来,轻轻搁上她肩头。

"她终于急了。"乔云雪忍不住眉眼弯弯。好心情让她忽视了容谦的亲近。

容谦颔首:"让她急急也好。"

"噗——"乔云雪仰首,笑,"是不是她也得罪你了?"

长眸微眯,容谦却摸摸她的长发,声音轻柔几分:"没有。但她得罪我老婆了。"

"嘎——"听着,她心儿漏跳一拍,眼睛乱瞥,就是不好意思看容谦。唉,为嘛她听着，心有点乱……她害怕这种感觉，好像心儿有点脱离自己的掌控。

正说着，容谦的手机响了。她的位置可以看到他手机来电号码，果然又是苏青兰的。容谦皱眉，要接，乔云雪忽然扑过去，整个身子都压上他。

"云雪？"挑眉，容谦似笑非笑，长眸淡淡扫过她胸口，它挤上他胸膛，变形了。

尴尬地笑了笑，乔云雪嘿嘿地拿过他手机："我来。"

"哦？"容谦挑眉，手机交给她。静静瞄着她，看她神秘兮兮地想干什么。

深呼吸，乔云雪声音轻柔得不像话，对着手机说纯正的普通话："你好，你所拨打的号码已过期。"一边说着，一边朝容谦眨眨眸子。

容谦长眸一闪，薄唇微抿。和她在一起，每天都有惊喜。真不知道她那脑袋是怎么构成的，傻得可爱，聪明得可喜。

"怎么会呢？"苏青兰郁闷的声音传来，"号码怎么可能过期？容谦的手机号码不可能过期啊……"

苏青兰挂了。

但很快，乔云雪的手机又响起。

朝容谦眨眨眼睛，示意他别说话。她清清喉咙，普通话十足标准："你好，该用户现在不在服务区。"

"天，怎么都打不通呢？"苏青兰在那边哭了，"乔云雪你个臭女人，给我出来啊，我才不会和你道歉。你要是出来，我告诉你容谦爸妈在哪……"

这倒是有点诱惑，乔云雪瞄瞄容谦，忍不住语气低低的："苏青兰……"

"鬼呀……"苏青兰受到极大的惊吓，手机落地。然后，没了声音。

乔云雪眨眨眸子："人果然不能做亏心事。"她大白天的一句话，能把苏青兰吓得摔了手机。

真痛快！

转身，瞄见容谦若有所思。

"我们要干吗？"乔云雪忍不住问，两人总不能一天到晚坐别墅大厅吹海风吧？

"先把衣服放这儿。"容谦非常自然地拉起她的手，踩着稳稳的步子向楼上走去。轻车熟路地来到朝南的大卧室，打开窗户，舒适的海风迎面扑来。

"真舒服。"乔云雪忍不住，"容谦，存点钱吧，我们以后合伙买个房子在海边，都不用吹空调。"

"好。"容谦很好说话。这房子，原本是他的。

乔云雪撇撇嘴儿，他们存钱在这里买个房子，估计要等到地老天荒……

手机再一次来电，她瞄瞄，若有所思地瞅瞅容谦。

"云雪？"容谦镇定地瞅着她转动得飞快的眸子。她的小脑袋瓜里显然又有新主意了。

漾开浅浅笑容，乔云雪将手机接了，按下扩音器，放进他手心，悄悄地："容谦，

第九章 你踩我痛脚，我挖你墙脚

帮我接接这个电话……嘿嘿，我想看看效果。"

容谦镇定接过，沉稳的声音响起："你是？"

对方好一会儿才有回音："容谦，我找云雪。"

乔云雪拼命朝容谦摇头，猛眨眼睛，示意他别说她在。

容谦淡淡一笑，非常合作："云雪现在不方便。洛先生，再见！"

"我有急事找云雪。"洛少帆的声音大了起来，显然在听到容谦的声音后，莫名地焦躁几分，"容谦，就算云雪是你的情人，你也不能限制云雪的自由。"

又是情人！乔云雪瞄着容谦，冷哼。她自个儿都不明白了，为什么现在除了油画街的老少们，其余都没人相信她结婚，非得说她是情人。特别是京华上下，全把她看成是容谦的私有情人。

这中间到底是怎么一回事儿，她都要糊涂了。

"云雪崇尚自由，你困住她，会剥夺她的快乐。"洛少帆还在指控。

容谦淡淡的："云雪现在不方便接电话。"

"怎么会？"洛少帆不相信。

瞄瞄唇角上扬的小女人，容谦长眸一闪，声音稳稳的："昨晚我们三点才睡觉。云雪很累，正在补眠。洛先生有话，我可以转达给云雪。"

"嘎——"乔云雪傻眼，盯着容谦——他是不是故意说得这么暧昧？

"Shit！"洛少帆声音一变，清脆的拍桌声传来。然后是更严厉的声音，"容谦，如果你敢对云雪始乱终弃，我会让你后悔。"

容谦关机。转身，瞄见乔云雪傻傻地站着。

怎么也不会料到，洛少帆会威胁容谦，不许对她始乱终弃。乔云雪只觉得头痛，一切都混乱了。

容谦转身，抓住她手儿："我们出外。"

她瞄瞄他，脸儿通红："我们昨晚十二点就睡了。"

"没有。"容谦不动声色，"那是第一次的时候。后面一次是三点的时候。"

"容先生，你怎么都不害臊——"她蹦了开去，捂脸狂奔。可几秒内，她就奔了回来，一把抓住他领口，"容谦，我们昨晚明明就一次，你根本就没有第二次……"

"如果云雪喜欢第二次，我今晚一定好好努力。"容谦好脾气地安抚龇牙咧嘴的小女人。

"我……我……"乔云雪瞠目结舌，"我没说喜欢第二次，我又没有三十岁，没你说的那么如狼似虎。"

"还有两年三十岁。"容谦一双似笑非笑的长眸，淡淡扫过乔云雪。

不知为什么，乔云雪居然觉得，容谦这是在笑她马上到了三十如狼的年纪……可是他的脸上那么平静，他的个性这么温和，怎么看都不像是会取笑女人的男人。

咬咬牙，乔云雪把所有想法都吞进肚子里。这个男人，怎么这么诚实，什么都说得那么明白,她听着好憋呀……

容谦似乎没看到她的气馁,把她带进都市人潮中。

穿梭在各个售楼处,深圳的楼盘的种种促销方案,使乔云雪隐隐明白了,容谦带她来,不仅仅因为那个不知来历的夏思思。

他带她来深圳,有一半原因是因为深圳是一线城市,对于楼房销售,已经形成相当的规模,其中的宝贵经验,值得内地同行好好学习。而她,对这一行有着足够的敏感度。对于本职工作,她绝对不傻帽,自然用心感悟。

"我不明白。"她对那个销售经理钟小晴说,"你们为什么要花这么多时间在那个王先生身上,他表明对这个楼盘不感兴趣。瞧,他最后也没有买。"

钟小晴直言:"这是策略。乔小姐注意到了没有,这位王先生的确不喜欢这个楼盘,但他的妻子喜欢。而他很爱他的妻子,他会回来的。"

是么?乔云雪半信半疑。

"不要质疑我的经验。"钟小晴笑着,"买房绝对不是一个人的事,是一个家庭的事。所以乔小姐应该站在家庭的立场,而不是其中妻子或丈夫一方。"

乔云雪恍然大悟。

一天下来,她跑得很累,但却很兴奋。苏青兰来了几个电话,她都没接,任由苏青兰产生她手机没带在身上的假象。

三天之期,已经只剩下数个小时,苏青兰已经失去向乔云雪道歉的机会。

可以想象,苏青兰在那边已经急疯了。一想象苏青兰急疯的样子,她就觉得阳光灿烂。

唉,容谦果然笨鸟先飞,居然这么会整人。苏青兰啊苏青兰,谁叫你惹上容先生。

"京华真的会起诉她吗?"乔云雪将信将疑。

"云雪想起诉她,就起诉她。"容谦淡淡地。

"哦……"她还没想清楚。她是讨厌苏青兰,但并不希望真的走上法庭。事情闹大,对双方都没有好处。

容谦捏捏她鼻尖:"回去再说苏青兰的事。今天觉得怎么样?"

"容谦,我们明天还看楼盘吗?"乔云雪神采飞扬。

"嗯。"容谦颔首。

"那我们现在呢?"她歪着小脑袋问。

"去游泳。"容谦说。

"哦?"皱眉,她记得那个小别墅里面是有个小泳池,但里面没水。

半个小时后,她才知道,原来容谦是带她到海滨游泳。

傍晚的夕阳斜斜地挂在海面,一片金色洒在海滩拥挤的人群上,别有一番美丽。

没带泳衣,她临时去买。当换上第一件吊带式泳衣,出现在容谦面前时。容谦俊脸微颤,好一会儿才不动声色的:"吊带不牢,小心断了……"

第九章 你踩我痛脚,我挖你墙脚

穿睡衣那么纠结，没想到穿泳衣，她反而这么大方。海滨那么多男人，她还挑这种没面料的泳衣。

"嘎——"一愣，乔云雪伸手掂了掂带子，挺牢的啊……

狐疑地瞄瞄容谦，乔云雪还是换了套泳衣。这会儿是上下搭配装，腰腹露了出来。这对于拥有好身材的她来说，几乎是最适合的泳衣。

"这个好吗？"转动着身子，乔云雪打量着自己。浅红色的泳衣，穿上去都有重返少女时代的感觉呢。

这个确实好。容谦不动声色地打量着，长眸闪动。忽然觉得应该阻止她走上沙滩……

走进海滨，在人群中走过。回头率百分之两百，各色目光慢慢全凝聚在乔云雪身上。年轻热血男的目光缠上她灵动纤细的腰。

容谦薄唇抿紧，长眸停在她腰腹间——真不该带她来游泳，她不该被他们欣赏。

乔云雪终于感觉到各种目光的追随。困惑极了："容谦，我的泳衣有问题吗？"

"看来是。"容谦面容平静，十分诚恳，"老婆，这泳衣显得腰粗了些。"

"啊——"惊呼一声，乔云雪脸儿唰地红了，转身拉着他就往回跑，"难怪他们一直盯着我……天，我才回来一个月，腰就变粗了……我以后再也不吃肉了……容谦你快点跑啊，真急死人了。我发誓我以后再也不穿泳衣了……"

乔云雪拿出了百米冲刺的速度，自个儿先跑了。一直跑到更衣室，乔云雪飞快把裙子换上。还顺手把新买的泳衣处理掉。

出来，见容谦云淡风轻地看海，黑瞳间竟隐隐有笑意。乔云雪不由撇嘴儿："居然幸灾乐祸。没良心的容先生！"

容谦微微别开脸，不解释。

以为她要回别墅，结果容谦发现根本不是那么一回事儿。她总朝闹市走，穿过两条街以后，容谦蹙眉："云雪……"

他们租来的车放的地方，离这越来越远了。

"我找药店。"乔云雪说。

终于找到家药店，她大大方方走进去，东张西望，看到杆电子秤，眉眼弯弯地站上去。

"四十六公斤。"她念着，皱眉，"只重了两斤，腰会粗？不对呀……"

疑惑的目光投向后面神色淡淡的容谦，那里面说有几种意思就有几种意思。

容谦薄唇微颤，却君子地颔首："可能是泳衣设计得不好，视觉上的错觉而已。"

乔云雪无限纠结："难道这两斤全长在腰上了？"

容谦无语。

一回别墅，容谦就沐浴，套上沙滩短裤，光着膀子，趿着拖鞋。抱着他的笔记本进书房。门虚掩着，似乎很忙，而且不想被人打扰。

他双手压着太阳穴……

乔云雪先洗了澡。出来，却发现他的钱包掉在地上。她微微弯腰，捡起它。

钱包很轻，感觉里面什么也没有。她好奇负翁到底贫困到什么地步，才需要这么拼命工作。

瞄瞄书房里认真的男人，乔云雪摸摸鼻子——男人都是死要面子活受罪的生物，大不了她悄悄塞两张放进他钱包，让他别这么天天累死累活。

从自个儿钱包里拿出两张红币。乔云雪拿起他的钱包，拉开拉链。

果然只有几十块零钱在里面。外加张身份证，一张银联卡。没什么好看的，她把自己的两张币放进去，小心地拉好拉链。要放下钱包，钱包里却忽然掉落一个东西。

乔云雪愣住了。好一会儿才弯腰，蹲着身子，瞅着从钱包里掉出来的东西。

那是张女人的照片。

两寸过胶彩照，微微泛黄。眉秀如画，黑发如瀑。很有女人味，铮铮硬汉也拒绝不了的那种温柔女子。

乔云雪看呆了。这女人几乎和燕子神似，但燕子没有这么娴雅迷人的气质。

他放进钱包的照片，随身带着，当然是非常重要的人。

是他曾经生命中最重要的女人吗？

心里一突，乔云雪忽然把自己才放进的两百元拿回来，把照片装进去。

把他的钱包放在地上，恢复原状。

"燕子一定不是他爱的人。"她喃喃着。

平复心情，乔云雪缓缓走去书房。一边打量着自己的新睡衣。这是他快递中的一件，丝质，很薄，肌肤若隐若现。

全新的环境，让曾经的伤害变得遥远，心情无比平静的乔云雪完全找不到事做，只想找个人一起到下面庭院里走走，闻闻杜鹃花香，吹吹海风。

这里只有一个容谦可以陪她。

"容谦。"她再喊。有些疑惑，白天没见他有心事啊，怎么每次一到夜晚就有那么多需要动脑筋的事？

难道，他是借工作忘记一些往事？

芬芳的体香和着清香的沐浴露香味，慢慢弥漫开来，堕入深思的容谦终于抬头，焦距慢慢集中在她薄薄的睡衣上。

黑瞳深幽几分，容谦淡淡地："云雪？"

她深深凝着他："你的爸妈不关心你。"

长眸闪动，容谦指尖悄悄落上键盘，唇角微勾："哦？"

"他们从来没打过电话给你。"乔云雪肯定地分析着，"这世上就一个燕子对你最好。"

"哦。"他声音淡淡。

第九章 你踩我痛脚，我挖你墙脚

想起照片中的美丽女人，乔云雪吸吸鼻子："我们同是天涯沦落人吧。不过我比你幸福，我有整条油画街的人疼我。你却没有。"

"哦。"他不发表看法。

"就算我们不能同心，我会尽力和平共处。"乔云雪努力绽开笑颜，坦率真诚，"做哥们看来不可能，那我们就好好地站在同一条船上，互相帮助。"

颔首，容谦坦诚："云雪，你是我妻子。我自然要对婚姻负责，对云雪负责。"

她微微一愣，非常小女人地分辨他的意思。他会负责，而不是疼她。但，这不正是她现在的想法吗？

她会好好待他，但离妻子的温存体贴，总是差上那么一步。

"谢谢！"她说，一脸认真。

颔首，容谦似笑非笑地凝着她。明显，她不知从哪里触动了心，才这么认真地和他谈心。

"我想下去走走。"乔云雪轻声说，有他在的地方，常常觉得空间会变小。

"嗯。"容谦长眸闪烁，透着乔云雪看不懂的光芒，"先给我一杯水。"

瞄瞄他紧蹙的眉，乔云雪鼓着腮帮站起来，想一个人下去走走，结果却乖乖地给他送来一杯水。唉，谁叫他那么孤独，长得那么可疼，还凑巧成了她老公，她只好帮他了。

容谦接过水杯，顺手放上电脑桌。长眸锁紧她沐浴过，而格外清闲的容颜。丝质睡衣包裹的身子，成熟而美丽。

感受到危险的气息，乔云雪后退一步，笑着："我去睡觉了。"

"好。"容谦颔首，却忽然长臂一捞，她整个人都摔坐到他腿上。

她急着找平衡，伸出双手，却被他巧妙地捉住。

他俯身，浓密黑发的脑袋靠近她。

"嘎……"乔云雪模模糊糊想着，容谦到底是要她送水，还是送人给他？

他的唇贴近她怦怦心跳的地方，慢慢动了动。

"……"他怎么可以离她的心那么近。她想推开他，却没有力气。脑袋渐渐清醒了些——这么乖这么温柔的容谦，应该和她一样，是个爱情受害者。或许，那个温柔漂亮的女人桃花朵朵开，有了自己更中意的白马王子，所以把他甩了。

所以，他才三十二岁高龄都不近女色，被京华上下传为"不举"。

所以，她应该对他好一点。盟友需要互相帮助。

"我们是夫妻。云雪要对我负责。"似乎知道她想躲开，他在她耳边提醒着。

"哦。"她没反对。可是，她得找话出来说，"容谦，你要天天工作么？人怎么可以这么累……"

容谦凝着她，竟有淡淡的笑意："云雪说得对。那么，我们就在这里好好休三天假。做我们应该做的事。"

容谦起身，自然就势抱她起来。

悬空的感觉真心不好受，乔云雪抗议："放我下来。"

"很快放你。"容谦黑瞳若笑，抱着她像抱着棉花团般轻巧。大步回房，轻轻放她进被窝。

她的手儿在半空乱抓，想抓住点什么保护自己："容谦，我只是想和你聊聊天，不是这样……"

"我想……"他两个字把她所有的话都堵了回去。

感觉不出他有多饥渴，但能深深感受到他的放肆。那张俊美的脸，竟给她放浪形骸的感觉。

一时心软，引狼入室。乔云雪嫣红了脸儿，进退不得："杜蕾丝……"

"我们不要那个。"容谦阻止她。

"我要。"她说，目光灼灼，很认真。

他俯身，捏捏她鼻子："夫妻间不用那个。宝贝，听话。"

宝贝？

心里一惊，心中有什么东西轰然倒塌，发出巨响。乔云雪瞬间乱了，傻傻地凝着他，忘了此情此景，朦朦胧胧地想着，他们什么时候已经亲密到她是他的"宝贝"了……

好怪异好怪异的感觉呀……

她连"老婆"两个字都还没适应呢！

不知道是因为今天对他放宽了"政策"，还是这陌生的地方触动了他某个角落的情感。容谦由君子变成完全的男人。

甚至，他一直没有眨眼，凝着她羞红的脸，长眸间有着淡淡的满足，与淡淡的笑意。

她的眸子渐渐湿润了。

或许，他们有一天会和妈妈说的那样，身心相磨，磨成幸福夫妻。

一切平静下来，容谦修长的指尖却慢慢摸上她眼角的泪："疼吗？"

她赶紧摇头，拼命笑给他看，还打趣着："你这么温柔，以前的恋人怎么舍得离开你。"

哭笑不得，容谦收紧长臂，搂她入怀，平静从容："云雪想多了。"

一语带过。惹得乔云雪半夜都睡不着。他到底有没有个以前的恋人……

三天一晃而过。

离去前，容谦再一次带她去了墓地，久久凝着"夏思思"三个字。

当握着归程的机票时，乔云雪轻轻吁了口气。

天知道，三天下来，她宁愿他天天抱着电脑忙碌了。

心中一动，她抬起头来："容谦，为什么我觉得，我好像在被你牵着鼻子走……"

"有吗？"容谦一愣，"云雪说啥，我做啥，都是为了让老婆满足。"

明明是他主动好不好？明明是他赖上来的好不好？明明他连杜蕾斯都不肯用好

不好？

张张嘴儿，乔云雪半个字也说不上来了。死死瞪着他，最后红了脸儿。

没事，反正都回去了。回到那个家，他们会回到原来的轨道。

她忽然不想负责他了……

容谦似乎很累，合眸休息。头，慢慢垂到她肩头。发出均匀的呼吸声。

瞅着他俊美的脸，乔云雪悄悄别开眸子。心儿，微微地抽动了下。

下了飞机，容谦就像变了个人。脚步变快，神情冷淡几分，连黑瞳都深幽几分。

他在和钱涛谈电话："明天就起诉苏青兰。"

嘎——

乔云雪愣住了，还真要打官司啊？

回到家，燕子立即扑了过来，哭成了泪人儿："我一个人好寂寞呀，连面条都没得吃，还要帮你们打发苏青兰的搔扰电话……"

瞅着面前动人的一幕，乔云雪想表示点吃醋的表情，结果莫名其妙地挤不出一点酸味来。

太邪门了！一趟深圳之行，多了个夏思思，再多了张照片，她现在一点也不觉得燕子和容谦有什么暧昧情事。

乔云雪好温柔地站到两人面前："基于我是容先生的老婆，两位能不能悠着点儿？这样我很没面子耶——"

乔云雪话音未落，燕子哇地一声大哭起来，拉着容谦的衣袖抹鼻涕眼泪："瞧她一点都不爱你。我要伤心死了。乔云雪你到底打不打算生个宝宝出来玩嘛？"

容谦拍拍燕子的肩："夏燕，宝宝不是用来玩的……"

夏燕？原来燕子姓夏。

乔云雪皱皱眉，不由自主想起夏思思。

"怎么不能玩嘛？"燕子不依，撒娇儿，"就是小孩子才好玩嘛，胖胖的乖乖的傻傻的，摸起来软软的暖暖的滑滑的，别提多好玩了。"

"嗯。的确是。"乔云雪笑盈盈的，瞄瞄燕子的肚子，"所以燕子得赶紧找个老公，然后怀个宝宝，生出来玩儿。"说完，噙着笑容，踩着轻快的步子进了卧室。

"我们接着聊聊宝宝嘛！喂——"燕子牛皮糖似的跟了上来，还跟进卧室。乔云雪一关门，燕子小挺的鼻子被撞得生生的疼。

燕子受痛地捂了捂鼻子，憋屈地瞅着客厅里的容谦："她……好野蛮。"

"哦。"容谦微微勾唇，起身走向书房，放好手提。拉开窗帘，灿亮光线倾泻进来。

今天周六，不用去公司。三天不在这里，事情有得他忙。

瞄瞄时间，十点。离吃饭时间大概还有两个小时。略一沉思，容谦转身出来，瞄瞄走廊里百无聊赖的燕子，轻轻敲了敲紧闭的卧室门："云雪！"

没人应。

"她不理我们了。"燕子好委屈地指指里面,"你眼光真不咋的,她比你还拽。"

蹙眉,容谦语气缓和了些:"老婆!"

门终于开了,乔云雪的脸儿露了出来。瞄瞄燕子,黑白分明的眸子眨呀眨:"等一下!"

果然不过三秒,乔云雪就出来了。她已从刚刚的长裙女人变成可爱姑娘,换下裙子,穿身浅蓝色休闲衣服,踩着蓝色运动鞋,看上去清爽利落。有大自然的味道。

形象大变,燕子一下子没反应过来。容谦黑瞳一闪,锁住她白皙的锁骨处。

她这个形象,与西藏火车站那个可爱姑娘重叠。

拿着手袋,乔云雪开开心心向外面走去:"容谦,今天是回娘家的日子。拜拜——"

"喂,你不怕我和容谦孤男寡女在家呀?"燕子拉过容谦,紧紧抱住容谦的胳膊。

乔云雪转过身子,意味深长地瞄瞄容谦,似笑非笑地瞅着燕子,最后落在缠在一起的胳膊上:"当然怕,非常怕,绝对怕。容先生,燕子非常漂亮,注意燕子的清誉,注意洁身自爱哦。"

容谦俊脸微微抽搐。

燕子无力地垮下肩膀:"为嘛我觉得你一点也不怕?我好失败好失败,怎么当个竞争者都这么失败……乔云雪你太可恨了,这么不重视你的男人。容先生好悲催。不过不要紧,我们等会去逛公园,压马路。我会好好安慰容先生。"

乔云雪已经进了电梯:"好男人不用女人守着。坏男人女人想守也守不着。"

容谦看着她潇洒的身影,唇角微勾,转身回了书房。

和她去深圳三天的时间,他得一分一秒补回来。

"喂,怎么都没人管我啊?"燕子站在客厅好没劲儿。她忽然转身跑回客房,拿了钱包和车钥匙就跑出去,"我也回娘家。"

哼哼,乔云雪别想甩掉她。燕子飞跑着出去,连房门都忘了关。

容谦静静站在书房的落地窗前,瞄着楼下浅蓝色的身影,那身影像只轻快的蝴蝶,轻飘飘地飞走。

她那潇洒的模样,似乎在深圳的三天,根本就什么也没有改变。

不过,如果那三天真的什么也不是,她不会一回来就急着往外跑……

容谦唇角微勾,转身坐回电脑椅,摸着下巴深思。

来电。钱涛!

按下绿色键,钱涛稳重的声音传来:"容总,昨天容董又过来了。"

"哦?"容谦挑眉。

"容董有些生气。"钱涛在笑,"说你居然没经他允许就丢下京华,离开公司。还说,早知道这样,他就不放实权给容总。"

淡淡笑了,容谦懒懒坐着:"还有呢?"

钱涛说:"容老板说最近股东都去了各地,总裁任命书无法顺利签署下来。干

第九章 你踩我痛脚,我挖你墙脚

脆延期到国庆或年底。但实权,容董表示已经全权交付。"

"哦。"容谦表示听到。

语锋一转,钱涛提起另外一件事:"容总,我们是起诉龙基,还是直接起诉苏青兰?"

长眸合上,思索小会儿,容谦淡淡地:"龙基。"

"以什么罪名最好?"钱涛征求着他的意见。

容谦长眸深幽,缓慢而清晰地吐出四个字:"侵权。诽谤。"

"我会处理好的。"钱涛恭恭敬敬地应承着,"容总,苏氏对我们有意见。"

颔首,容谦淡淡的:"现在不理苏氏。我们现在要面对的,是龙基的问题。"

"容总,我们起诉龙基,是为了少奶奶吗?"钱涛试探着。

没有回答,容谦挂了电话。长眸瞄过窗外,投向不知名的地方。

洛家。

洛少帆正倚窗站着,慢慢关了手机。阴郁地扫过苏青兰。

"老公等会儿,先看看我们的宝宝。我去泡咖啡给老公喝。"苏青兰多会看脸色,立即放下孩子,飞快跑出去。

洛少帆不语。

可苏青兰端着咖啡回来时,洛少帆仍然阴郁至极,一眼也不眨地盯着一岁多的儿子,大名洛天鹏,小名天天。

瞅着父子俩离得那么近,苏青兰幸福地笑了:"老公,天天长得越来越像老公你啦!聪明又帅气,昨儿爸妈都说,有了天天,洛家就不愁后继无人了。"

"爸爸。"小天天十分应景地笑着喊爸爸,挥着双手扑向爸爸。

摸着天天的头顶,洛少帆细长的眸却紧紧锁住苏青兰:"京华准备起诉龙基。"

"怎么啦?"苏青兰一惊,吓得手中的咖啡杯"咚"的一声落地。

洛少帆恼怒:"你如果不知道是因为什么,我们就没有人知道是因为什么了。"

"老公,不管做什么,我都是怕失去你。"苏青兰要哭了,瑟缩着,"我真的什么也没做。我就是想好好爱你。我就是想一家三口好好在一起。"

"事到如今,你还想瞒下去?"洛少帆冷淡几分,"当你把别人当傻瓜的时候,别人正用看傻瓜的眼光看着你。苏青兰,不要逼你的丈夫因为你的无知而出轨。"

"老公……"苏青兰哭了,"她已经是容谦的女人了,你为什么还要记着她?她明明已经和容谦在一起,还和你见面。她就是吃着碗里的看着锅里的。想霸着容谦,又舍不得放开你。"

"她堂堂正正,为什么不敢和我见面?"洛少帆悄悄抚额,"起诉的事,京华如果没有证据,绝不会轻易动手。你看着办。"

长身而立,洛少帆转身离去。

一直看不到洛少帆的影子,苏青兰才后知后觉地冲出来:"老公……"

"妈咪好恨她呀。"苏青兰搂紧儿子，"离开就离开好了，为什么要回来？回来就回来了，还要连累我。乔云雪我祝你走路摔死，喝水呛死……"

苏青兰压根就忘了，是自己惹起的这一团乱。她是作茧自缚，偏偏只怪罪乔云雪。不过，苏青兰的诅咒乔云雪听不到，所以乔云雪的心情仍然很愉快。

愉快地回娘家。

她才不在家侍候燕子。这年轻漂亮的姑娘明明好娇柔的模样，似乎风一吹就会跑，可天天精力充沛地在她身边吼着要追容谦，要爱容谦。听了不是恼火，而是有种"狼来了"的感觉。喊多了，麻木了。

只疑惑容谦怎么就任燕子胡闹。不过想想也明白了，容先生天生好脾气，燕子骑到他们头上，也是理所当然。

秋老虎正横行霸道，太阳晒得很。热得她用手扇风，恨不能一步飞到油画街。瞄瞄水乡花园的停车场，她思索着下次是不是把容谦的奥迪开出来。

可惜，他们ＡＡ制，车是他的……

正皱眉，见燕子正飞跑出来。东张西望。乔云雪立即闪到树荫后。

不一会儿，宝马开了出来，燕子走了。

怎么就走了？乔云雪瞄瞄房间的方向，撇撇嘴儿。她要快点儿，晚了赶不上老妈的饭。容谦嘛，三十二岁的男人，当然会想办法填饱肚子。

正走着，手机又响了。拿起来看，又是苏青兰。

真不知道两人还有什么好联系的。久久看着那个号码，乔云雪最后选择挂掉。

豪门少奶奶有的是时间胡搅蛮缠，她没时间。要工作，要应付容谦，要做乖女儿。苏青兰的孩子不才只有一岁多，应该很忙，怎么比她还闲？

走了一会儿，又来电，她忍住了："苏青兰，你是要说起诉的事么？你直接去找容谦好了……"

"云雪，是我。"容谦平静的声音传来。

"嘎——"一愣，乔云雪脸儿大红，尴尬着，好一会儿才魂归其位，讪讪的，"你找我？"

"云雪喜欢什么花？"容谦温润谦和。

"嘎——"他怎么忽然想起这个问题了？他还有那个闲钱去买花吗？有些头痛，乔云雪吸吸鼻子，"我爱喇叭花。"喇叭花不值钱，而且在这样的大都市里，根本找不到喇叭花，所以她替他省钱了。瞧，她现在已经开始有妻子的自觉，帮他省钱。

"喇叭花……"沉吟着，容谦平静地，"我知道了。老婆，苏青兰在找你？"

"豪门少奶奶比油画村的老太太们还难沟通。"乔云雪感慨。

不一会儿，手机第三次响起。无奈地打开，她温柔得不像话："我知道喇叭花不太好买，所以还是别买了。"她还真担心老实的容先生真会"云雪说啥，我做啥"。

洛少帆艰涩的声音传来："云雪，你喜欢的是百合花。为什么要委屈自己买喇叭花。

第九章　你踩我痛脚，我挖你墙脚

"云雪，别太委屈自己。"

风中凌乱啊……乔云雪瞪着手机。明白自己不看来电显示的习惯相当不好。

想了想，乔云雪非常慎重地回答："我小时候想当画家，结果我成了卖房的。以前我觉得男人一定要高富帅，现在我觉得可靠贴心最实在。以前喜欢百合花，现在喜欢喇叭花很正常。"

她不信洛少帆还会问过来。这位高傲的爷，是受不了打击的。

果然，洛少帆好一会儿没作声。乔云雪正要挂断电话，他的声音又响了："别让京华起诉龙基。京华只是借你的名，私下找龙基麻烦。"

愣了愣，乔云雪轻轻笑了："洛先生果然很疼老婆大人。"

"云雪，个人恩怨不该牵扯到两家公司。"洛少帆说。

洛少帆说的未尝不对，但乔云雪可不想听进去："是啊，本来我也这样认为。可是我等洛少奶奶三天，也没人过来道歉，也不得不认为洛少奶奶想法庭上见了。"

"啪"的一声，她坚决挂断。嗯，挂掉洛大少电话的感觉好像不错。

不过，心情无端端不好起来。真想找个人谈心啊！不能让妈操心，当然不能和妈说。她还是找在龙基的几个死党吧。回来就结婚，结婚就工作，一直没时间，现在应该相聚了，要不然那几个抓到她时，会直接宰了她。

更何况，洛少帆夫妻总来踩她痛脚，她更应该挖他们的墙脚。

她要把她们三个全挖来京华。

她笑盈盈地拨给林小眉："小眉，娟子和盼盼都在吗？我们约会吧。"

本来打算去油画村，结果改成逛外贸服装城。没办法，那几个妞对外贸服装城情有独钟。一年下来，起码有一半工资花在服装城里面了。

一见面，果然全搂到一块儿，林小眉笑得眼睛都眯了："不错不错，做女人就该这样，没男人活得更精彩。他奶奶的个洛少帆，就该娶个苏青兰折腾他一辈子。"

"是啊，云雪你看到没有，洛大少以前多意气风发啊，现在一天到晚阴着脸，我才不信苏青兰日子好过。"娟子更高兴。

云盼盼更是逗："洛大少现在八成不知道幸福两个字怎么写。"

眸子有些湿润，乔云雪却轻轻抚脸儿："我脸上不显粗糙了么？"容谦的面霜好像特别有效。

"没有啊，挺好的，水灵灵地想让人咬一口。"林小眉一本正经，"你老公一定对着这张脸爱死了。"

乔云雪扑哧笑了。容谦对她这张脸才没兴趣呢。他爱的是他的电脑。

"什么时候把你老公带出来看看。"娟子很好奇，"相亲耶？还闪婚呢？你老公一定很不错，才让你二话不说跳火坑。"

"我也想嫁人了。"云盼盼一脸忧伤，"我恨不能现在就逮个好男人嫁了。"

乔云雪舒心地听着，她们都知道她八年感情的心路历程，说这些只是哄她开心。

想了想，乔云雪笑了："盼盼想逮男人，就在这里逮呀。这来外贸城的单身男人，十有九个是钻石王老五。"

"真的耶——"云盼盼双眸发光，到处瞄瞄，忽然声音发颤，"我瞄准一个了，他一个人耶，八成是单身汉。好帅，好有感觉。我去了，手到擒来。"

云盼盼果然跑开。

"噗——盼盼加油！"乔云雪笑得打跌。抬头，她迎上一双深邃的长眸。

天雷滚滚啊——

为什么是容谦？

完了！这个死盼盼呀。

她要阻止也来不及了，只得眼睁睁地瞅着云盼盼向容谦"深情告白"。

双手捂脸，乔云雪从指缝里面偷看着。

第九章　你踩我痛脚，我挖你墙脚

第十章　AA 清算，娶个老婆是土匪

云盼盼手指卷着头发，笑得蜜一般甜："先生你好！"

容谦不动声色。

"先生一个人吗？"云盼盼笑得更加甜蜜，"我也是一个人。要不我们搭个伴，好不好？"

乔云雪脸儿都抽筋了。

容谦仍然淡定地站着，居高临下地瞅着云盼盼。

难道长得这么帅的男人是个哑巴？云盼盼困惑极了，左瞧瞧右瞧瞧，最后看着乔云雪捂脸儿，更加困惑，急得跺脚儿："先生，你难道不能说话吗？太可惜了。"

容谦俊脸抽搐了下，迈着优雅的步子向乔云雪走去。

"啊！"云盼盼先是一呆，接着急吼，"先生，你不能找她。她有老公了……"

容谦已大步过来，神色淡淡，看不出心情。

没得逃了，乔云雪傻傻地站在那儿，瞅着他颀长的身形越来越近。

停在她身侧，容谦非常自然地抓下她捂脸的手，长眸似笑非笑地凝着她嫣红的脸儿。

"云雪，他是谁呀？"林小眉悄悄问。

"咳……他是容先生。"乔云雪努力笑得可爱些。

容谦的目光锁着她神情飘忽的眸子。

迎着他深邃的目光，乔云雪身子缩了缩，眸子飘向天花板："哦……也是我老公。"

拼命傻笑，除此之外她不知道该做什么了。

"啊——"林小眉三个全呆了，一会儿瞄瞄乔云雪，一会儿瞄瞄容谦。

"老婆，借用女朋友试探老公的心意，这习惯不好。"容谦深深凝着她，似乎有着淡淡的遗憾。幽深黑瞳，却隐隐有笑意。

她没有这样做……可是她能解释清楚吗？

脸儿潮红，眸子乱瞥。乔云雪发誓以后再也不赞成闺蜜们胡乱搭讪男人了。一不小心瞄到容谦俊美的脸，他仍然在凝着她，似乎正在等她的回答呢。

"以后……不会了。"乔云雪好用力地挤出一句承诺来。

容谦似笑非笑地扫过她躲闪的眸子："这件事，我们晚上回去慢慢再说。"

"嘎——"愣了愣，这事还没完吗？乔云雪咬咬唇，不是那么温驯地斜瞄容谦。

容谦握紧她手心："云雪接着逛，我先去了。"

"嗯。"乔云雪从来没像现在这样，希望容谦快点离开。

"再见！"容谦踩着轻松的步子，颀长的身影朝大门走去。

终于走了，乔云雪长吁一口气。她有注意到容谦手里拿了个服装袋，里面应该有衣服。难道他特意过来为他自己买衣服吗？想到这儿，乔云雪有些脸红，他们AA制，互不关心。但身为妻子，应该为容谦置办衣服才对。

他晚上还要慢慢说……他还想说什么呀？

乔云雪已经在考虑，今晚要不要在老妈家赖上一晚。

容谦一走，林小眉三个立即围上来群殴："坏妞儿，嫁了这么帅气的老公，居然不拉出来显摆。还让盼盼出洋相。"

云盼盼做擦泪的动作："二十五年了，好不容易春心萌动，结果是别人的老公。"

乔云雪鼓着腮帮："我只是想嫁个放心的男人……"

"讨打的女人。"云盼盼扑了过来，"得了便宜还卖乖。气死我了。"

打闹完毕，乔云雪才开始说正事："妞们，跟着我到京华来混，怎么样……"

乔云雪傍晚时才和三个好友道别，走进油画街。几天不见，觉得油画村格外亲切。

"云雪回来了呀？"张大妈远远地就打招呼。

"嗯，回来了。"她咧开嘴儿，扬手儿回应张大妈。

"丫头你怎么不穿高跟鞋了，还穿休闲服？你漂亮的裙子呢，怎么不穿了？"张大妈居然跟上大街来，发现新大陆般，"有了么？"

"有了？"乔云雪一愣，"什么有了？油画街又有新闻了？"

"傻丫头！"张大妈摇头儿，"这个都不懂，怎么也有男人要。"

小脸儿僵了僵，乔云雪困惑地凝着张大妈。

"唉，这丫头。"张大妈一副恨铁不成钢的模样，"我是问你有宝宝了是吧，要不然怎么不穿高跟鞋了。"

"嘎——"傻掉，乔云雪嫣红着脸，"大妈真是的……"

真没想到不穿高跟鞋也会让长辈们产生这么多联想。乔云雪小跑着闪人。

"这丫头居然害羞！"张大妈乐了，"传宗接代，很正常嘛！哪个女人都是这么走过来的。害什么羞。要是怀不上，那才不好意思见人呢……"

第十章 AA清算，娶个老婆是土匪

呜，张大妈呀！"

乔云雪捂了脸儿，飞快冲向夕阳画廊门口。正要冲进去，漂亮的宝马险险地停在她面前。

"等等我……"燕子飞快下车，车门关得震天响，连防盗铃声都响了起来。

"爸，妈，我回来了。"绕过宝马，走进画廊，乔云雪眉眼弯弯。还是家里好，一走进来心儿就安定。

乔承康乐呵呵的："云雪回来了！"

"叔叔，我也回来了。"燕子高高兴兴蹦到乔承康面前，淡黄卷发衬着脸漂亮的小脸儿，可爱得紧。小嘴儿可甜了，"叔叔我和她一起来的。我要在叔叔家吃饭。听说阿姨做的饭最好吃了。"

"燕子……"乔云雪脑袋有点晕，燕子这张嘴，骗死人不偿命。

"好，当然好，不就吃个饭嘛！和云雪一起来，就是我们的客人，当然要吃了饭才走。"乔承康哈哈大笑。

乔云雪可不想老爸当冤大头："爸，她是容谦的……"容谦的爱慕者呀！

"叔叔，我是容谦的妹妹燕子。"燕子飞快抢过乔云雪的话头，还冲乔云雪一个劲儿眨眼睛。

"容谦的妹妹？"乔云雪呆了呆。这位缠人的妞为了蹭一餐饭，节操什么的都可以不要。居然一下子不和她抢容谦，而瞬间和她成了姑嫂。

乔承康恍然大悟："原来小姑子来了，更应该准备好菜好饭。云雪你陪着小姑子，我马上去把你妈找回来。"

"妈去哪了？"乔云雪这才注意到老妈不在家。

"最近老有些奇奇怪怪的人来油画街，你妈说去跟着听听，看他们到底来油画街做什么。"乔承康解释。

乔承康出去找人，乔云雪也不知不觉走到门口。果然看到油画街尽头站着一堆人。上次燕子跟来的时候，正巧她也看到过这些人。

那时，里面有洛少帆和苏青兰。

这次苏青兰不在，但洛少帆在里面。修长的他在人群中鹤立鸡群，淡淡的忧郁，出众的五官，轻易夺取少女芳心的一个男人。

他正在说着什么，可是隔着太远，乔云雪听不到。但依她对他的了解，知道他现在谈的一定不是小事。

洛少帆从来不会花心思在小事上。多次亲自过来更不是小事。

可是油画街能有什么大事？

"洛少帆其实真的挺帅的。"燕子在旁边嘟囔着，"比起容先生别有一番风味。"

乔云雪听了好笑："潘安还很帅呢！可他对你而言，一点用处都没有，还不是一毛钱不值。"

140

"就是就是，这洛少帆再帅，也不过是个过期的臭男人，一毛不值。"燕子可机灵了。

乔云雪眨眨眸子，当作没听见燕子的话。

这会儿，洛少帆似乎感受到她的视线，忽然转身。

乔云雪飞快地退回画廊。默默想着——苏青兰得罪京华集团，洛少帆不能不管。看来他们之间想形同陌路，都不是件容易的事。

这时容谦来电："现在在哪？"

"夕阳画廊。"她撇撇嘴儿。

"哦。"容谦挂了电话。

燕子跑了过来，把一幅画往乔云雪面前一摆："你帮我瞧瞧。这是早清时期的人体画。那年代的女人连脸都不会给男人看到，怎么可能脱了衣服给男人画像嘛。我好奇是不是现代人换了个发型，摆姿势给画师画的……"

乔云雪扑哧笑了。

"告诉我嘛！"燕子抱着她胳膊猛摇，"弄不清楚的话，我晚上一定睡不着觉。"

"我也不知道怎么来的啊！"乔云雪抿了嘴儿笑。她真没耐心和燕子纠缠了。身后天天跟着个丫头问她要容谦的宝宝，想不烦都不行。

"你怎么就不知道嘛！"燕子才不信。

"我找个画师和你解释。"乔云雪打个电话，"舒渔，收不收徒弟？"

舒渔几乎是三分钟之内就赶到夕阳画廊，看到燕子眼睛一亮："我不需要徒弟，不过我正缺一个人体模特儿。就她了，非常合适。"

"人体模特儿？"燕子喃喃着，漂亮的眸子自动转向手中那幅油画，身子一缩，"你是说要把我画成这样的女人？不穿衣服的女人？"

"嗯。"舒渔拼命点头，"你只要保持两个小时的坐姿就行。两个小时，我给你五千块。"

"你全部脱了坐两个小时不动，我还给你一万呢！"燕子脱口而出，紧紧瞪着面前的长发男人，双手紧紧交叉捂住胸口，身子小心翼翼地往后挪。

传说艺术家都有怪癖，她小心点好。

"我正要找有个性的小妞画。"舒渔二话不说抓紧燕子双臂，上下打量着，目光闪闪，似乎已经在构造人体艺术画的构思。

燕子忽然大喊一声，挣开舒渔，飞也般朝外面跑："色鬼啊色鬼！救命啊救命！"

乔云雪一愣，忽然抿嘴笑了——原来舒渔可以制服燕子啊！太好了！

舒渔还在叹息："这么好的模特儿，就这么跑了，太可惜了……"

舒渔遗憾地离开了。

天色已经暗了，乔云雪收着油画，燕子又大摇大摆地回来："以为这样就能把我吓跑啊！做梦！反正你没生个宝宝下来，我就跟定你了。哼哼，本姑娘的耐力是无

第十章 AA清算，娶个老婆是土匪

穷无尽的。"

乔云雪头痛地瞪着燕子："信不信我把你绑了送给舒渔做人体模特儿？"

燕子咧开小嘴儿乐了："瞧瞧吧，终于生气了。我就说，容先生那么疼我，你怎么可能不吃醋呢！"

"我当然吃醋。我一身都是酸味，我身上的肉都酸了。"乔云雪懊恼得捏上燕子的鼻子，"不用你提醒，我会给他生宝宝，而且是聪明健康的宝宝。你要是再搂着容先生的胳膊，我可能会拿刀砍你。所以为了你的小命，明天开始离容谦远一点。"

现在燕子该满意了吧？

"云雪……"身后有声音。很熟悉。

乔云雪石化了，瞪着燕子半个字也说不上来。早不来晚不来，他怎么正好这个时间来呀……

一双有力的胳膊轻轻搂住她肩膀，容谦温热的气息轻拂着她额头："老婆，吃醋也不能这么暴力。"

"嘎——"她是气话好不好？

"老婆不高兴别的女人离我近，我会注意。"容谦温润的声音十分好听。

乔云雪的脸红到了脖子，这会儿，她是真想拿刀了。

"老婆想生宝宝，可以一起努力。"容谦声音四平八稳，极品听话的好男人形象。

"呜呜——"她想哭，她压根没想生宝宝好不好！

容谦瞄瞄她哭丧的脸儿，好脾气地加上一句："每晚努力。"

"容谦你听我说……"乔云雪泪光闪闪。她在避孕呀，怎么是她要宝宝了？

容谦把乔云雪搂入臂膀中，男人的气息包得她紧紧的。闻着他熟悉的气味，乔云雪根本没法保持清醒的头脑。

平静揩她眼角，容谦拭去她的泪珠："因为那些女人的来电，云雪不放心我很正常。在外贸服装城让人来试探我，这我也可以理解。让老婆产生不安全感，是我的问题。"

乔云雪垮下了肩膀——她是个乱吃飞醋的老婆，还派女人试探容谦是否忠于她。而他是个极品好老公，什么都可以理解她。

她明天拿大刀挥向云盼盼。

看着潇洒的乔云雪吃瘪，真是太幸福了。燕子捂着嘴儿笑，丹凤眼眯成了缝儿。

夏心琴回来了："容谦来了啊？太好了，年轻夫妻就要这么腻歪才正常。"

"妈！"乔云雪有些无力。

"哟，丫头怎么哭了？"夏心琴疑惑地走过来。轮流打量两夫妻。

"妈，没事。"乔云雪皱着脸儿。如果说有事，她解释不清楚呀。

夏心琴迟疑地看向容谦。

容谦一脸真挚："云雪想要个宝宝。想让我努力些。"

心儿狂跳，乔云雪咬牙一脚踩上他脚背。

容谦静静瞄着她。似乎没觉到痛，只是手臂又收紧了些。她脸儿紧紧贴在他胸口。她委委屈屈地收回脚。

"这想法好，这想法好！"夏心琴心里乐开了花儿，"二十八岁是该怀宝宝了。容谦你是得努力了。"

她没要宝宝呀……乔云雪急得眼泪都滚了出来。

容谦不动声色地俯身，擦掉她颗颗泪珠："我一定努力……"

乔云雪张着小嘴儿，无语地瞪着容谦。

夏心琴悄悄把女儿拉到一边："妈原来还有些不放心他，现在可放心了。想要宝宝的男人，就是个懂得疼老婆孩子的好男人。多好呀，赶紧怀上。听话。"

"妈——我要是怀不上呢……"老妈怎么老是向着容谦，她才是亲亲女儿好不好？

"丫头怎么可以胡说。"夏心琴板起脸，"就是不想怀，也不能说怀不上这三个字。要是真的怀不上，这问题就大了，婚姻就危险了。云雪，钱可以晚点赚，感情可以晚点来，可孩子，一定要早点怀上。"

"没有感情怎么可以怀孩子嘛！"乔云雪急得跺脚儿。

"我嫁给你爸的时候是第一次见面呢。"夏心琴可不退让，"结婚一年就生下你。现在我和你爸还不是好好的。你如果不听话，妈可真生气了。"

"妈呀——"怎么一扯到孩子的事，老妈连女儿都不认了。乔云雪都不知道跟妈怎么沟通了。

"什么单身最快乐，自由最可贵。那都是贪图眼前享受的想法。"夏心琴紧紧瞪着女儿，"答应妈，早点怀宝宝。"

久久瞅着妈慎重的表情，乔云雪瞄瞄正欣赏油画的容谦。容谦那没温度的样子，让人觉得他感觉油画比老婆好看。乔云雪生气了："好了好了，我会努力。"

瞪着容谦和燕子，乔云雪不明白，她怎么成了个非得生孩子不可的女人？

燕子在旁边得意着呢，一直傻笑，眼睛眯成了缝儿。

乔云雪越来越生气。一直到吃完饭，她都没说话。黑白分明的眸子，不时瞄向容谦。

"回家啰！"燕子高高兴兴地上了她的宝马，正要关门，乔云雪却飞快坐了进去。

燕子一愣："喂，你别上来，你得坐奥迪。"

"不让我坐？"乔云雪挑眉。

燕子抿着唇儿，坚决点头："坐你老公那儿去。"

二话不说，乔云雪跳了下去。她踩着轻松的步子向水乡花园走去。她现在很生气，才不坐他的车。

黑瞳一闪，容谦面容淡淡，关了车门，奥迪开得像蜗牛，慢慢跟在她身后。

燕子却踩大油门，宝马一溜烟地朝水乡花园开去。

奥迪一直慢慢地跟在乔云雪身后。已经有大妈伸出头来。当张大妈的身影出现

143

在门外时,乔云雪咬咬牙钻进了奥迪。

她抓住他方向盘:"容谦,你在我爸妈面前故意装成好人。你难道是因为要个孩子才娶我?"她紧紧地凝着他,不放过他神情间的蛛丝马迹。

轻轻抓开她手儿,容谦凝着她无名指上小巧的钻戒,低沉而坚决:"我娶你,只是因为你是云雪。"

细细品味着,乔云雪有些困惑。他的意思是满意她本人,还是因为"云雪"这两个字。

回到家,燕子已经沐浴好,正在客厅看电视,一看见他们回来,飞快关了电视,闪电般回客房。

瞄瞄燕子,乔云雪当没看见。燕子这丫头看上去像个不懂世故的千金小姐,可脑子里灵活着呢。她要小心防范才对。

容谦沐浴完毕,披着衬衫进书房,沉迷于他的工作中。

乔云雪瞄瞄他背影,默默去小浴室沐浴,然后抱着她的小手提进了婴儿室。

映月花园开盘在即,她必须得自个儿拿出套完善的销售策略来。

她轻轻抚上额头。明明是洛家亏待她乔云雪,反而是苏青兰不许她平静活着,那她就活个轰轰烈烈给洛家看。

价格?售后服务?物业管理承诺?配套补充?乔云雪从一个个方面勾勒计划,不知不觉进入冥思苦想中⋯⋯

容谦回卧室的时候,卧室里没亮灯。

婴儿室的灯亮着。

微微蹙眉,容谦转身走向婴儿室。

"你⋯⋯站住。"乔云雪一眼瞄着他,立即阻止。黑白分明的眸子十分清亮。微微别开,不敢瞄容谦,他的衬衫敞开着,肌理匀称的胸膛让人产生安全感。

他是个一看就让人觉得安心的男人。

容谦站住,淡淡笑了:"云雪,十二点半了。"

"我要通宵。"她心里有着没想透的事情。或许还在因为他变戏法要孩子而生气。

将她的模样收入眸底,容谦没动:"云雪有话要说?"

他看透她的心了,可他能看得更深点?乔云雪抿唇好一会:"你升职了吗?"

"嗯。"实权已握,总裁的虚名没有又何妨。容谦颔首。

"那么,工作压力是不是会更大?"眨着眸子,她认真地问。

"是。"容谦坦然。他的领导班子尚未齐全,能完全信任托付的只有钱涛一个人。现在是他最忙碌的时候。

摸摸鼻子,乔云雪眸子瞄着天花板:"我们现在没有经济实力,不如一起努力工作几年,先存点钱再要宝宝。否则宝宝到时连幼儿园都上不起呢。"

长眸一闪,容谦凝着坐得笔直的乔云雪。

这些不是理由。她是无法完全放下洛少帆？还是不想让自己完全融入这个小小的家？还是对他不放心？那双黑白分明的眸子里面，显然有着慌乱。

她害怕把自己交付给他。

沉吟数秒，容谦朝她伸出胳膊："这些事，可以明天慢慢商量。现在我们该休息了。"

"嗯。你去睡吧！"乔云雪摸摸鼻子，"我事情还没完。"

深深地凝了乔云雪一眼，容谦出来，顺手轻轻带好门。

走到长廊，燕子蹑手蹑脚地跟上："喂，你不能说你有祖传的存款吗？这样她就不会老想着工作呀，存钱呀。你让她做全职太太不就行了嘛！"

"燕子，别胡说。"容谦严厉几分，"云雪喜爱工作，喜爱交朋处友，喜欢花自己赚的钱，任何人都没有权力剥夺云雪享受她爱的生活。"

燕子被容谦严厉的目光吓得瑟缩了下："可是这样一来，她就不肯生宝宝，这不行啊……"

"去睡吧！"容谦推开自己的卧室门。

燕子急了，追上来，从后面抱住容谦："你想想两全其美的办法嘛！她说不定其实很喜欢宝宝的呢！"

"别胡闹！"容谦声音凝重几分。

正在这时，婴儿房的门开了。

容谦回眸，正与乔云雪的眸子对上。

"啊……"燕子瞅着乔云雪一愣，瞄瞄自己的双臂，尴尬地放开容谦的腰，"我……我要睡了。"飞快跑客房去了。

乔云雪站着没动。静静瞄着容谦的腰，他的衬衫被燕子抱得起皱了。

容谦转身走向她："云雪……"

"我上个厕所。"乔云雪急急地从他臂间滑开，冲进洗手间。一分钟后出来，闪进婴儿室，把门关紧了。

容谦站了小会儿，回了卧室。

燕子的脸儿又从客房里露了出来，瞄瞄黑漆漆的走廊，她轻手轻脚地挨到婴儿房，试探着乔云雪有没有反应："喂……"

婴儿房里没声音。看来，这回是真生气了……

燕子嘟着嘴儿，站在门口不知道怎么样才好。

天天一床而睡，就算有着楚河汉界，可身边总能感觉到一个人的存在。容谦侧过身来，望着身侧空空的枕头，忽然从枕下摸出《人之初》——他们还有一半没看完呢！

半搂着她温习《人之初》的感觉相当好。

一点半，她还没回房。半夜三点，容谦长臂伸过，身侧依然空空。乔云雪没有回房。

他坐起来，下床，趿着拖鞋，走出卧室，走进婴儿房。

她睡着了。容谦的目光落在她额上，那里细密的汗珠正发出晶莹的光芒。

145

伸出双臂，稳稳抱她起来。她似乎害怕那种悬空的感觉，立即伸手抱住他。薄薄的睡衣几乎没起什么作用，她娇嫩的身躯几乎与他贴合。让他身体不由僵硬起来。

她在嘟囔着什么。容谦俯身聆听。

她果然在说，很生气："天下乌鸦一般黑。容先生，我踹了你……"

俊脸一抽，容谦加快脚步，回房，把她轻轻放在床上。一沾到熟悉的枕头，她立即趴成熟悉的姿势，满足地打着小呼。淡淡的体香慢慢沁入他鼻尖。可她还在嘟哝呢："老虎不发威，当我是病猫呢……"

长臂横过大床，容谦轻轻捏捏她小鼻尖："傻丫头……"

他搂过她细细的腰。

一大早。睁着眸子，瞅着熟悉的窗帘，乔云雪吸吸鼻子。困惑地想着心事。谁能告诉她，她昨晚是怎么睡回这张床的？一转身，正对上容谦深邃的长眸，那般高深莫测，让她一愣。

"你抱我回房的？"她疑惑着。

容谦不动声色，坐起，匀称的肌理映入她眼帘："昨晚我先睡了。怎么了？"

早晨的裸男看上去无比性感，他稳重可靠的模样绝对无可挑剔。乔云雪一闪神，她要信他么？

她别开眸子，坚持："我昨晚在婴儿房睡。"

黑瞳闪烁，容谦勾出个轻笑的弧度："可能云雪喜欢这张床，自个儿跑回来了。"

她是喜欢他这张床……瞅瞅地上，那里没有她的拖鞋。难道昨晚她赤脚跑回来的？

想了想，她决定不再研究这个没法找真相的问题。起身，找着身休闲服，跑出去换去。再想想今天有什么活动……

吃早餐的时候，容谦出来，只见乔云雪一身休闲装，长发披泻，笑意盈盈。正一手拿着个包子，一手拿着瓶早餐奶，眼睛却盯着一本《知音》，还哼着小曲呢。

这日子，过得相当滋润啊！

不动声色地走到厨房，容谦长眸一闪。转身回客厅："老婆，面条呢？"

老婆？

今天就是喊宝贝，乔云雪也无感了。喝一口早餐奶，她笑盈盈的："我们AA制哦！昨天是我煮面条，今天就是你煮面条。当然，还有个燕子姑娘嘛。燕子姑娘热情如火，为了容先生可以赴汤蹈火，一份面条应该难不倒她。容先生，食不言，寝不语，这是老祖宗说的呢。我正吃着，我不能说话。"

眼睛微微一抽，容谦瞄瞄冷冰冰的厨房，最后瞄上乔云雪的包子。

直接无视某些注视，乔云雪慢慢享受着早餐。等吃完了，燕子也趿着拖鞋出来了。

起身，乔云雪大大方方站在客厅正中，笑意盈盈："容先生，燕子，AA大清算。"

拿起一叠收据，乔云雪一手拿了计算器，算得飞快："水电费六百元，天然气一百五，生活费一千二，毁坏餐具八十八……"

利落算完，乔云雪把收据和草稿全推给容谦验证："经过平分，容先生，你应该补我三千块现金。"

薄唇微抿，容谦拿过草稿，眼睛微微有些抽搐。她算得可真是利落，适合会计行业。

燕子凑过来，惊呼："为什么她一毛不拔，你要出三千？你娶个老婆是土匪！"

乔云雪黑白分明的眸子瞄向燕子："那是因为你占了一千五。因为这之前所有的费用都是我垫付的，结婚一个月，一直是我在养容先生，燕子难道不明白吗？"

"啊……你……你……"燕子差点摔倒，指着容谦，一个字都说不上来了。半天才捂着胸口挤出句，"你在养容先生？"

"嗯，不仅容先生，还有容先生的爱慕者。"乔云雪纤细白净的手掌伸到燕子面前，"姑娘，经济决定地位。一个月以来，全由我乔云雪出资，所以这个家现在由我说了算。基于容先生是我老公，我有权利向燕子收取一千五的费用。"

"啊……"燕子被她一套一套的说得脑筋转不过弯来，果然乖乖掏出钱包，拿出一叠现金，正要数。乔云雪已经全拿了过去，飞快清点完三千，"好了，三千，我拿了。"

"喂，不是一千五吗？"燕子头晕，"我才是财务经理，你别以为我好蒙。"

"收一千五押一千五。"乔云雪脸不红心不跳，将三千块全收入钱包，"天天打着容先生的主意，谁知道你安的是什么心？要是下个月你赖到二十九就跑了，三十号我找谁来清算？"

容谦薄唇颤了颤。黑瞳锁上她泛红的脸儿，她在因为燕子昨晚的拥抱生气么？

"……好狠。"燕子喃喃着，"你更适合我财务经理的位置。你可千万别去抢我的位置。"

"多谢夸奖。"乔云雪笑盈盈地瞄着容谦，"现在该你了。容先生……三千块拿来。"

燕子扑了过来："他只要出一千五。我的已经给你了。"

"三千。"乔云雪眸子瞄着天花板，白白净净的手儿伸到他胸口。

"一千五。"燕子不服气，隔在乔云雪和容谦中间。

眼角都不动一下，乔云雪瞄着天花板，不咸不淡："我们夫妻谈话，外人勿扰。"

"你……"燕子憋得脸儿通红，干瞪着乔云雪，可偏偏乔云雪还只看天花板。气得燕子回头瞪容谦。

可容谦没心情管燕子。他唇若微勾，看起来心情不错。一双黑瞳发出灼亮光芒，静静凝着淡定算账的乔云雪。然后移到她伸到他胸口的白皙手儿……

"呜呜……"燕子跺脚儿。

"我去拿……"容谦大步回房，不一会儿出来，长臂伸过，大掌抓过她的手儿，将自己的钱包轻轻放入乔云雪手心。

他的指尖划过她的掌心，痒痒的。看到他的钱包，她不由一愣："我只要三千块，不要你的钱包。"

"我的钱就是老婆的。"容谦淡淡的语气，可不容置疑。

"我们AA制。"乔云雪半笑不笑地把钱包送回他手中，"我只要三千块。"

沉默小会儿，容谦收回钱包，利落地数张数。可数到最后，容谦忽然停下，有些尴尬："我只有二千五了……"

乔云雪眨眨眼睛："果然是负翁啊……不过不要紧，我还要交两千房租给你。所以……"她从二千五里数出一千五来，塞进他手中，"加上没给的五百，我的房租交清了。"

燕子完全傻眼了，一会儿看看容谦，一会儿看看乔云雪。忽然默默坐进沙发，双手托着下巴，一声不吭。那张漂亮的小脸儿，满是寥落。

看着手心的一千五，容谦俊脸一颤，没作声。

乔云雪忽然瞅着容谦："你为什么不问我，要你三千块？"

"老婆说的话，没必要那么多疑问。"容谦凝着她，"云雪，我们是亲密的枕边人，起码有对彼此的信任。"

淡淡一句话，却似一缕醉人的春风，悄悄钻进乔云雪锁得紧紧的心。她有瞬间恍惚，手中的一千块，就那么悄悄地掉落地上。

她赶紧蹲下，捡着人民币，指尖，却微微颤着。她的眼眶红了，紧紧抿唇。

容谦弯腰，将纸币捡起。放进她掌心。轻轻弯起她的指尖，压住一片红色，淡淡地："别想太多，我对AA制没有意见。"

深呼吸，乔云雪吸吸鼻子，镇定地站起来："那就好。"

她朝容谦绽开个浅浅的笑容，美丽如焰火绽放，让容谦黑瞳瞬间绽放光芒。

她伸出手来，笑眯眯的："老公，AA制快乐！"

容谦淡淡笑了，紧紧握上她的手："老公比容先生好听。"

燕子起身，闷闷地瞅了眼容谦，转身向客房走去。

"等等……"乔云雪笑眯眯地瞅着燕子，"我住这房都交了两千房租，请燕子也交点房租怎么样？瞧，我交两千房租还只是和容先生分了一个房间，你一个人住个房间……我也不要你四千了，你就交三千过来好了。上个月的三千，再交三千押金。燕子，你得交六千块来。"

"你抢钱么？"燕子蹦了回来，叉着腰，瞪着乔云雪。

乔云雪点点头："如果燕子这样认为，我不反对。不过嘛，我真的只是替我老公收收房租。"

"我上了贼船了……"燕子伤感地朝客房走去，"我的钱包都被你这个葛朗台打劫一空了。"

"哦？"乔云雪眉儿一挑，"燕子的意思是嫌贵，要搬离这儿么？"

"我才不搬呢？"燕子气咻咻地跳了起来，"我就住定了，我追定容先生了。"

我对容先生的景仰爱慕如滔滔江水，源源不绝。"

容谦唇颤了颤，却没有作声。

乔云雪闷哼，忽然扬高嗓门："事儿还没完。燕子，做饭，拆洗被单和地板大扫除，请选择。"

"我是客人。"燕子飞快澄清。

"你确实是客人。"摸摸鼻子，乔云雪好笑地瞄过燕子，这个不知打哪儿冒出来的千金大小姐，要她交钱倒是爽快。可十指不沾水米，一听做家务就想撇清关系。

"知道就好。"燕子重重地说。

乔云雪眉眼弯弯："是客人，据说还是容先生的爱慕者，据说昨天还忘情地抱到一块儿。容先生，果然家花不如野花香啦！"

"云雪想多了。"容谦长眸一闪。

乔云雪只瞄着燕子："做饭，拆洗被单和地板大扫除？选哪样？"

"我……"燕子憋红了小脸儿，忽然小嘴儿一扁，"我不是容先生的爱慕者，我不是了。"

这么快就认输？乔云雪摸摸鼻子，这丫头是她见过最娇惯的女人，一听做家务怕成这样。

"那个……真的是云雪想多了啦！"燕子哭丧着脸儿，"我发誓，我是容谦的妹妹。我真的不会做饭，也不会做家务，呜呜。"

"哦？"乔云雪笑盈盈地瞅着燕子，"他姓容，你姓夏？"

"嗯，他姓容，我姓夏。"燕子说。

"真稀奇！"含笑瞄过容谦，乔云雪淡淡笑了，"燕子如果真是你妹妹，就一起AA制吧。今天我负责做饭，至于大扫除和拆洗被单的事，请你和燕子分了。"

"真的要大扫除啊？"燕子一脸委屈，瞄瞄不表态的容谦，不敢不听话。耷拉着小脑袋，不到三分钟，燕子开始学着用吸尘器。

看着燕子手忙脚乱的样子，乔云雪悄悄翘起唇角——住便宜房，吃便宜饭，还想抱便宜男人，哪有这么便宜的事，得尝尝后果。

把收到的钱收好，她瞄瞄容谦。

容谦在笨手笨脚拆被单。

乔云雪努力坚持"好男人都是好女人调教出来的"的真理，绝不伸手帮忙。

"基于昨晚心情不好，我今天要离家出走。"她闷哼，拿起手袋，昂首阔步，踩着优雅的步子，从他面前消失。

容谦放下手中的被子，跟出来几步，只听到客厅里大大的甩门声。

她真走了……

容谦摸摸下巴，黑瞳隐隐透着笑意。回房，想着如何把被单变干净。

乔云雪三个小时后才回来。站在客厅里，乔云雪瞪着燕子，忽然笑了。弯腰，抱着肚子笑。

美丽的燕子头发也乱了，衣服也脏了，背都驼了。浑身上下全是黄脸婆的味道。

燕子可怜兮兮地挨上来："嫂子，现在有饭吃了么？"

"没有。"乔云雪笑盈盈的，惊奇地抱起沙发上干净整齐的被单，"容谦，这被单洗得真干净……"干净得让人不敢相信。

容谦站在书房门口，受了表扬的男人忍不住得意："嗯，花园门口的干洗店还不错。"

"你找干洗店？"瞪着容谦，乔云雪慢慢儿问。她故意整他洗被子，结果这位爷直接找干洗店摆平？

容先生，你真是位爷！

"老婆，干洗店比我洗得干净。"容谦中肯地给出评价，唇角微勾。可摆在她面前的，绝对是张诚诚恳恳的脸。

嘴唇颤抖着，乔云雪盯着散发清香的被单，慢慢儿站了起来。

他笑得越开心，她越郁闷。可是……她没有说不准他找干洗店。

郁闷啊！她内伤得内出血了。

咬咬牙，她谁也不理了。从他们两人面前经过，直接做饭去。

"终于有饭吃了。"燕子顶着乱蓬蓬的卷发，窝进沙发叹息，"嫂子呀，吃你一顿饭真不容易。如果不是看在我哥的分上，我早跑香格里拉去吃满汉全席了。"

嫂子？喊着真顺口。乔云雪当没听见。面对能屈能伸的燕子，她要练就铁石心肠。

半个小时后，三菜一汤摆上桌子。

"嫂子——"燕子哭了，瞪着三菜，泪汪汪地瞅着乔云雪，"我不就是偷偷抱了一下他嘛，你怎么就让我连饭都吃不上？"

"怎么了？不是有三菜一汤吗？"乔云雪笑盈盈地瞄着面前的两位，"回锅肉，水煮肉片，干煸四季豆。虽然比不上饭店的水平，可一定能吃。就是这三样不行，不是还有家常酸辣汤吗？"

"嫂子难道不能做份不辣的菜么？"燕子一脸可怜兮兮。

容谦脸儿轻颤，却默不作声，端起碗，平静地进餐。

乔云雪吃饭，不理燕子。

燕子眨巴着眼睛瞄着两人，最后吃白饭。

吃完，容谦洗碗。乔云雪回婴儿房，抱着小笔记本发呆——容谦言语中没有护着燕子，可行动中却隐隐掩护。难道，她看错容谦了……

身边传来熟悉的气息，乖，别生气了。容谦俊美的脸映入眼帘。她咬咬牙，生生别开目光。

容谦的长臂搁上她纤细的腰："我正在努力，上得厅堂，下得厨房，滚得大床……"

"你……取笑我？你……离我远点。"她有些慌乱，不想离他太近。晚上近距离是没办法的，大白天没必要这么亲近。

"老婆生气，我应该高兴。"容谦慢慢收拢双臂，她纤细的身子慢慢嵌入他怀中。

"我没有生气。"她气咻咻地挣扎着，拒绝让他产生不该有的想法。

容谦莞尔："昨晚燕子只抱了我的腰……乖，别生气了。这么大热天，吃太多辣椒不好。瞧，云雪的眼泪也辣出来了。"

"我没有……"乔云雪坚持。

"有。"容谦扫视着她嫣红的唇儿，俯身，飞快从上面蜻蜓点水般掠过。

捂紧了小嘴儿，乔云雪吃惊地瞅着容谦。刚刚他吻了她么？他这么四平八稳的男人，怎么可能在正午的时候，太阳最灼人的时候吻她？

"瞧，嘴里面都是热的。辣椒不能吃太多。"容谦不动声色。

"没有。"她闷哼，瞪着他，"你就碰了碰我而已，哪里知道我嘴里是热的……"她倏地闭紧了嘴儿。可是已经来不及了。腰间一紧，他握紧她的腰，俯身，撬开她娇嫩红唇，灵动地探入。

"唔……"乔云雪挣扎不开。

手臂一松，容谦淡淡笑了："真的很热。不信我再看看。"

"我信了，我信了。"乔云雪身子一缩，巧妙地躲开他的掌握，飞也似的朝外面跑去。客厅里，燕子正因为不服气吃了块回锅肉，辣得眼泪直流，在屋子里团团转呢。

被燕子拦住去路，乔云雪来了脾气："大白天地在客厅跳什么舞，出去谈恋爱吧！"

燕子一吓，赶紧让路。乔云雪拉开大门，冲进电梯。

跟进客厅，容谦挑眉看着半开的门，唇微微翘起。

"她当真了。"燕子撇撇嘴儿，"这下完了，她八成去找油画街的画家找安慰去了。你还笑？你到底错了哪根神经，一定要娶她嘛！好吧，我承认，她比五十楼那些爱慕者可爱多了……"

容谦摸摸下巴，悠然回房。

"她跑了？"燕子提醒。

容谦黑瞳一闪："她的心乱了……"

"哦！"燕子一愣，鼓起腮帮，"可是我成了她眼中的小三了。我完了。我还要和嫂子建成同盟啊……我还要扮你的爱慕者吗？"

容谦淡淡的目光扫过来。

燕子咬着唇儿闪人："好吧，是我自愿的，我自己承担后果。我还是想想怎么让嫂子快点怀孕。嗯，我很想看到我的小侄子啦！嫂子很好玩……"

燕子找人去了。

走到落地窗前，容谦缓缓双臂交错，倚着窗户，柔和的目光锁着花园里闲逛的女人。瞅着那纤细美妙的身子，容谦唇角勾起微微的笑意。

不管是为了保护婚姻，还是真对他动了心，她的三菜一汤都让他舒适。

第十章 AA 清算，娶个老婆是土匪

她的心不乱，他们的婚姻就没有意义了。

为什么娶她？苏青兰或许可以猜到一二。但可以肯定，苏青兰那张嘴再口无遮拦，也不敢提这件事。

乔云雪在折断花园中第十根树枝后，走上去油画村的路。可她被人截住了。

"我们谈谈。"几天不见，苏青兰憔悴几分。乔云雪立即想起憔悴的洛大少。

这一对夫妻如今憔悴的模样还真搭配。

她今天心情不太好哦，谁也别来惹她……

深呼吸，乔云雪淡淡笑开："洛少奶奶，谈官司吗？不好意思，京华要起诉龙基，我爱莫能助。"

"你真的不撤诉？"苏青兰显然已经装不下去，露出原形，"我老公早就不爱你了。"

"哦？"乔云雪眯眼，"既然不爱，你在急什么？"

"你……"苏青兰要吐血了，捂着胸口，咬紧牙齿，气得浑身发颤。

伸出手臂，乔云雪拨开苏青兰："苏青兰，你这么憔悴，只说明一件事，你身体里缺少男人的荷尔蒙。你的无爱兼无性婚姻让你浮躁不安……不好意思，我今天心情不好，忍不住说了实话。"

"你——"瞪着乔云雪，苏青兰忽然哭了。

第十一章　老婆请客，老公交钱

乔云雪愣住了。

见过苏青兰多种风貌，开心的得意的做作的……唯独没见过苏青兰落泪。

洛少帆和孩子都是苏青兰要的，她都得到了，为什么还这么不开心？

难道她刚刚一气之下说的话，无意中刚好击中苏青兰的痛点，她才这么伤心……

乔云雪长长地吁了口气："你哭吧，我不陪你晒太阳。苏青兰，你没资格在我面前掉眼泪。"

她心碎的时候，连眼泪都挤不出来。只能逃离家园。

苏青兰终于抹掉眼角的一滴泪，红着眼眶瞅着乔云雪："如果我知道，少帆对我这么冷淡，洛家长辈这么挑剔，我当初也许就不会找上少帆了。云雪，我错了……"

"啊……"一愣，乔云雪皱眉，打量着苏青兰的每一个表情，"你……你错了？"

苏青兰会认为自己错了？天要下红雨了。

"我知道我错了。"苏青兰急得拉住乔云雪的胳膊，"你不知道，这豪门少奶奶有多难做。可是宝宝要妈妈，我不能离开呀。少帆他就是个工作狂。十天半个月，他都不记得要看我一眼。我有时候都不知道是嫁给了少帆，还是洛家。还是我只是洛家一个保姆。"

轻轻推开苏青兰，乔云雪让自己的胳膊获得自由："这些话，你没必要和我说。"

苏青兰泪光闪闪："我妒嫉你，才会找你麻烦。我发誓。只要你再帮了我这一次，我以后一定再也不找你麻烦了。"

"哦？"脑筋飞快转动着，乔云雪眯眼瞄着苏青兰。

苏青兰咬着嘴唇："如果京华真的起诉龙基。少帆他爸妈一定会逼着我离开这个家。我不能没有宝宝。云雪，求求你了，让我能和我的宝宝一直在一起。"

"哦。"乔云雪应着，却没有下文。

"真的，我不骗你。"苏青兰又是哭腔，"你不知道婆媳关系有多难相处。少帆他妈，总是对我看不顺眼，老是想办法逼我离开。云雪你成全我吧！"

为什么总有个女人求她成全呢？感叹着，乔云雪心软了。她还没有宝宝，也还没面对婆媳问题，不知道那到底是个什么世界。但苏青兰的眼泪不是假的。

"以后不找我麻烦了？"乔云雪锁着苏青兰的眸子问。

"绝不。"苏青兰赶紧摇头。一脸真挚。

"我希望我们以后就是看见，也最好当作不认识。"乔云雪挑眉。

"好。"苏青兰一口应承。

想了想，乔云雪淡淡地："京华起诉龙基的事，现在已经由钱副总裁接手。我回去看看，看能不能和容谦打探下，有没有放弃起诉的可能。"

"只要你求容谦帮忙，钱涛当然会放手。"苏青兰大喜，"你现在就回去和容谦说。我等你电话。"

乔云雪迟疑了下——她才"离家出走"，怎么可能这么快就回家面对容谦。

"求求你啦！"苏青兰眸子里又有泪光了，"我和我的宝宝都会感谢你一辈子的。"

"感激就不用了。"乔云雪有些头痛，"只要你以后别再找我就很好。"

"我以后绝对不会再来找你。真的。"苏青兰拼命点头。

转身，瞄瞄水乡花园的方向，乔云雪认命地转了一百八十度，朝原路走回去。事情因她而起，她还是和容谦谈谈，看能不能大事化小，小事化了。

毕竟，她不想被苏青兰纠缠下去。

瞅着乔云雪的背影。苏青兰脸上的泪珠，不到一分钟收得干干净净。小跑着回到停车场，坐进法拉利。

"姐，她答应了。"苏青兰说不出的欢喜，"只要她一说，容谦会放弃起诉，我就没事了。容谦迟早会蹬了她。她可是少帆不要的女人，容谦心里一定会有一根刺卡在喉咙。姐，你要快点加油。容少奶奶迟早会是你的。"

旁边的女人皱眉："他看似儒雅，可将同行逼得节节败退。不是个好接近的男人。"

"容谦那个性，对男人下手狠。遇上女人，是个君子。"苏青兰得意极了，"乔云雪总是自以为聪明。哼，她还以为我真的求她呢，这样的女人最好利用了。"

"她配不上容谦。"旁边的女人轻轻叹息，"一点都配不上呀……"

"是呀，一朵鲜花插在牛粪上。只可惜这鲜花是容谦不是她。所以，姐你一定要努力。"苏青兰踩上油门，法拉利欢快地拐上大马路。离开。

乔云雪当然不知道，苏青兰这苦肉计演得出神入化。

经过银行，乔云雪站住了——明儿等燕子的那六千交过来，她可以存够一万。这会是她第一次主动存钱。

哼哼，燕子说她抢钱。她就抢了怎么样？她劫富济贫。

"谁叫容先生是负翁呢！"乔云雪闷哼。

容谦会感激她的，瞧她这么会理财。但愿他的负数会越变越小。有一天他们会有宝宝吧，现在的幼儿园真的很贵，她得早早做准备。

想着"离家出走"有些郁闷——她怎么可能这么没骨气，才出来半个小时不到就回去。容谦不会说什么，但心里可能会闷笑。燕子那丫头更不用说，一定会讥笑她。

本来回家，结果乔云雪又朝油画村走去。她去了油画村创作大厦。

创作大厦八层楼，油画村的画师都在这里创作。画师虽然不少，但里面安安静静。

乔云雪坐到舒渔对面，双手托腮："舒渔，你真的觉得燕子适合做你的模特儿吗？"

"当然。"放下画笔，泡好咖啡，舒渔修长的身躯坐到乔云雪旁边，十分遗憾，"她极富现代感，加入油画，会是很不一样的作品。不过她不肯做我模特儿。"

燕子是不会做家务的千金小姐，当然不会为了五千块做人体模特。歪着头，她有些出神，那丫头现在还缠着容谦吗？

"傻丫头，才结婚一个月，就闺怨了吗？你男人不疼你？"瞄瞄乔云雪寥落的神情，舒渔眯眼打趣，帅气地一甩长发。

乔云雪瞄瞄他长及肩头的头发，闷哼："不男不女……"

"心碎一地。"舒渔一脸忧伤，"难道傻丫头是因为我留长发，结婚的时候才没想到我？"

扑哧笑了，乔云雪扁扁嘴儿，哼着："我当然不会想到你，兔子都不吃窝边草。"

"可是……"舒渔眨眨眼睛，"肥水不流外人田……"

云雪错愕地瞄瞄他，忽然趴上桌子笑翻了。

"丫头，你有心事？"舒渔等她笑完，才知心地问。

"没有。"她摇头。

"明明有。"舒渔追问。没事她才不会跑来打扰他画画。

乔云雪抿唇儿笑："你追燕子吧！这丫头天天和我抢老公，我看着她头痛。"

"真的？"舒渔眼睛一亮。

乔云雪想了想："假的。唉，我走了。"

舒渔跟了出来："傻丫头，那个姓容的如果欺负你，一定跟哥说，哥宰了他。谁叫他悄没声息就抢了我的傻丫头……记得有委屈找哥……"

乔云雪已经走远了。一边闷哼："容谦欺负我？才怪了，我欺负他才差不多。就是太老好人了，燕子没地方住，就把燕子领回家。可恶！"

快到水乡花园的时候，她拐进商场，从一楼逛到七楼。傍晚时，手里提了五花肉和白糖回家。

容谦在书房里打电话，声音隐隐传来："不好意思，赵小姐，最近没时间去看油画展。"

赵小姐？燕子还没走，又来个赵小姐，这年代花心男太多了，所以女人都越来越没安全感，所以容谦这类型的男人越来越抢手了么？

瞄瞄客房，燕子那丫头又在里面练瑜伽。

这丫头天天只为自己漂亮的脸儿，窈窕的身段而活，难怪连饭都不会做。

书房的门开了。看到她，容谦眼睛一亮。长眸瞄着她嘟起的小嘴儿，容谦弯起唇角。

想起干洗的被单，乔云雪有些郁闷。就奇怪了，燕子那么聪明，怎么不会叫个钟点工来帮忙。反而是这个看上去很可靠的容先生，却狡猾地把事情推给了干洗店。

仰首，偏着小脑袋瞅着高高的他。乔云雪忽然转身，跑卧室去了。

容谦最后是被肉香味吸引出来的。站在客厅里，大男人瞪着桌子上的红烧肉，半步也移不开了。明显，他娶回来的不是厨师，因为中午的三菜一汤并不出色。但眼前这道红烧肉，实在令人流口水。

更吸引的还在后面。第一次，他不用自己盛饭。桌上什么都准备齐全了。

难道他们不再有 AA 制？

"容先生，开饭。"乔云雪笑得眉眼弯弯，心情愉快地坐在他身侧，看上去贤妻良母一个。

容谦不动声色地瞄瞄四周："燕子呢？"

"我让燕子去买东西了。怎么，容先生怕燕子丢了？"不知不觉，她语气又有几分冲了。鼓着腮帮，紧紧瞪着容谦。

"哦。"淡淡一个字打发她，容谦坐下，享受难得的美餐。

闻着香，吃着也香。容谦却不时扫过乔云雪。

天下没有免费的午餐，他的老婆今天明明因他偷懒而"离家出走"，回来却如此热情，她有什么特别计划……

吃完饭，她主动洗碗。收拾好一切，连地板都不等燕子回来，主动拖得一干二净。

看了点新闻，容谦起身去厨房洗手。一眼瞄到垃圾桶里的保温盒，上面还有标签价格。黑瞳一闪，容谦薄唇微勾——这红烧肉是外面打包回来的。

蹲下，发现保温盒下有一大堆黑东西。瞅清楚了，那是烧焦的五花肉。显然，她做不好红烧肉，最后只好去打包。

看来，她今天是在特意讨好他。

不动声色地出来，容谦照常沐浴，去书房工作。十二点的时候才回房，瞄见乔云雪正躺在床上想什么。

容谦坐上床沿，她马上爬过去，纤纤玉手压上他颈椎。不轻不重，力道刚刚好。沐浴后的身子散发着女人独有的体香……

容谦心底一动，转过身来。

乔云雪眉眼俱笑："我为容先生服务了半天，基于 AA 制，现在轮到容先生为我服务了。"

"……好。"容谦长眸一闪，手臂一用力，她就趴床上了。屁股朝天，他长臂横过来，滑溜溜的睡衣从下面一直卷到后颈。粉红的肤色立即映入眼帘。

他身子一僵，这样旖旎的晚上，面前这样的美景……

"容谦你——"乔云雪要爬起来，可是柔软的大床实在没法着力，只能感受着容谦的手掌在她背上如热浪般碾过。

"AA制，换我为老婆服务。"容谦声音淡淡，薄唇却微微翘了起来。

"容谦你住手，不许揉我……"她爬不起来，羞得满脸通红，低吼，"我不是要你按摩。我是要你和钱涛说说，不要起诉龙基了。唔，再揉我可踹你下床了……"

原来她是为了这个，才为他忙前忙后了大半天。

大掌松开，容谦不动声色地收敛了所有的试探，他似漫不经心地坐正，薄唇抿紧，懒懒地靠在床头。

深深凝着乔云雪。

乔云雪赶紧爬起来，背后对着他，拉好睡衣。尴尬地别开脸："不行吗？"

长臂横过大床，轻轻搁上她胳膊，容谦黑瞳深邃："我要理由。"

"哦？"她扬首。

"因为某个人？"容谦长眸锁住她。

"是。"乔云雪轻轻点头。

微微颔首，容谦长眸掠过她眸底淡淡的寥落。是为了洛少帆么？豁达如她，并不如表面潇洒。那张总是带着笑意的小脸，或许在没人的时候也会滚落泪花，洛少帆在她心头，终是无法风过无痕吧……

"这事已经涉及京华的名誉。"容谦淡淡提醒。言下之意，这不能因她一个人的心情而改变。

她跪坐在床上，瞪着他："你别说那么多，只要告诉我，你和不和钱涛说就行？"

"哦……"容谦黑瞳一闪，这事不是问钱涛，而得问他容谦。长眸扫过她娇俏的模样。这么冲动怒火的她，只怕很难有这时候。

"你给个痛快行不行？"被他看不透的长眸凝着，她的心里慌慌的。

"我不会找钱涛，他也决定不了。"容谦长眸一闪。

"我知道，是我勉强容先生了……"她眸中的火焰渐渐熄灭。忽然下床，趿着拖鞋向外走去。站到门口，她停了停，似乎期待容谦改变主意。

可是身后什么动静也没有。

穿过客厅，乔云雪站在阳台上，打开手机，按号码。瞪着那个号码，没有按通话键。

她没打过去，苏青兰却打了过来："你跟容谦说了吗？怎么样？云雪呀，我和我宝宝的希望全在你身上了呀。"

苏青兰终于沉不住气了么？乔云雪长吁一口气："这事不能急哦。你都说了，我只是容谦的情人。没分量，说不上话。"

"你……"苏青兰咬咬牙压下不悦，"明天就是星期一了，说不定明天京华就

第十一章 老婆请客，老公交钱

会起诉。你得快点呀，要不然我母子全毁你手上了。"

乔云雪扬开唇角："你告诉我那份合约是怎么被掉包的，我才帮你去问。"

"你……"火气似要爆发，苏青兰马上又温柔起来，"那不重要……"

"我要知道。"乔云雪淡淡笑了，"我有权利知道。"

苏青兰停了下，才叹息着："很简单。只有最后一页的内容盖了京华的大章印，我只要把前面四页内容换掉就行。好了，我现在都告诉你了。你得赶紧和容谦说说。"

原来如此！

苏青兰聪明得走这种捷径。这样说来，这件事办得天衣无缝，为什么还那么怕京华起诉呢？

咬咬牙，乔云雪忍："容谦那儿……"容谦刚刚那态度就不好说话。

"你往容谦怀里一躺，吹吹枕边风就行了嘛！"苏青兰给她出主意。

"我知道了。"真是个馊主意，但这种靠"躺"做了洛少奶奶的苏青兰，大概以为在每个男人面前都可以用"躺"字解决问题。

"快点哦。"苏青兰一再叮咛。

乔云雪心情好了些："我会帮你。不过，我刚刚有电话录音哦。"

"你……"苏青兰惊呼。乔云雪怎么和容谦使一样的把戏，那她以后还怎么和他们通话。

"啪"的一声，乔云雪挂了电话，心情无比舒畅。

她确实想撤诉，但说来说去绝不是为了苏青兰，是为了自己。

她不想做名人，更不想因为龙基的事变成名人。更何况这里面还会扯上容谦。这件事一旦走上法庭，他们还能过安静的婚姻生活么？

容谦是个稳重平和的人，她是个懒人，不想面对太多纠纷。

好晚了，睡觉。一转身，乔云雪吓了一大跳，"燕子？"

这么晚了，燕子还不睡，而且还偷偷站在她身后，好像在偷听她的电话。

"嫂子别生气，我滚。"燕子转身就走。可是不知道是方向感不好，还是故意的，燕子居然在乔云雪的注视下跑进主卧室去了。

"……"乔云雪一愣，她要进去把燕子拎出来么？

"夏燕？"容谦瞅着半夜跑进来的燕子。

燕子神秘兮兮地凑近容谦："嫂子在和苏青兰打电话，还录什么音……"

录音？容谦一愣——她在和苏青兰打电话？

原来是苏青兰，他唇角微松。

"呜呜……"燕子忽然僵住，瞅着站在门口的乔云雪，悄悄往后退，"我什么也没做。没抱容先生。嫂子，我就是特意跑过来和哥说一声晚安。"

"是么？"乔云雪挑挑眉，斜睨燕子。

"当然是。"燕子一脸笑容，"嫂子你一定要相信我是你小姑子。嫂子明天不要三菜一汤了哦。"

眸子转动着，乔云雪盈盈笑了："你刚刚和容先生做什么动作来着？燕子姑娘再做一次，我觉得好像是个经典动作。可是我不记得了。"

"是么？"惊奇的燕子立即退后两步，仍然搂住容谦的脖子，"嫂子是指这个吗？"

"是呀是呀！"点头，乔云雪笑盈盈的，"还要靠拢一点。"手指却悄悄按上照相功能。

"哦？我再换换姿势。"燕子好奇是哪个姿势，快把自个儿挂容谦身上了。

薄唇微颤，容谦不动声色，瞄着乔云雪的小动作。

比起燕子，显然他的闪婚老婆技高一筹。

拿起手机，飞快地按下。乔云雪笑盈盈地瞅着手机上的照片："这相片多美哦——漆黑的夜，美丽的紫色灯光，夏燕小姐抱着容先生。燕子，我数三下，你再不滚，我刚刚照下的相片，已经足够把你告上法庭，控告夏燕姑娘毁坏婚姻家庭……"

"嫂子，我滚，立即滚……"燕子风一般撤离主卧室。并且乖乖帮着关紧门。

乔云雪站在主卧室正中，瞄着容谦："现在你可以告诉我，夏燕小姐是何方神圣了吧？"

长眸一闪，容谦脸僵了僵——聪明如她，居然还在问这个问题？

"燕子喊你嫂子。"容谦淡淡提醒。

"能屈能伸的燕子，我哪敢做她的嫂子。"闷哼，乔云雪大大方方睡上床，"容先生可不知道，我最怕能屈能伸的女人了。特别是漂亮的女人。"

说完，翻个身，背对着容谦。显然心里已经把容谦归为不守贞节的男人一伙。

容谦唇角扯了扯——只怕燕子以后的食欲会受到摧残。可怜的燕子无限景仰她的嫂子，并且寄予了多大的希望啊！

"关灯，睡觉。"乔云雪嘟着嘴儿抗议，"还有，你不给我找钱涛，我明儿自己去找。"

望着她小小的肩，挺得那样直。容谦不动声色地翻个身，刚好半拥着她胳膊。结果被她一巴掌拍开："容先生，老实点。手不要乱碰。就是夫妻生活，也得你情我愿。我现在喜欢的是睡觉。"

火气还真不小！

长臂伸在半空，容谦语气温和："苏青兰的事，我会处理。"

"苏青兰？"她倏地翻过来了，紧紧盯着他，忽然咬着牙发愣。

"云雪？"怎么犯傻了？容谦凝着她。

"你很熟悉苏青兰！"她肯定地。

"云雪想多了。"容谦淡淡几个字，"苏青兰毁谤京华，谁不认识她？"

那倒是。乔云雪愣了愣。撇撇嘴儿："哼哼，我知道你是个负翁，生活压力大，鼠胆一个。我不求你了，我求钱涛。你不用多说了，我是为你好。毕竟洛家势力不小，我们想混下去，不能硬碰硬。"

第十一章 老婆请客，老公交钱

闻言，容谦面容柔和几分，长臂轻轻揽上她的腰。却被她用力挣开，还嘟囔着："容先生，基于你生活不检点，随意和燕子亲热，我们从今晚开始分居。"

"分居？"瞄瞄被子，容谦俊脸一扯，一床被子里面的两人，怎么个分居法？

可显然她心情极不好，不知为了苏青兰，还是洛少帆，或许是捣乱的燕子，还是"生活不检点"的老公？

容谦拉了拉被子，不经意间碰到她的背。却被乔云雪小小的胳膊挡住："容先生，你是过错方。所以，我可以占有你那一半床，但容先生不可以越雷池一步。请容先生合作！"

眼睛一抽，容谦缩回半截胳膊。他成了过错方了……

她的呼吸声十分均匀，似乎已堕入梦乡。容谦侧身坐起，凝着她倔强的小模样。

她嘟着小嘴儿的模样真有趣，睡着，那背脊还挺得那么直……

真是个骄傲的女人。累了，也绝不让别人看到她的疲倦。

"容谦？"乔云雪的声音细细地响起。

"哦？"原来她还没睡着。

"你像你妈还是你爸？"她的声音闷闷的。

"哦？"容谦挑眉，她怎么想起问这个？

"我真希望你爸妈都和你一样。"她喃喃着，声音里夹着浓浓的睡意，"虽然不太让人好懂，但脾气真的不错。苏青兰说婆媳关系好难处，你爸妈以后会不会为难我呀？"

容谦听着，忽然扯开唇角。不动声色地打起呼噜——他也装睡一回怎么样？

听到呼噜声，乔云雪坐了起来趴到他面前，喃喃着："有时候真希望你比洛少帆有能力有气魄，这样我站在他们夫妻面前，也可以神气一把。说实话呢，我觉得我要真生了宝宝，比她家那个一定帅气多了。你别以为我在胡说八道。哼哼，儿子的基因都随老妈呢，我比苏青兰帅气多了。"

容谦一个翻身，不着痕迹地压住乔云雪半个身子。

"喂！"她掐他。可见他完全没反应。只得不声不响地闭了眼睛，任他把自个儿的胸脯压成飞机坪。

唉，京华起诉的事到底怎么办啦……

第二天，乔云雪打电话给钱涛。结果钱涛说："乔小姐可能不太清楚京华和龙基几十年的恩怨，这件事不是小事。总裁有表态，这事不处理，他有愧于他的妻子。"

"嘎？"一愣，乔云雪条件反射，"原来苏青兰还得罪了总裁夫人……"

钱涛在那边笑而不语。可瞄瞄旁边的容谦，乖乖垂首听容谦的吩咐。

乔云雪自个儿主动挂了电话。接着趴桌上发呆——京华不是才来两年么，怎么和龙基有几十年的恩怨？这些有钱人，没事搞得这么复杂，怎么不多花点心思赚银子。

苏青兰打电话过来。她懒懒接了，打秋千："容谦说，一切包在他身上了。"

"你这情人怎么做得这么失败呀！"苏青兰这才急了。

"那可能我不是情人的原因吧！"乔云雪懒懒地挂了电话。情人？都怪容谦把她锁进他办公室一下午，现在全天下都认为她是容谦的情人。

直到衣冠楚楚的一群人到来，她才结束了思考，起身，陪同贵宾们绕着花园走了一圈。奇异的是，一群人离开时，这个漂亮女人却有意落在后边，站在乔云雪面前。

高挑，漂亮，利落，大方。

"小姐想预订房号么？"乔云雪淡淡笑着，"现在还没开盘，一周后来吧！"

对方也浅浅笑了："听说，你是容谦的情人？"

"算是吧！"乔云雪懒得和陌生人解释。

"我姓赵。赵佩蓉。"赵佩蓉淡淡笑了，有着天生就有的优越感，"容伯伯已经和我打过招呼，希望我和容谦结婚。以前的事……就算了。从今天开始，你离开容谦的身边吧！"

愣了愣，乔云雪没事般地迎上赵佩蓉："容先生昨晚趴我身上时，算了一卦，说今天有女人找我麻烦。他叫我别理这个女人。"

"你……"赵佩蓉错愕地凝着她，脸儿红了，跺着脚儿，跟上那一群大腹便便的要员。

撇撇嘴儿，乔云雪没事般地回售楼处。看来，她要好好和容谦算算账。

这时门口停了辆小面包车，有小伙利落跳下："请问这里有位乔云雪小姐吗？"

"我是。"她笑盈盈地。

"请乔云雪小姐签收鲜花。"小伙子飞快打开后开门，从里面搬出花来。

玫瑰？百合？喇叭花？

瞅着这三样花，云雪傻了——三束花？

红艳艳的玫瑰花苞饱满诱惑，让人心动。粉百合晶莹雅致，清香宜人。连深蓝色的牵牛花都优雅地张着小嘴儿，十分迷人。

闻着花香，看着三种不同风格的花儿，乔云雪迷迷糊糊地签了字，她趴在喇叭花前面，歪着小脑袋瞄着。

看到有卡片，但她懒得拿起来看。她只和容谦说过，她喜欢喇叭花，所以根本不用想，这花儿是容谦送的。但是，他送一样不就行了么，怎么还送三种花？

老是三更半夜才睡觉。那么累，他就学不会节省一点，少花点银子，多睡会觉。

"老公送花啦？哟，今天既不是情人节，又不是三八节，今天是什么好日子？"吴园从后面偷笑着瞄她，放下正在准备的大幅广告，走了过来。

"今天是负荆请罪的日子。"乔云雪闷哼，除了这个，她也想不出来容谦为什么送花。她还是淡定些为好，不要因为太久没接到花儿，表现出一副没见过世面的模样。

"哦？"吴园打趣着，过来拨弄着玫瑰，"这年代把负荆请罪改成送花请罪了？"

"啊？"是这样么？那倒浪漫了些，乔云雪抿紧了唇儿笑。

"玫瑰三十三朵。"吴园眼睛眼睛一亮,"你老公真浪漫,爱你三生三世呢。"

"啊……"嘴里的茶一口喷出,乔云雪傻眼,"三十三朵?"

这怎么可能是那个调侃她都不笑的男人干的事,他才不会做这种肉麻的事。

"好羡慕羡慕呀!要是我老公结婚了还记得送花给我,我一定会感动得落泪。"吴园一脸向往,拿着玫瑰花不肯放手。

但吴园还是放手了,因为她看到了比玫瑰更吸引人的。手中的玫瑰往地上掉去,喃喃着:"云雪,这男人,真是太有风格了……"

一双大手飞快地接住快落到地上的玫瑰花。

长发,瘦高个,五官有点粗犷的感觉。

"舒渔!"乔云雪诧异地站了起来。今天周一,他应该没时间出来的。

舒渔笑了,踩着轻快的步伐,一直走到她跟前,俯身,将抢救下来的玫瑰全塞进她怀里,疼爱地摸摸她的脑袋:"瞧,大哥第一次送女人玫瑰,喜不喜欢?"

"嘎——"乔云雪愣了愣——为容谦感动半天,结果对象错了。

"怎么傻了?这么喜欢?"舒渔通体舒畅,笑得嘴角翘到鼻角,习惯地摸摸她脑袋,"快到中午了,来。哥请傻丫头吃饭去。"

不由分说,舒渔把她拉向外面。

"等等——"乔云雪好不容易努力站住,"我还在上班呢!"

"上班?"皱眉,舒渔瞄瞄售楼部,"这地方灰尘满天,哪里和我们丫头相衬,我们丫头应该到吹着空调的高楼大厦上班,敲着QQ,喝着咖啡……"

乔云雪扑哧笑了。舒渔多理想化的一个人。

"来,哥每个月给丫头发月薪。把这公司炒了。"舒渔瞄瞄一旁犯花痴的吴园,又拉着她向前走,"你那老公真该杀,让我们油画街的美人儿到这里来上班。丫头,快把你那老公踹了,哥接你回来。"

"不啦!"乔云雪哭笑不得,"舒渔,你再不放手,这里的保安会出来赶你了……"

话音未落,只见面前一道黑影闪过,随后是舒渔一声痛呼,最后有重物落地的声音。

重物是舒渔。他干干脆脆躺地上了。人高,一下子还爬不起来。

爱艺术的都有点驴劲。舒渔恼了,爬起来,抡起拳头朝对方甩去。

艺术家毕竟是艺术家,舒渔白皙的手是用来拿画笔的,不是用来打架。没两下,又躺地上了,几乎听到骨头断裂的声音。

"舒渔——"乔云雪跳着喊,手里的玫瑰撒到一边。蹲下来,想扶起舒渔。

这下摔得重了,舒渔一下子爬不起来,恨得咬牙,指着对方:"洛少帆,你给我滚远点。我们傻丫头已经嫁人了,别来缠云雪。要不然,别怪我不客气。"

洛少帆站在一侧,细长的眸子落在地上的玫瑰花。他忽然俯身,捡起,随意甩向一边的杂物箱。

"你……"舒渔大吃一惊。

"如果她嫁人了,你送玫瑰是什么意思?"洛少帆云淡风轻。

言下之意,他居然仍然不相信乔云雪结婚了。

错愕地抬头,乔云雪看着洛少帆,她几乎不明白,洛大少难道希望她乔云雪永远嫁不掉吗?看着舒渔被打得乌青的脸,乔云雪淡淡地扫了洛少帆一眼:"舒渔送我花,并不关洛大少的事。"

长脸一沉,洛少帆奇异地没再说话。

好不容易扶起舒渔,乔云雪直接拉开舒渔的车门,把他塞了进去:"还能开车吗?"

"还行。骨头还能用,能回家。"点点头,舒渔龇牙咧嘴了好一会儿,伸手降下车玻璃,藐视洛少帆,"我爱送玫瑰,碍着你什么了?我愿意恋她一辈子,疼她一辈子,愿意用玫瑰换她的笑容,你管得着吗?"

"你的暗恋,一毛不值。"洛少帆睥睨几分。

"只要云雪开心,明恋暗恋都无价。"舒渔抡抡拳头。

乔云雪心里腾起淡淡的暖意:"快回去吧!我很好啦,舒渔你再不走我生气了。"

瞄瞄京华的保安,舒渔这才不服气地踩上油门,离开。

四周安静得厉害。挺直背脊,乔云雪慢慢对上洛少帆细长的眼:"洛先生,你的龙腾花园在对面。"

洛少帆从办公台拿起粉百合。细长的眸子扫过蓝色的牵牛花,转身大步走向乔云雪,将粉百合塞进她怀里:"我们有话要说清楚。"

一把拉住乔云雪胳膊,朝对面走去。

"你疯了!"完全没想到粉百合是洛少帆送过来的。乔云雪大吃一惊,"我都说了,我现在不喜欢百合,就喜欢喇叭花。洛少帆,你为什么这么自以为是!"

洛少帆只字不说,只握紧她的手,加快脚步,快得连京华的保安都跟不上。

乔云雪被拉得头晕目眩,只来得及朝吴园喊声:"帮我找人——"

洛少帆把她带到一家餐厅。

坐在洛少帆对面,乔云雪悄悄拨了个电话,然后放在桌面上。放在偌大的粉百合下面。容谦会听到她和洛少帆的谈话。

她无名指上小小的钻戒发着闪闪的光芒。

洛少帆看到了,但没在意。他久久地凝着她,不发一言。他替她倒了杯西湖龙井。

她慢慢喝完一大杯龙井,这才抬起头来。

"你为什么要带我来风帆餐厅?"乔云雪扫视着餐厅。洛少帆居然带她到这种餐厅来,真令人意外。

这里对于他而言,太小儿科了。以前他从来不屑进这种餐厅。

"九年前,我们在这里遇上。"淡淡的,洛少帆细长的眸凝着她,"我们认识九年了。"

第十一章 老婆请客,老公交钱

"八年。"他还敢提往事？乔云雪浅浅笑了，指甲深深掐入掌心。有些事可以看开，但绝对没办法轻易放下。可惜高高在上的洛少帆不懂平民的心。

"不，九年。"洛少帆加重语气，有些不悦她把在西藏的一年去掉。

轻轻拢了拢微乱的长发，乔云雪唇畔绽放个讽刺的笑容："当然，九年。九年了，我依然是我。可洛先生已经娇妻爱子双全。恭喜！"

"娇妻爱子……"沉吟着，洛少帆似乎好艰难才吐出几个字，"那是个意外。"

乔云雪不语。意外？

女人才容易被意外，他这种谁也不敢动的男人，能有什么意外。乔云雪唇角微翘，低垂了双眸："难道，这么高傲的洛家大少，也学会了找借口……"

淡淡痛楚悄然从洛少帆浓眉间闪过："那事……我没法解释。云雪，最多再过一年，我可以独掌龙基大权。云雪，你爱我。女人应该忠于爱情，乖，从他身边离开……回来。"

别开眸子，乔云雪愣愣地瞅着桌上黑屏的手机，她刚刚不应该拨通容谦的电话。这些话，容谦听到会有什么想法……

可惜已经晚了。

她浅浅笑了："洛先生，你还懂得爱。我已经不记得什么是爱了。"

瞄瞄窗外，怎么苏青兰还没来。她请的私家侦探效率变低了。

乔云雪的平静显然让洛少帆相当意外，他久久凝着她，那目光中说不出的意味。洛少帆忽然伸出长臂，指尖轻轻朝她长发上移来："雪……"

乔云雪腾地站起，险险躲开他的指尖："劝劝苏青兰，让她到京华道歉。这样京华赢回面子，不会执着打官司。"

容谦那儿，也不用为难了。

洛少帆指尖压上太阳穴。细长的眸停留在她身上。有些迷离，有些怅惘。

"乔云雪——"尖锐的女高音响起。一个身影掠过来。

长长地吁了口气，乔云雪笑了。苏青兰每次出场都这么隆重，真符合她洛少奶奶的身份。洛少帆的眼光到底哪里去了……

苏青兰挡住了乔云雪的去路。

乔云雪盈盈笑着："洛先生正在等你一起回家。"

"你……"苏青兰没想到乔云雪会说这话，一下子蒙了。

乔云雪懒懒一笑："我有点伤心……"

"你伤心也晚了。"苏青兰生怕乔云雪一伤心，洛少帆就会怜香惜玉。

"不晚。"乔云雪大大方方绕过苏青兰，"我伤心了一年，也没弄明白，洛先生要劈腿，怎么不找个上档次的女人劈腿……"

"啊——"更尖锐的声音响起，苏青兰连洛少帆在身后都不管了，一巴掌扇过来。

有长臂挡住苏青兰的巴掌。

不是一条，是两条。两条颜色有点差别的长臂将苏青兰的巴掌挡开。

苏青兰忘了呼痛，只愣愣瞅着面前两个男人，傻了："老公——容谦——"

乔云雪像翩飞的蝴蝶，轻飘飘落入一个怀抱："容谦，你怎么才来？"

长眸落在她手机上，容谦薄唇颤了颤："不好意思……"

"我等到花儿都开了。"她好温柔好温柔地笑，"这女人看到我就缠上来，我都怀疑她爱上我了。"

"哦……"容谦沉吟着，"她爱云雪……有点麻烦。"

"容谦——"洛少帆不悦的声音。

"容谦——"苏青兰内伤的声音。

忽然觉得郁闷全没了，乔云雪抿着嘴儿，笑瞄天花板。这男人没温度的话用来刺激苏青兰，原来有不一样的效果。

沉吟着，容谦长眸移向苏青兰："是苏小姐约云雪过来道歉？"

"我……我不是……"苏青兰立即跳了起来，"是乔云雪约我老公——"

容谦悠然坐下："云雪约的是我。"

"嗯嗯。我约了容先生。"乔云雪摸摸鼻子，说谎说得理直气壮。

新婚夫妻一唱一和，令苏青兰头晕。

瞄到桌上的粉百合，容谦微微皱眉："云雪喜欢平淡真实的喇叭花……"长臂一抬，漂亮的粉百合轻轻巧巧落进垃圾桶。

粉百合和红玫瑰的命运，竟有异曲同工之妙。乔云雪欣慰地撇撇嘴儿——舒渔，容先生为你报仇了。

"容谦……"越想越不服气，苏青兰咬咬牙，吊上洛少帆的胳膊，"老公，我们回去吧。宝宝还在家呢。"

洛少帆犀利长眸一直定在乔云雪那双眸子："诽谤一事，明天龙基会有人上京华给说法。"

"哦！"这是喜事，乔云雪摸摸鼻子。

"老公——"苏青兰大惊失色，看着洛少帆离开，她哭丧着脸儿跟上去。

容谦这才抬头，平静地打量着如释重负的妻子，深邃黑瞳隐隐跳着火花："牵牛花收到了吧？"

"谢谢……"她目光晶莹，喃喃着，"好奇怪，为什么你们都挑今天送花呀？"

容谦双手轻轻击掌。

打好包的蛋糕从天而降，轻轻落在桌面上。

"天啦！"乔云雪尴尬地摸摸鼻子，脸儿通红，"容谦，我不知道今天是你的生日。我没准备礼物……"

容谦深邃长眸一闪："今天是云雪二十八岁生日。"

"二……二十八岁？"张着小嘴儿，乔云雪凝固的目光慢慢移到容谦脸上。

第十一章 老婆请客，老公交钱

她今天二十八岁生日？

身为女人，上至七大姑八大姨，下至外甥内甥，侄儿侄女，所有的生日都应该记得，以便礼尚往来，成为贤妻良母最重要的标记……结果，她却连自己的生日都忘了。

或许，她这几天忙着整燕子，昨儿又一门心思对容谦献殷勤，结果把生日都忘了。

更重要的是她自个儿忘了，可舒渔记得，神奇的是洛少帆还记得，更神奇的是才认识一个月的容先生都知道。

乔云雪对着蛋糕发呆。因为蛋糕上面竟绽开着用水果做的喇叭花。笨重的喇叭花。瞄着喇叭花，心里不知不觉又多了几分暖意。唉，昨晚真不该故意和他提"分居"。那毕竟很伤男人的面子……

将她一切收入眸底，容谦起身："走吧！"

"哦。好，你很忙的。"她赶紧站起来，都快忘了，这原来是上班时间。当然，现在是下班时间了，可是下午还要上班呢。容先生半夜三更都在忙公事，大白天哪有时间和她演戏。

想到这儿心中一暖，她是希望他来救急，但没想到他真的会放下公事来。

"去油画街吃饭。"容谦颔首，"一起。"

"啊？"乔云雪拧眉——怎么跑那么远吃饭？

"云雪生日，云雪请客。"容谦挑挑眉，平静地瞄着她皱成一团的五官。她现在这模样居然比刚刚面对苏青兰还纠结。她明明刚刚拼命营造和容谦夫唱妇和的氛围，合作得不错，现在却无比尴尬。

"我请？"乔云雪强忍着想跳起来的欲望，"容先生，即使是负翁，也要大方一些嘛！"

"哦？"容谦扬眉。

她走到他前面，自言自语："愿意为老婆花钱的男人，才是好男人。"

黑瞳一闪，容谦唇角微翘。这会儿，她忙着把他教育成好男人，八成忘了AA制那回事了。

见容谦不作声，乔云雪不知不觉有些气闷："难道我说得不对吗？当然，容先生生活压力大，可能房奴的心理比较难让正常人理解。"

沉吟着，容谦一本正经："云雪请客，我交钱。"

"哼哼，这还差不多。"乔云雪端起蛋糕，撇撇嘴儿，"不用你交了，我只是试探试探。我告诉你，你就是省钱，也省错了地方。人过生日可以不吃蛋糕，但不可以不吃饭。也就是说，如果下次生日，你应该先请客吃饭，而不是买蛋糕。"

好高深的过生日理论……

俊脸微微一抽。容谦瞄瞄她手中斜斜放着的蛋糕，困惑那蛋糕怎么没掉地上。

第十二章　夫妻间的生物学和历史学

对上容谦深邃的黑瞳，乔云雪瞪着他，眸子眨呀眨的："容先生，我的生日就是母难日，所以我得回家陪妈妈。喂，你瞪着这蛋糕做什么？你想吃吗？"

两颊有点僵硬，容谦挤出两个字来："……不想。"他就瞄了一眼蛋糕，结果在她眸子里成了贪吃鬼。

"那就好。"她盈盈笑了，准备离开。

容谦不动声色地随她出来："洛少帆应该还没离开。"

"嘎——"蛋糕险险地从她小手里滑出。乔云雪眼睁睁地瞅着蛋糕要刷地板。

长臂伸出，抢救蛋糕。容谦稳稳地托在掌心。

乔云雪透过窗户，瞄向外面的广场，洛少帆真的还在外面，细长的眸子在阳光下眯成一条缝，面向这边。但真心看不出是不是在看她和容谦两人。

他身后一米远的地方，苏青兰正委屈地跟着。

瞅瞅苏青兰，乔云雪喃喃着："容先生，我刚刚说苏青兰爱我，你别傻得当真。"

那么中规中矩的男人，说不定真以为自己娶的老婆有怪癖。

薄唇微颤，容谦很听话地点头。淡淡的无奈，原来在她眼中，他已经快成了无可救药的老实人。

瞄瞄他，乔云雪无奈地叹息："别怪我不放心你。燕子那么胡闹，你都放任她。这丫头又笨又坏，害我……"

因为燕子捣乱，害她当时为了保护婚姻，头脑一热，叫他躺下。然后自己糊糊涂涂阵亡，容先生糊糊涂涂失身……

一失足成千古恨啊，她会磨死燕子的。小女子报仇，百年不晚。

"燕子喊你嫂子。"容谦提醒，啼笑皆非，到底该谁笨些？这两天燕子那可怜巴巴的模样，她还没看出来，燕子其实是在想法向她示弱，一心一意想和她站在同一战线。

"以为一句嫂子就收买我了么？没门！"乔云雪依然接过蛋糕，从他面前经过，浅浅的笑容十分迷人，颇有快乐小寿星的感觉。一边自言自语，"哼哼，今天寿星翘班。"

瞄瞄她浅浅的笑颜，容谦沉思着——她到底有没有相信燕子是小姑子？

那模样，就是他也看不出来她的真实想法。

从餐厅出来，端着大蛋糕，迷人的笑容在阳光下灿灿生艳。乔云雪挺起胸脯，踩着高跟鞋，迈着优雅的步子从苏青兰面前经过，一手朝马路上挥手，声音清润动听："TAXI——"

一边喊着，一边大大方方瞄瞄苏青兰。

苏青兰咬咬牙，看着身侧的洛少帆，居然不敢做声。

容谦别开脸，笑容淡淡漾开。她的自我修复力真不错。至少现在气得脸色发青的是苏青兰，惆怅的是灿灿生华的洛少帆。

还真有司机听到乔云雪喊"TAXI"，开过来，停在面前。

容谦扯扯唇角，瞄瞄自己的奥迪，忽然大步上前，在洛少帆和苏青兰灼灼的目光下，绅士地替乔云雪拉开车门。

"谢谢！"眉眼弯弯地道谢，乔云雪小心翼翼先把蛋糕放进去，然后才灵巧地坐进车里，抱着蛋糕离开。

黑瞳深幽，扫过旁边的洛少帆，容谦坐进自己的奥迪，离去。

"不就一个情人，神气什么！"苏青兰咬牙。

洛少帆这才打开车门，修长的身躯进入奔驰。握着方向盘，没有动。细长的眸，淡淡扫向已经发动的出租车。

乔云雪若有所思地盯着膝上的大蛋糕。眉眼弯弯，她的神情间有着淡淡的满足。

洛少帆倏地别开目光。

"老公……"委屈的声音从车外传来。

细长的眸子一闪，洛少帆的目光落在苏青兰身上。

"我……我打车来的。我没车回家。"苏青兰十指交缠，怯生生地站在车门边。

洛少帆打开车门。

"老公你真好。"立即眉开眼笑，苏青兰急急拉开车门，坐到洛少帆身侧。

洛少帆目不斜视，大掌缓缓操纵着方向盘："龙基与京华，无需你插手。"

"是……"苏青兰嘴唇微微颤着，答应着。

奔驰在太阳底下发出灼亮的反光，风驰电掣般开向龙基。一直到停车场，两人才下来。

"老公……"这是龙基总部，不是龙家啊？苏青兰疑惑地瞅着洛少帆——他把她带到公司来做什么？

"让方晴晴把当初那份协议送到我办公室来。"洛少帆已大步走进龙基总部。

"老公——"苏青兰脸色一白，在太阳底下站了十秒钟，这才向营销部走去。

进了营销部，走进她的临时办公室，苏青兰摆出洛家少奶奶的派头，利落地按上免提："方晴晴，找到那天那份协议，立即过来。"

不到一分钟，方晴晴就跑着过来。双手恭恭敬敬奉上那份协议。

苏青兰一指挑起，方晴晴赶紧送到她手心。

方晴晴眨眨眸子："少奶奶，这协议是要处理掉还是什么？"

冷冷瞄了瞄方晴晴，苏青兰冷淡而高傲："这关你什么事？"

"是……"方晴晴不再说话。

拿着协议，苏青兰依旧皱眉——容谦到底从哪里看出这协议有问题？还是，他要诈？但是洛少帆已经承诺，明天龙基有人上京华给说法……

眸子一转，苏青兰露出个浅浅的笑容："我要去见洛总。方小姐，你也来。"

"哦。"乖巧地应着，赶紧跟到苏青兰身后。

站在洛少帆旁边，方晴晴不敢说话。苏青兰偷偷打量着洛少帆的表情。

翻看内容，洛少帆眉峰凝聚，长眸最后落上京华大印，神色越来越奇诡。

"老公？"苏青兰终于沉不住气，悄悄问，"真的有问题吗？是小问题还是大问题呀？老公，应该没问题吧？"

洛少帆把协议往办公桌上一甩："嗯，小问题。"

"那就好。"苏青兰立即眉开眼笑，"原来容谦是故意吓唬我们的。幸亏老公英明……"

"只够判我三年徒刑。"洛少帆打断她的话，冷淡几分，"你也逃不掉牢狱之灾。"

"啊——"苏青兰和方晴晴大惊失色。苏青兰脸色几乎成了白纸。

见事情不对，方晴晴立即退到办公室外面。

洛少帆凝着窗外的蓝天白云，一个字不说。

苏青兰拿起协议，紧紧捂住心口："老公我懂了，老公别生气，我知道我错了。看在我们宝宝的分上，老公一定不要生我的气。我明天就上京华道歉……"

苏青兰要哭了，可是她仍然不明白，协议里到底是哪里犯了这么大的罪名。但不管怎么样，这进退维谷的局面，绝对是因为乔云雪才有的。

"我恨你，乔云雪。"苏青兰喃喃着，协议快被她的指甲掐成粉末。她的目光落在尴尬地站在门口的方晴晴身上。那件事，原本就是方晴晴经手的……

被恨着的乔云雪现在心情很好。

从出租车上翻飞下来，抱着蛋糕，她笑盈盈往夕阳画廊门口一站："爸，妈，我过生日啦！"

爸妈没出来，旁边的李大妈倒是出来了。看着她神采飞扬的小模样，忍不住笑了：

第十二章 夫妻间的生物学和历史学

"二十八岁啦？"

"嗯嗯。"乔云雪点头，一边瞅着画廊里面，怎么里面没人？夕阳画廊里面也有几幅大师名作，起价十几万。爸妈难道不怕小偷盗油画？要是被人拿了，那可亏大了。

"噗——"李大妈在旁边笑，"幸亏结婚了，要不然一过二十八岁，就是二十九，丫头你就是油画村最老的老姑娘。那位容先生真是好人呢，这么快把丫头的难题解了。"

"嘎——"乔云雪笑不出来了，一发狠，闷哼，"大妈你和妈一样，都胳膊肘往外拐。我才二十八，容先生已经三十二，他大我四岁。明明是我一不小心，掉进狼窝，解决他的老大难问题。大妈，容先生明明是老牛吃嫩草……"

"那个……"李大妈憋着笑，指指她身后，"老牛……"

"啊？油画街真的有牛了？黄牛还是水牛，现宰吗？"乔云雪愣了愣，"大妈，最好是黄牛。黄牛肉好吃点。嫩嫩的，滑滑的，香香的……"

李大妈蹲下，笑抽了，一手只指着乔云雪身后："丫头呀……"

总算感觉到有点不对劲，乔云雪这才转过身来——

纤纤双手立即蒙住脸，乔云雪呜咽一声："老牛……"不是黄牛也不是水牛，是她刚刚说吃嫩草的老牛。

容谦俊脸绷紧。黑瞳中，透着幽亮的光芒。

这无论如何不是床上那个好脾气的容谦。

容谦伸出长臂，从发愣的小女人手里拿过蛋糕。

乔云雪讪讪地训他："今天怎么不努力赚银子了……"

"爸妈在餐厅等我们。"容谦语气淡淡。

"啊？"乔云雪困惑地眨眨眼睛，"你怎么知道爸妈在餐厅等我们？"

容谦随意地："我会算。"

"才怪了！"乔云雪眨眨眸子，"你会算？那你算算龙基那边什么时候过来和京华道歉？"

"明天。"容谦淡定地迈开步子。

"明天？真能信口开河。"乔云雪忘了黄牛老牛的尴尬，扑哧笑了，"要是明天龙基真的过来道歉，我们暂停AA制，我给你做几天黄脸婆——容先生让我站着，我绝不坐着。容先生让我坐着，我绝不躺着……"

容谦颀长的身躯忽然停下。侧身，长眸扫过来，居高临下凝着她。

仰着脖子，乔云雪大大方方瞄回去。她最多腰儿多扭一下而已，顺便胸脯不得不多翘高点而已。

容先生不是早说了么，人要有气势。她已经全听进耳朵，并严格执行。

"嗯。好！"容谦黑瞳隐隐似有笑意。只是乔云雪想再看清楚一点时，那里面又是风平浪静，只有一张俊美的脸散发淡淡的兴味。

"你输定了。"她闷哼，"你以为洛少帆明天真会下令苏青兰过来赔礼道歉？那你就太不明白他的傲气了。"

八年的时间，足够她了解洛少帆。极爱面子的洛家大少，可以说气话，但真要对人认输，那不是洛大少的风格。

"哦？"输么？容谦勾唇，一个魅惑的笑容喷薄而出。

"如果你输了，就让燕子搬出去。"她鼓着腮帮，瞪着他，直接忽略他的一笑倾城。

"嗯。"容谦态度非常好。

跟着容谦进了油画街的餐厅，上二楼，乔云雪诧异地瞥着容谦。

他居然包了包间。

心里有些怪怪的感觉。可她已蝴蝶般翩飞进去，笑眯了眼："爸，妈——"

果然都来了。容谦属于行动派，事情已经利落办好。

夏心琴捏捏女儿的小酒窝："乐什么？你们年轻人现在不是最讨厌过生日吗？说是大一岁老一岁……"

"妈，你怎么哪壶不开提哪壶呢？"撇撇小嘴儿，乔云雪挨着老妈坐下，故意扁起小嘴儿，"瞧，女儿老了，那做老妈的一定是个老太太了。"

"这丫头……"夏心琴懊恼地瞅着乔承康，"瞧，都被你惯坏了，没大没小的。"

乔承康笑了："说这些没用的做什么。早点吃了回去看店呢！容谦还要回去上班……"

容谦颔首，虽然话不多，但不显冷淡，乔承康看着高兴，还喝了杯酒。

一餐饭在安安静静的气氛中度过。象征性地分了点蛋糕吃，夏心琴却严肃起来："容谦……"

"妈？"容谦脸色温润，目光平静，看上去就是个乖女婿。

夏心琴拉着女儿的手："容谦，我们丫头……什么时候能见你父母？"

替二老倒两杯热茶，柔和的目光落在乔云雪脸儿，容谦淡淡笑了："快了。"

夏心琴摇头："你和云雪没有婚礼，你那边没有一个亲朋来见证。虽然领了结婚证，可我心里老有种感觉，像是我女儿偷偷嫁到你家，不受重视……"

"心琴，容谦要上班了，有话下回再说。"乔承康急忙阻止妻子，这种事怎么好和女婿明说。

乔承康暗暗朝女儿使眼色，示意快点让容谦离开。

容谦恭敬起身："婚礼的事，是我没考虑周全。让岳母担心了。但我父母确实近期不太方便见面。请岳母见谅。"

"理解理解。"乔承康赶紧打圆场，一边暗暗扯了扯妻子的衣角。

乔云雪忽然挖了一勺蛋糕，笑盈盈喂给母亲："妈，这蛋糕特好吃。润胃，妈多吃点，起码也得吃个小半再回家，要不然太浪费了。妈，我们去上班了。再见！"

说完，使劲儿一拉容谦："上班啦！再不过去就要迟到了，你不怕京华老板炒鱿鱼吗？"

"等等。"咽下蛋糕，夏心琴拉了容谦，走到包厢处小小的阳台，把门给关紧了。

"岳母，云雪会过得很好。"容谦平静地表明。

摇摇头，夏心琴慢慢抓紧容谦的手腕："我看到你，总觉得有点熟悉。这感觉真怪。容谦，钱是赚不完的，多关注云雪，这丫头什么心事都不和人说的。她笑得越开心，心事埋得越紧，我这个当妈的越着急。女人有了宝宝才会对这个男人有归属感。容谦，你懂我的意思吗？"

"我懂。"坚定而随和，容谦的黑瞳在暗夜里闪烁着璀璨的光芒。

夏心琴舒心地笑了："懂就好。婚姻就是这样，孩子是两人情感的维系。"

"上班啦！"屋子里传来乔云雪的催促声。

一直快到映月花园的销售现场，乔云雪疑问的眸子一直在容谦脸上扫来扫去。似乎想从他脸上看出，他刚刚和老妈在阳台上说了什么。

明明映月花园还有一百米，奥迪忽然停下。

"喂？"乔云雪挑眉儿，她已经迟到了，他还停下来干吗？

容谦淡定地拿过她的手机，调好功能，塞进她手里："照个相。"

"啊？"没事照什么相？

乔云雪疑惑地瞅了瞅他，困惑地按下，她手机里果然马上有了个侧脸的容谦。浅麦色的皮肤，俊美的五官，深思的表情，微抿的薄唇，衣领半敞，露出匀称诱人的肌理……

人老实，可这五官身材可以去混青春偶像剧男一号。乔云雪咽咽口水，生生移开目光。唉，即使是自己的老公，这样打量也是很尴尬的。

容谦把手机塞回她手心："以后开车的时候想看我，手机里就有……"

"啊？"眸子锁着那个没温度的男人，乔云雪跳了起来，"容谦，你怎么这么臭美？谁要看你了。你就一只鼻子两只眼睛，和所有人类都一样……"

这家伙照相，居然是为了让她看他？

容谦速度奇快，利落地伸手压住她肩头，不让她的小脑袋和车顶亲吻。感受着他大掌的温度和力道，乔云雪忽然脸红了，飞快按开关，打开车门，跑向映月花园。薄唇微勾，容谦似笑非笑地凝着她奔跑的模样。直到消失在售楼部，才打道回京华总部。

一打开办公室门，容谦微愕。

"怎么，看到你爸很意外？"容长风站在窗前。

松松领带，容谦淡定地把窗帘全部拉开："不意外。爸来这儿很应该。"

"赵佩蓉……你觉得怎么样？"容长风转过身来。

容谦黑瞳一闪："她？"

容长风蹙眉："事业重要，容家的血脉也很重要。你该为容家传宗接代了。"

"我会考虑容家血脉。"容谦平静地迎上父亲凌厉的目光。

"那就好……"容长风颔首。

"爸，对于有感觉的女人，我不会放过。"容谦坐下，打开电脑，平静而果决，"没有感觉的女人，一床睡也就木头一根，要来何用！"

"可是那个女人已经不存在，你应该改变看法。"容长风转过身来，看着儿子面无表情，忽然放软语气，"爸是为了你好。"

"爸如果为我好，请不要插手我的婚姻。"容谦平静极了。

容长风离开了。

容谦走向阳台，懒懒倚着栏杆，瞄向远方。点燃一根烟。

一根烟后，他进来，按下免提："钱涛，给龙基施加压力。务必迫使他们明天过来道歉。洛少帆不能再把时间拖下去。"

"容总，为什么不趁机好好反击回去？这样的机会很难再有。"钱涛慎重建议。

"不行。"容谦语气加重，"事情有变。"

"容总？"钱涛不明白。

"她的心……还没沉淀下来。"容谦语气淡淡。

"这……"钱涛恍然大悟，"容总，我明白了，时间是有点短，我操之过急了。我现在只期望云雪生个孩子出来，那样许多事都顺利许多……"

"馊主意！"淡淡三个字，封住钱涛的长篇大论。容谦挂掉电话。

乔云雪以为她的生日已经过了，结果晚上回到家，一拉开门，燕子就诞着她那张漂亮的脸儿蹦了过来："啦啦啦啦——寿星回来啦！来，我给你准备好了烛光晚餐，你们两个慢用哦！"

"哦？"无事献殷勤，非奸即盗，乔云雪用看间谍的眼光看燕子。

"别这样盯着我嘛！瞧，我才是吃了亏的那个，赔了银子又赔蛋糕。"燕子低头拿钱包，将一叠现金塞进她手里，"六千，两个月房租啊！我算了一天，也觉得不合算，不过我还是给你了。高兴吧！"

"嗯。"有钱收总是件高兴的事，乔云雪眼睛有点抽——燕子当财务经理，京华的财务不会乱吗？

热忱地把乔云雪推进卧室，燕子溜了，声音从大门传来："我不在家，可以无限热情哦。哥可以大力一点，嫂子可以喊得大力一点……"

"你给我滚回来！"都胡说什么呀，乔云雪脸红红追出去。才迈了一步，容谦长臂拉住皓腕。

紫色的灯光，小巧精致的蛋糕，只穿了背心的性感男人……乔云雪眸子乱晃，到处瞄，就是不瞄眼前的美景。

太温馨了，真不适合她和容谦之间呀。

可这气氛真乱人的心。只觉得一股奇异的暖流从胸口漾开，涌向四肢百骸。让她一颗心儿柔软几分，清亮的眸子，不知不觉氤氲几分。

氤氲的眸子，也让容谦黑瞳幽深几分。容谦一用力，就把她勾回来坐下："燕子都准备好了。随便吃点。"

"灯光太暗了。"乔云雪说。

"肯定不会吃进鼻子里去。"容谦一脸真挚。

"我有点热。"她是真觉得这气氛让人热。

容谦颔首："嗯，换睡衣凉快些。"

"我才不换睡衣。"她立即警觉地瞪着他，"容谦，你又想歪了。"

"夫妻间想歪很正常。"容谦理直气壮。可神情庄严肃穆，像在商谈国家大事般。

更加内伤，乔云雪瞪着他，最后决定不与老实男人较真，果断坐下享受生日礼物。佳肴美酒。外加精美蛋糕。拿起红酒，上面是一溜儿的法文，她又放下了。

撒撒嘴儿，乔云雪瞄瞄他："真奇怪燕子这么有钱，你却是负翁……"她其实相信两人是兄妹了，但燕子这种花钱如流水的手法，让她不知不觉又起疑。

越想越郁闷，一抬头，见容谦已经打开红酒，正斟满一大杯。

"喂，我的呢？"明明是她生日好不好，结果他只顾自己。

"这个有点度数，云雪喝了会醉。"容谦好意相劝。

她瞪他："我很会喝酒的。"

有么？容谦凝着她，忽然淡淡笑了。短短一个月，她都用假面目对他，上次就是装醉，他还真不知道她到底有没有酒量。长眸一闪，他给她斟满一大杯。

"只喝一杯。"容谦提醒。

"我偏喝一瓶，两瓶。"她嘟嘴儿，"容谦，如果连喝酒都要受你限制，那我们的ＡＡ制有什么用。"

淡淡一笑，容谦薄唇抿紧，不再多言。

两瓶下腹，乔云雪喝高了。喝高了的她不撒酒疯，只是笑，瞅着容谦笑，凑近他耳侧，悄悄地告诉他："容谦，如果我们早认识几年，说不定我会爱上你呢。"

他夺下她手中的酒瓶，温和几分："女人不能喝太多的酒。"

"可你还在喝！"她不解，"以前我喝过很多酒。生意场上，怎么可能不喝酒？"

容谦静默几秒——为了龙基，为了洛少帆的前程，她当时才在生意场上拼酒吧……但酒伤人，特别伤生育能力，洛少帆居然不阻止她。

"男人和女人不一样。"他好脾气地解释。

"男人和女人哪里不一样了？"她瞪他，十分不屑他的大男人主义，"女人和男人一样地赚钱，一样地供房贷，一样地出生活费，一样地打拼。而且我们女人还能做男人做不了的事呢？"

"哦？"容谦蹙眉。

"女人还要生孩子。"她笑盈盈地，骄傲极了，"你们男人能生吗？"

"……"容谦俊脸一僵。

"傻了吧？"她乐了。

瞅着她醉态可掬的模样，容谦平静询问："女人怎么生孩子的？"

"怎么生的？"乔云雪眯眼笑了，"容先生活到这把年纪，除了上班，别无乐趣，好可怜。连初中生都知道的常识都不知道。"

容谦别开长眸，浮起淡淡的笑意。

她歪歪头，一把把他拉起来，示意他剥了衣服，指着他小腹，示范给他看："你这里有小蝌蚪，我这里有卵子。它们约会了……"

"哦……"颔首，凝着她扁扁的小腹，醉红的脸，他的声音微微不稳，"它们怎么约会的？"

"它们怎么约会？"这问题难倒了醉美人，眨眨眸子，乔云雪俯身，瞅着他的裤头，似乎在纠结要不要再示范下去。

淡淡的酒香，混合着淡淡的体香扑鼻而来。容谦长眸格外灼亮，呼吸越来越急促。长臂一伸，她小小的臀落入他掌心，隔着薄薄的裙布，她的美好曲线慢慢贴合他颀长的身躯。

她的身子不由自主轻颤起来——

他低低哄她："躺好。我告诉云雪，它们是怎么约会的……"

"为什么要我躺下。"她眨眨眸子，不服，"我还是喜欢容先生在下面。"

"因为……"他长眸似笑非笑，"精子攻，卵子受。"

清晨的阳光懒洋洋地洒在落地窗帘上，发出温暖的光芒。

乔云雪醒了。躺在床上蹙眉——为什么身子酸得很？

乔云雪呼地坐了起来，她的记忆只到喝红酒的那里。不是说酒醉心中明吗，可为什么她完全想不起昨晚都经过什么了？

早上的空调开着有点凉快，她垂首打量自己，轻轻吁了口气。就算可能酒后失态，幸亏还穿着睡衣，说明自己当时并没有醉成一摊烂泥，维持了最起码的风度。

屋子里很安静，很宁静的气息。没有容谦的味道。

滑到床边，一起身，某个部位有点不正常。乔云雪脸儿小小地红了下，明白自个儿果然酒后乱性了。但怎么乱的，却怎么也想不起来。

哼，那个男人看起来像君子，其实却是小人，居然趁她醉酒占便宜。从今天开始，她强烈鄙视容先生。

飞快洗漱好，找着原装"妈富隆"，倒出一颗，拿着去客厅打开水吃药。

客厅里大门全敞开着，新鲜的空气扑面而来。

容谦在看经济频道的早七点新闻。披着衬衫，穿着长裤，配着俊美的五官，俊美的脸。和平时有点不同，性感，稳重。

燕子正瞄着他，咕哝着："饿啊！"

云雪站到一边倒开水，将两人的视线全挡住了。

第十二章 夫妻间的生物学和历史学

"嫂子早！"燕子笑盈盈的，一副谄媚的小模样，"嫂子昨晚还满意吧？看在昨晚那佳肴美酒的分上，嫂子给我下份没有辣椒的面条好不好？"

"美酒？"端着开水，乔云雪转过身来，瞄瞄面前的两人，"容先生，我应该谢谢燕子的美酒么？"

容谦不动声色地扫过她喷火的明眸："那是燕子的心意。"

"是么？"她俯身，盯着他，鼻子挨着鼻子，眼睛对着眼睛，"容先生，你昨晚不是君子。"

"不是君子？"燕子立即凑过来，一脸好奇，"说说……嫂子，说说嘛，他怎么不君子了？他是绑着你，还是逼着你？是在浴室里，还是在地板上？他是咬你了，还是怎么样了……"

"夏燕——"容谦的声音传来。

声音虽然低，可燕子立即如临大敌，赶紧一溜烟撤了："我去化妆了，好忙啊，忙死了。嫂子，记得给我下份没有辣椒的面条啊！嫂子我爱你！"

就像没听到燕子的话一般，乔云雪只静静地瞄着容谦。

容谦起身，凝着她。

他太高，她莫名其妙地有了压迫感，但小脸儿绷得紧紧的，别过脸儿，哼给他听："趁火打劫，有必要么？"

"我是君子有成人之美。"没温度的容谦似在做报告，语气平静得让人心里也静了许多，"云雪要教我东西。我恭敬不如从命。"

"我教你？"眨眨眸子，乔云雪偏着小脑袋，困惑极了，"我教你什么？"

"历史知识。"容谦不动声色。

成功地引起她的好奇心："不对呀，我不喜欢历史的。我教你什么历史知识了？"

"小蝌蚪如何和卵子约会。"容谦深幽长眸隐隐有了笑意。

"容先生，你水平怎么这么差，那是什么历史知识呀。那是生物学。"乔云雪忧伤得摸鼻子。

她怎么嫁了这么个笨男人，生物学和历史学都分不清楚。

容谦长眸一闪："这有关传宗接代，涉及千秋万代，当然是历史知识。"

"啊……"无语，乔云雪瞪着他，牙咬咬地，"你一定是幼儿园毕业的。好了，我绝对不再和你讨论这个话题。"说完，她飞快咽下"妈富隆"，抬头挺胸，优雅地走向厨房。

容谦眯眼，瞅着她有着强烈节奏感的步子……

节奏感忽然乱了，乔云雪忽然转身，飞也似的跑回来，一把掐着他衣领，眸子喷出火来："你……你……你刚刚说我教你什么？"

她终于回过神来了，容谦抿抿薄唇："小蝌蚪和卵子约会。"

"呜呜，我再也不喝酒了——"呜咽着，她又跑了，这回可不是厨房，而是卧室，飞快拿手袋，飞也似的跑去上班。天啦，她居然教他小蝌蚪如何和卵子约会……

低低的笑声滚落，容谦瞄瞄清冷的厨房。来到阳台，毫不意外地在一分钟后看到那个纤细的身影冲出大门，像蝴蝶一般轻盈地飞向外面。

"嫂子呢？"燕子傻呼呼地从房里出来，困惑极了，"难道我吃一碗面条难如上月球……"

乔云雪挤着公车去了销售现场。

一路上都捂着脸，似乎生怕有人指责她没酒品，拉着男人让精子卵子约会。虽然那男人是她老公，可是她到底是不是酒后强了他？好像她曾对他说过，就是夫妻之间，也要你情我愿才行……

她今晚一定赖妈家里不回去了。

在映月销售现场待了半天，她的心情才渐渐平复下来。

前期策划已全部完成，广告全部就位，前期策划组要撤回京华总部了。

她可没时间胡思乱想了。瞧，吴园已经撤回京华总部。剩下的时间，全是她乔云雪的事。离开盘只有短短几天，施靖不出面，那么所有的策略都得她一手包了。

映月花园楼盘不差，地段好，户型好，只要有本事和对面的龙腾抢客户，那么销售成绩一定非常可观。

问题是，她得想出一个非常有效的抢客户的法子出来。

握握拳头，朝对面的龙腾花园晃晃，她劲儿十足："苏青兰，我叫你做个烂尾少奶奶。"只要她在这儿做主管，只要映月的销售比龙腾红火，苏青兰会气得内出血的。

她绝对要比苏青兰过得开心，活得漂亮。

给自己设定较高，心理压力有点大，以至于她中午去吃饭的时候，还咬着筷子出神地想着。

灵光一闪，她立即兴冲冲地打电话给施靖："施总，我有一个建议，能大大提高销售员的积极性。请施总考虑考虑。我希望公司，能给超额完成销售任务的员工提高提成……"

"你要注意的是调动客户的积极性。"施靖不悦地给她泼上一头冷水，"提提成？这不是要老板多掏工钱？换你是老板，你会愿么？"

"我愿意。提高提成，调动员工的积极性，大家会努力让自己发挥最佳工作状态。"乔云雪很无奈。她都不知道怎么回事，只要遇上施靖，两人就说不到一块儿。这样的上下属，怎么办事嘛！

要不，她干脆直接去问问容谦。毕竟之前找了几次容谦，都好像有点用。

乔云雪立即朝京华大厦走去。

太阳底下的水泥地似乎能烤干人，但比起她心中的火焰来，根本就不算什么。不过几分钟，她已经能看到京华大厦的电动大门了。

等等……

第十二章　夫妻间的生物学和历史学

容谦似乎刚刚从外面回来，那辆她熟悉的奥迪正驶回来，减速，正要进去。

不管穿的是高跟鞋，乔云雪赶紧小跑起来："容谦——"

很快要接近了，奥迪忽然停了下来，不一会车玻璃也降下来，容谦伸出半个脑袋。

"容谦——"她笑了，容先生应该听到她的喊声了。

正要加快步子，乔云雪忽然停住了。

赵佩蓉什么时候出现在旁边？

高挑修长，瓜子脸，仪态万千的赵佩蓉。有些矜持，但大方礼貌，看上去挑剔不出一点不好来。这位千金小姐果然接近完美。

听赵佩蓉的意思，她可能出身名门，是容谦父亲极想要的儿媳。赵佩蓉不是个没见过世面的人，都已经婉转地赶她这个"情人"走，可见她未见面的公公有多希望儿子联姻。

听不到容谦的声音，也看不到容谦的表情，她没法知道容谦对赵佩蓉的想法。但她看到赵佩蓉倾慕的目光，和脸上淡淡的红晕。乔云雪瞬间明白了，这位赵大千金芳心交付，可不是闹着玩的啊！

乔云雪眨眨眸子——她应该上去打搅他们吗？

生生了停住自己的脚步——他们ＡＡ制，她许诺给容谦自由的空间。她应该信任婚姻。

可是心儿，竟微微地扯了下。很轻微的一扯，但不能忽视它的存在。无视赵佩蓉温柔美好的笑容，乔云雪转身，准备步行回映月。

"丫头，哥送你上班。"舒渔不知什么时候冒出来了，拼命按喇叭。被那些被吵的人嫌弃了。

在引起公愤之前，乔云雪飞快爬上舒渔的后座。

"这才是乖丫头。"舒渔舒心地咧开了嘴儿，一口白晃晃的牙齿全露出来，在阳光下熠熠生光。

乔云雪坐进舒渔的小别克的时候，却没发现，容谦的长眸正淡淡扫过来。瞅着小别克，长眸微眯。

回到映月花园，赶走舒渔，乔云雪意外地发现苏青兰的法拉利正从对面的龙腾花园出来。皱皱眉，乔云雪当作没看见，保守估计，这一段时间可能有些热闹，洛少奶奶一定会亲自上龙腾花园坐镇，以便监察洛少帆的行踪。

撇撇嘴儿，乔云雪将门关紧了。干活！干得起劲的时候，电话响了。

"喂？"谁呀，她皱眉。

"是我。"容谦四平八稳的声音传来，"我让司机过来接你。"

"啊？"一愣，手里的笔掉地上了，乔云雪弯腰捡起笔。想起赵佩蓉，她撇撇嘴儿，半奚落半试探，"容先生这么热情，难道做了对不起妻子的事，心虚？"

低低的笑声滚落，乔云雪以为听错了。容谦语平静的语气里，更雷人的话滚落：

"只是有点想云雪。"

话筒利落地掉出手心，一直朝地上摔去。乔云雪脸红红瞪着话机，傻住了。嗯哼，他厚着脸皮能说下去，她还听不下去呢。她怎么也想象不出，容谦那么四平八稳的男人说这几个字的表情。

容谦被赵大千金一刺激，心情居然这么好……咬咬牙，乔云雪瞪着话筒，发誓不再接听。

没到三分钟，外面果然停了辆商务车。她认得，这是京华公司专用车。

拼着股火气，乔云雪没有多想就上车。三分钟后，她来到京华总部。

京华一楼大门口，那个总和她对着干的施靖，正双手交叠着放在腹间，恭恭敬敬等着。看到乔云雪过来，脸沉上几分，老大的派头又出来了："怎么这么久才过来？"

当做没听见，乔云雪别开头，看蓝天白云。高天上流云，好美。

"天那么好看吗？"施靖是左右看她不顺眼，硬邦邦指责乔云雪。

乔云雪抿嘴儿笑了，瞄着施靖，谦恭温柔："好看。"

"乔云雪——"施靖有发飙的前兆。

挑挑眉，乔云雪赶在施靖发怒之前走进京华大厦："到底是容先生找我，还是施总找……"

很没杀气的一句话，却紧紧封住施靖的嘴，施靖压下不悦，跟上她："上四十二楼。"

四十二楼？

乔云雪摸摸鼻子，那就是施靖找她嘛！但愿两人不要吵起来。

等坐到四十二楼的会议室，看着面前两个人，乔云雪才明白容谦找她来干什么。

方晴晴？还有苏青兰。

苏青兰来京华，找她认错了么？

好稀奇的事呀！乔云雪一身细胞立即被激活了，双眸灼灼有神，眉眼弯弯："洛少奶奶大驾光临，有失远迎。施总，我们一定要泡好茶对待客人。"

咬咬唇，苏青兰一张漂亮的脸儿忽青忽白。但最后居然笑了，上前一步，将那份协议放进施靖手里："施总，很抱歉，因为我们龙基用人不当，让两家伤了和气。现在我把我们龙基的罪魁祸首带过来了。"

得意地笑了笑，苏青兰指指方晴晴："我们的方小姐动了芳心，倾慕我老公，故意拟了这份协议，陷害我这个原配夫人。也伤害了我们两家公司的感情。现在人已带来，贵公司要起诉她还是要关人，悉听尊便……"

"苏青兰？"不可置信地瞅着苏青兰，乔云雪一把拉着方晴晴，"晴晴，别听她胡说。"

"少奶奶没有胡说，一切都是我做的。"方晴晴红了眼眶，小脑瓜都要垂地上了，"乔小姐，都是我的错，害两家公司伤了和气。我愿意承担所有的后果。"

"她是不是拿什么威胁你了？"乔云雪冷冷瞅着苏青兰。

第十二章　夫妻间的生物学和历史学

"我能拿什么威胁她？"苏青兰反问。

"少奶奶没有威胁我。我是倾慕洛先生，所有的事都是我做的。"方晴晴泪珠滚落，"请乔小姐看在我们以前的情分上，帮帮忙，放我一马。"

愣愣瞅着苏青兰，乔云雪指甲慢慢刻入掌心——心里一直强调面前这个女人不容小觑，但还是小看了她。这样一来，苏青兰不仅没有任何罪名，还会让无辜的方晴晴断送职途。

"既然是方小姐的问题，我直接报警好了。"施靖按上免提。

乔云雪淡定地掐断网络接头："施总，先别动。我要找钱涛谈。"

乔云雪挺直脊背走出去。上到五十楼，走进容谦的办公室。站在儒雅的他面前，她眼睛渐渐湿润了，小女孩般紧紧抓住他的衣角。

"云雪？"容谦修长的指尖停在她湿润的眼角。

她扯开个笑容，摸摸鼻子："容谦……你能抱抱我吗？"

容谦一愕，指尖一滑，滑过如脂眼角，滑过她白净脸颊。落上她窄窄的肩儿。

夏天薄薄的衣料感觉到了零距离接触。彼此温热的体温，慢慢交融。彼此的气息，不知不觉混合一起。

"咳……"乔云雪身子缩了缩，可立即保持原状。她要淡定再淡定。

容谦长眸深幽几分，就那样轻轻落上她如今已不再掉皮，在日光灯下显得分外光滑白净的脸儿。

她每天笑颜下的那点保护色，从来没有漏过他眼底。

性情开朗，对亲朋好友及同事都大方热情，唯独对他一直保持着不亲不疏的距离。她像只一直在试探中的小蜗牛，他近些，她便缩回壳内；他疏离些，她反而会大大方方站在他面前，笑得没心没肺地打趣他。

慢慢的，他在她这种奇特的心理下，不知不觉中给了她莫大的宽容。

"好。"语气温和得不像话，连蚊子都吓不跑的那种温和。容谦非常自然地张开双臂，等她。

眨眨眸子，她在蒙眬中瞅着他宽大的手掌，有力的胳膊，唇角慢慢往上扬。

容谦俯身，瞄着她神情间细微的变化。

她笑了，不着痕迹地离开他的掌握，眸子眨呀眨的，轻快的笑声盈满办公室："嘿嘿，我刚刚说什么去了……唉，我忘了。不过容谦，我来找你还有别的事……"脸皮还是薄了，不敢看容谦，只到处瞄。

不管怎么说，她刚刚是冲动了。大白天的，工作场所，她心里难受，居然神经兮兮地会提出那样的要求。要知道，他们虽然做过亲密的事，可相敬如宾，实在有着看不见的距离。

薄唇一颤，容谦不动声色地提醒："云雪刚刚说的是——要我抱你。"

第十三章　容负翁的黄脸婆

"嘎——"乔云雪傻眼，错愕地瞅着他，脸慢慢儿红了。

她发愣的时候，他的长臂已经从容地环过来。那么自然，就像天天做的事一般。

她不闪，不拒绝，半眯着眸子，象征性地往他胸口站了站，在容谦做出下一步举动时，乔云雪已经笑容可掬地仰首："我有急事要找钱涛。"

容谦果然转移了注意力，盯着她眸子，锁着她微红的眼眶："苏青兰有问题？"

"嗯。伪造协议的人现在不是她，成了方晴晴了。"她怒气腾腾，"告诉我钱涛的办公室在哪。"

略一沉思，容谦起身，走在她前面："我送你过去。"

钱涛的办公室不远，几秒钟就到了。

"哟，乔小姐来了，稀客稀客！"钱涛起身，绽开大大的笑容，伸出大手来，"乔小姐有事？"

瞄瞄钱涛的大掌，乔云雪目光落在自己的小手……

容谦不动声色地拉住她的手："坐下来说吧！"

看着容谦不着痕迹地带开乔云雪，钱涛意味深长地瞅了容谦一眼。

"我听说，京华打算起诉龙基。"乔云雪抿了抿唇，黑白分明的眸子直视钱涛，"希望钱总三思。龙基现在派过来道歉的人，并不是真正的幕后黑手。"

容谦黑瞳蓦地犀利几分，凝着乔云雪。

钱涛小心翼翼地问："你所说的幕后黑手是谁？龙基现在派来道歉的是谁？"

"幕后黑手是苏青兰，但过来道歉的是方晴晴，那个原来和我接洽的龙基员工。"字字清晰，条理分明，乔云雪等着钱涛表态。

"那说不定就是那个员工干的？"钱涛一个劲儿朝容谦使眼色，示意容谦帮忙应付。

乔云雪站起来,手儿握成小拳头,似乎随时要砸上钱涛的办公桌:"我不能让无辜的人被苏青兰陷害,而京华成了她的帮凶。"

"好好好……"钱涛几乎在哄着乔云雪,"不生气,不生气啊……我派人帮乔小姐全权处理这件事。一定让乔小姐满意为止。"一边说着,一边小心翼翼地松开乔云雪握紧的拳头,一边汗涔涔地看着容谦的脸色。

"那还差不多。钱总你真英明。"乔云雪得到保证,立即眉眼弯弯,"钱总派谁呀?赶紧吧,施靖忙着表现,要报警抓晴晴呢!"

"派谁?"钱涛的脸成了苦瓜,手挠了脑袋又摸下巴,最后眼睛一亮,笑盈盈地指着容谦,"这件事关系到两个企业,我们稳重大气的容先生最适合处理。"

容谦懒懒地瞄着钱涛。

可钱涛顾不得了,无视容谦的目光,一个劲打哈哈:"容先生,去吧去吧!"

"容谦?"这人老实呀,能应付没品的苏青兰么?乔云雪纠结着,一会儿看看钱涛,一会儿看看容谦。

容谦已经起身:"云雪先到外面等我会儿。"

"嘎?"他还真去?乔云雪瞪着他,可想到苏青兰似乎有点怕容谦,也就没意见。听话地走出去等容谦。

钱涛立即跑去关门,一边抹冷汗:"容总,我是被逼的。你太太煞气重,她再多说几句我就扛不住了,只好请容总帮忙……"

"少说点废话。"容谦淡淡扫过他,将钱涛的虚情假意看个通透。

"好……不说废话。"钱涛嘿嘿干笑。

容谦面容淡淡,瞄瞄钱涛:"那个废章现在在哪?"

"那个印章杜蓉蓉不知哪里找出来的。我一发现杜蓉蓉找到,赶紧就没收了。现在还在我这儿。"钱涛开始翻箱子,"容总稍等,我现在就交给容总。"

"不用给我,这东西早就登报遗失,直接毁掉。坐实龙基偷窃京华旧章,伪造文件的罪名。"容谦挑挑眉,"杜蓉蓉的试用期没有到,今天就辞退。"

"明白。"钱涛一个劲点头,一边拿出复印件,"协议的正本我保存好了。"

颔首,容谦侧身拿起复印件,拉开门,走了出去。

四十二楼很快到了。

"容先生来了!"施靖眼睛一亮,赶紧让座。

"云雪……"方晴晴可怜巴巴地打着招呼。

如乔云雪所料,苏青兰怕容谦。一看见容谦,苏青兰身子矮了几分。

容谦不说话,依然是那个没温度的男人,就那么睥睨地瞄着苏青兰。

乔云雪眨眨眸子,奇怪地打量着容谦——难道容先生打算用那双长眸战胜苏青兰,难道容先生练了催眠术?

但很奇怪，经过一分钟的注视后，苏青兰站不住了："容先生，人我带来了。容先生处理吧！"

"哦……"淡淡扫过方晴晴，容谦颔首，"既然认错，那就大事化小。方小姐留下，苏小姐可以离开了。"

"啊？"苏青兰大吃一惊。

"容谦——"乔云雪也傻眼了。容谦在搞什么？

"方小姐留下，京华会处置。"容谦淡淡的，长眸扫过要哭的方晴晴，"或许，京华可以用到方小姐。"

"不，我要去龙基。"方晴晴瞪大眸子，居然拒绝。

"晴晴——"拼命朝方晴晴使眼色，乔云雪急了，容谦这是明摆着帮她，把方晴晴从苏青兰手里救出来嘛。

"我不能在京华。"方晴晴眼睛红红的，"云雪，我要回龙基。"

张张嘴儿，乔云雪不知道怎么和容谦说。

平静地打量着两个暗自交流的女人，容谦微微勾唇："看来龙基比较吸引方小姐。既然这样，我也不勉强，但惩罚一定要有。我想到了再找方小姐，到时方小姐再拿回这协议……"

"好啊！"苏青兰赶紧答应，一边使劲朝方晴晴使眼色。

瞅着苏青兰，方晴晴犹豫着点点头。

"那就这样好了。"容谦起身，伸手接过苏青兰手中的协议。把自己带下来的协议撕成碎片。容谦一甩，全进了垃圾桶。

苏青兰长长地出了口气。

容谦面容淡淡："苏小姐既然代表龙基过来，那就给出一点诚意，向我们乔小姐交代一声。要不然这事……"

话尾轻巧收住，容谦淡淡的目光落在苏青兰精致的发型上。

"我……"苏青兰脸上青一块紫一块的，咬咬牙忍了，"不好意思，乔小姐宽宏大量，以后我们还是朋友……"

"朋友？"乔云雪要吐了，她又没发烧，阿猫阿狗都能交朋友。人家孟母还三迁，她躲她都躲不及了。

瞄瞄容谦，苏青兰一脸可怜兮兮："女人何苦为难女人，我们之间因为少帆伤感情……好纠结。但从今天开始，我会学着不恨乔小姐。"

为嘛越听越憋屈啊，乔云雪懊恼地往苏青兰面前一站："不好意思！苏青兰，现在不是你恨我，而是我记着你了。我总算明白，在你面前保持淑女风范，完全是自找苦吃。所以我不淑女了，下次记得绕道，省得我十年前练的跆拳道，一不小心碰了洛少奶奶精致的脸。"

目光一闪，容谦凝着因激动、脸儿变得通红的妻子。黑白分明的眸子，喷着火焰。

豁达如她，是真的厌烦透了苏青兰。但洛家的事，眼前确实不急，来日方长……

怯怯地瞅了瞅乔云雪，苏青兰慢慢朝外面走："容先生再见！"

她不管乔云雪，倏地转身。来到拐弯处。

那里，苏雅正站在那儿。

苏青兰垂下脑袋："姐，对不起，我办砸了，没赶走乔云雪。我下一次一定办好。"

苏雅一个字没说，冷冷地瞪了她一眼，大步离开。

苏青兰红了眼眶，咬着牙站在那儿好一会，才走向电梯。

她走了。

"云雪，谢谢你！"方晴晴咬着嘴唇跟了上去。

方晴晴今天特别不正常，乔云雪要追出去，结果被容谦阻止了。

"你现在问不出什么来。"容谦瞄瞄她仍然气恼的小模样，薄唇微勾，"还在生她的气？"

"当然。"腮帮鼓鼓的，乔云雪仰首，让自己的气愤全展示在容谦面前，"容先生，你知道不，当我看到洛少奶奶的时候，我连女人都不想当了。"

无奈望天，容谦眸间笑意变浓——或许她可以做做他秘书，他每天的心情一定会很好。眸子一闪，容谦从口袋里拿出两颗巧克力来，放进她手心。

她有些困惑："巧克力？"她爱酸辣，不爱甜呀。

"听说吃点巧克力，心里舒畅些。"容谦诚挚极了。

"啊？"有这回事么？乔云雪怀疑，却扑哧笑了，"容先生，你不会告诉我。当你挨钱涛训的时候，就吃两颗巧克力平衡心态，所以你口袋里才装着巧克力？"

"同事送的。"他说。

接在手心，她闷哼："下辈子结婚的话，别的我都不管，可一定要看对方要不要还房贷。瞧，为了你那套房子，我们手头紧得要吃别人送的巧克力。容先生，下次我喊你容负翁好了，要不就喊容蜗牛，现在还房贷的人都叫蜗牛……"

说话间进了电梯，乔云雪神秘兮兮地凑近他："好像钱涛很器重容先生。怎么样，能不能一年之内连升三级，工资连翻三倍？这样我们三年内还清房贷，存点钱投资。"

容谦僵着脸，自认识到现在，他何曾说过他有贷款。她这颗小脑袋，装的全是怜悯。他对家务的无可奈何，让她直接把他宣判成诚实好欺的笨男人。

"不行吗？"仰首，她眨着眸子问。

薄唇微扯，容谦瞅着她一脸儿贼笑，眯起眸子："你想存多少钱？"

"这个嘛……"乔云雪纠结了，"基于容先生是负翁，我还来不及想这个问题。"

容谦仰首，唇畔的浅笑向天。笑容没让她看见，可忍得身子微颤，乔云雪瞄着，困惑极了："这总裁电梯的空调好低，是哪个王八蛋调的温度，冻得容先生发抖了……"

眼睛抽筋，容谦无奈地摸摸下巴。更加不能让她感觉到他的笑意，只得随手一捞，将她搂入怀里："是有点冷……"

"唉，我就借你抱抱好了。"乔云雪尴尬地别开眸子，忽略他的手臂缠上腰，忽略他挤扁她的胸。她摸摸鼻子，嘟囔着，"一个大男人怎么比女人还怕冷？咳，容先生你一定肾虚，最好周六去医院做次全身检查……"

"……"容谦的笑意消失得无影无踪，唇角那就那样奇奇怪怪地僵着。

肾虚？

好像她对他的这方面有点认识，不至于安上这么重的控诉。

四平八稳的容先生薄唇抖了抖，长眸眯紧："云雪的意思是……晚上不满意？"

"嘎——"乔云雪一愕，后知后觉地脸红了，咬咬唇儿，眼睛瞅着脚趾头，"哦，容先生在说什么？我们ＡＡ制很好，大家都有自由，平等互重，相当好。"

溜得还真快，感觉开了过山车般滑溜。

"云雪，钱涛有事找你。"容谦伸臂挡住电梯门。这一瞬间，他忽然不想放她离开。

"啊？"一愣，乔云雪咕哝着，"他怎么见我呢？他交给你办事情，他直接见你不就行了？用人不疑，疑人不用。他用了你，你说什么做什么他都得相信。我时间紧啊，都怪施靖，映月花园都要开售了，他连鬼影子都没有一个。我得赶紧回去想周全的措施……啊，钱副总好！"

是么？施靖的私人情绪居然带到工作中来？容谦不动声色地听着。

钱涛果然带着施靖来了，笑眯眯地问："事情怎么样了？"

"好了。"乔云雪赶紧申明，一边漾开了笑容，"钱副总找我还有什么事？"

"啊？"钱涛一愣。

"钱副总真健忘。"薄唇微勾，容谦懒懒提醒着钱涛，"钱副总不是说了，乔小姐是钱副总一手招进来的人，所以乔小姐以后所有的事都直接向钱副总汇报。"

"啊？"乔云雪一愣。她什么时候这么受重视了，由副总裁直辖了。

"那怎么行？"施靖急了，容谦的言下之意，显然在说他连高级经理都做得不称职。

"哦？"钱涛瞄瞄施靖，皱眉——不尊重容先生的决策，施先生前途堪忧啊。

施靖显然也感受到自己不受重视，拼命挽回："一个小小的主管，我施靖还是管得了。"

"钱副总说一个字，施先生说了一箩筐……"容谦在旁慢悠悠提醒。

乔云雪扑哧笑了。容谦这句话，深得她心啊！要是容先生每天都这么知心该多好！

施靖立即闭紧嘴巴。

轻咳一声，容谦轻轻地："钱副总下的决定，施先生有意见？"

施靖垂首。

看着施靖乖乖的模样，乔云雪心里那个痛快。咳，以后可以避开这位瘟神，真好。就算责任重大一点，累一点，可心里舒服。

瞄瞄她忍不住的笑意。容谦起身："我们走了。"

"钱副总再见！"乔云雪笑笑地瞄着施靖，悠然走出。

容谦也出来，瞄瞄她愉快的模样，唇角微微弯了弯。

施靖也出来了，懊恼地瞪着乔云雪，却没胆子发飙，悻悻地离开。

乔云雪皱眉："我得去映月那边，压力山大。容谦，我今晚可能会晚回来。"

说着，踩着轻快的步子，向映月售楼处走去。

在龙基多年，她比谁都知道龙基已经拥有完善的销售系统。想要赢，不容易。

她要走险棋。富贵险中求，就是这个意思。

瞄瞄对面，乔云雪眯眼笑了。如她所料，洛少帆在对面。而他后面跟着苏青兰。苏青兰正瞪着这边呢。

不想看到那两人，拿着手袋，乔云雪下班。

约了林小眉一起吃饭。林小眉几个人应该来京华报到了。

结果，和林小眉吃完，她没有回家，而是去了林小眉家。林小眉有同居男友，可对方是个聪明的男人，看到她们，自个儿出去了。

"工作的事，总会水到渠成。"林小眉笑眯眯的，"女人嘛，赚点银子贴补家用就好。云雪，没必要磨死自己。"

"不行啊！"乔云雪趴上客厅的大沙发，"我和他AA制呢，连喝口水都得算自己的钱。"

"去，嫁个男人不去靠靠，云雪你太傻了。"林小眉观念和她不一样，"瞧我，他不给我零花钱，不负责我的生活，才不和他在一起呢！"

乔云雪扑哧笑了："嗯，我懂我懂……"

"你那什么表情！"林小眉讪讪的，不服气得很，"你想想，如果我们赚钱，养家，做家务，生孩子，什么都一个人干完了，那还要男人做什么？"

"可是我喜欢赚点钱，然后少做点家务。"乔云雪笑眯眯地盘算着，"最好以后要宝宝的时候，我只负责生，由他带。这就是AA制的好处。"

"啊？"林小眉愕然，然后笑趴了，"云雪你太精了，都想那么远了。哈哈，那我也多赚点钱，以后只管生宝宝，生了让宝宝的爸爸带。哼哼，让这些男人知道点女人生儿育女的辛苦。"

两人越谈越高兴，聊工作，聊男人，最后……乔云雪问："小眉，你看过张爱玲的《色戒》吗？"

"看过。怎么了？"林小眉坐了起来。

想了好一会儿，乔云雪郁闷地摸摸鼻子："你记得那两句吗——到男人心里去的路通过胃。到女人心里的路通过阴道。"

"记得啊！"林小眉撇撇嘴儿，"男人大都是下半身思考的生物，先爱你的身子，再爱你的人。女人总是会舍不得自己的男人。怎么……"林小眉奇怪地瞄着她，"难道你和你老公还没过夫妻生活……"

乔云雪白她一眼："我只是觉得，如果张爱玲这句话是对的……那多危险啊——"

"我懂了。你害怕——害怕天天身心交缠，爱上他。云雪，你不打算把心拿出来吗……"林小眉深思地点点头，"你老公看上去非常有内涵，很吸引人。你迟早会爱上他，没什么悬念。"

"嗯……"乔云雪心不在焉。

"连洛少帆那样傲气的男人都爱上我们云雪。你老公那么聪明的人，怎么可能不爱你。"林小眉朝她握握拳头，"云雪加油，把你老公拿下。有志者事竟成，他会臣服在云雪的石榴裙下。"

乔云雪双手枕着小脑袋："都有点不相信，我居然结婚了。"

林小眉点头："其实我想不明白，依洛少帆的性格，怎么会娶苏青兰？我觉得洛少帆是真心爱你的，很真很真……我有种感觉，如果苏青兰没去找你，你也不会这么快结婚。"

正在这时，手机响了。她有些出神，容谦找她……

"你老公？"林小眉笑了，起身拉起她，"好晚了，快点回去陪老公，生个宝宝给他带。这样他就不会缠着宝宝他妈。"

"云雪在哪？"他谦和的语气让人心安。

"图书馆这边。"她说。

被林小眉赶出来，乔云雪经过图书馆时停了下来。

没想到，才五分钟，容谦就出现在她面前。不知为什么，今晚的她特别感性，瞅着平静的容谦，她心里一暖，默默坐进前座。小脑袋轻轻靠上容谦的肩头。

容谦伸出长臂，拥了拥她："我们先回去。"

洗漱完毕，乔云雪回了卧室。刚走到门口，她愣住了："容谦？"

才十点半呢，容谦居然没在书房待着，而回卧室了。光着膀子，穿着休闲短裤，头发有些湿，有一些掉了下来，这让他不像平时那么真诚，而多了几分魅惑与性感。

看着，她脑海里又浮现希腊美男，想起油画街的人体艺术……

嫁了他，总是大饱眼福。光看着，也有种满足的感觉。

生生移开目光，乔云雪进了卧室，窝进被窝，想起白天的事，秀气的眉儿打了个结，瞪着容谦："你不想知道方晴晴为什么向苏青兰屈服吗？"

"龙基今天来向京华道歉了。"容谦还是那句话。

乔云雪闷哼："我知道呀。可惜被钻了空子……"忽然闭紧了小嘴儿——她好像忘了一件比较重要的事。

瞄瞄容谦，他正平静地凝着她。显然等她自己记起昨天的事。

"容谦……"她在他平静的注视下想逃了。

容谦不动声色："云雪昨天表示，如果龙基今天来向京华道歉，暂停一周ＡＡ制。"

第十三章 容员翁的黄脸婆

"我……"乔云雪脸儿抽筋,他记性为什么这么好?

"云雪还说,给我做几天黄脸婆。"容谦谦和极了,模样优雅得像个外交官。

乔云雪扁了小嘴儿:"玩笑话嘛,容先生可以不用当真。"

"那怎么行。云雪说什么,我就做什么。"容谦谦和极了,"男子汉一言九鼎。"

谁要他一言九鼎啊……

苦着小脸儿,想了又想,可乔云雪就是不知道怎么把那句话收回来。

"难道……老婆想反悔?"声音柔和许多,低沉得近乎性感,"我一直以为,老婆是个提得起放得下的奇女子……"

经不起刺激的乔云雪咬咬牙:"不就是暂停AA制嘛!好,暂停三天。"

"十天。"容谦凝着她。

"三天。"她瞪他。

"十天。"容谦一脸祥和,"如果老婆怕的话,那就三天吧!"

"谁怕?怕什么?"她摸摸鼻子,有点被揭穿的尴尬,有恼羞成怒的嫌疑,"十天就十天。"

"谢谢!"容谦真挚的声音好好听。

他眸子绽放璀璨的光芒。长臂横过大床,落上她洁白如玉的细胳膊。男人气息紧紧包裹住她软软的身子。健美的身躯,俊美的容颜,让她几乎屏住呼吸。

她无处可缩。

"容谦……"乔云雪心慌意乱,眸子乱瞥。

黑瞳一闪,容谦声音低沉而性感:"老婆怀疑我肾虚,我们一起检查下……"

尴尬地拉过薄薄的空调被包起自个儿,乔云雪脸红得像红番茄,声音微颤:"去医院检查。"

"云雪都说了,我是负翁。负翁上不起医院。"容谦低低轻笑,黑瞳灼亮,"麻烦老婆亲自检查。谢谢!"

还谢谢呢!

一身都软了,乔云雪眼睁睁地瞅着,他那张似笑非笑的俊脸越来越近。

他的胸膛黏上来,隔着薄薄的透明的睡衣,轻轻抵住她,稍稍一停……

隔得好近,两人的气息渐渐紊乱,交融。旖旎的气氛弥漫开来。

暧昧的动作,尴尬的气氛。

容谦长眸里几分兴味,让人看不透,就那样轻轻洒落在她黑白分明的眸子上。

乔云雪的第六感明明告诉自个儿,他在调戏她。

真郁闷,他会调戏她?她的第六感是不是出错了?

总觉得,容谦今天似乎变了些。变了哪里,乔云雪想不出来。

"那个……"眸子眨呀眨,她脑筋急转弯,拼命自圆其说,声音微微发颤,"我说错了。怕冷是血亏。对了,就是血亏嘛,不是肾虚。"

"肝脏的造血功能受到影响，导致肾脏阳气不足，肢体容易怕冷。"容谦唇角闪过一抹别有深意的笑，"幸亏云雪提醒，我刚刚百度过了，确实与肾有关。"

百度过了？

眼睛抽筋，咬咬牙，乔云雪不敢直视他那双平静得过分的长眸，更何况他的胸膛还擦着自己身体的敏感部位。脑袋不是那么好用，可是她不肯服输，嘴硬得很："可不，源头还是血亏。"

他颀长的身体更压下些，压得她胸脯胀痛。她努力集中精神，没用。

"那可更严重了。"容谦当真凝重几分，长眸里那份若有若无的笑意更深了些，"血亏？男人最重要的就是精血，没血哪来的精。老婆……"话只说半句，他有些寥落地看着她，似乎在等她主动帮他测试精血。

"我……你……"乔云雪哑口无言。美男比较诱惑人。她不知不觉有些郁闷——当时约他领结婚证时，怎么就没注意到他这张俊脸太招摇。在外面招摇，现在她面前都招摇……

容谦不语，就维持那个姿势，静静等她的决定。

"我……"乔云雪紧紧闭上眸子，用力从他身下爬出去，手一伸，灯关了，黑暗中她闷闷的声音响起，"快点，在我后悔之前……"

"快的话……"容谦沉吟着，"那真的是肾虚了。"

"呜呜……"乔云雪咬咬牙，"肾虚不要紧，要紧的是别再扯了。"

薄唇抿紧，唇角却不知不觉往上翘。容谦俯身，双臂抬起她细细的腰，借着月光，凝神打量着她皎洁的容颜，那么宁静而热烈的美，令人窒息。

"容谦——"她郁闷极了，献身的勇气不是时刻都会有的。说不定随时她会落跑。

容谦慢吞吞地吐出一句："云雪嫌我慢……"听起来浮想联翩，好旖旎。他绝对不是冲动的男人，可某个部位现在相当冲动，想把目光闪闪的女人揉进身子里去。

"是啊，现在可以不用做容蜗牛。"她闷闷地。

闷笑望天，容谦一身轻颤，搂着她腰的长臂也在颤。

感觉到他的颤动，乔云雪细声细气地感慨："果然财大才能气粗……容谦你害怕呀……"

这话比氢弹还厉害，容谦一惊，整个身子趴下了，正好趴在那个想英勇就义的老婆大人身上。乔云雪被压得头昏脑涨，似有逃离的念头，他顺势揽紧了她。旖旎的风光让月儿都羞涩地躲进云层……

事实证明，容谦不血亏，也不肾虚。她一身要散架了。那个男人似乎为了表明他是健康的，超常发挥，在她身上辗了大半夜。

都不知道有多少小蝌蚪在抢她一只可怜兮兮的卵宝宝。

即使日上三竿，乔云雪也不想爬起来了。如果可以旷工，她真的今天旷工好了。

"老婆——"试探的声音从梳妆台传来。有些低沉，十分性感。

心儿微微一荡，看他那没事般的模样。乔云雪忽然就气恼了，她才不认输，她的身体绝对比怕冷的男人好。顺手抽过枕巾，包住凌乱的睡衣，她昂首挺胸从他身边走过。那模样说有多优雅就有多优雅。

"我的肾……"容谦似笑非笑地扬扬眉。

"你的肾很好。"脸红红的，乔云雪郁闷。他还敢问，她都想一脚踹他出去了。

"哦，这样就好。"容谦深思着，"上次和洛少帆说我们有宝宝了，这样我们可以加加油。"

"……"她每次都服了事后避孕药，怎么可能有宝宝。

"今天开始暂停AA。"容谦温和地提醒。

"知道。做十天黄脸婆嘛！"闷哼着，乔云雪想一巴掌拍上他。天知道，她身子乏力得很，腿肚子都发抖。

"暂停AA？"燕子漂亮的脸蛋出现在门边，眯眯笑，"嫂子做家务太好了。"

乔云雪脸色一寒。

燕子早笑了："耶，这日子过得真是太幸福了。我等嫂子的早餐！"

"我不是你嫂子，不负责你的早餐。"冷哼着，乔云雪进了小浴室洗漱。

瞄瞄小浴室的门关得死紧，燕子偷偷拉拉容谦的衣角："我要吃鸡蛋，好久没吃鸡蛋了，我都缺营养了……"燕子的声音消失在容谦没有温度的凝视下。伸伸舌头，溜了。

乔云雪蹲在浴室好一会儿，才懊恼地敲敲脑袋："笨云雪，你上当了啦！"

再笨的男人也知道自己那方面的能耐吧。她隐隐明白自己做了傻事，可身子疼得厉害，没力气找容谦算账。

她躲着他，但身子并不排斥他。他的温柔，他的冲刺都有种别致的风味，让她忘记尴尬……

出来客厅，容谦已在看中央二台。瞄瞄他，乔云雪既懊恼又脸红。

锁住她紧握的拳头，容谦黑瞳一闪："今早芝麻糊加个蛋，云雪好不？"瞄瞄她走路的姿势，他眸子一闪，"芝麻糊我让燕子泡。"

"蛋？"她站都站不稳了，他还点菜呢？可是……她现在是他的黄脸婆。乔云雪瞄瞄站在客房门口注意动静的燕子，立即笑盈盈，"嗯，会有蛋的。别说三四个，就是三四十个都有。"

乔云雪去了厨房。

她一离开，燕子立即蹦了出来，两眼放光："哇哇，有鸡蛋吃了。鸡蛋香啊，流口水流口水……"

"去泡芝麻糊。"容谦看着经济新闻，目不斜视。

燕子立即跑了。

不一会儿，乔云雪手托一个大盘子，笑容满面地过来了。瞄瞄正努力泡芝麻糊的燕子，和深思的容谦，她轻快宣布："蛋来啦！不过我今天不想吃芝麻糊加蛋，我要去外面吃肠粉。所以二位拜拜啦！"

说完，大大方方回到卧室，拿着手袋出来。

走到门口时，发现燕子还在咕哝："天啦，我泡成芝麻汤了。"

容谦没声音。

乔云雪出去了。进电梯时毫不意外地听到燕子抱怨："我宁愿你们AA制啦！"

容谦的目光这才移开电视，扫向饭桌。

一愕，他站了起来。大步走到桌前，捡起蛋，薄唇微抽。

他的老婆大人是煮蛋了，煮的是鹌鹑蛋，大大小小几十个，估计剥皮吃完，今天上午不用去公司了。

果然AA制还幸福些……

"哥！"燕子好委屈地噘嘴儿。

"你要的蛋，把它们吃完，没吃完不许上班。"容谦吩咐燕子，起身回房，然后去上班了。

燕子瞪着面前一盘鹌鹑蛋，泪汪汪地开始剥。可不知是不是乔云雪故意的，煮的火候不太好，蛋白和蛋壳紧紧黏着，剥得燕子抽鼻子："嫂子我是你的恩人，不是你的仇人啦！现在做小姑子都这么悲催的吗？我不就是希望你快点生个宝宝嘛，生个宝宝你就跑不了啦，哥就有女人爱啦……"

燕子心情相当不好，乔云雪心情相当好。燕子想指使她做早餐，想得太美了。

真以为她乔云雪长得像个受气包啊！

没门！

离销售还有好几天，现在只要动脑筋，不用动体力。所以她乖乖坐在售楼处想了一天方案，身子也好得差不多了。只是不时瞄瞄手臂上微微的青紫，有些慌神。

那是容谦昨晚弄的，可她并没有感到疼，只感觉到他的呵护……

洛少帆一直在对面。纵使隔着两百米远，洛少帆淡淡的忧郁气息也让她感受到了。

奇怪的是苏青兰今天没来。

没看到苏青兰，她心情不错。

想了一天，创意倒是出来不少，可仍然没有自己满意的。到了下班时间，乔云雪拿着手袋，悠然走到马路边等公车。

黑色的奔驰悄悄停在她眼前。

乔云雪不着痕迹地挪了个方向，仰首欣赏蓝天白云。

"云雪。"洛少帆声音低低响起，车门开了，"上车，我送你一程。"

乔云雪浅浅笑了，瞄瞄他："洛先生是有妇之夫，不方便。"

洛少帆神情严肃几分，细长的丹凤眼犀利起来："现在天气这么热，你还怀着孩子，怎么可以去和那些人挤公车。容谦这样不管你，你难道连自爱都没有了吗？"

孩子？摸摸肚子，乔云雪有些不适应——那是假胎气呀。想了想，乔云雪依然浅浅笑着："是呀，我有容谦的宝宝了。嗯，是应该对自己好一点。"拿出手机，她认认真真地按号码，打过去，"大画家，过来接我回妈那儿。谢谢啦！"

"马上过来。"舒渔高兴得很，连多听一句话的耐心都没有，立即挂机。

扬扬手机，乔云雪笑盈盈地瞅着洛少帆："瞧，有人接我了。洛先生慢走。"

紧紧盯着她眉眼弯弯，一丝难以察觉的痛楚从洛少帆眸间闪过。洛少帆忽然钻出奔驰，一把抓住她肩头："舒渔接你，和我送你，并没有区别。"

错愕地瞅着这个高傲惯了的男人，乔云雪呆了呆："有区别。放手。"

"坐进去。"洛少帆严肃得很。

"别让人看到我们拉拉扯扯，省得容谦误会。洛少帆，婚姻是神圣的，比爱情还神圣百倍。"她瞪着他，"洛少帆，你不知道形同陌路是什么意思吗？你懂吗？"

"我们不会形成陌路。"洛少帆一个字一个字地挤出来，"永远不会。"

乔云雪无语。

"我娶妻生子，你也为别的男人怀孕，我们扯平了。"洛少帆紧紧抓着她的胳膊，细长的眸子里面光华灼灼，"我不介意你怀别人的孩子。因为……"

洛少帆俯身，缓慢而坚决："不管你现在怀的是谁的孩子，以后都只能喊我洛少帆爸爸。"

"你……"乔云雪瞪着他，最后浅浅笑了，"洛少帆，你根本就忘了我乔云雪是个什么人。谁也不能决定我的未来，谁也不能看轻我的忠诚。你这些……还是用到你妻子身上好了。"

因为激动，乔云雪脸儿灼红，眸子清亮。而生动的美丽，却让洛少帆眷念。他瞅着她，忽然一收长臂，将她搂入怀中。

错愕，尴尬，怒恨，全涌上来。乔云雪巧妙地缩缩身子，从他胳膊中挣开。后退三步，难以置信地瞄着洛少帆。

那么高傲的男人，高傲得蔑视尘世一切的男人，居然有一天这么有烟火味，在大街上抱一个女人。

洛少帆以前从不曾在人前抱她……

"你如果再敢动我，我会报警。"她咬牙瞪着他。洛少帆，财权如日中天。容谦只是个小职员，不能和他正面扛上，她得自己面对这个男人。

"请便。"深深凝着他，洛少帆纹丝不动。

有车停在身边，舒渔从车内伸出脑袋："云雪快上车，车里有空调，快点快点。"

拉开车门，乔云雪忽然转身，瞪着洛少帆："苏青兰嫁祸晴晴，你主使的？"

洛少帆不语。

乔云雪点头："果然是洛少风格。"为了一己之利，下手无情，正值芳华的方晴晴就这样成了牺牲品。

她不会容许方晴晴再有事情发生。

洛少帆转身离去,淡漠地:"比起某人,我是个慈善家。"

短短两年,容谦打垮五家房地产公司,并将其资产全部并入京华门下。那些价值高昂的地盘,容谦全用白菜价收购。这么狠厉的男人,善良可爱的她总有一天主动离开。

坐进车内,舒渔高兴得眉飞色舞:"丫头,哥今天形势大好。"

"哦?"乔云雪这才定定神,全心全意和舒渔说话。

"哥今天卖了三幅油画。哥请丫头吃饭,油画街的饭店怎么样?"舒渔几乎是谄媚地求她,"乖,丫头去吧,拒绝哥的话,那可太痛苦了。"

扑哧笑了,乔云雪眨眨眸子:"我得先去问问爸,看你的画是不是白菜价卖掉的。免得我吃完后,因为你付不起餐费,当人质压饭店里脱不了身。"

"没心没肺的丫头。"舒渔哼着,真性情的艺术家十足的直脾气。

和舒渔一起挺开心。可是当初为什么没想到要嫁舒渔呢?想着,乔云雪悄悄笑了——她的缘分天定是容谦。

可是这男人老是笨手笨脚笨脑袋,她多想他灵透一点啊。就算AA制的老公也不能太笨。

进入油画街,快到夕阳画廊,乔云雪忽然抓紧舒渔的胳膊:"快停车!"

王八蛋,居然有女人光天化日之下抱着容谦。容谦尴尬地用手臂横在胸前,却没好意思推开三十几岁的女人。

看在他这两天帮着她摆平苏青兰的分上,她得帮容谦摆脱这女人的毒手。

"啊?"舒渔赶紧急刹车。

乔云雪撞着了脑袋,可她顾不上那么多了,飞快下车,一把拉过容谦:"笨容谦,你怎么连个女人都搞不定!"

那女人一愣:"你是谁?敢来我面前胡说八道!"

"我是谁?"她眨眨眸子,大大方方地挺起胸脯,"我是容负翁的黄脸婆。"

"黄脸婆?"那漂亮女人显然还没反应过来,重复着乔云雪的话。

"大街上,影响不好哦……"而且是油画街,很多人都认识容谦,她可保不定哪家的大妈为了保全油画街的女婿,故意出来泼脏水到少妇身上。

乔云雪噙着淡定的笑容,扫视着面前的少妇。

妆化得极精致,薄施脂粉,淡淡的口红,长长的眉,赭红染发,自然地披落肩头,看上去妩媚风流而又不显轻佻。三十几岁的样子,具体多少岁,面对着这么高超而精致的化妆,还真看不出来。

一看就知道名花有主的女人。只有少妇才有这种雍容的华贵,慵懒迷人的气质,那是男人惯出来的气质。

既然是少妇,怎么可以抱容谦呢!

第十三章 容负翁的黄脸婆

容谦那张脸真招摇。

想着，不知不觉间火气冒了上来。乔云雪努力仰起小脑袋，瞪着容谦。他个子太高，她站得太近，几乎仰得快跌向后面，瞪得她好辛苦。

容谦黑瞳灼灼，正似笑非笑凝着她呢，似乎正在咀嚼着"黄脸婆"三个字。

"等等——"少妇脸色奇诡，似乎受了惊吓，声音有些失真，"你是容谦的黄脸婆？"

乔云雪闷哼："有问题吗？"

燕子的小脑袋从容谦后面探出来。那张爱笑的小脸这时又着急又为难。狐疑地瞅着燕子，乔云雪在两人之间来回扫视，两张都极其漂亮，可五官完全不同，确信两人没有血缘关系。

"你什么时候成了容谦的黄脸婆？"少妇脸色阴沉，落在乔云雪身上的目光明显不悦。

什么时候？乔云雪愣了愣："今天……"今天才开始暂停AA制。

今天？少妇睥睨地瞄瞄她，似乎放松许多，眉间有淡淡的好笑。

"黄脸婆其实就是煮饭婆的意思。"燕子心焦，脸都皱成一块儿了，在旁边烦躁地跳着，生生插进来一句。

"嘎——"乔云雪一愣，燕子这么急着解释做什么？

"原来是容谦请的个钟点工。"妩媚少妇长吁一口气，恍然大悟。

"钟点工？"乔云雪阴阴地瞄着燕子。

燕子缩缩脖子，只当作没看见乔云雪的神情，一个劲点头："嗯嗯嗯——"

"可是……"少妇又蹙眉了。

燕子看着妩媚少妇思索的模样就着急："我们买油画去，再不快点天都黑了。爸还等着呢。"

"容谦，把这个钟点工换掉吧。毛毛躁躁的，不怕把家里搞乱……"妩媚少妇不放心地叮嘱着。

"钟点工？"乔云雪黑白分明的眸子落在容谦身上，她什么时候成了他家的钟点工了？他今天如果不给个解释，大概她晚上会睡不着。

她睡不着的话，他想睡着就怪了。

他们应该互相尊重婚姻。

"漂亮小妞，我终于找到你了。"舒渔停好车过来了，看到燕子，立即两眼放光，欣喜地小跑过来，"我找了好久啊，我漂亮的人体模特儿。小美女，我给你加价，上次五千你不干，我再加五千。想想，你什么也不做，坐那两小时，就有一万的收入……"

"天哪！你这色狼！"燕子慌乱地后退，躲过舒渔的手，拉了那少妇疯跑，"阿姨，这画家是个疯子，每次见了我都要我做模特，那模特连文胸都不穿呢，油画匠都是色鬼啊啊啊。阿姨，我们下次再来。闪吧闪吧！"

不由分说，燕子拉着少妇飞一般跑，一直钻进她漂亮的宝马，然后风驰电掣地离开。

　　周围恢复了安静，好像什么事也没发生过一样。

　　"怎么跑得这么快？光看看又掉不了身上的肉。那是艺术。"舒渔皱眉，惆怅地搓手儿，"这么好的差事，那么多少女求着我，我还不肯呢！"

第十三章　容负翁的黄脸婆

第十四章　我的老公我做主

舒渔没有听众。

乔云雪在瞪着容谦，懊恼地瞪着，显然，"钟点工"三个字让她生气了。

"燕子开玩笑的。"容谦似笑非笑凝着那张灿亮的小脸儿。

乔云雪越过他身侧，绷着脸儿，挺直脊梁，不声不响向夕阳画廊走去。身后有脚步声，想也知道是谁的。乔云雪只当不知道。不一会儿就来到夕阳画廊，正有顾客挑油画。

夏心琴看女儿回来，乐了："云雪快来，妈厨房里的火还没关，你来收钱打包。"

不声不响走过去，乔云雪接过油画，却被一双长臂挡住："云雪，我来。"

"你会吗？"依她的经验，他向来是越帮越忙。她现在还真怕他把油画也撕成两半儿。

容谦凝着她不悦的脸儿，唇角勾起个淡淡的笑容："我会。"

容谦果然一本正经打包。原来这也是个技术活，折腾了两三分钟，还没进行到三分之一。

"喂，不会打包就换个人来。"顾客再也忍不下去。

瞄瞄容谦，他还保持着优雅的动作在折腾。乔云雪生生别开眸子，强忍着把油画抢过去的冲动。

"怎么这么笨手笨脚！"顾客这回真火了。

"稍等。"容谦谦和极了。

笨手笨脚？瞄瞄顾客，乔云雪忽然压下容谦手里的油画："油画是卖给有素质的人欣赏的。先生你这态度，不适合欣赏油画。这画我们不卖了。"

顾客恼羞成怒："顾客就是上帝。画廊不卖画，你们都笨成堆了。"

"我笨不笨不是你说了算，可我就是不卖画了。"笑容满面，乔云雪语气比对方还强硬，"不送！"

容谦居高临下地瞅着那张认真的小脸儿，黑白分明的眸子格外清亮，隐隐有着怒火。他心中没来由地腾起暖意，平静地瞅着她。

原来，这么柔弱的女人，这么爱笑的她，也很会保护他，为他训人。

他长臂抬起，轻轻碰着她柔软的长发。凉滑的感觉十分舒适。就如她平时给人的模样，很舒适。

"神经病！"顾客咬牙低骂，转身离开。

乔云雪一脚踢上玻璃门，闷闷地："别糟蹋艺术。"

俊颜一绽，容谦俯身，拾起她的小手儿，稳稳牵着。他的体温慢慢传到她手心。

夏心琴正走出来，看到小两口的小动作，心里那个欢喜，别说要留人，巴不得两人赶紧回去过两人世界。欢欢喜喜地把两人送出来，嘱咐着："容谦啊，小心云雪怀孕呢。一有怀孕的症状，得马上告诉我们啊！"

"妈——"撒着娇儿，乔云雪头昏。好像全世界都想她快生宝宝，只有她一个在努力吃"妈富隆"。

容谦倒是恭恭敬敬答应着，拉开车门，两人坐进去。

奥迪慢悠悠向前开着。容谦不时瞥着格外安静的妻子，淡淡的满足："那个人骂我，云雪生气了。"

"嗯哼！"她闷哼着，眸子闪烁得格外快，看上去有心虚的嫌疑。

"谢谢！"容谦忽然停下奥迪，长臂伸过来，在她毫无警觉下，拥拢，在她洁净的额头上轻印一吻。然后，就着昏暗的路灯，他凝着她，浅浅的笑意衍射开来，"云雪赶他出去，我……喜欢，很开心。"

他温热的气息全拥在她脸儿，痒痒的。

乔云雪拼命在他怀中保持清晰的思维。"你的名字写在我结婚证上，我可以说你笨手笨脚，但别人不可以。我的老公我做主。"

微微动容，容谦轻轻抓着她手儿，放在手心摩挲着。

"你别想歪了。"她瞪着脚趾头，有些尴尬，"你是我自己挑的男人。我不会让人觉得，我眼光不好，挑的男人比不过别人。容谦，我很爱面子的。"

"嗯。"她说什么他都没意见，只静静瞄着她美丽的容颜，在晦暗不明的灯光下，那双眸子格外清亮。

"钟点工的事，我们回家再说说。"她还没忘记那件事儿。

容谦搂住她胳膊，下巴抵着她头顶："燕子是个热心肠的女孩。"

"哦，燕子在你心目中这么好。"她郁闷了，立即伸手，用力推开他的掌握。可就在推开他时，忽然想起下班时遇上洛少帆的事。她愣住了。

"云雪？"容谦摸摸她脸儿，怎么这样也能走神。

第十四章 我的老公我做主

她忽然将脸儿埋深些,看着远方的霓虹灯:"容谦,如果有人要抢你的妻子,你会放手吗?"

长臂一紧,容谦俯身,细细打量她脸上淡淡的忧郁,握紧她的手儿:"傻云雪……怎么会有人抢走你。"

"哦。"洛少帆只怕不会这样认为啊。乔云雪想着。

容谦踩上油门,专心开车。

回到家,燕子正对着空调吹风呢。一看见他们回来,立即飞也似的跑过来,二话不说搂住乔云雪:"嫂子,我差点吓死了。呜呜,我的小心肝呀……"

"我一个钟点工吓到你了?"乔云雪眯眼反问。

"啊?"燕子一愣。

乔云雪拉开燕子的胳膊,闷哼:"我们来谈谈钟点工的事吧。"

"哦?"容谦果然听话地坐到沙发上。

燕子不依,捂着胃赖到乔云雪跟前撒娇:"嫂子,我们先吃饭好不好,我快饿晕了。"

瞄燕子一眼,乔云雪扫视了下,桌子上的盘子里面,鹌鹑蛋壳还没收拾呢。果然是个千金大小姐。

"我吃的。我乖乖地全吃完了,剥了一上午,不浪费嫂子的劳动成果。"燕子赶紧谄媚起来。

乔云雪闷闷地朝卧室走去。

长眸一闪,他跟上去,从后面圈她入怀:"燕子是我妹妹……燕子小时吃过很多苦,身子弱,别吃燕子的醋了。"

乔云雪别过头:"哼!"

"傻丫头,燕子羡慕你。"容谦声音柔和几分。

他在求和吗?结婚这么久以来,他今天声音最感性,好像带了点感情在里面……

他对她会产生感情吗?想到这里,她心里一惊。

"可是……"心有些软,她咬咬牙,郁闷极了,"容谦,如果那些女人接近你,你都不懂得拒绝,那太令人失望了……好了,我只是随便说说……"她已经说多了,她不能限制他的自由。

"那……云雪希望我怎么样?"容谦语气轻松几分。

"最少也不能说我是钟点工吧?"她转过身来,瞪着他,小嘴儿扁了,闷闷地,"容谦,难道……你是因为我对你冷淡,才推不开那个女人吗?"

脸儿一僵,容谦长眸望天,强忍笑意:"如果云雪肯热情些,那再好不过了。"

尴尬着别开脸,乔云雪脸儿烧红:"闭嘴!"

可过了好一会儿,她忽然又憋出一句:"笨手笨脚笨脑袋的男人。"

"好饿。"燕子的声音传来。

这时响起门铃声。

燕子过去打开视频一看，跳了起来，按了门锁，赶紧跑向厨房："嫂子，别做饭了，快点，快点。"

怎么了？被燕子拉得头昏眼花，乔云雪站住时，才发现人已经在燕子房内。燕子啪的一声把门关紧了。

等客厅里有说话声时，燕子才把门开了一条缝。

觉得怪怪的，乔云雪也凑过去，原来是傍晚时那个女人。怎么，她追到家里来抱有妇之夫了吗？

燕子朝门缝喊："阿姨，我有男朋友在房间里。"说完，干脆利落地给门反锁。

"喂，她对容谦别有居心，你还让她和容谦在一起。"乔云雪瞪着燕子，"你们串通的？"

"这样她就不会进来啦！"燕子嘘了声，朝她眨眼睛，"她以为我和男友在ML呢，怎么好打扰。"

乔云雪的脸瞬间青了。这个燕子，口味不轻，她还以为纯得像美羊羊……

"她是我小妈。小妈你懂吗？"燕子闷闷地趴到床上，双手支腮。

"二奶？"乔云雪扬扬眉。

燕子摇头，嘟着嘴儿："不是。后妈。"

"哦？"乔云雪点头，"明白了。正常。"

"正常什么呀？"燕子漂亮的眸子瞪着她，"她是我后妈，比我爸小二十多岁呢。"

"嘎？"乔云雪一愣，讪讪地，"老夫少妻呀？你爸真有艳福。我怀疑容谦都羡慕瞎了。"

"嫂子你真扯。"燕子吃惊地瞅着她，"如果哥想老夫少妻，直接娶个二十岁的回来就好了，娶你回来再去招惹小姑娘，他不嫌麻烦我都嫌麻烦。"

乔云雪扑哧笑了。

"她八成来和哥谈婚事。"燕子朝她招手儿，"让哥先把她搞定再说。"

"可是……容谦已经结婚了啊？"乔云雪不明白，"她总不能让容谦离婚吧？"

"她就能。"燕子嘟着小嘴儿。

是这样吗？乔云雪眸子一闪，心里怎么有种丑媳妇见不了公婆的感觉……

燕子眨眨细长的丹凤眼，手指卷着卷发玩儿，"赵佩蓉，你认识吗？她是市电台新闻女主播呢，一直默默等哥，已经三年了。她不爱笑。哥已经不爱笑了，怎么可以再娶个没有温度的女人回来……"

原来真有这回事。乔云雪点点头，眨眨眸子试探着："我现在相信你是容谦的妹妹了。那么，外面那个女人是我婆婆？"

乔云雪浑身鸡皮疙瘩落满地——这么年轻的婆婆！

她想了想："可是，容谦老说他爸妈暂时没在这边。燕子，是你骗我，还是容谦说谎？"

"嘎——"燕子秀气的眉儿轻轻巧巧打成了结,"哥从来不骗人。我……也没骗嫂子。我们的妈,一直不在这儿。"

"你们都瞒着我。"点点头,乔云雪瞄瞄她,"和男友ML?喂,你下次找借口能不能找个好一点的?"

"这就是好借口。"燕子神秘兮兮朝她使眼色,"我是故意让她以为,我的私生活很乱,这样她就不会老想着把我嫁给她那些亲戚。"

乔云雪一愣:"她那些亲戚不好吗?"

燕子猛烈摇头:"她那些亲戚不是有权的就是有钱的,更重要的都是没品的,到时小三小四一串串的,我还得和不三不四的女人争臭男人,低了我的格调。所以呢,我要嫁个像哥这样的男人!"

诧异地盯着燕子,乔云雪感慨:"我小看你了。挺聪明的嘛你……"

"我本来就很聪明嘛!"燕子得意地朝她挥手,"话说那天早上打电话,哥房里出现个女人,我的心脏病都快爆发了。不过嫂子很棒,嫂子加油哦!支持嫂子把我哥迷死。最好迷得他都没时间管我,嘿嘿。"

"燕子……"乔云雪哭笑不得,燕子就是当初电话中说"别让他甩你"的那个女孩子。

心念一动,乔云雪似笑非笑凝着燕子:"你还做过什么好事没有?"

燕子傻笑:"帮哥在'情感睡衣'快递上加了几个字,算不算好事?"

"燕子——"乔云雪吼,扑上去了。她当时被董事长捉包了呀!

却被燕子急急捂住嘴儿:"别让阿姨听到!"

外面传来告别声:"容谦,我走了。你也管管燕子,怎么交男友那么乱。"

然后听到客厅大门的撞击声。

燕子飞快跳起,笑吟吟伸个懒腰:"嫂子放心,你只要好好疼我就行,长辈那里,有我呢。"

说完,拉开门,嘿嘿地笑:"哥,我和嫂子谈心呢!"

容谦的目光洒在乔云雪身上。有些深邃难懂。

乔云雪正咬唇,显然还在纠结。但不知道在纠结"钟点工",还是那个少妇。

"那女人是你妈?"她闷闷地。

容谦不假思索:"她不是。"

"哦……"她没追问。他父亲娶了这么年轻漂亮的女人,他母亲哪能不伤心,一定会另嫁,他说的双方父母,有可能是指母亲二婚那一边。

"燕子你有弟妹吗?"她聪明地绕弯儿。看看他们父母分开的时间已经有多久。

"一个弟弟,才十六岁呢。"燕子嘟囔着。

那就至少十六年了。显然,上一辈的事,已成为故事。

乔云雪自言自语:"我还是想想钟点工的事吧。"

燕子浑身一哆嗦。容谦平静地锁着乔云雪那双灵动的眸子。她在乎那三个字，是好事。

暂停AA的日子，果然全方位服务。拖地洗碗洗衣服，乔云雪一个人全包了。

燕子担忧地瞄瞄容谦，蹑手蹑脚地进了客房，绝不让自己扫到台风尾。

风雨之前的宁静啊……

显然，这风雨之前的宁静还持续得比较久。

容谦十二点从书房回来的时候，发现乔云雪还抱着手提在打日志。他眼尖，瞄到其中一行——世上最痛苦的是，老婆成了钟点工。

容谦长眸一闪，目光定在她那张平静的脸上。

原来，她生气时，不是哭闹，不是发泄，而是生闷气。

看到他回房，乔云雪马上关了她的宝贝手提，放到一边。跳下床，绷着脸儿："容先生，钟点工来为你服务啦！"

"老婆……"容谦伸出长臂，想阻止她。

乔云雪已经侧身从他身边经过："不是老婆，是黄脸婆。黄脸婆才会全方位替老公服务，万事以老公为天，无自我，无工作，无生活圈子，在家等着把辛苦包装好的老公送给别的女人欣赏……"

容谦听着，目光隐隐有着惊奇，却飞快跟上她："我自己来。"

"不是暂停AA吗？"乔云雪似笑非笑地仰首，无视他绽放的俊美，"黄脸婆一定努力发挥钟点工的功能。容先生请稍候。"

"云雪……"容谦似乎有些不习惯她这种凉薄。

她眨眨眸子，笑得可爱极了："没事，十天很快会过去。我会记着这些好日子。"

爱计较的姑娘……容谦薄唇轻颤："云雪记性很好。"

瞪他，她别过脸去。十分体贴地整理好床铺。还特意去他专用的大浴室里拿来毛巾，替他擦把脸。他有只穿内裤睡觉的习惯，她乖乖替他脱了睡衣，指尖不时碰到他结实的身子，有些脸红，但仍然镇定地坚持做完。

她是一个模范妻子。

然后自己乖乖地爬上去，依然抱起她的小手提。

电话响了。

容谦的。他接了："佩蓉，有事白天联系。"

赵佩蓉？

乔云雪瞪着，眸子转得飞快。不过她的手机也来电了。

"洛少帆？"瞄着电话号码，她瞄瞄容谦，绽开温柔的笑容，"报告老公，前男友来电，我可不可以接？"

"当然可以。"容谦长臂横过来，飞快拿过她手机，"我帮老婆接。"

乔云雪认真地纠正："容先生，是黄脸婆。"

容谦已经在通话了："洛少？"

"容谦呀，我找云雪。"岳母大人的声音传来，"容谦你喊谁洛少？"

"我拿错手机了。"俊脸僵硬几分，容谦尴尬地把手机递给乔云雪，不出意外地瞄到乔云雪眉眼弯弯。

她故意误导他，以整他为乐……

不知母女俩说了什么，乔云雪偷笑着挂了电话。却又拨打另外一个："舒渔，你上次不是有幅没卖出的民国少妇人体艺术品，送我好不好？"

容谦眸子一闪——又是那个油画家！

"嗯，明天创作大厦下面的银行，不见不散哦。"乔云雪利落地一关手机，倒头就睡。

可身子落入一双长臂中。

她指甲用力地在他手背上一掐："钟点工可以为你服务一切，除了夫妻生活。"

事情有点严重。容谦沉思小会儿，在她耳边轻轻地："云雪想毁约？"

"我是顶天立地的乔云雪。你不可以毁谤我的人格。"小女人气得不轻，扑了过来，小拳头不客气地砸上他肩头。眸子喷火般盯着他，"容笨蛋！容负翁！容蜗牛！"

俊脸抽搐。最后他挑挑眉："我的名字是容谦。"

她瞪着他，眸子灿亮："我想喊你哪个名，你管不着。更何况，除了容谦，哪个名都更适合你。"

她气得脸儿红通通的，散发出热烈的美，可爱诱人，令人心痒痒的。那模样，是打定主意不会碰他一下。

他平静而温和："笨蛋，负翁，蜗牛，都是云雪对我亲昵的称呼。谢谢云雪的心意。如果云雪不介意，喊死鬼也不错。"

"容谦你个死鬼——"乔云雪扑过来，"你不要老往自己脸上贴金好不好。"喊完，她忽然紧紧合上眸子。想哭，她一气之下，还真喊他死鬼，那才真的是夫妻之间打情骂俏……

这一扑，容谦就倒了。也不知是真被她扑倒了，还是顺势就躺倒了。反正容谦就是倒了。而且顺手拉了她一起倒。乔云雪重心不稳，身子结结实实全扑在他身上。撞得胸口震动，疼得她咧嘴儿。

他黑瞳间火花闪烁："云雪想要，暗示就行，不过这样比较火热……"

"容谦，我没有。"乔云雪心里内伤啊，"你不许调戏我。"

瞄瞄两人的姿势，容谦长眸一闪："你确定是我调戏你？"

随着他的目光，乔云雪脸儿越来越红，最后无力地捂住眼睛，打算悄悄潜逃。

"调戏了不负责，不是个好姑娘。"他温热的手轻巧爬进她薄薄的睡衣，修长指尖在她肌肤间烙下热烈，低低的声音性感极了，魅惑着她惊涛骇浪的心儿："丫头，白天你是我的钟点工，晚上我是你的钟点工，任意使用……"

"哦？"她心儿越来越慌乱，"你难道做过这种钟点工……"

话音未落，天旋地转，她的身子像落叶般轻巧，被他钳制在腰间。

第一次，她感觉到面前这个男人，原来也会给人危险的感觉。

他锁着她黑瞳的眸子锐利而直接，手如钢筋紧箍着她。久久凝着她。那黑瞳里，有她看不真切的东西。那是男人高深莫测的眼神。

有些害怕，她缩缩脖子，可是不退缩，眨巴着眸子瞪着他。

他的脸色慢慢变得柔和了："宝贝，不许用这种方式保护自己。晚安！"

宝贝？

乔云雪愣住了。这两个字听得她心惊胆战。她宁愿他直接喊乔云雪三个字。

容谦凉凉的薄唇擦过她的额头："宝贝儿，我很高兴洛少帆结婚了……"

很高兴洛少帆结婚了？是什么意思？乔云雪琢磨着，再也睡不着。可不一会儿，容谦均匀的呼吸声传来。他睡着了。

默默坐起来，乔云雪瞅着他平静的睡颜，这个刚刚有片刻凌厉非常的男人，此时唇角微翘，勾勒出浅笑的弧度。看得出来，刚刚还怒气外露的他，现在却似得了宝似的心满意足。

他高兴什么呀。向来没温度的男人说他很高兴，很吓人的……

笨男人！

很郁闷居然嫁给了他，不服气啊。她调皮地伸出双手，捏住他两边脸儿，拉长他嘴儿，形成一个怪笑的模样。

"扑哧——丑八怪！"她终于开心了，睡下。可浓烈的男人气息轻拂着她的脸儿，他的手不松不紧地落在她腰间，暖暖的，有点痒，她依然睡不着。

第二天早上，燕子忽然跳起来："苏青兰暂任龙基销售高级经理。她根本没做过这一块好不好！"

果然，早八卦新闻正在播放着。那两夫妻又是联袂出场。

"真好！"燕子忽然笑了，"嫂子，苏青兰上任，根本没什么竞争力。嫂子可以稳坐钓鱼台，打垮龙腾花园。嫂子，开盘的时候我去帮你助阵啊！"

乔云雪扯了扯嘴角："你要是肯买两套，就去吧。否则浪费我的茶水。"

燕子扑哧笑了，凑到容谦耳边："哥，兔子都不吃窝边草，嫂子连家里人都坑。"

乔云雪只当没听见，优哉游哉起身，上班去。

"嫂子我送你。"燕子赶紧追上去了。

乔云雪已经下楼："你不是要载那个苏雅么……"

燕子愣了愣："怎么嫂子连苏雅都知道。"

"哼——"乔云雪无比温柔的声音传来，"苏雅？我连赵佩蓉都知道了，或许还有什么有气质的女人呢！"相册上那个有气质的披肩直发女人，就算只是个侧脸，也让人感觉美好无限。他钱包里那个漂亮女人，更让人记忆犹新。

容谦听着，长眸锁着门口。若有所思。

乔云雪开始了一天的忙碌，没忽略对面的忧郁男洛家大少不时瞄过来。他只要一瞄过来，苏青兰八成就跟着瞄过来。

真是一对"恩爱"夫妻！乔云雪干脆当作不认识这两人。等晴晴到时说出真相，她会找他们夫妻好好算账的。

离开盘只有五天了。

中午的时候，乔云雪打电话约好舒渔，去了油画街。

舒渔来到银行，看着她宝贝似的将手袋里的东西拿出来。那是一叠现金。

"丫头，哥的画送你，不要钱的。"舒渔板起面孔，"要不然哥生气了。"

乔云雪扑哧笑了："我是来存定期呢！嫁了个负翁，只好省着点。他那个妹有的是钱，我劫富济贫了几千块，加上上个月用剩的工资，我可以存一万。这可是我家宝贝以后的教育基金。你别想了。"

"啊……"舒渔大吃一惊，"你居然存定期？才结婚一个月，你就堕落成黄脸婆了，居然计较这么一点利息。不行不行，把你老公找来……"

"找我做什么？"身后没有温度的声音传来。

容谦？

大吃一惊，乔云雪飞快把现金塞回手袋，傻笑："真巧！"这钱她可是悄悄存的，绝不能让负翁挪用掉。要不然以后她想要宝宝的时候，拿什么养大呀。

"嗯，真巧。"不着痕迹地隔开两人，容谦淡淡地，"舒先生，好像有女人找你。"

啊？舒渔果然回头看，还真有一个性感美女对他抛媚眼。

"你是谁？"舒渔傻眼，"你怎么大白天的穿得这么少？喂，你别抱我……"

对方要哭了："舒大画家，你不记得我了吗？"

这声音怎么这么腻啊？乔云雪鸡皮疙瘩掉了一地。手一抖，手袋就掉地上。

容谦挑眉，似笑非笑凝着舒渔。

"你是谁？我不认识你。"舒渔挣扎着。

"你怎么连我都不认识呢？"谁知那女人拉着舒渔哭，"你这个负心汉啦！"

乔云雪隐隐觉得不对劲，却不知怪在哪里。那女人哭得那样伤心，她都想落泪了。

蹲下身子，容谦弯腰，伸出修长的二指，将那叠现金夹起来。

"那是我的钱。"乔云雪总算回神，要抢回去。

"这钱还是先让我用着好了。"容谦淡淡地，"我比较需要。"

乔云雪飞快扑向他："容负翁，不许动用我宝宝的教育基金。放手！"

"哦，教育基金存好了，宝宝呢？"俯身凝她，容谦温柔的目光饱含无辜，"我的小蝌蚪在吃'妈富隆'，没法跑出来花他的教育基金。"

"我……你……你个强盗。你还我钱。"乔云雪急得直跳脚，眼眶都红了，"大不了我以后不避孕了。大不了我以后天天努力生宝宝……"

乔云雪急得跳，容谦却沉吟着，长眸锁着她。

他个子高，拿着钱举得高高的。乔云雪瞄着，忽然跳起来。他手臂稍微挪个位置，她手儿就落空了，反而扑到他身上。整个成了投怀送抱的美好姿势。

"容负翁，你不能这么小气。"乔云雪趴在他身上攀胳膊，妄想收回人民币。秋老虎已经接近尾声，但中午的太阳有点毒，光站在水泥地板上就灼热，她这样蹦跳早已冒汗。

额头上冒出细密的汗珠，在太阳下折射出晶亮的光芒。

还真有毅力。容谦薄唇微颤，静默着，似笑非笑地看着她奋发向上。她生动的模样令人舍不得眨眼睛。

累出一身汗来，乔云雪好不容易才明白，身高的差别决定了他们谁胜谁负。她讪讪地从他身上下来，撇撇嘴儿："一个大男人，怎么跟小女子计较……"

这会儿，她忘了自己"顶天立地"了。果然进退自如。

容谦这才勾出淡淡的笑容："以后不避孕了？"

"钱还我，我就不避孕。"乔云雪聪明地把条件放在前面。

"以后天天努力生宝宝？"俯身，容谦声音轻轻的，却字字清晰传入她耳内。

他的热气又喷在她脸上了。不像她一身汗味，他男人气息和着淡淡的古龙香水味，特别好闻。再加上这么近的距离，那味道有迷魂药的功效。

看着她的模样，容谦淡淡笑了。她被他那个从没见过的笑容电中，头昏昏的，居然乖乖点头："嗯，我当然会天天努力生宝宝。"

"很好。"他勾唇浅笑。果然很合作地把一万块塞进她手里，"去存吧！"

"这是宝宝的。你和我都不能动用。"她仰首，慎重地要承诺，"虽然我们今天不是AA制……"

"放心，我还用不着我儿子的教育基金。"他若无其事地打断她的话，"现在开始恢复AA制。可以放心了吧？"

她不放心，依然要承诺："我们签署协议——终生AA制。"

"可以。"容谦没有意见，"晚上回去签。要律师公证不？"

乔云雪脸红了，闷哼："你说呢？"这事两人心照不宣就好，要是传出去给别人听，八成他们夫妻就成了大家茶余饭后的笑话。

容谦但笑不语。目光一扫，那个女人还在纠缠舒渔。舒渔显然没办法应付这种女人，脸红脖子粗，就是甩不掉人。

"我进去了。"拿着钱，她生怕容谦反悔，连舒渔都不管了，立即冲进银行里，拿号，填单，等着排队开户。

舒渔眼睁睁地瞅乔云雪一个人跑进银行，却分身乏术。他恼了："喂，你这个女人，再不走开我就报警了。"

"你再不理我我就跟大家都说你始乱终弃。"那女人眼泪掉得凶极了。

舒渔不敢。他绝不肯自己的名誉毁在这个不知来历的女人手里。

眯眼瞅着面前拉扯不清的两人，容谦淡淡的笑意浮现眸中——

燕子跑过来。经过舒渔，瞄瞄那个女人，眯着细长的丹凤眼笑了。

舒渔虽然脱不开身，可一看到燕子就双眼一亮："我的人体模特儿，别跑啊……"

燕子才不理他，嘿嘿闷笑："敢要我做人体模特……哼哼，我请的女人功夫高吧。这个色鬼画家吃瘪了哈哈……"

容谦一字不漏全听到了，黑瞳一闪："我先回公司了。"

"嗯嗯。"燕子应着，离开。

容谦进了银行里面。一把拽着她手儿，"我带你去 VIP 专区。"

果然，VIP 专区专人接待，毕恭毕敬。不到五分钟，存下乔云雪人生第一笔定期存款。

"这是我宝宝的保障。"她笑眯眯地把存折贴着心口。

容谦心中淡淡的暖流流过。她其实是个挺知足的小女人，世故里透着天真。

乔云雪摸摸鼻子："容谦，你居然熟悉银行里的人，不错不错。我总算看到你有点用处了。下次我再存钱，你还陪我来。"

总算有点用处？他居然就这一点用处？

容谦咧咧嘴儿，好像牙齿咬着舌头般诡异。可是看着她眉眼弯弯的样儿，他淡淡笑了："谢谢老婆器重。"说这话，自己都嫌酸，脸有些僵硬。

出来，舒渔不见了。容谦转身开来奥迪，送她回映月销售部。

乔云雪吐吐舌头："还好这里我是老大，迟到没人管我。"说着，轻快地跳了下去。

进到里面，只有寥寥几个人。

察看了下，乔云雪转过身来，却吓了一跳："容谦？"怎么还不回去上班？

"我看看房子。"容谦却老神在在，"云雪，派个业务员带我到处看看。"

他那模样倒是十分自然，丝毫没有公为私用的感觉。乔云雪想起刚刚接受过他的帮助，只得撇撇嘴儿："小汪，带他到处走走。"

容谦走了。

瞄瞄他颀长的背影，透着儒雅的风范，别有一种雅致风流。乔云雪歪着脑袋想，怎么这个男人越看越顺眼了。

至今没有奇思妙想，乔云雪只得步步为营，进行传统销售。销售员后天才会会聚齐全，到时她得给大家打打气，所以现在先得拟个草稿出来。

正忙着，面前的光线暗了下来。她闷哼："容谦，别挡我的光线。"

"哟，上班时候还想着情人呢！"苏青兰淡淡地讽刺。

懊恼几分，乔云雪放下笔，自言自语："怎么忽然就变臭了，洗手间的气味还好闻些。"

一边说，一边抬头，乔云雪一脸恍然大悟的样子："原来是洛少奶奶，恭喜高升高级经理。洛少奶奶是来求京华手下留情，留点客户给龙基么？"

苏青兰瞪着她："我可以打包票，五天后，你会亲自到龙腾花园求我放你一马。"

说完，苏青兰踩着高跟鞋离去。

皱眉瞅着苏青兰的步子，乔云雪摸摸下巴——苏青兰这么自信的模样，实在是头一回。她有什么杀手锏可以肯定龙腾比映月的销售成绩好？

以为她怕她吗？走着瞧。

不过，她是要做点准备才对。

她拿起手机，打给钱涛："钱副总，龙基向我挑战。我需要钱副总的硬性支持？"

"啥？"钱涛似乎一听到她的声音就有些胆战心惊。

乔云雪淡淡笑了："我过来和钱副总谈吧。事情有点多，时间有点紧，最好当面谈。"

"当面谈……"钱涛沉吟着，容谦不在，他可摸不着门道。不明白这对夫妻到底进行到什么程度，自然也不知道能放宽乔云雪多少。

"不可以吗？"乔云雪敏锐地听出钱涛的犹豫。

钱涛立即出声："没有没有。"

"那我现在就过去。"乔云雪挂了电话。瞄瞄外面，容谦不知什么时候才回呢。想了想，她拿了手袋，跑向外面，找到映月花园大门。

刚好容谦出来。她朝他挥挥手儿："容谦，回京华总部，我和钱涛约了。"

"哦？"容谦大步走来。并不问她，和她一起走向奥迪。

忽然一起停住了。容谦和乔云雪一齐盯着面前的男人。

洛少帆？

他放着好好的龙腾花园不待着，怎么走到马路边来了？

正想着，洛少帆大步上前，一拳头甩过来。

"容谦——"乔云雪喊了声，飞快挡在容谦面前，"不许伤害容谦。"

容谦的速度更快，长臂一伸，乔云雪已经在他臂弯中。

洛少帆神奇地收回了拳头，脸上浮起痛楚："云雪？"她居然保护那个男人！

乔云雪瞪着他，不说话。

"你怀了他宝宝，他怎么还可以让你在外面奔波？"洛少帆隐痛的目光最后落在乔云雪腹间，"还是，云雪身孕是假的？"

"胡说八道。"乔云雪挤出四个字。

"老公——"苏青兰惊慌地跑来，立即替自己的老公出头，"少帆说得对。少帆爸妈都说了，就是你怀不了宝宝，所以这么多年他们才不敢娶你进门。"

"胡扯！"容谦淡淡扫过苏青兰。

苏青兰脖子一缩，咬咬牙，不敢再说一个字。

"恕不奉陪！"容谦语气凉薄几分，半拥着乔云雪肩头，在洛氏夫妻面前优雅走过。

坐进奥迪，向京华驶去。

"容谦，你不怪我吗？"一反常态，特别安静的乔云雪思索着，"我结婚了，可是仍然被他们纠缠。还波及到你。"

腾出一臂，容谦轻轻拍拍她肩膀："傻丫头！"

"容谦，这次销售，我绝对不能比龙基差。"她喃喃着，悄悄拉着了他衣角，鼻子有些酸，"绝对不能。我讨厌死他们了。容谦，我们生宝宝吧……"

"嗯，不会比他们差。我们马上生宝宝。"容谦心头松了口气。

来到京华五十楼，乔云雪二话不说直奔钱涛办公室。

容谦也跟了进去。

和刚才车内情绪低落的模样判若两人，乔云雪目光灿灿，和钱涛交涉："我要调动京华所有在售楼盘的精英业务员。我从龙基挖过来三个员工，明天会过来总部报到。还有，我需要开盘日的促销活动……"乔云雪最后总结，"我是来求助的。"

"哦……"钱涛看到容谦颔首，才清清喉咙，"这些不成问题。"

果然是个好上司，乔云雪乐了："谢谢钱副总。如果销售成绩一路飘红，我请钱副总吃饭。"

钱涛也乐了："好好好，谢谢谢谢！"

轻咳一声，容谦没有温度的声音传来："那我呢？"

"你？"乔云雪错愕地转身，瞪着他，"我不是天天陪你吃饭吗？"

钱涛爽朗大笑。

容谦眼睛抽筋，抬眼望天。

钱涛来了兴趣："乔小姐，销售万一不好，怎么办？"

乔云雪想了想，半天才下了决心："那就撤我的职吧！虽然我很舍不得。"

容谦淡淡笑了："钱副总看来比较闲。"

"没有没有。"钱涛立即见好就收，一副严肃的老总模样，"基于公司立场，只要乔小姐给出的建议对京华有好处，我们会全权处理。乔小姐请放心。"

"钱副总果然是英明的领导。"乔云雪凝重几分，"我会尽全力做好的。"

这面孔让钱涛一震，目光悄悄转向容谦。

容谦却淡淡一笑："钱副总当然是英明的领导。云雪说得对。"

得到痛快支持的乔云雪立即走了。容谦目送她燕子般飞离，唇畔勾起淡淡笑意，回了办公室。

办公室里有人。容长风。

平静而凝重，年近六十的容长风，风采非凡。举手投足间，是大企业家才有的风范。

"爸？"容谦走了进去，和容长风并肩而立。

"这次的销售成绩，至关重大。"容长风语气十分凝重，"这是我们京华第一次和龙基真正对上。当然，可以说是龙基和我们京华对上。因为我们的开盘时间在三个月前就已经定下。而龙基是这个月才决定的开盘时间。"

"我明白。"容谦颔首。

"明白就好。不要让销售那里出乱子。"容长风叮嘱，"关系重大。"

容长风走了。来去匆匆。

容谦坐下，拿出钱包，打量着那张照片。长眸渐渐深邃起来。

一下午很快过去，晚上有应酬，他十一点才到家。刚一开门，就见乔云雪一张笑脸迎上："容谦。我等你一晚上了。"

容谦一愕，站在她面前，打量着她的小模样。穿着睡衣，显然是特意等他才没睡。她手里拿个饭碗做什么？

"你想要宝宝？"她严肃地问。

容谦颔首："那是人生必经之路。老婆，我喜欢家里有宝宝的笑声。"

乔云雪有点走神。老妈曾说过，爱宝宝的男人就是爱家的男人。容谦这模样，还真有点模范爸爸的样子。

"云雪？"容谦提醒，她居然走神了。

"哦，没事儿。"乔云雪赶紧回神，绽开温暖的笑容，"容谦，宝宝生下来谁带呀？我也要上班呢！只有三个月产假啊。"

"哦？"容谦沉吟着，这确实是个问题。她不会喜欢在家当专职妈妈。

眨眨眸子，乔云雪认真地征求他的意见："如果生了宝宝，你也要带宝宝。现在的男人比女人还会带呢！"似乎怕他有意见，她慎重地加了句，"真的，现在是严母慈父。"

说得一套一套的，容谦温煦的笑容漾开："云雪，我没说不带宝宝。"

"生了你带哦？"她眨眨眸子，再度确认，"本来嘛，我生，你带。这样才公平，才符合我们ＡＡ制的原则。"

容谦颔首，淡淡笑着："当然。"应该总能抽出点时间抱抱自己的儿子吧。现在算得这么精，可这么热情的小女人，真生了宝宝哪会舍得放手。他放心得很。

"那就好。"乔云雪似乎松了口气。

"我先去书房，尽量早点回房睡。"容谦抬手，轻轻摸摸她娇嫩的脸儿，黑瞳灿亮，"我会抓紧时间和老婆生宝宝。"

脸儿红了红，深呼吸，乔云雪笑吟吟地伸出胳膊挡住他："你现在不能去书房。"

"哦？"容谦疑惑地瞄瞄她。

乔云雪飞快跑向厨房，拿出一个碗。走到客厅，还接了一碗水。小跑着过来，抓起他的手，把一碗水放进他掌心。

容谦好笑地看着她的小动作，淡淡笑了，端过碗，要喝水。

"停！"乔云雪大喊一声，阻止他，"Sorry，水不是给你喝的。"

容谦一愕："云雪？"

"立正！"乔云雪欢快地喊了声，把着他的手平端起一碗水，声音从来没有过的甜美,"老公,这样站十分钟。每晚十分钟。"

每晚站在客厅端水十分钟?容谦皱眉,"老婆这是?我有点忙……"他是真忙,大部分应酬都直接推掉。

"那不行。"乔云雪退后三步,拿起她记数的小本子,鼓着腮帮念,"基于上个月共计砸了八个饭碗,五个菜碗,三个汤碗,我对容先生的臂力及注意力感到极为失望。为了保证老公抱宝宝时不会掉到地上。从今天开始,每天练习十分钟的臂力。老公你有意见吗?有意见请举手。"

薄唇轻颤,容谦最终举起胳膊。

"请说出你的意见!"她威严地给出看法,"事先说明,容先生如果不愿意练习,就不能爬上我的床,宝宝就不能出来。"

看来她是认真的。

这有点麻烦。容谦黑瞳紧紧锁着她认真的小脸儿:"老婆希望我练习臂力?"

"还有注意力!"乔云雪拼命点头,声明,"为了我们的宝宝着想,必须的。"

"这杯水太轻了,和人的感觉也不一样。"容谦唇畔掠过神秘的笑容。

"容负翁你要干什么?"他的气息扑面而来,她慌了。

娇娇弱弱的她哪里是他的对手。容谦长臂一伸,凌空抱起小女人,掌心紧紧贴着她的小臀。

乔云雪害怕那种失重的感觉,不得不双手勾着他的脖子,恨得牙咬咬:"容谦你不是君子!"

露出个满意的笑容,容谦指尖爬入她睡衣:"为了保证练习效果,我每天抱老婆十分钟。"

第十五章　老公是贤内助，也是贤外助

乔云雪躲闪着，可最终羊入虎穴，乖乖执行天天努力生宝宝。

明明是她要训练容谦，为嘛最后成了容谦对她上下其手。而且还捏揉摸亲了整整十分钟。

燕子悄悄在客房里，悄悄推开一条门缝，偷着乐。

乔云雪出来喝水时刚好抓住燕子鬼鬼祟祟的行为，瞪她。

"恭喜呀！"燕子朝她做鬼脸。

看着真是令人又爱又恨。有着千金小姐的娇纵脾气，偏偏又善良可爱。又爱惹事又爱张扬，可是如果燕子没出现在这两百平米内，或许她现在还和容谦"相敬如冰"吧！

被容谦辗了大半夜的乔云雪明明站都站不稳了，可在天刚刚亮时，就下了地。

容谦的大掌捞过来。

身子一缩，乔云雪双手扶着腰险地逃开他的长臂，拿出"荷兰原装妈富隆"。她皱眉儿，"其实这个味道真的很好，可惜不能吃了……"

容谦眼睛微微一抽，唇角却不知不觉微勾。

她把瓶子放回去，去换掉睡衣，一边嘱咐着："我要起草 AA 终身协议。"

"嗯。"容谦手掌垫上后脑勺，长眸瞄着她抱着手提离开。不知不觉拧起长眉。

事情好像有些过头，朝不可控制的方向发展。她一心只想嫁个普通工薪族，所以也一直认定他是普通的工薪族。完全用看工薪族的眼光来打量他，也自然而然用平常心过着小日子。

但他正式的任命书下来，这一切格局是不是会变……

娶她的初衷……他快忘了。但这样精彩而舒服的日子，他隐隐不希望生活有大的变化。

"容负翁——"乔云雪轻快的声音传来,"我要用你的打印机。"

"嗯。"容谦答应着。他的小书房等于是间设备齐全的办公室,打印机传真机等等一应俱全。

"密码呢?"她问,"你过来输。"

非常合作地走到书房,容谦替她把才拟好的协议打出来。瞄了瞄内容:"AA 制终身协议……"

洋洋六大条,容谦的目光掠过两行字:"1.互不干涉对方交友;2.互不觊觎对方财产,消费一律平分……"

"签名。"乔云雪在后面催了。

瞄瞄最后三个大字:"终身制"听起来感觉非常不错。淡淡一笑,容谦大手一挥,一个极漂亮的谦字落在下面。

"按手印。"她把旁边一个红印拿过来,放在他面前。

似笑非笑地蘸了印油,容谦悠然摁下手印——清晰的指膜印。

"谢谢!"乔云雪浅浅笑了,依葫芦画瓢,也摁下。

一份正式的 AA 制终身协议落成。

乔云雪飞快把自己那份协议收好,放到容谦找不到的地方,宣布:"今天还是吃面条哦……"

给燕子下了两个荷包蛋面,燕子大为开心,用宝马把乔云雪送到映月售楼处。

瞄瞄对面的龙腾花园,燕子噘起嘴儿:"嫂子别怕,到时我来给嫂子加油。苏青兰那蹩脚货,没什么好担心的。不过……洛少帆怎么有时间跑这儿?"

是啊,洛少帆怎么一直在这儿?

这当儿,洛少帆的目光正扫过来,看到她在,目光一闪,似乎有些欢喜。

"燕子再见!"她忙着呢,没时间研究洛少帆那个微微欢喜的笑容。

有钱涛支持的工作,效率非常之高。到九点钟的时候,不仅各个楼盘的精英已经到齐,连林小眉、娟子及云盼盼三人都到了。

乔云雪先把三个姐妹淘锁到门内说话:"你们在龙基的时候都已经是主管级以上。现在过来做高级销售员,是有点委屈大家。但我已经申请,只要三位的销售额超过千万,也就是差不多每人卖出十套房之后,你们的提成会在现在的基础上加一倍。"

"那已经不错了。"林小眉笑了,"主管只是个摆设,更重要的还是银子。"

"小眉你这女人就是这么俗。天天除了银子还是银子。连找男人都先看银子。"娟子不屑地讽刺着,"云雪,你放心,我是仗义来的。奶奶的,从那个苏青兰出现,第二天替代云雪嫁入洛家,才完成婚礼就进医院生孩子,我就想离开龙基。只是碍于别的地产公司不敢接收龙基的管理,我才不得不委屈自己留在那儿。现在好了,我终于可以开心赚钱。"

"谢谢！"心里一暖，乔云雪眸子有些温润，"我当时也没想到，他会那么快娶她，那个婚礼……"原来是为她乔云雪布置的。

天意弄人，不过如此！

"云雪，别伤感。"林小眉收起吊儿郎当的样子，"有我们呢，保证会好起来的。"

乔云雪眨眨眸子，绽开淡淡的笑容："人生就那么长，我不会总是纠结那些。只是没想到，还是不如苏青兰的意，我居然被她恨上了。我还会和他们正面对上。不过，我们不怕。"

"嗯，加油！"娟子紧紧握着乔云雪的手，"旧的不去，新的不来。如果洛少帆不花心，云雪现在哪能嫁这么稳重可靠又帅气的老公。"

"嗯哪——"云盼盼做出花痴的样子，"妞儿，我可是一见钟情哪。知足吧！"

乔云雪扑哧笑了："你们仨就是一堆活宝。盼盼，你以前的外号不是含羞草吗？"

"噗——"云盼盼乐了，"在这行业待上几年，还能做含羞草吗？"

这话惹欢了大家，立即全笑了。乔云雪这才带着大家来到售楼大厅，准备开始初级培训，给大家打强心针。

"请问这里有乔云雪小姐吗？"外面有声音传来。

乔云雪探探小脑袋："我是。"

"麻烦乔小姐签收快递。"对方抱着个不大不小的纸盒进来了。

天，容谦那么闲么，居然又快递东西给她。看着纸盒，乔云雪就想起那两条睡裙，燕子捣乱的一行字，还有公司的大老板，她上次糗得很哪。

利落签收。乔云雪把纸盒放到一边，然后开始她的培训历程。

她做了PPT文档，开了投影仪，严肃而认真："从今天开始，我就是你们的主管。一切销售行动都得听从我的指挥。不管你是京华多有资历的销售员，在我眼里都是生手。因为每一个楼盘的风格不会一样，所针对的客户群也会改变。我们到一个新楼盘，就是新的起点……"

三三两两的鼓掌声。显然她的年轻漂亮令人轻视她的阅历，底下有小小的议论声。甚至有人跳起来："乔小姐，你很可爱，你结婚了吗？"

下面一片哄笑声。

"嘎——"乔云雪傻眼。想了想，她笑了，"我儿子都不屑问这么简单的问题。"

林小眉三人立即捂嘴儿笑了。这丫头为了施威，平空瞎编个儿子出来。

"儿子……"那提问的人脸儿抽搐着，默默坐下不作声了。

乔云雪用鼠标翻动着电子页面："今天是动员大会。从明天开始，每天我会抽出两个小时给大家讲解楼盘的概况、优势，以及针对的客户群。"

售楼大厅这才安静了些。

"在讲理论之前，我先给大家讲一个故事。"清清喉咙，乔云雪环视着一大票年轻的帅哥美眉，"两个好友在丛林中打猎，不巧遇上老虎。两人赶紧一起逃。可跑

第十五章 老公是贤内助，也是贤外助

着跑着，其中一个人忽然停下来换跑鞋。这时另一个人就奇怪了，你再换鞋子也跑不过老虎呀。"

"是呀？"有销售员发出疑问，"这人傻了，能跑赢老虎吗？白白浪费时间。"

"哦——"拉长声音，乔云雪意味深长地盯着那个销售员，"先听完——换鞋的人说，我不用跑得过老虎，我只要跑得过你就行了。"

所有的销售员安静得厉害。所有人都听懂了，很明显，老虎最后追上的是没换鞋子的人。

故事效果很好。乔云雪浅浅笑了："这个故事说明什么？一，我们随时要准备一双比别人好跑的鞋，这鞋不是单纯的鞋，而是潜藏的技能；二是再好的朋友，在致命的竞争下，都是对手。在我们准备竞争之际，首先武装好自己，全副披挂上阵；再就是不要小看竞争者，我们可以把任何一个竞争者都看成是，把你留向虎口的人。"

一反常态，乔云雪锐利几分，那淡定的模样散发某种光辉，让人不容小觑。既有悬念，而又夹杂趣味性的故事，令每个销售员渐渐融入乔云雪的培训课程。

如愿迎来一片掌声。

大家散了，由小汪带着所有人去熟悉楼盘户型，以及样板房位置。

云盼盼却朝她伸出大拇指："耶，云雪，一年不见，雄风依旧！"

"呸，是雌风依旧。"娟子说。

林小眉三句话不离银子："跟着云雪有钱赚。相当好！"

"快去吧！"乔云雪笑了，"到时找不到样板房，我看你们怎么卖房。"

那三个女人这才乐呵呵地跟上大部队离开。

售楼大厅安静下来，只剩几个一直在这里的员工，乔云雪悄悄打开纸盒。

陕西绵核桃粉？

乔云雪扑哧笑了，容谦今天怎么了，巴巴地送她这个，还快递呢！瞄瞄盒上，快递单上只有快递公司打印的映月售楼部的地址。

她拿起包装袋来看，一张便条斜斜地从纸盒里掉落。

捡起，上面是正楷字儿：宝贝，核桃补脑。

心里一暖，乔云雪眸子有些湿润。本来看着容谦这个举动好笑，这会儿却安静地拿起核桃粉，轻轻握着。

忽然想起，这世上只有容谦喊她宝贝呢！眸子，渐渐湿润。

只可惜，她常常看不透他那深邃长眸里装的是什么。她也不打算看懂。她若看懂他了，心里还会这样坦然吗？还能没心没肺地和他胡搅吗？

核桃嫩嫩的，脆脆的，味道刚刚好。

施靖怎么来了？

"施总？"走上两步，才发现他后面跟着容长风。这一惊非同小可，乔云雪第一反应是回头瞄快递。

上次容长风就是逮着她公为私用。

已经晚了，容长风已经认出她。二指轻轻夹起她面前的卡片，放到眼皮底下，念着："宝贝，核桃补脑？"

乔云雪脸儿成了红番茄。尴尬地面对着容长风。

"董事长好！"乔云雪一个大鞠躬。天灵灵地灵灵，但愿董事长日理万机，贵人多忘事，把上次的尴尬事给忘光光。

容长风扫她一眼，目光落在她手上的核桃粉："这个……能解释吗？身为管理，公为私用。还一而再……"

"那个……"好讨厌容谦啊，为嘛会送这个来，现在好了，她被当场抓包。如果他不写那张卡片，或许她还可以赖掉，毕竟上班时间喝杯核桃粉的饮料也没什么。

容长风转过身去："施靖，这个主管……我希望下次不要再见到……"

"报告董事长——"她绝对不许施靖开口。施靖对她的成见已经是冰冻三尺，一逮住机会绝对会让她滚出京华。

"哦？"容长风冷凝的目光扫向她。

乔云雪连忙脑筋急转弯："董事长，我只是怀孕了。我老公怕我动胎气，特意寄给我的。"

"胎气？"容长风目光投向她腹间。

腹间平平，看不出来。

深呼吸，乔云雪努力保持镇定。开玩笑，如果她被容谦一包核桃粉给害得离职，那可太如苏青兰的愿了。她绝对不可以出师未捷身先死。

留得青山在，不怕没柴烧。

点点头，容长风倒是没再追究，只淡淡一句："既然是管理，注意影响。"

"我知道了。"大鞠躬，乔云雪连忙挤出自以为灿烂的笑容。董事长大人，请快点回吧。

容长风倒稳稳坐下，乔云雪还在鞠躬中，施靖早已亲自送上热咖啡："容董请。"

喝着咖啡，容长风目光深邃几分，缓缓地："销售计划进行得怎么样了？有没有预算开盘当天能不能销售出至少一成？"

一成就是五百套。这个数字绝对不容小觑，但乔云雪点头："不能肯定，但会在五百上下浮动。"

容长风瞄瞄施靖："施靖先生应该常来。毕竟施靖先生才是营销高级经理。我希望下次再问相关事项时，能由施靖先生来回答。"

乔云雪错愕地抬起头来。这样说来，钱涛的话根本不起作用，施靖还得管她。

权力失而复得。施靖可高兴了："容董，我会加强对下属的管理。绝对不会让下属上班时间打酱油。"

乔云雪垂了脑袋，不再说话。

第十五章 老公是贤内助，也是贤外助

权大一级压死人，她现在算明白了。施靖，果然是打不死的小强，又管她了。

容长风总算走了。乔云雪总算长吁一口气。因为容谦的两次快递，她现在在大老板面前，实在底气不足。还让大老板亲自吩咐施靖对她严加管理。

越想越懊恼，乔云雪拿出手机打电话，瞄瞄大厅里有员工，不好通话。只得又放了下来。

中午，乔云雪去餐厅吃饭。这餐厅干净，客源广泛，生意兴隆。

她带了林小眉三个人一起去，算是给三个姐妹接风洗尘。

"又有免费的午餐吃了。"林小眉堪比葛朗台。

乔云雪忍不住笑了："小眉，你的钱到底都存哪去了？天天这么抠……"

林小眉扬扬眉："我存着，存首付，然后买个小房子，就有家了。谁想帮本姑娘暖被窝，入赘好了。"

"你听小眉胡说。"娟子乐了，在下面踹乔云雪的脚。

和姐妹淘一起总是开心的。乔云雪忘了施靖的不开心。等吃完，四人都站了起来。

那三人已经出去了，乔云雪去结账。最后才出来，低头收拾钱包，一边往外走。正走着，古龙香水味飘过鼻尖。

这气味太过熟悉，乔云雪忍不住抬头。

容谦和赵佩蓉在一起。两人的胳膊距离超过三十厘米。赵佩蓉不时瞄向容谦，试图靠近他些，但容谦总在赵佩蓉靠近的时候或大步或略停，总能让三十厘米以上距离保持不变。

瞅着，乔云雪淡淡笑了。她绝对是 AA 制的拥护者，不想干涉容谦的交友。

摸摸鼻子，她保持笑容，抬头挺胸走过两人面前。经过容谦时，她狠狠踩她一脚，却慌乱地跳开："啊呀，小姐，真不好意思。这路太窄了，一不小心就踩上你的脚。我现在总算明白冤家路窄是啥意思了。"

"哎哟……"赵佩蓉受痛，惊呼出声。痛得眼泪都出来了。

"哎哟……"乔云雪也像没站稳的样子，一阵乱晃。

容谦愕然，可看着乔云雪摇摇晃晃的身子，下意识地伸出长臂来扶她。

"容先生——"赵佩蓉郁闷，"她踩我。怎么反而扶那个施虐的女人。"

容谦稳稳扶住乔云雪："小心点儿。"可看到她眸中熟悉的灿亮，容谦唇畔浮起淡淡的笑意……

转过身来，容谦淡淡扫过赵佩蓉："不好意思，我女人有点孩子气，有点毛躁，但没恶意。我代她向赵小姐道歉。"

赵佩蓉没想到他会直接承认"情人"的存在，不由脸儿青白交错："容先生……你爸他说……"

"这事，我们可以单独谈谈。"淡淡的声音不容置疑，容谦长臂一伸，"我们先坐下用餐。"

乔云雪已经出去了。跟上三个姐妹淘，不知不觉又侧过身子，瞄着一起坐在餐厅用餐的两个人。果然如燕子所说，赵佩蓉仪态优雅，美丽从容，就是少了点温度。

她经常和容谦这样一起进午餐么？

瞄瞄容谦，那么四平八稳的男人，脸上还是写了安全两个字。

"云雪，有个那么帅气的老公，不许再看男人啦！"云盼盼不知道乔云雪在看谁，只打趣着。

"谁看男人了。"乔云雪撇撇嘴儿，大步离开。

回到映月，乔云雪在马路边站住了："小眉你们先进去。"

她模模糊糊地想，如果去年没发生那件事，那么现在会是怎么样？

但偏偏就是发生苏青兰的事了。她逃离。他不仅没追，而是第二天照常举行婚礼，只是新娘换了人。那比苏青兰怀了他的孩子还打击她。洛少帆之薄情，堪称男人薄情的典范。

西藏一年的光阴，让她清清楚楚想明白了。往日一切都已不复存在，她能做的，是快乐的自我，不欠人，也不愿人欠我。好在，容谦也是个不要感情的人。

但，是个负责任的好男人。那么她就应该做个负责任的好女人。照常打理家，生宝宝，过平凡而温馨的夫妻生活。

所以，她现在只是洛少帆的对手。洛少帆，是她的对手。

手儿忽然被一双大掌抓住了。天气转凉，可掌心仍然是热的。握得紧紧的。很熟悉的感觉。

她闷哼："容先生，赵佩蓉很漂亮。"

"云雪，是我。"低低的抑郁的声音，洛少帆站在她面前。

连忙后退，乔云雪拼命挣开手。可他的手就似钢筋般，她一点也动弹不得。不假思索，她俯身，一口咬上他的手背。

"云雪！"洛少帆发出受痛的声音，可并没放开她，"你听我说完。"

乔云雪眸子喷出火来，死死瞪着他："洛少帆，我们现在桥归桥，路归路，我是你游戏中最憋屈的那一个，都能接受事实。你为什么不能？我们不可能做朋友，更不可能有别的。我更害怕你的老婆大人找上门来，影响我的婚姻。放开我，我要上班。我老公看到很不好。"

洛少帆久久凝着她，抓紧她双肩："我知道你永远不可能忘了我。你的眼睛告诉我，你会永远爱我。"

乔云雪淡淡笑了："你做梦！"

洛少帆眸间显过痛楚。那双细长的眸，竟多了许许多多难以言明的高深莫测。

好久好久，洛少帆才艰涩地吐出一句："我要苏青兰的孩子。"

"你已经要到了。"她友善地提醒。

"可是，如果我知道你能怀孩子，我不会娶她。"洛少帆掐紧她肩胛骨，指尖微颤，

217

"我要龙基。有孩子才能有龙基。"

被他掐得疼痛，影响她的思维，她要快点离开。

"云雪，离开他。"洛少帆低语，"你不爱他，不要拿你的终身去和他耗。"

"我要回映月。"乔云雪挣扎着，"我老公看到我和你拉拉扯扯，他会生气。我不喜欢他生气。洛少帆，如果那么多年你都没学会尊重我，那么你现在学会也不迟。"

淡淡的凉意，从洛少帆唇间溢出："我不能忍受，你和别的男人在一起。"

乔云雪失去语言功能。眸子里渐渐有了慌乱。垂首，乔云雪用长发遮了一脸思绪。

察觉到她的冷淡，洛少帆似受了沉重的打击，终于，他双臂松开："雪，听从心里的爱，归来。"

她没做声。脑袋更低了点儿。

洛少帆后退了步："陕西绵核桃，我以后会每个月送你。"

"是你？"霍地仰首，乔云雪震惊得身子一晃。她忽然大步转身，踩着优雅的步子，像走T台一般，回到映月售楼部。将核桃胡乱包了，全扔进纸盒。抱出来，依然挺直背脊，优雅走到洛少帆面前，"自从嫁了容谦，近朱者赤，我脑袋灵光得很，不需补脑。"

说完，扔到他脚下。她踩着优雅的步子回售楼部。可一进去，肩头歪歪地耷拉了下去。

累！

"怎么啦？云雪你脸色不太好。"娟子挨上来。

"没事。"乔云雪浅浅一笑，"忽然明白了，真正的刀，永远无形。最鲜艳的血，从来不能看得到，它是内出血。"

云盼盼一愣："怎么嫁了个老公，人也深沉啦！"

笑着，乔云雪起身："别扯了。干正事要紧。三天后的竞争，会很激烈。我的命都在大家身上呢。"

忙碌的一天过得特别快。傍晚，好些日子没来接他的容谦居然来接她了。

容谦扬眉："怎么了？眼睛红红的，脸儿绷着，被人欺负了？"

"有人欺负我，你帮我么？"她眨眨眸子，轻松地朝他笑，依旧是那个没心没肺的姑娘。心思，悄悄藏在心底，是他看不见的角落。

容谦颔首："当然。老婆被人欺负，很没面子。人家可能背后骂软脚虾。"

没温度的男人说这话，乔云雪脸儿抽了抽，最后扑哧笑了。想了想，她脑袋瓜一歪，轻轻靠上他肩头。却忽然仰首，飞快在他脸上试探一吻。

他没动，神色不变，温和地看着她。

她别开红红的脸儿，细声细气地："亲你你都脸不红心不跳啊你。容先生不爱我，太好了。"

脸上掠过瞬间的奇诡之色，容谦凝着她。数秒后，他居然伸过长臂，捏上她红红的腮帮，风过无痕地笑了笑。

容谦那昙花一笑似流光冲过，散发出神秘而意蕴流长的光芒。乔云雪的心神，被那笑容生生牵绊住。

这是个有内蕴的男人，她看不懂。

回到家，乔云雪先跳下车："容先生今天不用应酬么？"

"推了。"容谦淡淡一笑，"老婆都被人欺负了，哪还有心思应酬。"

心中微微一跳，乔云雪咬着唇儿，瞄着他。可他面容还是那么平静。撇嘴儿，忽然邪恶地想：什么时候才能看到他惊慌失措的模样呢？她好期待啊！

他已经迈开大步向房子走去，拽着她胳膊走。拉得不轻不重，手掌似乎握得比较轻，乔云雪一挣，才知道那力道刚刚好，她挣不开。

容谦长眸对上她黑白分明的眸子，语带双关："不牵好云雪，老婆丢了可亏大了。"

"嘎——"她闷闷地扁起小嘴儿，"我才不那么容易被人骗呢！"

"哦，那也得牵紧些。经世浮华，光怪陆离，谁知道，一个错眼，谁把我老婆拐走了呢！"容谦意味深长地瞄瞄她，"所以，为了安全起见，明天开始我还是做你的司机吧！"

"嘎——"她眸子里面有些困惑——风雅的他，怎么那么笨呢？

"映月的工作进展得怎么样了？"跨进电梯，容谦有意无意地提起工作。

乔云雪有些慌神，今天的经历很精彩："很好。"

容谦颔首："工作的事，尽人力听天意。房产销售受各种因素影响，高低起伏很正常。"

"哦。"她听着，心情有些压抑，打不起精神陪他聊。虽然好奇他今天怎么这么多话。

"如果映月有什么事，可以找我。我会第一时间找人帮忙，老公是你的贤外助。"容谦提醒。一双洞悉人心的长眸，轻轻扫过她布满心思的脸。

乔云雪点头："嗯。"可董事长亲自出手，告诉容谦又有什么用啊……

回到家里，满腹狐疑的乔云雪还是乖乖进厨房做饭去了。等出来，却发现客厅里多了几个人。

"容谦？"发生什么事了？

容谦颔首："云雪以前说家里太空，我让人买了些家具回来。"

果然，他们在讨论如何摆放家具的问题。

没想到他还记得她的话。心里一暖，乔云雪静静地凝着这个"老实"男人。稳重可靠，按这四个字的标准来说，她自认为挑得精准。

容谦弯腰抹着杂物柜。乔云雪瞪着他忙碌的身子，站着没动。

容谦转过身来，微微一笑："老婆别担心，我保证抹布不会掉到地上。"

"嘎——"乔云雪给他个白眼，谁稀罕抹布掉不掉地上。她扁扁小嘴儿，"别想多了。我只是奇怪你今晚怎么没直接进书房。"据她所知，容先生离了书房似乎就没有方向感。

负翁相当拼命，比起当初的洛少帆有过之而无不及……

"老婆看不出来？"容谦温和地反问。明明淡淡的语气，却让人觉得他正隆重地和她说话。

乔云雪一愣："我看出什么来了？"

容谦似笑非笑："云雪今天生气了，但是又不是别人欺负的，那是因为我的缘故了。"

"啊？"乔云雪眨眨眸子，就说这人笨吧，没事揽上身。

"所以……"他含笑凝着她。欲言又止的模样，看上去小小的委屈。

可乔云雪竟诡异地觉得，他下面说的一句话会让她心跳加速……

容谦收敛笑意，严肃得像在开会："所以……我在讨好老婆。"

"砰"的一声，清脆悦耳，一团白花在乔云雪面前绽开。

容谦盯着那团白花，唇角越翘越高。不动声色地放下抹布，悠闲地走到茶几那儿，拿起她平时记数的本子，小心翼翼塞进她手里："老婆，记吧。"

"容谦？"乔云雪危险地眯起眼儿。这男人，这么迫不及待呀。

他这是复仇，因为她老是开心地记他的数。这绝对是复仇！

容谦四平八稳地拍拍她的肩："老婆不要怕。老婆才打破一个菜碗，比起我的记录不知好多少。不过我非常推崇老婆的ＡＡ制。老婆打破的也要记下来，下个月结账时好扣钱。"

"容负翁——"低吼，乔云雪脸红如霞，又气又怒，尴尬得跳脚。这男人到底是故意的还是真的如此呆萌，前一句说要讨好老婆，下一句就不遗余力踩老婆痛脚。

还老婆不要怕，老婆别伤心呢！

她想哭。可她是淑女乔云雪，像藤萝一样坚韧。她才不会被任何人打倒。

可是，她现在就是想哭呀。呜呜，她还真哭了："混账容负翁，笨蛋容蜗牛！你就不能晚一点再找我算账？你知不知道我今天有多委屈，我都想哭一天了，我忍，我努力忍！我忍得肠子都打结了，好不容易回家安静会儿，结果你还要来招惹我……男人都是混蛋，天下乌鸦一般黑。不，一只更比一只黑……"

白天被容长风训了没掉眼泪，被洛少帆气得想甩巴掌，心里伤得一抽一抽的都没掉眼泪。结果一回家，被一个讨好她的男人给气得眼泪成河。

燕子疑惑地瞪着哥哥，乖乖回房回避去了。

乔云雪哭得厉害。

"那个……最多我不记你的数了。"容谦语气温和几分，闪动的眸子却别有深意。

"你记呀，怎么可以不记？不对，我不要你记，我自己记。"乔云雪含泪，一把抢过容谦手里的本子和笔，三下五除二地记上：Ｘ年Ｘ月Ｘ日，乔云雪摔破一个菜碗，于下个月结日一起清算。

哭泣的小女人龙飞凤舞地写完，瞪着容谦。眼泪不知不觉又落了下来："容小人，我当初到底看中你哪里了嘛！"

容谦无声无息地递给她纸巾。

随手一扯，纸巾就拿过去了。乔云雪抹着眼泪，可眼睛，早已红肿。

刚刚说要讨好老婆的容谦没劝她，反而去厨房拿了碗筷，出来执行他的那一半家务。

一直到饭菜上桌，容谦才把燕子喊出来吃饭。平时的三色灯总是开成橙黄，今天容谦偏偏把它开成银白，明亮得很。哭得眼睛都肿了的乔云雪，自然而然一眼瞄到那兄妹居然没事般地吃晚餐呢！

那可是她做的饭菜。她不哭了。那眼泪神奇得很，没了。

她哭的时候，这个没良心的男人，还有那只天天都喊着喜欢嫂子的燕子，居然只管抢她的劳动成果。

瞪着桌上两人。经过慎重考虑，她忽略掉燕子，眨动的眸子落上容谦那张俊脸。

几秒后，她连容谦也不瞪了。埋下脑袋，猛吃饭。

可能哭得累了，吃得还真不少。当她放下筷子的时候，瞄到燕子正苦着脸摸肚子："哥，我没饱啊……"

"我也没饱……"容谦瞄瞄乔云雪。没想到那小小的人儿，那么扁平的小肚子，能装下那么多食物。

听着，乔云雪似乎高兴了几分。但这高兴只持续了一会儿，回头看见那堆碎裂的瓷片，不知不觉又忧伤了。唉，她刚刚好像反应过度了……

心里不平衡的小女人坐在沙发不愿动了。托腮沉思着，想着今天的窝囊事。公司里窝囊，家里也窝囊。她怎么老是在容谦面前哭啊，太窝囊了。

"哥，嫂子怎么啦？"燕子小小声地问。

容谦淡淡的："没事，有些事……哭过就好，闷在心里成大伤。"

燕子眯起细长的丹凤眼："哥是故意让嫂子哭啊！哥可真是嫂子的贤内助，可是……"她悄悄指指沙发上的美人儿，"哥你一定十天半个月爬不上嫂子了……"

做哥哥的不悦地扫了眼多嘴的丫头。

燕子立即知趣地跑房里去了。

容谦起身，相当主动地收拾好桌子，然后出来准备扫碎瓷。可瞄瞄乔云雪，还是走到沙发上，坐在她身侧。

乔云雪别开脸，当作面前的人不存在。

慢慢抓紧她手儿，容谦另一长臂却横过她背，慢慢搂入怀中："傻丫头，受了委屈不肯告诉人，难道连哭都舍不得哭？女人还是水做的好。"

才住了的眼泪立即盈满眼眶。乔云雪绷紧脸儿，拒绝看他。他知道她今天在公

第十五章 老公是贤内助，也是贤外助

司的糗事吗？她怀疑他八成知道，要不然怎么会如此洞穿她脆弱的心儿……

容谦居然不知从哪儿弄来几颗巧克力，塞进她手心。

她瞪着，气恼："你不知道我今晚吃了很多饭吗？还让我吃巧克力，你想让我胖成二百五？"

俊脸一扯，容谦不声不响收回巧克力，自个儿剥着吃了。

但才过一会儿，他拿了瓶营养快线放在她面前。

咬咬唇，乔云雪瞪他："我现在缺的是水分，不是营养。你不知道不喝开水，只喝过度的饮料会让人机体混乱吗？"

挑挑眉，容谦起身，拿了瓶纯净水给她。营养快线自个儿喝了。

一瓶纯净水，乔云雪一饮而尽，总算平静了。

容谦淡淡笑了："先洗个澡。"脸黄黄的，泪汪汪的，可怜兮兮的，是有点落魄，她要是照镜子，八成会尖叫。

乔云雪抬起头来，闷闷地："好啊，你这么好心，给我义务放热水啊！"

"好。"容谦起身，二话不说走了，调好热水器。

几分钟后，乔云雪还真去洗澡了。可一试水，她恼了："容谦你舍不得电么？负翁也不是这样做的，连热水都舍不得给我用。"

这声音还真有威力，容谦三两步就进来。探探热水的温度，赶紧去调热水器了。

可三分钟后，乔云雪的声音更是提高几分："容谦，我不是猪头，不用开水烫的。"

探探水温，容谦有些尴尬："等等再洗。"

瞅着容谦好脾气的模样，乔云雪久久瞪着他，忽然垂下小脑袋："你为什么不骂我，说我难伺候呢？"

容谦抬起胳膊，停了停，才轻轻抚上她发丝："你是女人，可以耍小性子。"

她又想哭了，闷闷地："我要洗澡了。"手儿慢慢放上衣领，提醒他该离开了。

"嗯。"容谦应着，果然听话地出去，还帮她带好门。

愣愣地瞅着门，眸子一热，乔云雪忽然觉得满心胀满了种别样的东西。

容谦回房，经过主卧时，听到乔云雪的手机铃声。听着浴室的冲洗声，他皱眉儿，回了卧室。

拿起手机，是洛少帆。

拧眉想了想，容谦打开，声音淡淡的："你再打电话给云雪，已经不合适。"

"容谦，你不应该插手我们的事。"洛少帆也淡淡的。

容谦淡淡一笑："云雪的事，我应该插手。"

洛少帆似有些压抑："容谦，别告诉我，你留下云雪，是因为爱她。那太荒唐。"

"一切皆有可能。"容谦淡淡的，"洛大少人中之龙，不会不明白。"

洛少帆闷哼："我娶了苏青兰，结果我未婚妻却成了你的人……"

"是前未婚妻！"容谦平静地打断他，"一年前，是你自己的选择。"

"这么多年来，她一直和我洛少帆共同进退。"洛少帆冷淡极了，"容谦，别人不知道你，我还不知道你心里有谁，你不会爱云雪，永远不会……"

"云雪现在是我的人。有心的男人自然会让妻子可爱。不要试探我爱不爱。"容谦没有温度的声音隐隐犀利几分，"你要打扰她，先经过我的同意。记住，如果你不能打垮我容谦，那恭喜洛先生——你白想我的女人了。"

容谦挂了来电，删除来电记录。把手机放回原处。

聪明如洛少帆，短期内不会再找云雪，而会把火力集中在他身上吧……

要防的，是苏青兰。

这会儿，乔云雪已经沐浴完毕，进来了。

美丽的人儿有些虚弱，反而有种说不出的空灵柔美。红肿的眼，格外惹人怜爱。粉红的睡衣薄如蝉翼，下面空空荡荡的，只露出两条纤细的腿儿，白皙迷人，透着神秘感……

"别动……"容谦吐出两个字，低沉而性感。深邃黑瞳，紧紧锁住她窈窕的身子。

她站住了。用迷惑的眸子瞪着他，双臂不知不觉环住胸。

容谦却玩魔术般地拿出一支软膏，揭开她细细的吊带，轻轻涂上肩胛骨。

那里，有两道男人的指痕。

身子一震，乔云雪心里一暖。咬咬牙，低低地："为什么不问我，这伤痕是怎么来的？"

"那不重要，重要的是它会很快好起来。"容谦似乎语带双关。

乔云雪愣住，她那种感觉又上来了——她似乎不曾看透过这个笨男人的心。

他忽然俯身，覆住那两瓣儿紧抿的红唇。似乎故意，他多了以前没有过的挑逗。慢慢地，慢慢地带她进入旖旎吻境……

半晌，他一臂箍紧她身子，掌心轻轻贴上她心窝。

乔云雪眼睁睁地看着他修长指尖，绵密贴着她的心窝。她挣扎不开。

她脸红心跳，他想干什么呀。

他眯起长眸，薄唇微勾，好舒心的感觉："老公亲你你脸红心跳了。基于老婆的至理名言，这是不是意味着——老婆爱上我了……"

"容谦——"乔云雪的吼声几乎要惊得邻居过来投诉噪声。

薄唇微勾，容谦似笑非笑放开她。

一得自由，乔云雪飞快往外跑。容谦瞅着她凌乱的步子，黑瞳有越来越多的笑意。

可惜小女人跑到门口还是不服气，顿了顿，侧着身子咬牙："容谦，你故意的。你使诈！"

"那个……"容谦拧眉，"亲老婆不是这样亲的吗？我总不能像你那样，蜻蜓点水一下，被老婆嫌弃不懂情调……"

怀疑再与容谦待下去，她的嘴唇就要被自己咬破了。歪歪小脑袋，乔云雪忽然

第十五章 老公是贤内助，也是贤外助

掉头就走，一边自言自语——容负翁，半个月内别想越楚河汉界一步。

等她的身子一消失在婴儿房，容谦唇角才高高翘起。别想越楚河汉界一步？他当然无论如何不会越一步——谁会在床上按步算……

容谦去了书房。正巧钱涛打电话来："容总，今天容董去映月现场了。施靖他……还得管你老婆。"

"哦，我知道。"容谦淡淡地。

钱涛提醒："容董两次见到你老婆，对她的印象都不太好。"

容谦沉吟不语。

钱涛安慰他："不过没关系，那些都是误会。毕竟你老婆可爱得紧，并不轻易让人产生距离。"

容谦挂了电话。

乔云雪果然很有骨气地不回房，现在晚上已经不那么炎热，她关了空调，就那样睡在一米宽的床上。容谦站在婴儿房门口整整三分钟，听着她均匀的呼吸声，就那样瞄着。

燕子从后面挨上来："哥你惨了，半个月爬不上嫂子的床。这可麻烦了，怎么有宝宝嘛！"

"多嘴！"容谦淡淡一句。转身回了主卧室。

燕子直接坐到床边猛摇乔云雪："嫂子，嫂子，回房啦！"

困乏地睁开眸子，乔云雪看了看燕子："别吵，好好睡觉。"

燕子蹲下身子："嫂子我这张嘴可没上锁，要是一不小心把哥和嫂子分居的事给说出去了，说不定那些女人又缠上哥了。嫂子，你还想每早接女人的电话吗？"

"不想。"乔云雪闷哼，最讨厌有女人打电话惊扰美梦了。

"那就快点回房啦！"燕子半拉半扛地把乔云雪送到主卧室门口。

睡得迷迷糊糊的乔云雪，倒是没怎么拒绝，就进去趴大床睡着了。不一会儿就传来均匀的呼吸声。

容谦挑挑眉，扫一眼她的睡颜。记得她人生两大爱好，画画与睡觉。瞧她那舒服的样子，真心让人觉得，世上没有比睡懒觉更欢喜的了。

长臂伸到半空，似要摸摸那红肿的眼睛。可手臂停在半空三秒，容谦徐徐缩回手，枕着后脑勺，黑瞳深幽，似藏了心事。

他关了灯。

第十六章　没宝宝，怎么见公婆

果然接下来几天，容谦都没越雷池一步。反而是燕子急得直跳："哥，让嫂子怀宝宝啦！"

容谦扫她一眼："她大姨妈来了。"

燕子算了半天，叹息了："这么说，上个月哥没努力，嫂子还没怀上宝宝。哎呀，没宝宝，怎么带嫂嫂见公婆嘛……"

接下来的几天，容谦都主动接送她。那辆黑得发亮的奥迪开到映月花园，总是能引起林小眉她们惊叹的目光。

洛少帆最近好像也安分许多，不再"偶遇"。也没再寄陕西绵核桃。

一晃，开盘的日子到了。

映月和龙腾都是五千大户的大花园，位置都是老城区拆迁出来的，十分紧要，周边配套措施极好。所以这两个楼盘还没开盘，已经很多客户在观望。

开盘这天，人满为患。

但乔云雪想破脑袋也没料到，会来这么多人。她原本看准的客户群偏中年人，可是来的居然大部分是年轻人。很多还不到三十岁的年轻人。

"真奇怪，我做的调查居然差这么远？"她困惑极了。

容长风亲自参加开盘剪彩，当隆重的开盘仪式完成，容长风和董事会的人离开了。而施靖却留了下来："乔云雪，没看见外面客户一大把嘛，这么多客户，你还在这里，谈价落定的事我会管，你去外面和他们业务员一起招待顾客。"

"子系中山狼，得志便猖狂。"乔云雪闷哼。不得不听从命令出去招待客户。

"嫂子——"燕子果然来了。但每个人都忙，没人招待她这个千金小姐。

乔云雪朝她扬扬手："自己找节目。"

来的人确实有点多。售楼处根本装不下，很多都站在外面广场。更有许多看到对面的龙腾花园似乎人少些，直接跑过去了。

她找到施靖："施总，不管怎么样，先从别的地方调几个业务员过来。"

施靖抬抬眼皮："怎么？扛不住了？做主管比起做情人，确实要难一点！"

公报私仇的男人！她忍！

咬咬牙，乔云雪据理力争："施总……"

施靖打断她的话："我说了算还是你说了算？"

软磨硬泡，施靖就是不给权也不给人。

乔云雪转身离开，打电话给钱涛："钱副总，这边实在忙不过来。我想请求调遣业务员支援。谢谢钱副总。"

"忙不过来？"钱涛一愣，"不是还没到达金九银十的旺季吗？我找找施靖。"

"谢谢！"挂掉电话，乔云雪看看时间，十点。上午的大好时间过去了近半。她经过业务员的时候，有听到好几个都在谈价钱，好像处于快成交的状态。

一个声音传来："乔云雪！"

苏青兰？

燕子一眼瞄到了，悄悄打电话："哥，苏青兰又找嫂子了。这边好热闹哦！"

这么忙的时候，苏青兰居然找上门来？乔云雪转身就走。

苏青兰意味深长："你难道对我和少帆的相遇不感兴趣吗？这里太吵了，我们找个安静的地方谈谈好不好？"

"我没时间。"乔云雪恼怒，"我和你井水不犯河水，没什么好谈。"

苏青兰得意极了："你不想谈，我想谈。如果你不介意，我也喜欢就在这里谈。"

苏青兰今天脾气似乎特别好，反正就是软磨硬泡，就是缠定了乔云雪。

乔云雪恼了："再不走，我报警了。"

"唉——真不好说话。"苏青兰摇头，双手一摊，"好了，我刚刚是在扯淡。不过现在，我决定买你们映月花园的房子。我是你的客户，你亲自替我介绍吧！"

苏青兰的纠缠已经引来一些客户的关注。乔云雪确实不能在广大客户面前生气，她强压怒火。

"盼盼——"乔云雪扬着喊。

苏青兰却拉住她："乔小姐，你喊谁也没用，我就要你服务。如果你去龙腾花园买房，我一定亲自招待。"

"你跟我来！"乔云雪一拉她，进了间小办公室，飞快把户型图给她看，准备离开。

"你得给我算个价钱啊……"苏青兰一把拉住乔云雪，"你急什么，他们是客户，我也是。怎么，你们楼盘卖得不好，你恼羞成怒了吗？"

苏青兰是坏了哪根神经？

乔云雪忽然淡淡一笑："苏青兰，我现在去找洛少帆，让洛少帆把你拎回去！"

"你……"这似乎吓到了苏青兰，立即站起，脸色不太好，"你敢！"

乔云雪淡淡笑了："我为什么不敢？"拿出手机，果断按号码开启扩音功能……

苏青兰再也坐不下去，立即起身，拿起手袋就跑："乔云雪，你狠！"

看到苏青兰飞跑的身影。乔云雪不明白，这么重要的日子，她跑来做什么？

瞄瞄时间，已经十一点半，苏青兰居然磨掉她一个多小时。上午算是快完了。按照这样的热闹，按道理已经至少有售出两百多套。

售出多少，只有施靖才知道。

这位爷因为她的事连降两级，公报私仇，但今天有多重要，这颗驴脑袋难道不知道吗？

急急推开施靖的门，乔云雪愣了愣。容谦？

施靖也在，只是低着头站在一边。

她赶紧回神："施靖，上午一共成交多少套了？"

施靖不做声。

容谦犀利长眸扫过施靖："施先生一共签了十八套。可对面的龙腾已经签了三百多套。"

"十八套？"乔云雪愕然——这绝对不可能。外面那么热闹，谈价声此起彼落，怎么可能只成交十八套？

离五百套的目标几乎遥不可及呀……

施靖立即抬头："销售的事都是乔小姐在管。我只是盖个印，谈定价格。"

"一上午谈定十八套，施先生还能稳坐钓鱼台，玩网络游戏？"容谦盯紧他，"撤职。董事会是否对施先生取证提交商业犯罪，后续会有人处理。"

"董事长亲自派我……"施靖还有话要说。

"哦……"声音寒凉几分，容谦表面淡淡，"是不是董事会有人支持施先生开盘之日玩游戏？请问是哪个董事支持施先生？我现在就陪施先生去董事会谈谈。"

施靖苍白了脸色，默默退了出去。

乔云雪默默站着。一上午十八套，她玩完了。

容谦拉开落地窗帘，坐下，燃起一根烟，透过玻璃看向外面的售楼盛景。长眉拧起。

"全是谈价的？"他似在自言自语。

燕子在旁拼命点头："是呀是呀！"

容谦忽然摁熄烟头，长身而立，大步向外走去。

心知有异，乔云雪顾不得自责，赶紧跟出去。跟在容谦后面，诡异的感觉越来越强烈——容谦这个笨男人，怎么此时有种江山在握的气概……

容谦站在大厅，扫过面前的人群。本来凝重的面容，似乎有股笑容渐渐腾升，最后，薄唇微微勾了起来。

三分钟后，有正在谈价的十位年轻女客户被容谦请到贵宾办公室。

第十六章 没宝宝，怎么见公婆

"为了表示各位买房的诚意，我需要有人出示证件。然后我给大家满意的价格。"容谦温和极了，双手交握，松松地搁在桌沿，给人温和儒雅的表象。

他那张脸有迷惑人的功效，让人可亲至极。不一会儿，就有两人拿出身份证来。

拿起身份证，容谦淡淡笑了："二十五岁？"不需要对方回答，他拿起另一张——二十六岁！

这么年轻的女子，身边没有父母，没有男友，会来买这么大的户型？哪来的银子？

容谦的笑容越来越多，悄无声息地收好身份证，淡淡扫过面前的人群："如果今天你们没成交，明天还会来吧？"

"当然来。"年轻姑娘们恨不得引起这稳重优雅的帅哥的注意力，立即抢着说，"天天来。"

"如果小姐你愿意交个朋友，我希望能得到真心话——来一天有多少钱？"容谦含笑瞄着其中一位姑娘，那谦和儒雅的模样，微抿的薄唇，让人以为他在用美男计。

那姑娘根本受不了容谦的电力，眼睛发光，声音发颤，脸儿通红："那个……我们导师说了，我们过来是为了给你们花园添人气。如果表现得好，下学期学费就免了。"

"你们是……"容谦含笑睨她。

另一个女孩一看自己被冷落，赶紧抢话："我们是XX成人高等学校的学生……"

"我的天！"一直安静的燕子一巴掌拍到桌子上，瞪着面前这群女人。

全是一群托啊！

容谦淡淡扫过乔云雪。

乔云雪立即羞红了脸儿。就说今天为什么这么爆满的客户，原来这些客户居然全是临时演员，只负责谈价，而绝不成交。他们把有限的业务员全霸住了，让真正的客户没机会交易。

容谦依然含笑："最近有苏小姐找过你们导师？"

"有啊！"立即有人反映，"那位苏小姐好高傲呢！"

幕后指使人，立即浮出水面。

"你们可以回去了。"容谦起身，长臂一挥，面容冷寒几分。

才刚被美色迷惑的年轻美眉们，立即因他的寒气全缩了脖子，不敢再和容谦搭讪。一个个侧着身子，离开办公室。

容谦走到另一间安静些的办公室，拿出手机打电话。三分钟后，容谦和乔云雪再次来到大厅。神奇的，就几分钟之内，那些托儿撤了个干干净净。只剩下真正的客户，好在人数也不太少，还能支撑门面。

乔云雪瞅着，眼睛慢慢湿润了。一上午的时间过去，她再努力，今天也不可能完成五百套的销售。

不知不觉，她黑白分明的眸子落上对面。

"苏青兰，你狠！用托儿不说，还特意把我绊住！"

一双长臂轻轻搂住她轻颤的肩头。

她尴尬着，咬着牙，忍着眼泪，绝不肯让自己的软弱让容谦看到。可脑袋，却不知不觉靠上容谦的肩头，喃喃着："我好笨啊……"

容谦微微勾唇——没有害人之心的她，怎么会料到苏青兰用这种手段！

容谦移开话题："记住，就算你认为老公笨些，但他仍然是你的靠山。傻丫头，下次直接找我。"

"嗯。"这回她乖了。他天天熬夜工作，原来是有点真本事的。

他故意地："英雄救美，可以越楚河汉界了么……"

她脸红了。哪有这么急急邀功的男人！

"苏青兰在看这边呢！"燕子忽然提醒。

乔云雪瞪着对面的苏青兰，喃喃着："果然女人是不好惹的。苏青兰，你惹恼乔大小姐了，等着我……"

"对呀！居然敢惹容先生的女人，死都不知道怎么死的。"燕子笑眯眯助阵，"他们混到中年人里面来买房。谁知道他们是托儿。要是他们单独来，嫂子肯定一眼能看出问题来。"

"哦。"乔云雪一个字算是答复燕子，喃喃着，"断人生路事小，奸诈无耻事大。"

燕子担忧地瞅瞅乔云雪那张太过平静的脸。那脸隐隐含着冷气。

乔云雪轻轻吐出一句："以其人之道，还治其人之身。"

"以其人之道，还治其人之身？"燕子疑惑地盯着乔云雪，又转身去看容谦。

容谦不语。如星长眸，竟也是对着苏青兰看，只是黑瞳深不见底，看不出来他在想什么。

"哥？"燕子担心地悄悄拉了拉容谦的衣角。

"以子之矛，攻子之盾……"容谦沉吟着，目光扫过乔云雪，黑瞳似隐隐期待。

"就是这样。"乔云雪转过身来，笑容可掬："容先生说说，这世上嘴巴最厉害的普通老百姓是哪些？"

"生意人。业务员。"容谦眉眼不动。

"生意人里面，又属哪些人最钉子户？"她追问，却不等他回答，已经眉眼弯弯，"我们油画街的大妈，一个个能把死人说成活人。我很爱我们油画街的大妈……"

容谦颔首，记得油画街的大妈轰炸洛少帆夫妻的事。

"女人心情不好的时候，会怎么办呢？"乔云雪眨眨眸子，"当然是回娘家诉苦去。容先生，这里交给你了。"

不等容谦表示可否，她已松开他的大掌，挺直背脊，迈着优雅的步子，向外面走去。才走出门，忽然停住。用手在额前遮成凉棚，眯眼瞅着迎面而来的女人！

苏青兰步子都飘了起来……

隔得远远的，苏青兰就笑眯了眼，那是胜利者的微笑，她的声音远远传来："乔云雪，少帆现在会明白，没有你，我一样能让龙基的销售变成神话。"

眯眯眼，乔云雪当作没听到："燕子，这女人是你的了。你自个儿想着，怎么着才能绑死她，不许她离开。燕子要办得好，嫂子做土豆面条给你吃。一点也不辣，能吃出鸡味来。"

"土豆面条？"燕子歪头确认，"能吃出鸡味来？"

"能吃出鸡味来。"乔云雪郑重承诺，"在禽流感的年代，尤其可贵的美味。"

燕子漂亮的丹凤眼立即弯起，小嘴儿咧开："好的，嫂子，为了土豆面条，苏青兰小姐今天别想逃出本姑娘的手心。"说完，果然甩甩大波浪卷发，挺直身子，走起丁字步。

高挑的燕子本来有股高雅柔美，这会儿更是比走T型台的模特儿还尊贵高傲几分。

迎上苏青兰，燕子一顶大大的高帽子戴上去："洛少奶奶漂亮加能干，比我们京华的销售主管能干多了……"说着心脏有点难受，可燕子绝对是甜美可爱的模样。

气质美女夸她比乔云雪更能干，这话撞到苏青兰心坎上。苏青兰脸上立即漾开谦逊的笑意，心儿全偏向燕子："燕子，我认得你，你是京华的财务经理嘛……"

"是啊，我们叙旧怎么样？"燕子眯眯笑着，一边悄无声息拽住苏青兰的胳膊。洛少奶奶，乖乖到我碗里来！

乔云雪招来一辆车，朝油画街而去。默默想着今天的糗事——明枪易躲，暗箭难防。那么惜福的苏青兰，怎么敢这样做？除非她根本不知道这样做和法律有抵触。否则她不会找这么容易被抓证的成人夜校学生冒充。而是找那些无法做证的人群。

在这件事上，苏青兰的想法相当高明，但做法最笨……

不过两公里的路，几分钟就到了。

嫁出去的女人受了委屈，回娘家当然要哭诉才能求得同情。乔云雪往街口一站，不用怎么酝酿情绪，只要一想到苏青兰的卑鄙手段，眼泪自然而然就落了下来。

不用说，这么显眼的位置，那么个漂亮的人儿站在那儿泪光闪闪，油画村的大妈不到三秒钟就发现了。

"云雪怎么啦？"张大妈吃惊得手里的油画都掉地上。

乔云雪静默着，泪珠滚落。这泪水可不是装的，大妈们一句话，她就感动了。

"天啦！"舒渔从创作大厦窗口看到了，大吃一惊，画到一半的画落了地，大步下楼，手忙脚乱地替她抹眼泪，"傻丫头，受了欺负怎么光哭不说。"

"和大婶说说。这世上有什么事过不去嘛！我们都帮你出主意。"赵婶也出来了。

李大妈远远地就在问："是不是那个容先生欺负我们云雪。那可不行，我们油画村的姑奶奶都是当家的，没理由受夫家的气。我们一起帮你去讨公道。"

乔云雪鼻子一抽一抽的："不是我老公，是洛少帆……"

洛少帆在油画村就是不定时炸弹，人人得而诛之的负心汉。这下可不得了了，大妈撸起胳膊来："云雪说，他在哪，怎么欺负了？我们痛扁他！"

"不是，我还没说完……是洛少帆的老婆……"乔云雪眨眨眸子，心里感动得一塌糊涂，她就哭了一哭，她的同盟者就有几十个。连大伯大叔大爷们都出来了。

"原来是小三儿！"张大妈恍然大悟，"没事，一个小丫头，我们治死她。"

乔云雪眼泪汪汪，句句都是真心话："我好傻，没想到她会用卑鄙手段……"

一五一十，乔云雪把事情经过原原本本告诉各位。根本不用她说出自己的主意，舒渔已经帮她说了："这有什么！她请那些没钱人充有钱人买房，我们油画村哪个老板买不起房？我们几十个油画匠哪个买不起房？我们这些人不用充，就是买房的，大大方方坐那儿，只看房不买房，看他们怎么办！云雪，你别急，那个什么龙基的龙腾花园是吧！我们现在没事儿的排队去……"

"这样……不太好吧！"乔云雪摸摸鼻子。好吧，她虚伪了，心里就是盼这个。

"就这样。很好！"李大妈一鼓作气，还招呼着，"一家派一个，都能抽出人来。舒渔，你上去招呼一声，今天没啥创意，画不出画的大师们，也一起去吧！奶奶的，和我们来比口才，那些业务员就别想混了。"

张大妈提醒："不许开货车面包车，把大家的小轿车开起来，摆出款儿来。注意车不要跟得太紧了呀，错开来，省得露了马脚。奶奶的，犯我们手里，他们不想混了。云雪你别急，我们每天东家有事西家闲，每天都能派人去，他们死定了……"

舒渔催她："你先回去忙。这里我们自己会安排好。"

乔云雪站在那儿，唇角慢慢翘起，泪花闪闪——她反而成了多余的人。

乔云雪回了映月花园，静静站在花园广场。

果不其然，过不了三两分钟，就有车儿停在龙腾花园门口。不一会儿，已经没有多少空地。效果很明显，那边一没地儿，真正的客户自然就朝映月这边来了。

形势立即大变。映月的售楼处一步步热腾起来。这有连锁反应，原来的顾客一看购房者变多，好的户型就更抢手，自然也不再那么折腾，下手订购的速度就变快了。

售楼处总算一片祥和，稳定起来。

财务那边也忙起来了。

乔云雪瞄瞄时间，现在是中午十二点半。但好在现在才过秋老虎的季节，白天比较长。还有五六个小时好争取。看这形势，铁定完不成容董的预计数量五百套。但能争取多少，就先争取多少吧！

但她应该替业务员节省时间。

想了想，她令林小眉三人过来："悄悄盼咐业务员：有个别谈价及不能立即定下房号的，不要浪费时间，直接把客户送到我办公室。就说价格只能和我谈。"

林小眉三个果然立即分头行事。

第十六章 没宝宝，怎么见公婆

乔云雪这才挺直脊背，向办公室走去。远远瞄到燕子正在休息间陪苏青兰聊天呢！

也不知道燕子在和她聊些什么，反正苏青兰挺高兴，那模样，一时半会确实不会想着回龙基了。燕子的魅力，果然宜男宜女，无人能敌。

乔云雪悄悄笑了，看在燕子这么忠心的分上，她会努力多做点好饭菜，让燕子身子多长点肉出来。

她直接走向旁边的小办公室，眯眯笑："容先生辛苦了，容先生可以去京华啦！"

容谦起身，颔首："现在八十套。"

"离五百套还有四百二。"乔云雪歪着脖子笑了笑，"今天想要完成上面给的任务，除非太阳从西边出来。"

"销售一事，受许多因素影响。尽人事听天意。"容谦柔和几分，"今天的事，连在楼市滚打二十年的施请都没发现其中的猫腻，云雪没看出来，那很正常。记住，以后遇上事情。看事不看人。把自己放在旁观者的位置，就可以清醒地观察总结。"

"嗯。"她有些闪神。

容谦一愕："怎么了？"

她别开脸儿，闷闷地："没什么，就是忽然发现——你懂得挺多。咳，你先回总部吧！"

摇头，容谦略一勾唇："我走，谁来盖京华的大章？这合同可是要人监察的。"说完，含笑凝她。不得不承认，她的修复力非常好。遇弱则弱，遇强则强，上午的慌乱，在事情明了之后，能把自己的位置立即调正。

合同的事确实要个主心骨在这儿。乔云雪不做声了。差不多讲来谈价格的，都在乔云雪手里成交。

"你在谈价吗？"容谦似笑非笑地凝她。

"不能降价！"她撇撇嘴儿，"价格没有规律可依，会在客户面前失去诚信。"

容谦赞赏的目光落上她脸儿。身为京华马上走马上任的总裁，他相当赞赏她这个原则。

豁达大方的女人，适合正当竞争。

天色渐渐暗了，客户少了，乔云雪站了起来，透过落地玻璃，瞅着对面的龙腾花园。那里还排着许多小轿车。

她浅浅地笑了："我真想知道，龙腾今天的战绩怎么样？"

容谦起身，和她并排站着，平静地扫视着龙腾花园："你应该关心我们自己的战绩。问问我，今天映月一共售了多少套。"

"我更想知道，洛少奶奶美丽的脸儿，会和我上午一样吗？"她喃喃着。

"傻丫头……"容谦笑意隐在长眸深处。经此一战，她还能笑出来。好一个豁达丫头！

"你才傻呢！容笨蛋。"她眯眯笑，几分狡黠，几分可爱。可慢慢地，秀秀气气的眉儿打成结，"也许，我真的很傻。"

"哦？"他惊奇。要她认笨，不容易。

她半笑半恼掐上他腰："容负翁，我傻得忘了吃中午饭了……"

"哦？"容谦皱眉，弯腰摸摸她肚子。温热的掌心贴上她腹间。

她闪："你别……"

容谦拧眉："我看看宝宝有没有饿坏。"

"还没有宝宝。"她脸儿红红地闪人。

容谦轻叹："这么说来，云雪还得夜夜努力。"

"这种事应该男人努力——"乔云雪忽然捂住嘴儿。

容谦好心情地扬扬眉……

结果，说要给燕子煮土豆面条的乔云雪，一下班就跑老妈那儿蹭饭吃去了。可乔云雪跑得再快，也没有甩掉燕子。反而被燕子拐上她的宝马。

燕子不悦极了："嫂子，哪有你这么过河拆桥的人嘛！"

乔云雪眉眼弯弯："我没说今天就给你煮。"

"嫂子，你奸诈无耻！"燕子怒。

乔云雪闷哼："奸诈无耻好！"

容谦薄唇慢慢勾起。深幽如海的长眸，慢慢变得柔和。

容谦去了京华总部。差不多的人都走了，他的皮鞋声在空旷的长廊响着，倒显得他有些孤单。进了办公室，容谦坐下，双手压压两边太阳穴。靠上电脑椅小憩，修长指尖拿过叠在桌上的文件。

"哟，回来了？"钱涛从门口经过，看到他面前一堆如山文件，含笑点头，"一身二用，不轻松啊！容总，越来越有模范丈夫的风范了。"

容谦没温度地瞄瞄他，不轻不重："人生难得结一次婚，陪你一生最久的，也就结婚证上那个女人。"

钱涛哈哈大笑："听起来，比模范老公还模范老公了。喂，你到底有没有动心？"

"我应该向钱副总汇报？"容谦不咸不淡。

"不敢不敢。可是说来听听很不错。"钱涛兴致浓浓。

"哦？"容谦扫过面前一堆文件，"钱副总把这些处理了，我就有时间向钱副总汇报了。"

瞪着文件，钱涛悻悻然摸下巴："别那样看着我，我走了。这堆文件里有份最重要的，你得自己拿定主意，是不是明天就颁发出去。"

"什么？"容谦缓缓瞄向钱涛。

"你的就职通告。"钱涛严肃起来，"映月开盘，董事来齐了。你的任命书已签批下来。容董的意思，让你看看有什么疑问没有。没有的话，明天就该向京华所有职员发出通告。"

容谦不语,指尖一挑,果然从里面挑出一张任命书来。

京华总裁,正式上任。

钱涛久久凝着面前稳重而优雅的男人:"一旦任命,整个董事会,都会成为容总你的压力。容总真的决定,暂时不让董事会知道乔云雪的存在?"

"哦?"容谦凝着面前薄薄的纸,深邃长眸似一泓不见的深潭。

"一旦公布给容家上下,乔云雪的压力会比你的更大。"钱涛小心翼翼提醒,"容总,乔云雪不孕的小道消息,会影响洛少帆的继承权,同样会影响你的继承权。白玉瑶的儿子已经十六岁,再过几年就可以接手家族事业。容家的旁系虽然都好说话,但真遇上这种事,只怕也不会安稳。容总,你这么多年的努力不能白白浪费。"

"那只是小道消息!"容谦淡淡的。

钱涛焦虑:"那如果……不孕是真的呢?"

容谦面容平静:"娶她之前,我已经知道这小道消息。"

钱涛走了。

容谦落笔,在上面标上即日通告。明日八点,他便会成为京华正式总裁。他长身而立,指尖摁上窗格,凝着夕阳余晖。

他的老婆,实在是个不容人忽略存在的女人,不依附,不骄纵,不霸道。不敢爱,可她珍惜婚姻,对他不远不近,火候掌握得极好。那浅浅的笑意,偶尔的狡黠,都令他忍不住想逗她。喜欢看她羞红的脸,眉眼弯弯的可爱,和把自己武装起来的无情……

一个多月,他已经习惯屋子里有她的笑声。和她在一起,心儿暖暖的。

爱么,他不是太清楚,但确实贪恋她的温暖娇俏。

乔云雪和燕子在油画街待了大半个晚上才回家。那还是因为舒渔来了。一看舒渔,燕子紧张起来,赶紧拉她走人:"嫂子,快点,那色狼又来了。"

乔云雪扑哧笑了:"你会怕舒渔?"这丫头一听人体模特四个字就飞跑。太有趣了。

舒渔就嘴巴上的功夫,实际上是很害羞的一个男人,那么多年,连她的手儿都不敢摸。

"不是怕,是防狼。"燕子纠正。拉着乔云雪上宝马,开得飞一般。

回到家,容谦还没回来。燕子嘟囔着:"哥老是这么忙。什么时候才能闲下来呢?"

燕子每天都会练好一会儿瑜伽。乔云雪一个人觉得闷,去找林小眉了。结果和林小眉一起,忍不住就谈起今天白天发生的事。两个女人义愤填膺,不得不把苏青兰批判得一无是处。聊了个痛快才回家。

"没事,有我们在呢!"林小眉说,"对于赚钱,我最感兴趣了。"

这是个被钱迷住的女人。乔云雪扑哧笑了。回家,客厅漆黑。

走进房间,容谦书房的灯还亮着。

真命苦的男人!

瞄瞄门缝里透出的灯光，心儿，就那么小小地动了下。她没见过比容谦更认真的男人，做人认真，做事也认真。连床上都认真……

她脸红了，呸了声，懊恼自己居然想这个。

去了浴室，把一身的累洗掉。十分钟后，她一身清爽地走进卧室。头发有些湿，可她不想等头发干再睡。便拿起吹风来吹。可能声音大了些，她听到书房门响了声。

她打扰到他的工作了……微微尴尬，可没听到脚步声，她又放心了。梳了把头发。准备睡觉。拉好窗帘，她的眸子闪闪的，定在一个方向。

洛家就在窗户方向的三公里处，那是别墅区。但她和洛少帆谈了八年，一共也就去了洛家三次。那时她不明白，可就在此刻，她如醍醐灌顶，明白了——她在洛少帆的人生里，实在说不上重要。

可是，他现在却说，没有她在他身边，他不行了……

难道所有的男人都是一样，失去时才明白珍贵。

她就是太真，太相信他，太相信幸福在等她。那些花前月下，那些似水流年，那些镜花水月，以及偶尔的一句情话，都溢满她柔软的心儿……

忽然有想哭的感觉。正心思如潮，熟悉的气息正走近她。

其实有点喜欢容谦的味道。淡淡的香水味，外加点男人独特的味道。那种感觉，让女人觉得温暖。

正要转过身来，一双有力的胳膊已经轻轻搁上她的腰，热热的，亲密无间。她没有挣开，今天如果没有他去映月，挑明苏青兰的诡计，她乔云雪铁定会被打击得一蹶不振。

"谢谢！"她说，有着感恩，也有着感动。不知为什么，她觉得今晚的容谦和平时有点不一样。

今晚的他比平时有温度。比平时急切，连手臂似乎都比平常有力。甚至让她有种感觉，今晚的缠绵有温情的成分。温情与温柔，原来是有区别的。她模模糊糊地想着，分析着。

当她轻轻躺在他身下时，似乎有察觉到容谦长眸里跳动着火花，那习惯抿起的薄唇，竟微微上翘，似乎有些欣喜。

他有什么高兴的事吗？身子隔得近，他气息是那样浓，乔云雪有些脸红，喃喃着："容谦……别那样。好像……"

"哦？"他等她说完。

"好像没见过女人似的。"她咬牙合眸，脸红如霞。原来这个老实男人，就这样凝着她，也会起到调情的效用。邪门！

她脸红的埋怨惹欢了他，容谦终于漾开个浅浅的笑容，很浅很浅，但可用惊艳来形容。长臂轻轻捞起她细细的腰，就像在品味一幅人体艺术油画。

她的身子，就在他的目光下灼红了一大片。

第十六章 没宝宝，怎么见公婆

他的声音低低的，有些沙哑，有些性感："我确实没见过……这么傻的女人。"

"哦？"她试图让暧昧的气息冲淡些，找话说，"你以为我相信？"

好暧昧的话题。容谦揽她腰的手，慢慢收紧力道："那……如果我真没见过女人呢？"

她瞪着他。可他那双深不见底的黑瞳，她真心看不出他的话几分真几分假。

"所以……"他黑瞳一闪，别有深意，"老婆大人，认真点，好好调教为夫……"

"嘎——"乔云雪彻底傻眼，一身都软了。这男人，是没出息呢？还是他真希望她主动扑过去？不过他这声音性感得没法说，她被雷晕了。

更被他一反常态的举动给弄得迷迷糊糊。

他俯身，结实的肌理生生映入她眼帘，指尖在她腰腹间划下无数烙痕，挑起她潜意识里的热情。他黑瞳里笑意渐浓，不管岁月给她多少创伤，她仍然是个热情的女人。

她羞答答地为他绽放美丽……

她纤细美丽的身子，在他的掌控下如一朵花苞进放，热流淹没着她，也有他。轻重缓急，每一个节奏都掌握得恰恰好，好得让她糊里糊涂地想，他下次还会不会再有今天的能干……

倦极的她，终究在他绵密的索取中睡去。蒙眬中，她想，原来他如此温情……

蒙眬中，他似说："就算一切都是虚幻的，让你无法确定真假，但我们的婚姻是真的。"

累晕的乔云雪满意地翘起唇儿，放心地窝入他怀中。

第二天，京华总裁任令正式公布。京华每个角落都得到这大好消息，除了映月花园营销部。

京华五十楼，钱涛忧郁极了："容总，我一直认为你不会沉迷儿女私情。"

"哦。"容谦淡淡一个字答复钱涛。

"其实，那个乔云雪除了可爱些，也没什么的。"钱涛一颗心得失难平。

容谦淡淡的："那……你除了要女人的可爱，还想要她什么？"

"可多了。"钱涛反驳。

"钱？权？美貌？"容谦平静至极，"这些我都有。"

钱涛成了石雕。他不明白，容先生到底对那个新婚妻子有没有爱情？

东边日出西边雨，看似无"情"却有"情"。

奶奶的，他钱涛还真是老了，不懂这些年轻人在搞些什么。他还是老老实实做事，诚诚恳恳做人，做容总的好帮手是上上策。

"什么男人女人，任他们随意去造人得了。"钱涛感慨，干活去了。

映月花园售楼处。

没有完成销售任务，乔云雪坐等上面来人批她。可第二天一大早，没等来容长风的训，却等来一桩令她欢呼跳跃，而又惊诧莫名的大喜事：施靖渎职，暂调深圳分公司。整个京华销售部没有高级管理。映月这边正值销售盛景，提拔乔云雪为分经理，暂时掌管映月销售一切相关事项。

她终于再一次拥有拿有一家公司大印的权力。拿着手里的大印章，她轻轻笑了。娇艳如花，如流光惊华。华丽而不俗气。

一连三天，她都有注意到油画街的大妈大婶们出场，对面的小轿车总是摆得满满的。对于熟悉的邻居，她对他们的能力极为肯定。一个个天生好口才，天生脑袋灵活。

姜还是老的辣，她的大妈大婶们是超级辣。苏青兰那个女人当然识破不了大妈们。想必这两天苏青兰也开始为销售额焦虑了，没再来映月这边招摇炫耀。

映月这边的销售出奇地好。

"果然，面对非常人，要用非常手段。"乔云雪沉思，"我又学了一招。果然活到老学到老。老祖宗全是哲学家。"

林小眉呸了声："我就不明白了，洛少帆也不差啊，为什么会任由苏青兰这样玩公司。难不成洛少帆和我一样，也掉钱眼了，看不清这个世界了？连女人都看不清了。"

乔云雪扑哧笑了。林小眉的金钱论，又得到升华。

正说着，又有谈价格的客户来。笑吟吟请对方坐下。对方是个老人："乔小姐，我瞧你们这两家花园差不多呀。为什么你就一定不能松松价格。"

乔云雪浅浅一笑："不，对面那家比我们的可能更好。他们的游泳池可能比我们大些，绿化带多些。阿姨，你不如先了解下我们映月花园各套配套，一比较，再选楼盘。"

那老人还真走去龙腾花园了。

林小眉皱眉："云雪，你怎么还把客户往外赶？还说对方比我们好？"

"她会回来的。"乔云雪挑挑眉，摸着鼻子乐，"我把对方说得太好了，她自然会用我这个标准去看龙腾。但一到那儿，发现根本达不到她的要求，她会非常失望，并且会自动产生一种心理——原来还不如第一个好。这是心理战。"

"是么？"林小眉不信。

但不由林小眉不信，那人还真不到十分钟就回来了，并且连价格都不谈了，直接买下。

林小眉暗暗伸出大拇指："云雪，你高呀！"

乔云雪浅浅笑了。还真以为她是傻姑娘么？

只是人该傻时就该傻。真正潜龙卧虎的人，都是谋定而后动。如果真不能给自己最好的定位，那就一直装傻好了。就如她和容谦之间……

她脸儿倏地就红了。自从开盘那个晚上，他们之间似乎就有了小小的变化。好像忽然之间，多了许多敏感地带，一不小心就会踩上。

两人都有些小心翼翼起来。连造宝宝时都有些小心翼翼……

下班了。她决定去油画街，告诉大妈大婶们，从明天开始，她们可以不用助阵了。这三天大局已定。

下了公车，挎着手袋，她慢悠悠走着，直到一辆奔驰悄悄停在她面前。洛少帆？

这男人又憔悴了些。她淡淡一句："洛先生，你老婆没把你伺候好哦！"

话才出来，她脸儿就红了。她想起了容谦，容谦这几天似乎神采飞扬得不得了。如果按她刚刚这句话推理，那就是她把容谦伺候得太好了……

"你在怪我。"洛少帆抑郁的目光落上她绯红的脸儿，"你在怪我放纵苏青兰？"

她浅浅笑了："我凭什么去对你老婆大人有意见。只要洛先生能够消受美人恩就好。"

"苏青兰只是我的棋子。"洛少帆淡淡的，"但她毕竟是天天的妈，我放纵她，但求心安。"

洛少帆的奔驰过去了。

摇摇头，她转身回老妈家。转个弯，拐弯处苏青兰正捂着心口，摇摇欲坠，苍白如鬼。

乔云雪轻轻捂住嘴儿，不让自己惊呼出声。洛少帆一定不知道，原来苏青兰居然在这里。要不然他怎么可能说那些话。

放轻步子，乔云雪悄悄走过。宁可得罪君子，不可得罪小人。她才不捅马蜂窝。

经过苏青兰的时候，乔云雪有听到她喃喃着："少帆……"

苏青兰咬着唇扶着栏杆站着。那双眸子，眼睁睁地瞅着奔驰消失在视线外。

长裙飘飘，单调落寞。

走过苏青兰面前十步，乔云雪侧身瞅着苏青兰，忽然觉得苏青兰比她乔云雪可怜多了……

苏青兰忽然朝马路护栏内伸出手来，轻轻摇晃着，似乎在轻轻扇风。天气凉快了呀，穿着长裙都有些寒了，怎么还扇风……乔云雪皱眉瞄瞄她。

几秒后，一辆奢华宾利缓缓停在苏青兰身侧。车内伸出长臂，轻轻开了车门："进来。"

"宾利？"乔云雪一愕。想瞅清楚那个男人，却怎么也看不真切。

但她知道这不是洛家的人。洛家人都不喜欢宾利，他们喜欢奔驰，说那名字福气，家族企业的发展最适合奔驰二字。

苏青兰的样子可不像是千金小姐出身。她怎么可能认识开宾利豪车的男人？

苏青兰静静地坐了进去。似乎太过悲痛无力，脑袋轻轻搁在对方肩头。

乔云雪向夕阳画廊走去。她走得很快，似乎怕苏青兰知道，她刚刚有看到宾利车……

第十七章 个个都想吃回头草

"丫头回来啦!"夏心琴老远看到女儿,乐了,可一看到只有她一个人,又皱眉,"容谦呢?"

"妈,他很忙。"乔云雪闷闷的。老妈越来越偏心了,老是只盼容谦不盼她。

"男人有两张嘴。"夏心琴意味深长地瞄女儿一眼,"上面一张,下面一张。都伺候好了,保准他舍不得你。白天离不得,晚上更离不得。"

"妈……"乔云雪小脸儿抽搐了下,这老妈难道就想他们光绑床上,别的什么也不干了不成?

乔云雪飞快闪人:"妈,我到大妈大婶那儿去了。"

她得劝邻居们明儿开始不用去龙腾了。一家家去道谢,空手去道谢,反而双手被塞满吃的回来。双手装不下,她路过一个画廊就吆喝一声:"星星,姨给糖吃哦……源源,姨抱抱,有糖吃……"

结果很不妙,有几户都冒出脑袋来:"云雪,你啥时有宝宝呀?"

微张着嘴儿,乔云雪讪讪地笑了笑:"那啥……大妈,我饿了,我得赶紧回去帮妈做饭去。再见!谢谢大妈呀!幸亏大妈们,我升职了哦,周六回来我买徐福记回来请客。"

说完一溜烟朝自家跑了。

唉,她是不是应该天天关家里等着容先生宠幸,早点造个宝宝出来,以安慰大家渴盼的心……

张大妈离自家最近,她瞅瞅自己手中还有三颗糖,想着是不是送给她乖孙子园园吃。

不对,怎么园园坐在马路边上哭呢?乔云雪三两步跑过去……

一个有着美妙背影的女子在她之前走到园园面前，伸出胳膊："乖，不哭，起来吧！"

脚步戛然而止，乔云雪嘴儿张着——赵佩蓉？

的确是赵佩蓉，淡淡的笑容，举手投足间却自有股优越感。她牵起园园，却朝另一个方向浅浅一笑："容谦，我们快点儿，要不天黑了。我们台长明天就过生日了，今天一定要挑幅好油画……"

赵佩蓉不太爱笑，但声音天生悦耳动听，不愧是电台主持。

容谦果然就在一侧："现在适合买秋景。这家有。"

"谢谢。"赵佩蓉悦耳的声音传来，"幸亏你带我过来，要不然我都不知找哪家好……"

他们渐渐走远了。一男一女一小孩！

容谦俊挺，赵佩蓉有股幽冷的气质，园园很可爱。虽然容谦和赵佩蓉之间隔着三十厘米远，但看上去给人一种一家三口的感觉。

乔云雪瞅着，不知不觉得有些刺眼。忽然想起老妈才说的话，不知不觉郁闷了。

她从嫁他第一天就说了，她要给他尊重与自由。难道AA制也束缚了她身为妻子的权力？

容谦为什么总是跟这个女人在一起，就算她是新闻女主播，容谦只要说明他结婚了，赵佩蓉是个有见识的女人，也不至于缠上容谦吧……

都是容谦的问题。这个温吞男人，总是谁也不得罪。但他看不出来，赵佩蓉对他爱慕的目光吗？

越想越郁闷。乔云雪扬首挺胸，咬咬唇儿，踩着自以为最优雅的步子，用着最合适的速度，从容谦和赵佩蓉面前走过。

如果容谦敢当作不认识她，那赵佩蓉的存在是个大问题了。

"云雪。"容谦加快脚步，紧紧抓住她胳膊。

赵佩蓉脸色寒上几分。

容谦薄唇微勾："你先做饭，我等下留下来吃饭。佩蓉要买画，我帮她挑了就来。"

佩蓉？喊得还真亲密。人家千金小姐能这么随随便便被直呼其名吗？

抿抿唇儿，乔云雪扬高下巴，浅浅一笑："不了，你和赵小姐一起用餐好了。我今天请爸妈去外面吃。我升职了，我请客。"

凝着那张倔强的小脸儿，容谦黑瞳深邃几分："你先吃，我晚点再过来。"

他们走了。

乔云雪却好久没动。半天才咬牙："笨蛋容谦！"

连燕子都知道赵佩蓉对他的觊觎之心，怎么这男人一次比一次和赵佩蓉走得近。难道……他真对赵佩蓉有意？

越想越郁闷！心思一转，小脸儿露出个得意的笑容。她忽然转身，远远地跟在他们身后。但她绝对不认为自己在跟踪。她只是无聊，想看看自己的老公在下班之后到底做些什么。

容谦果然带了赵佩蓉去了张妈家的星星画廊，进去好久都没有出来。她侧身在一边等着，只看到容谦不时和赵佩蓉说上两句，谦和有礼，偶尔会露出浅浅的笑意。

赵佩蓉偶尔会拿着一幅油画，挨近容谦，一起鉴赏。

乔云雪撇嘴儿。赵佩蓉会看画么？或许，她为了在容谦面前表现，会露出特别感兴趣的神情来。

乔云雪足足等了半个小时。这两天提升分行经理，她一高兴把好久没穿的三寸高跟鞋给穿上了。这鞋子穿着上班可以，可是要走路，能把她累个半死。

已经等了半个小时，当然还得等下去。否则她可亏了。

再等了十分钟，两人出来了。赵佩蓉语气透着欣喜："我们台长一定好喜欢的。谢谢你！"

"不用，举手之劳！"容谦卓然而立，说不出的隽永流长。

"为了表示感谢，我请你吃饭。"赵佩蓉似乎怕容谦拒绝，加一句，"我爸如果知道我们共餐，会很高兴。容谦，肯赏脸么？"

真不要脸，倒追男人！

乔云雪扶着双腿，弯着腰打量着赵佩蓉，这女人厉害呢，步步为营，说话不漏半点风，让人没有拒绝的余地。

"这样好了，我过两天专程拜访赵老。"容谦颔首，从容不迫。

"哦……"赵佩蓉有些失望，可仍然不放弃，"容谦，我有个姐妹想采访你，为你做个专题节目。如果你肯赏个脸，我们好好谈谈。这对于你们京华来说，可是最好的广告呢！"

真不要脸的女人！人家都拒绝了还想赖上。

乔云雪扁扁嘴儿。容先生这个老实的老好人，有点可厌……

"赵小姐……"容谦正要说话，忽然勾出淡淡笑容，"我们一起去月亮那儿坐坐。"

乔云雪瞪大了眸子——容谦这种老实男人，居然带赵佩蓉去泡月亮酒吧？

"这么老实的男人都泡酒吧，天理何在！"乔云雪喃喃着，心中蓦地腾起火焰。这会儿她哪还有饿的感觉，也忘了高跟鞋带来的痛苦了。

挺起胸脯，斗志昂扬，她再度跟了上去。

可他们坐车，她用的是两条腿。追不上，踩着高跟鞋的脚又疼又累，等她来到月亮酒吧时，只看见容谦的奥迪摆在外面。车内没人。乔云雪二话不说进了酒吧。可一进去，闻到酒香，她怯步了。单身女人还是别往这里挤的好……

要离开，可听到熟悉的声音："洛少……"

方晴晴？

乔云雪立即大步走向里面。顺着声音，她一个又一个小包厢找过去，停在第五

第十七章 个个都想吃回头草

个小包厢。推开门，在门缝里看过去——怎么是方晴晴和洛少帆？

方晴晴醉了，洛少帆没醉。

洛少帆细长的眸在凝着酒杯，平静而幽深。乔云雪想上前一步把方晴晴拉出来。可方晴晴的眼神生生阻住她的脚步。那是迷恋崇拜的眼神。

方晴晴上次说爱恋洛少帆，原来是真的。她管不了这个，因为方晴晴倾慕的眼神……洛少帆若想要小秘书，根本不需要灌醉她，只一笑就风华无限，手到擒来。

更可能是方晴晴想灌醉洛少帆，结果反而自己先醉了。

乔云雪想悄悄离开。但她的眸子生生定住……

洛少帆伸出长臂，指尖轻轻挑开方晴晴的衣服，处子的冰肌雪肤在灯光下绽放光芒。方晴晴的盈盈大眼，就那么直直地瞅着面前的男人……

方晴晴伸出双手，轻颤着搂向他。可贴近洛少帆时，洛少帆霍然起身，随之手掌一推，方晴晴落地。

洛少帆跨过她，向外走去。

"为什么？"方晴晴颤抖着问。

洛少帆孤傲依然。冷寒几分："我爱权，爱钱，爱女人，但不是你……"

乔云雪没听完，拔腿就跑。容谦也不管了，就让他跟着赵佩蓉去好了。她还是回娘家去。

她无精打采地向油画村走去。可一想到酒吧外面的奥迪，心里还是不服，再次折回。

呜呜，脚好疼！

她忽然一巴掌拍上自己的脑门。容谦和赵佩蓉正从旁边的月亮湾咖啡厅里走出来。她根本就跟错了地盘。人家是去月亮湾咖啡厅，不是月亮酒吧……

真没面子！她讪讪闪人。

奥迪拐上马路，开得极慢。但车在前面，要不然，她还以为容谦在跟踪她。

好在这里离水乡花园不远。十分钟就到了。她几乎爬着回了家，并且发誓以后再也不穿这么高的高跟鞋。

才到家，容谦就回来了，黑瞳似笑非笑凝着无精打采的小女人。

乔云雪警觉地盯着他。

容谦黑瞳灼亮，闪动着特别的光芒。优雅地蹲下身子，修长指尖轻轻抓住她白皙的足踝，稍一用力，三寸高的皮凉鞋终于离开她的足踝。握紧她纤细的足，容谦的长眸落在她红肿的足踝，似在打量一件艺术品，目光像一团火灼过……

她不自在了："容谦……"

"下回想考察我有没有出轨，老婆记得别穿高跟鞋，委屈这么漂亮的脚。"容谦真挚建议。

"嘎——"请原谅她没有听懂。

容谦谦和极了:"穿登山鞋速度快些,不会把老公跟丢。"

"……"乔云雪想挖个地洞钻进去……

天,他是什么时候发现的?乔云雪倏地托住腮帮,小脸儿灼红如霞。

"热……"被他大掌包着足踝,多尴尬啊。但这个尴尬还是比不上被揭穿的尴尬。她绝对必须一定不会承认今晚跟在他后面……虽然,她真的很想知道,他到底是什么时候发现她跟着他的?

容谦挑眉,握着她足踝不放,从旁边拿出药水,替她上了些在足踝处。

清凉的感觉立即从足踝弥漫开来。

"嘎……"眸子眨呀眨,乔云雪努力忽视他太过亲昵的接触,唇畔扯出个灿如春花的笑容,"跟丢老公?你在说苏青兰吧?她有私家侦探帮忙,不会跟丢洛少帆的。"

"哦?"容谦一泓深泉的长眸,隐隐有着调侃的意味。

"我今天听说,京华有新总裁了,不知道他长得怎么样。"似乎这是个大问题,乔云雪皱眉想着。一边懊恼地瞄着容谦,他怎么还不松开她的脚,他都不怕她有脚臭么?难道他也有汉成帝的臭毛病,爱女人的三寸金莲……

扯扯唇角,容谦语气淡淡:"他长得怎么样……这很重要?"

乔云雪随意拿过枕头,竖起来,瞅着天花板:"不是太重要,不过一定要比龙基的总裁帅气。不能输了气场。"

容谦坐到她身侧,大手依然摸着她足踝。他忽轻忽重地揉捏着那红肿之处。

如果不是容谦那张平静得过分的脸,她会认为这男人别有用心。他的指尖,正扣着足踝间某个穴位。那个穴位与身体某个敏感点相连,一股莫名的热气从足底蔓延,一直到小腹。

小腹的热量越来越多。令人躁动……

"啊呀,我要做饭了。"她慌了,用力爬开,"燕子会饿的……"

这时客厅有开门声,燕子在咕哝:"怎么黑灯瞎火的,我饿了。肚子好扁呀。"

燕子每天只负责脸蛋身材肚子。外加监察乔云雪的肚子有没有宝宝。

容谦黑眸灿亮,轻轻放开她。一得自由,乔云雪立即跳下去,打着赤脚要跑,却被他长臂一横:"我抱去?还是穿我的拖鞋?

"那个呀……"她朝他傻笑,趁他一个闪神,光着脚丫跑出去,调皮地和他挑战,"我就喜欢这样跑,怎么样?我的脚很不雅哦,下次别瞎摸了……"

黑瞳一亮,一个淡若无痕的笑意浮过唇角,容谦去了书房。

"嫂子,我要能吃出鸡味的土豆面条。"燕子笑眯眯地凑进厨房。

乔云雪却一个响指弹上燕子额头:"那个做起来磨人得很,你以为想有就有的呢。等周六,有时间才能做。"

燕子呆了呆:"咳,嫂子你不是赖我的账吧?为嘛我有种上当的感觉……"偷瞄乔云雪的神情,燕子赶紧跑了,"我找哥聊天去。"

扑哧笑了,乔云雪撇嘴儿。找容谦聊天?那是多奢侈的事。她天天和他同床共枕,一天也就那么几句话。

可是,乔云雪又愣了——她真的很想知道,容谦今天是什么时候开始知道她跟在后面的啊?

但她可不会去问,因为他们已经分居两天了。

偷偷跑到书房,燕子坐到容谦对面。指尖缠上发梢,漂亮的瓜子脸儿皱了起来,"哥用点小计把苏青兰办了得了。尖酸刻薄,老是担心洛少奶奶的位置坐不稳,来找嫂子麻烦。嫂子还真不能把她怎么样。和她斗吧,洛少帆会得意,以为嫂子心里还有他呢。嫂子不把她当回事,就得受气话。"

容谦平静地瞄瞄燕子:"苏青兰得好好在洛少帆身边。"

"啊?"燕子一愣。

"洛少帆没老婆我才麻烦。"容谦懒懒地靠着电脑椅。凝着窗外。

"哦……"燕子若有所思地点头,可又皱眉儿,"哥,你们吵架了么?嫂子和我挤了两个晚上啦!今晚你得把嫂子哄回去怀宝宝。"

容谦不语,薄唇微勾——那晚,他六年付出,终于名正言顺,心情高扬了些,热情了点儿,她就把头缩壳里了。

她可以害羞,可以不习惯他偶尔的热烈,可不能总是躲着他……

但她这种躲,他心里居然有些欢喜。他乐于看到她为他惊慌脸红。他瞅着她羞涩的小模样,便喜欢轻轻地喊她老婆,把她圈进胳膊里,揉揉她不安分的小脑袋,在她白皙的额上落下一个吻……

乔云雪一直在燕子房里赖了一个星期。想到那个晚上,想起他难得的愉悦与轻狂,她心里发慌,就会想起张爱玲那句话……

周六到了。

乔云雪一大早把燕子带上,跑去和老妈撒娇儿:"妈,贷款贷款啦!我工资还要下个月才发,没钱用啦!"

"嫂子……"燕子犹豫地瞅着乔云雪,唉,容谦有的是钱啊。她优秀的哥哥被地产界誉为枭雄,可在嫂子眼里,居然是个令人伤脑筋的老实男人。老哥什么时候才能被嫂子爱慕呀?好忧伤!

两人花了好几百块,买了一大袋徐福记巧克力,送到油画街去谢礼。大妈大婶们当然不会接受:"傻丫头,我们都是几十年的邻居,帮点忙是应该的。"

乔云雪不和大妈大婶们推来推去,仰脖一吆喝:"宝贝们,姨请客吃糖啦!姨来亲亲宝贝们!"

油画村其实就是两条油画街,南北一条,东西一条,方圆五百米而已。她在十字马路口一吆喝,大妈大婶们的孙子孙女全围了上来,欢乐地瓜分完毕。还一个接一个把纯洁的吻送上乔云雪的脸儿。

燕子感慨："什么时候我有这么好玩的侄子，那我就太幸福了！"

乔云雪走开了。燕子的侄子，那可是她的儿子，那和容谦的小蝌蚪有关，更和小蝌蚪抢她的卵子有关。所以，侄子不是名词，而是动作片。

燕子也要跟上去，却被高高瘦瘦长手长脚的男人挡住："我的人体模特儿，终于找到你了。"舒渔两眼放光，用吃人的目光将燕子从头打量到脚趾头。一双长臂伸出，跃跃欲试，似乎要把燕子抓回去剥了裙子画油画。

"色狼——"燕子一声尖叫。后退三步，瞪着舒渔，"你那个爱慕者呢？"

舒渔憋得满面通红。他根本不知道那女人是个什么人，这阵子老是有事没事来毁他的清誉。害他每次明明看到云雪，却没有时间和云雪说说话。

他爱慕N年的女人嫁了，现在连说句话都那么艰难，好痛苦。

燕子镇定了，潇洒地一甩长长卷发，别有一番风情，怀疑的目光在舒大画家身上扫来扫去："你对她始乱终弃。你还艺术呢，明明就是色狼。你敢说，当你对着人体模特儿画画时，没有猥琐的想法……"

"什么色狼？"舒渔反问。

燕子瞪大眸子："你就是追着女人跑的色狼！"一看见她就追，她可没说冤枉话。

舒渔长脸涨得通红，吼："本画家货真价实处男一个。"

乔云雪忍不住捂着肚子哈哈大笑——舒渔是被真性情的燕子气得吐血了呀，吼得也太有个性了。

不止乔云雪，油画街许多老板和客人全乐了。

舒渔一脸尴尬，杵在那儿傻男人一个。

燕子开开心心地跑回夕阳画廊去了。色狼画家受挫，她终于心里平衡了些。她请来的女人果然是个会演戏会缠人的好角色。真痛快！

乔云雪也要回夕阳画廊，可被面前的人勾住了视线。

方晴晴？

原本是最好的上下属，是合作伙伴。基于以前的感情，她是应该劝劝方晴晴。可现在乔云雪面对着方晴晴，却不知该说些什么……

"那个……"乔云雪犹豫着，"如果有什么要我帮忙的，晴晴可以找我。"

"那份协定还在容先生手里，云雪帮忙毁掉吧。"方晴晴淡淡的忧郁掠过眸子。

"那个没问题。"乔云雪一口应承。

"那就好。我会记得云雪姐的好。"方晴晴目光点点，似有泪花，"云雪，我没事了，谢谢。"

"嗯。"乔云雪猛点头。

方晴晴低了头："云雪，我走了。"

"嗯。"乔云雪应着。想着方晴晴什么时候能醒悟——洛少帆不是她的菜。

乔云雪回了夕阳画廊，燕子正因为舒渔吃瘪，乐着呢。一看乔云雪过来，马上站了起来。

乔云雪拿了包就走。

"嫂子你去哪，我开车送你。"燕子立即殷勤地跟上。细长的丹凤眼都眯成了缝儿。

"我要向容负翁学习。"乔云雪踩着轻快的步子向公交站走去，"以公司为家，周六也一样，赚银子才最重要。"

燕子极漂亮的小脸乌云密布："都以公司为家，那宝宝呢？怎么生呀？"

"哦？"乔云雪朝燕子眨眨眸子，"你哥急着要生宝宝的话，让他到映月花园那儿找我生。"哼哼，容谦不在，她可以胡说八道，绝对脸不红心不跳。

"啊？"燕子垮下肩膀，居然真的打电话给容谦，"嫂子说，如果哥想生宝宝，只能到映月花园售楼部找她生。哥，那里没床啊……难道哥抱着嫂子生？不过，嫂子今天还是穿裙子，好像比较方便……"

燕子声音不小，一字不漏听进乔云雪耳内。乔云雪秀气的小脸儿什么颜色都有。

极品小姑子呀！真不知道容谦在那边会是什么表情……

甩掉燕子，乔云雪果然去了映月花园售楼部。她来得对，周六日楼盘里十分热闹，显然十分需要她掌舵。

才跨进售楼大厅，对面一位雍容华贵的贵妇起身："乔小姐，我终于等到你了……"

乔云雪绝没想到这个女人会出现在她面前。先是错愕，可三五秒内，乔云雪调整好情绪，漾开浅浅的笑容，大大方方走进去。

雍容华贵的中年妇女噙着淡淡的笑意。

乔云雪疏离而不失礼貌："龙基的龙腾花园在对面。江阿姨走错地方了，请江阿姨移步对面。要不要我让人帮忙送江阿姨过苏青兰那边去？"

说完，保持疏离而和气的笑容，扬首喊："娟子过来，送送这位阿姨。"

"云雪，我是特意来找你的。"江琼有些尴尬，可见过世面的富家太太不会怯场，堆起笑脸，"我们找个安静的地方谈谈。"

乔云雪轻笑着向办公室走去："江阿姨，我现在是京华的员工，不适合和江阿姨交往。以免有商业间谍的嫌疑。实在不好意思相陪。"

"怎么这样说呢……"江琼缓缓道，"云雪，我们差点就成婆媳了呀。"

高高扬起脑袋，乔云雪笑得极轻："有时差一点，恰好就差上十万八千里。江阿姨难道不这么觉得吗？我回来不到两个月，已经被你儿媳当着全市开发商的面，控诉我是商业间谍。我很识时务，惹不起躲得起，更不想为不相干的人劳心费神。"

"青兰性子直。"江琼解释，"更何况她是她，我是我。"

黑白分明的眸子迎上江琼，乔云雪温和极了："江阿姨，她也好，你也好，我都高攀不起呢！"

隐隐记得，和洛少帆交往的时候，江琼曾不止一次指责她高攀。

正说着，一个圆圆的身子滚了过来，然后是一张圆圆的笑脸："云雪姐姐，我妈亲自过来，姐姐太瞧不起我妈了哟。"

原来洛少帆的妹妹洛海燕也来了。

提起往事，江琼也脸红："云雪，我来是好意。我是做母亲的，当母亲的总是放心不下自己的儿子。你瞧，少帆现在憔悴成那样，就是因为放不下你……"

没有听下去，乔云雪转身喊："盼盼，娟子，这两位要看房，好好招待。谢谢！"

"云雪……"洛家两母女都十分意外，乔云雪会如此轻视她们。毕竟当初乔云雪给够了她们尊敬。

可乔云雪已经走了，步子轻快而优雅，流畅自然。可办公室里的林小眉看出，乔云雪的肩膀微微下垮。

奶奶的，这些人当初看到苏青兰的大肚子时，可全忘了她乔云雪的存在。现在一个个在这里装。也不怕苏青兰知道，一气之下送两个炸弹给她们。

林小眉站了起来。

可乔云雪唇角还噙着笑容。

往事不堪回首，一把血泪。都滚得远远的就好，不要滚她面前来刺激她平静的心。那是八年岁月，不是八个月，更不是八天，她们真以为，她跑西藏一年，就复原了么……洛少帆，别人看不到我心儿千疮百孔，难道你还不能。你居然那么轻巧地说，我放下你。

废话！

来到办公室，代替她今天把关的林小眉正忙着呢。见乔云雪进来，林小眉直言："怎么回事？男人爱吃回头草还说得过去，怎么婆婆和小姑子都想吃回头草？这洛家的人，老老少少都可恶。"

透过落地窗，乔云雪瞅着母女俩分别被盼盼和娟子缠着，浅浅笑了。江琼只怕不会明白，她乔云雪已经没有当初那么温恭仁俭让。

乔云雪忽然站了起来。

售楼门口，站着个年轻的男人。她见过这男人，上次全市开发商大会时，他就在其中。苏拓，长鸿地产的少东。他来这儿，当然不会是为了买房。

估计是路过时，顺便看看。路过便是客！

想了想，乔云雪出来，向他走去："如果苏先生有意买房，我亲自为苏先生介绍，一定会令苏先生满意。"

苏拓笑了笑："不买，我看看。不劳烦乔小姐。"

"不客气。"淡淡一笑，乔云雪也不离开。

"听说……"苏拓试探地，"你们这次比对面龙腾花园销售额高一倍？"

有么？乔云雪还真不知道具体数据。据可靠消息来源，她明白第一天两败俱伤，但之后两天，映月占绝大优势，奠定了映月在顾客面前的影响力。所以，现在映月应该是两倍于龙腾的销售速度。

第十七章　个个都想吃回头草

乔云雪轻轻笑了，意味深长："苏先生，这可是商业机密哦。"

苏拓尴尬地告辞了。乔云雪目送苏拓坐进车。可她微微皱眉——那辆宾利，她见过。

她往回走，眼角的余光瞄到江琼正带着洛海燕悻悻然离开。

娟子走了过来："云雪，04 的户型总是卖不动，得想点办法才行。"

"嗯。西北朝向的房子是比较难卖些。我已经在想办法。这个可得适当促销，可以打点小折。我得请示上面才行。"乔云雪瞅着龙腾花园，若有所思。

苏青兰太安分，她还真有点不习惯。

"嗯，那我去忙了。"娟子走了。

乔云雪也回了售楼部，咬着笔尖，想要怎么促销才能把 04 户型的房卖动。有点纠结，这个楼盘本来属于高端楼盘，客户群的要求特别高。所以就算降价促销，也要有点技巧，否则不能激发客户购买的心理。

有了。

眸子清亮，乔云雪腾起站起，拿起话筒："钱总我有建议。"

钱涛的声音传来："我正在开会，能三两句讲完么？"

"不能。"乔云雪皱皱眉，"关系到降价促销。"

钱涛吩咐："那你过来我这边，慢慢谈。"

"那也行。"

"小眉，我有事先去总部一下。帮我管好合同印章。我很快回来。"吩咐林小眉一声，乔云雪拿着手袋就出来，远远看见燕子的宝马正慢悠悠开过来，不禁笑了。这丫头天天闲来无事，越来越腻她。

也好，她刚好需要司机。

走到门口，燕子也到了。

可稀奇的是，居然有两个和尚来化缘："施主生意兴隆。我们来给施主送佛来了……"

"嗯，谢谢！"不想在这里耽搁时间，乔云雪拿出钱包，眨眨眸子，想着给十块还是二十块。

和尚看到她的钱包已经两眼发光："阿弥陀佛。施主，只要给 1888 元，佛祖一定保施主财源亨通。"

"1888？"乔云雪手一软，瞪着和尚，"现在佛祖也抢钱么？"

和尚老神在在："对面那家施主说了，你这边气场大，佛祖会多费好多心思才能保这一方财源亨通。"

"怎么又是苏青兰！"燕子恨得牙咬咬，"连个和尚都不放过，利用他们来讹诈我们。"

乔云雪瞪着和尚，无力叹息。她只是个分行经理，不是老板，要不然一定花

1888元买这一方财源亨通。苏青兰当然是故意的。

和尚已经引起顾客的注意，乔云雪不想和尚在这里闹事。想了想，她垂首弯腰，双手合十，谦恭虔诚，声音柔得掐出水来："高僧，遗憾的是我与佛祖无缘。实在抱歉。"

燕子听了，捂嘴偷笑。

和尚也不恼，转向一身名牌的燕子："施主……"

"我和佛祖有缘。"燕子笑嘻嘻，"我就是这里的管事的，找我你算是找对了。"

和尚的脸立即柳暗花明。

燕子掏出钱包，拿出张卡来，绽开无害的笑容，金卡在和尚面前摇啊摇："你们募捐刷卡么？我只能刷卡，没有现金。拿刷卡机来。"

"施主！"和尚也有脾气，"没有诚心就算了，怎么还戏弄出家人……"

燕子愕然："原来出家人不懂刷卡机是什么呀？"

和尚气黑了脸，转头就走。

乔云雪被燕子的鬼主意惹得哭笑不得，还是塞了十块钱给和尚息事宁人。

"呸，明明就是坑蒙拐骗的和尚，信口开河，怎么说是高僧。"燕子说。

乔云雪紧紧盯着对面，忽然大踏步向龙腾走去。

燕子赶紧跟了过："嫂子不急，不气啊！别找那女人，哥会想办法收拾她。"

"我才不找那女人！"乔云雪闷闷地。第一次站在龙腾售楼门口。根本没心观赏龙腾花园，只逡巡着里面。

洛少帆不在。

有些失望，正要转身。苏青兰走了出来，双手抱胸，蔑视几分："容谦的情人，什么时候扶正哦！不过依我看，这肚子没动静，扶正只是个梦。"

懒得理她。乔云雪直接无视苏青兰的存在，转身就回。

"乔云雪，你不敢和我说话了吗？"苏青兰得意了。

乔云雪转身，认真地告诉苏青兰："不好意思！我不和二百九说话。"

"二百九？"苏青兰皱眉，不知道乔云雪在说什么。

燕子憋不住话："二百五，三八，外加有点二。"

"乔云雪——"苏青兰怒吼。吼得气血翻涌。

乔云雪已经走了。实在不明白，洛少帆会挑上这女人。他就不能挑个大家闺秀劈腿，让她输得心甘情愿些？

坐进宝马，燕子嘿嘿地笑："嫂子骂人越来越有才了，一个脏字也没有。我要是告诉给哥，哥一定会表扬嫂子。"

燕子这臭丫头！当她嫂子真命苦。

不一会儿就到了京华大厦。燕子跑去玩了。乔云雪却习惯地拐进总裁电梯。可电梯在四十三层的时候，忽然停下了。

又是容谦！

容谦忽然伸出长臂，轻轻撑上镜子墙，将她密密包进臂弯中。

"容谦——"她有些慌了。赶紧弯腰，想闪开他的搂抱。

他谦和温润："燕子说，她不喜欢有人分她的床。可你已经分了她一个星期的床了。"

"嘎——"乔云雪一愣，有么？燕子没说呀。

他脸色渐渐严厉了些："我一直以为你是女中豪杰，言出必行，事实上是缩头乌龟。"

"我没有！"乔云雪大声拒绝。挺起胸脯，以示清白。可这一挺，那姿势就成了扑进他的怀抱。她赶紧后退小半步。

容谦长眸一闪，轻轻摸着她浅浅的小酒窝："我记得有个姑娘说，她要天天努力生宝宝……"

乔云雪捂住了脸儿。好糗呀，这事她真不想再提。她怎么就上了老实老公的当呢，好想哭。

电梯很快来到五十楼，来到钱涛办公室，里面没人。容谦主动帮她联系钱涛。

很快，钱涛一个来电："乔小姐，我实在忙，以后如果有事情，直接找容谦。"

找容谦？乔云雪愕然，这个老实老公，居然成了她上司了？

撇撇嘴儿，深呼吸，她摆出公事公办的模样，噙着职业化的浅笑，和"上司"禀报："容先生，我来，是想让西北向户型更改销售策略，对比性降价销售。"

"对比性降价销售？"容谦挑眉，来了兴致。

"对。"谈到工作，她暂时忘了两人之间的尴尬，声音洪亮起来，"我们一共有十八栋同样的户型，本来是完全一样的，但我们可以挑出其中一栋，全部在原价上降价一万。其余十七栋不变。"

"哦？"容谦若有所思，指尖轻轻敲着桌面，她这想法，可行。

"完全同样的房子，顾客当然愿意买便宜一万块的那套。这迎合顾客占便宜的心理。这样一来，我们可以逐栋攻破。"乔云雪解释，"等最后只剩一栋的时候，我们再另外想办法。"

容谦懒懒靠进办公椅，凝神睨她，半晌扬开轻笑的弧度："老婆说了算。"

"容谦——"真是，人家跟他谈公事呢，喊什么老婆。乔云雪只当没看见他愉悦的模样。她有一周没回房，他还这样淡定，她都怀疑他男人的欲望并不那么强烈。

"今天周六，我们是额外工作，老板不能强制我们不能谈家事。"容谦不动声色，起身，绕过桌子，站在她身侧。

他的气息立即包裹住她。

乔云雪想了想："我得马上回售楼部。周六日顾客特别多，走不开。保守估计，三个月可售完百分之九十。我可能要连续上班三个月。或许，我以后会有一个超级长假。"

容谦俯身，温热的气息就在她耳边，搔得她耳根又热又痒："三个月？"

不知为什么，乔云雪有种感觉，他这简单的动作，其实在特意做的，有调情的意味……就分床一个星期，他还是熬不住了么？

想到这儿，她倏地抬头，唇，却那么轻轻地擦过他宽宽的下巴。勾动软软的酥麻，和浅浅的心思。

她愣了。

容谦蓦地捉紧她双臂，轻轻地："如果调你到五十楼，做助理或秘书。可好？"

"不好！"乔云雪飞快摇头，慌乱地退后两步。

"哦？"他拧眉，不放过她一丝神情，"你怕做不好？"

"不，我不想天天看到你。"狡黠一笑，乔云雪缩缩身子，从他的禁锢中巧妙躲出来，"容先生，一天二十四小时看着同一个人，会腻。为了我们的婚姻天长地久，我们应该保持适当的距离，给我们的婚姻每天注入清新的味道。"

不想交心，小心翼翼保护着自己，偏还理由一大把。容谦黑瞳一闪，懒懒抓住她指尖："老婆的意思是……"他俯身，又离她近近的了，"只能在家里亲近？"

她点头，目光晶莹："那当然。"

"最好还在卧室里，不让燕子看到？"

"那当然。"

容谦点头，若无其事地揉揉她的头发："在家里亲近，在卧室里……好的，今晚我在卧室等宝贝儿。"

乔云雪傻眼，怎么回事，她又被他绕进去了？她没说她今晚那个……可抬头看看容谦，瞅着他的温厚模样。如果她再躲，是不是太不厚道了？她不喜欢欺负老实人，她只喜欢针对奸诈无耻的小人。

乔云雪头痛地离开。她只顾纠结，也就没看到容谦翘高的唇角，让他看起来像迷人的罂粟。

钱涛走过来，悄无声息地递给他一张纸："这是当年洛家拿到的诊断书。洛少帆一直没下定决心和她结婚，可能就是这个原因。"

容谦接过，久久凝着，面色如常。

"乔云雪只有百分之二十的受孕机率。可以说，有可能她永远怀不上孩子。"钱涛郑重提醒。

容谦二指轻轻夹过那张诊断书，利落地撕成两半，随手一扔，正中垃圾桶。他边系领带边朝门外走去。

"容总，这事不是闹着玩的。"钱涛急着跟上，与他并排而行，企图劝说，"其实我也挺喜欢乔云雪这丫头，她活泼可爱，真挚善良，和你这死气沉沉的性格正好中和。可是你要知道，我是为了你的前途着想。"

"洛家给出的诊断不足为信。"容谦语气淡淡,"这份诊断书的来源可疑。"

"这上面都是人民医院的章,怎么可疑?"钱涛急了,"你不能因为愧疚,让自己做这么大的赌注。"

"日期是四年前,说明这诊断书并不是洛少帆亲自带着云雪上医院检查。要不然洛少帆四年前就会和云雪分手。"容谦语气平稳,是深思熟虑后的考量,"我只有一个十六岁的弟弟等他长大夺权。洛少帆上面可是有两个老狐狸的堂兄夺权……"

言下之意,这份诊断书仅仅是洛家内部权力之争的产物。

说来说去,他并不打算相信这份诊断书是吧?

钱涛看着容谦平静的俊脸,只得双手一摊。当事人都那么平静了,他一个旁观者还能怎么样,再急也无济于事啊!

按下电梯,容谦稍顿:"或许,这几个月就有了。"

"可是,我听来听去,都是你安慰自己的话。"钱涛急得直搓手,"你想给两人多久的机会啊?"

电梯门缓缓在钱涛面前关上。靠着镜子墙,容谦平静地合上长眸,沉思良久,好一会儿才睁开。他是留美博士,思想必须豁达。她也是他的选择,这婚姻,他亲自应承的……

下了一楼,坐进奥迪,他开向水乡花园,可忽然方向盘一转,向映月花园开去。

奥迪停在映月花园广场,随意扫过对面的龙腾花园,容谦的长眸轻轻落上映月花园售楼处。

与第一天的混乱相比,现在这里一片整齐祥和,里面的售楼员都是一张张笑脸。宾主两欢。他的老婆大人没有大刀阔斧的能力,可她浅浅笑意里的亲和力,一般人都难以比得上。

她个性分明,只要不触到底线,绝不轻易动怒,整天都憋不住地浅笑。

她为之动怒的只有两个人,苏青兰和施靖。可施靖其实是他容谦得罪的,施靖的事他处理得过急了,连降两级,施靖把怒气全出到她身上。如果当初缓冲下处理,效果会好很多……

他还在沉思,一个苗条的身影大步走过来,俯下身子,瞪着他。

瞅着她那双黑白分明的眸子,他微微勾唇。

"新官上任三把火?"她悻悻的,鼓着腮帮,可爱得紧,"钱涛才安排你管我,马上就过来管我了。天下哪有你这么火急火燎的新官。我很自觉的,从来不要上司管。要上司管的,我会乖乖听话。"

闻言,容谦笑了。虽然无声,可唇角的弧度变大,他打开车门:"该吃午饭了。我升职了,我请客。"

"原来是这样啊!"乔云雪长吁一口气,"我和小眉交代一声。"

乔云雪拿着手袋飞跑过来,笑盈盈坐到他旁边:"嘿嘿,我也升职了。要不,我请你的客。"

"哦？"容谦挑眉，这个她也想抢。

乔云雪撇撇嘴儿："你升职是应该的，瞧你天天除了工作还是工作，如果你老大不提拔你，那是他有眼无珠。可我不一样，瞧，我第一天这里被我搞得一团乱。虽然后面两天反败为胜，那最多也算是将功补过。我还没过试用期呢，居然破格被提升为经理。邪门！"

容谦淡淡笑了，心中淡淡的压抑，正慢慢被她纾解一空。

"估计施靖走了，无人可用。"乔云雪自我分析，可忍不住的洋洋得意，"咱们新上任的总裁大人真是英明，有千里眼呢，提拔我这千里马，那是他的福气。咱们互利互惠。嘿嘿，真想给总裁大人一个大大的拥抱。"

薄唇一扯，容谦凝着她娇俏美丽的模样，不知不觉地长臂一伸，拥之入怀。

她一愕，却没有挣开，好一会儿抬头："容谦，你有心事吗？"

好敏感的小女人，平时要她装没心没肺真是辛苦了……他凝着她，好一会儿才轻轻摇头，唇角微勾："没有。只是在想象，你给总裁大人投怀送抱的情景……"

"你胡思乱想——"她脸红了，挣扎着从他怀里出来，坐正，可眸子闪烁得厉害。

咳，她说给总裁大人一个拥抱，他介意了么？

第十七章　个个都想吃回头草

第十八章　用飞吻打败觊觎老公的女人

乔云雪当然不知道，那位总裁大人正坐在旁边，无限遐想小美人主动扑进怀抱的温馨情景。

容谦带她进了她常进的那家小餐厅，真的小。但这餐厅历史悠久，享有口碑。干净，口味不错。让人放心吃的那种。

点了菜，安静地吃着。

可乔云雪终于忍不住抬头："你干吗老看着我啊？我今天有什么不对劲吗？"

是他不对劲。那张诊断书，并不是那么轻易忘记。他们的确很需要一个孩子……

长睫一闪，容谦一副尴尬的模样："老婆今晚回房，我有点激动。"

"嘎——"她一口饭喷出。天，他要不要那么委屈的模样，让她又好笑又觉得自己好坏，好像亏待了他。呜呜，他真不能这模样，让她在公共场所失礼了。

容谦勾唇，忽然觉得这饭菜更加美味。忽然觉得心中的遗憾冲淡了些。

乔云雪忙着收拾。坏容谦，老实人说的话常常一鸣惊人，她都怀疑有一天真的被他带傻。

一餐饭终于吃完，乔云雪还得去上班，离这儿不远，她拒绝容谦用车送："才五百米呢，我要走路去。动不动就坐车，都不运动，会毁了我的好身材。"

瞄瞄她明媚的笑容，目光下移。入秋了，这几天变天，已经是穿长袖的季节，她穿的是件淡紫职业衬衫，显得腰身极细极长。长发在腰间扫动，别有一番味道……

"不许看啦——"乔云雪脸红红地把他身子移个方向。

然后，飞快离开。可走了十来米，她又不放心地向后看看。这一看，她又大步回来了，瞪着容谦："你没说老婆再见！"

如果身边没站着赵佩蓉，容谦估计听了会很感慨——小别胜新婚。可偏偏身边站着个赵佩蓉，容谦只能看清事实，这小女人仅仅是为捍卫她的婚姻而冲动。

她要的是他当着赵佩蓉的面，喊她"老婆"。

唇角微翘，当着赵佩蓉，容谦认真地："老婆，再见！"

"哎——"乔云雪如愿看到赵佩蓉不悦的脸，她心情飞扬了些，"老公再见！"

哼哼，秀恩爱谁不会。离开之际，她特意当着赵佩蓉做了个小动作。然后在赵佩蓉错愕的目光中扬长而去。

果然电倒容谦。

好半天，容谦还惊愕地瞅着她远去的纤纤身影，为她刚刚那个小动作而震惊。

她居然甩飞吻给他？

她居然甩飞吻给他！

他忽然匆匆坐进奥迪："赵小姐，我有点事，失陪。"

奥迪追了上去。独留下赵佩蓉，悄悄握紧了掌心。默默瞅着远去的奥迪。集才华美貌于一身的她，三年来一再找借口亲近他，结果却比不上那个情人的一个飞吻。不可以，绝对不可以。

赵佩蓉等在原地，不离开。她会等到他回来的。

人生最痛苦的事，是世上有个苏青兰。乔云雪才一到，就被等在外面的苏青兰挡住了。

乔云雪再也没了耐心，侧身走了过去。

苏青兰恼羞成怒："你不是有胎气了吗？你的胎儿呢？有的话，应该早显肚子了吧？"

乔云雪皱眉："我们有没有宝宝关你何事？容谦是世上最可靠的男人，不会因为宝宝这种事对我不好。"她大步走进售楼部，还朝保安使了个眼色。保安比较机灵，立即站到苏青兰旁边，准备随时拦住苏青兰。

苏青兰看了看那个保安，忍着没有跟进去。转身走上几步，面前有一堵墙，她吓了一大跳。

容谦？他什么时候来的？

苏青兰苍白了脸色，自觉向旁边拐开。

容谦面无表情，扫过苏青兰那张精心化过妆的脸，语气略寒："是装，还是真不懂，她是我妻子。你一而再再而三招惹我妻子。看来，我应该送你一份大礼。"

"你居然娶她？"苏青兰小心翼翼地闪过他，"容谦，我只是好心好意帮你，让她离开你，不要耽误你终身。"

"哦？"容谦冷寒星眸闪过犀利，"这么说来，我更应该送你大礼。"

"不要——"苏青兰发出一声尖叫，惊恐地瞪着容谦，"别让人到售楼处来闹事。"

容谦颔首："不闹事。送礼。马上送上洛家。"

"我不找乔云雪了，我保证永远也不找她。"苏青兰慌乱地向后退。容谦面容平静谦和，可多损的招他都能平静下手。

容谦平静地扫过她："一个月来，你已经在我面前保证过三次。已经失效。"

"天——"苏青兰转身就跑，钻进法拉利，踩上油门，疯狂地朝洛家别墅开去。

从反光镜看到容谦在打电话，苏青兰猛加油门，她一定要赶在容谦送的礼上门之前挡住。容谦送礼，除非她想死才敢接。

她自认够快，可刚停好法拉利，门口一个送花人正在问："请问这里有位苏小姐吗，请签收玫瑰花。"

原来只是送花，苏青兰身子软下，蹲在地上喘气。就算送玫瑰花，也不算大事，她苏青兰有人爱慕，这正好刺激一下洛少帆。

苏青兰不急了。甚至隐隐有些希望，洛少帆看到这玫瑰花，会发现她的闪光之处，赢得他一点注意力。

"少帆，有人找你老婆。"是洛家大伯的声音。

"送花的等好久了。"洛家小叔子的声音。

"哦？"洛少帆出来了。

送花人不肯把手中的玫瑰花交给洛少帆："先生，这花要苏小姐亲自签收。"

洛少帆不耐极了："没必要。"

送花人声音洪亮："因为送花的先生需要传达一句重要的话。"

"什么话？直说！"洛少帆绝对不是个能和送花人好好说话的人。

送花人有些尴尬，但他赶时间，只得大声说："送花的苏先生说，春眠不觉晓，希望苏小姐下次再如约春风一度。"

"春风一度？"洛少帆细长的眸子眯紧，不看苏青兰，只凝着玫瑰花。

"不是——"苏青兰吓得魂飞魄散，一把将玫瑰花抢了，扔进垃圾桶，"我根本不认识什么苏先生，哪有什么春风一度。你胡说。你一定是容谦派来陷害我的。"

"我不认识容谦。"送花人一脸无措，"对方说了，如果苏小姐记不起他来，就想想，他赞美了你腋下美丽的痣。"

连腋下的痣都知道？

苏青兰尴尬地望着面前的人，洛家大伯，洛家小叔……为什么都在？

洛少帆悄无声息地离开，甩下一句话："把你的衣服从房间里拿走。"

苏青兰吓傻了。好久才捂脸哭："容谦……你狠。"

四平八稳的男人，也有被惹毛的时候。她越过他的底线了。可苏青兰不明白，今天容谦为什么忽然这么狠，他受了什么刺激了……

坐回奥迪，容谦双手搁上方向盘，高深莫测的长眸扫过售楼部里面正忙碌的小女人。

她说，他是世上最可靠的男人！有哪个男人好意思违背这句赞美。就算有邪恶的念头，也会被这句话赶跑。这傻丫头真会给男人打气！

踩上油门，容谦朝京华大厦开去。

燕子正在找他，见到容谦，一下子跳了过来："哥，嫂子去哪啦？我找不到。好可恶的嫂子，天天想甩我。"

"云雪在售楼部。"容谦意味深长，"燕子，以后不要老喊着要宝宝。"

燕子一愣："哥，嫂子老想着躲你，你看不出来吗？我要加油催嫂子要宝宝。"

这丫头，容谦摇头："燕子，别顽皮。多用点心在财务上。"

"我有苏雅呢。"燕子嘟囔着，"好吧，我以后尽量不催嫂子要宝宝好啦！"

看到容谦回来，钱涛在他身边绕来绕去，最后还是没忍住："要不，容总先试几个月，到时怀不上再做决定？"

容谦悄无声息地走开。

钱涛无可奈何地看着他的背影，最后懊恼着离开。容谦心里当然不好受，但他向来是个内敛的男人，就是他钱涛，也看不出他的忧伤快乐。背信弃义的事，他钱涛也不想干，可是，这件事真的关系太多太多了。

钱涛忍不住："容董那儿，可拖不起时间啊！你总不能拖个三五年，那他会把你绑到女人床上去的。"

关上办公室的门，颀长身躯巍然，懒懒地斜倚在阳台上，淡看秋风浮云。如星长眸，盛着别人不能猜测的心思。一根烟，在沉默中燃尽。

半晌，他进来，将烟压进烟灰缸，坐下，开始新的工作。

傍晚，他早早下班。来到映月花园，却没有下车，懒懒坐在车内，瞅着映月花园售楼部内的身影。

淡雅清灵，轻笑如花。

到了下班时分，乔云雪出来了。看到奥迪，她立即眉眼弯弯，踩着轻快的步子向他走来。大大方方坐到他身侧，眯着眼儿笑："升了职的男人就是不一样哦，都有心情接老婆了。"

淡淡一笑，容谦踩上油门，载着她回家。

"我要给燕子下土豆面条，我得去买土豆。"乔云雪笑盈盈下车，在他目光中消失。

容谦先回了家。进了他的书房。

乔云雪回来的时候，燕子也回来了。一看见乔云雪买的土豆，惊奇地跳了过来："嫂子，这么小的土豆，我一口一个呢！"

鸡蛋大的土豆，燕子也不能一口一个吧。扑哧笑了，乔云雪朝燕子眨眨眼："煮面条就要这种土豆。小土豆才香呢！"

洗干净连皮全放锅里煮个通熟，再剥皮，一分为二，煮了，再放面条。

很快，饭桌上的燕子无尽感慨："果然是有鸡味的土豆面条啊，嫂子你别去售楼了，直接开面条馆得了。嫂子我爱你。"

受表扬的嫂子也开心："吃吧，并不是每次都能吃到这个。"

第十八章 用飞吻打败靓老公的女人

"嗯嗯。"燕子好满足地猛吃,"嫂子最好了,如果嫂子快点生个宝宝出来,嫂子真是好得不得了……"

"燕子!"容谦放下了筷子,声音带了点警戒的意味。

燕子缩缩脖子,撇嘴儿:"好啦,哥,我知道啦!嫂子,哥不想逼你生宝宝呢。哥想嫂子心甘情愿给哥生宝宝。"

容谦淡淡地:"燕子,食不言寝不语。如果做不到,明天到五十楼帮我打下手。"

这下燕子立即乖乖闭嘴了。

乔云雪扑哧笑了,燕子果然对容谦又敬又爱,她当初的第六感是对的。

夜,悄悄降临。乔云雪没好意思再赖燕子床上去,可又不好意思主动爬上主卧大床,十二点还在阳台上看风景。

容谦凝着窗台上孤单的背影,若无其事地走过来:"谢谢!"

"啊?"错愕地转身,乔云雪睁着眸子瞪他。

"土豆面条很好,燕子喜欢。"容谦若无其事地握起她的手,一起看星空。

"嗯,燕子很好哄。"乔云雪想着,"昨儿燕子看到我妈对我好,都要哭了。放心,我会对燕子很好。燕子本来就是个惹人疼的好姑娘。"

他握她的手力道立即大了许多:"燕子和你一样善良。"

这是表扬她么?乔云雪有些尴尬,感受着他手心的温暖,她别开眸子:"对不起。"

"哦?"容谦拧眉。她在想什么?

不解释,她也解释不了。这婚姻,他是无意,她主动。把相错亲的男人拉去领结婚证。结果真结婚了,她时刻想逃,不想生宝宝,不想履行妻子的义务,都是她不好。可是,她真的是无意的,总是自己还没觉察到,已经下意识做远离他的动作。

秋风有些冷了。感受着他掌心的温度,乔云雪脸红了,自个儿拐进卧室,乖乖爬上大床。这地方,她很喜欢的,当她第一次爬上它,她就喜欢了。很舒服的地方,有港湾的感觉。

她找出自己那个存折,细细瞅着,忽然咧开了小嘴儿。

容谦展颜,一次存款,能让她这么开心。那如果他把她的薪水都归她管,效果会怎么样?会不会欢乐得分不清东南西北?好期待。

可只怕,欢乐过后,他会被她踹倒?这个漫天谎言,总有一天会被揭穿的。她不是个能容忍藏头露尾的人,很难想象真相出来的那天会怎么样。

瞄他一眼,乔云雪忍不住地神采飞扬:"我妈说了,我在北京出生的呢。回乡后继承祖业,油画店生意很不好,都没人有闲钱买油画。家里拮据,我没吃好,所以个子长不高。所以我一定要多存点钱,以后才不会亏待宝宝。"

她这么爱宝宝,一心一意想当个合格的妈妈……心里有个柔软的角落,生生涌动着别样的情绪,容谦轻轻揉揉她长发:"燕子说,你今儿去打劫你妈了。还说你妈的家产以后都是你的。"

扑哧笑了，乔云雪歪歪小脑袋："我逗我妈开心呢。其实我还有个弟弟，叫乔云岩。小时候走失了，一直没有下落，我们现在一直有托警方在找。我总想着，云岩或许有一天会回来，那家产我得全部给我可怜的弟弟。所以嘛，我还得自己养活自己。你不用担心，我能养好自己。"

"哦，我可以把每个月的薪水交给你存。"容谦挑眉。

"不啦！"她眨眨眸子，闷哼，"我只要养活自己就好，可你还要养活这房子。再说我这两三个月的工资一定比你高，瞧，映月的销售多好，我的提成说不定都上十万……"

乔云雪倏地捂住小嘴儿。咳了声，警觉地瞄瞄他："不过，我们ＡＡ制呢，我不会给你钱。我要把钱全存起来，到时我可以送我家宝宝上最好的幼儿园。男宝宝像王子，女宝宝像公主。人见人爱，花见花开。"

容谦不语，凝着她皎洁的容颜，有点失神。

坐下，床的另一边沉了下去。一双有力的大手缠过她腰间，暖暖的。他的胸膛紧紧贴住她纤细的背。

她努力装镇定，乖乖收好存折，有些闷："你真的很想要很想要宝宝吗？"

"我很想要。我爸也希望。"容谦低语，气流轻轻拂过她耳边。那双不规矩的手，从腰间往上移，不知不觉挑起她的羞涩与热情。

她咬咬牙："我会努力。我妈说得对，我二十八了，就算现在怀上，也得二十九才生。如果再拖下去，就是高龄产妇，对孩子智力不好，对生育也不好。容谦，你别急，我也尊重婚姻。"

两人都尊重婚姻，会忍让，替对方着想，可绝不涉及那个敏感的字眼——爱。

容谦的大掌，慢慢贴近她小腹，性感而低沉的声音似有催眠的作用："我知道……"洛家人说她怀孕机率小，可她自个儿全无所觉，这中间有猫腻。

尽人事，听天意。那百分之二十的机率，也要期待。

心中一动，容谦指尖轻轻捏着她下巴，望进她眸底："如果……"

她瞅着他扁扁嘴儿，摸摸鼻子："说话痛快点，才是个真男人！"

微微勾唇，容谦摸着她腮帮，弄得她痒痒的："如果我不孕……"

"不会吧？"乔云雪大吃一惊，眨巴着眸子。可看他无比认真，她平静了下来，"那我爸妈一定很伤心，因为我弟弟一直没消息，他们的希望全在我身上了。不过……"

容谦静静聆听着。

眨眨眼睛，乔云雪抓着他大掌，遗憾极了，也真挚极了："生宝宝和买彩票一样，谁也不能控制的。如果你真不能生，我们就多赚点钱，自己养老。你比我大四岁呢，所以我一定能照顾你到老。可我会活在后面一点，一个人动不了的时候，进敬老院好了。没办法，我和你结婚了呀，我得负责你一辈子。"

她要负责他一辈子？她眨动的眸子黑白分明，好美！

长臂一收，容谦目光如星，辗压上去……

平淡而温馨的日子一天天过去。那个秘密，就那样生生压在容谦心里。他那洞悉一切的长眸，总是悄无声息地落在她黑白分明的眸子上。

乔云雪毫无所察。容谦本来不爱说话，他这些举动一切都那么正常。只是，她觉得，容谦似乎有双透视眼，当她想缩的时候，他就离她远些。当她有点胆量，他就迎上来了。

苏青兰神奇地不再找她麻烦。

江琼和洛海燕倒是来电几次，但乔云雪都毫不犹豫地拒接。洛少帆不找她，但常常会去龙腾花园，一条马路的对面，总会不时遇上。每次遇上，洛少帆都长久地凝着她，但并不说话。当然，她现在也不会给机会让洛少帆说，他说了她也不会听进去。

各有家庭，还有什么可以说的。

可燕子遇上几次，总要哼一句："负心汉！"

洛少帆越来越憔悴。乔云雪几乎想象不出来，那些年和她一起意气风发的男人，如今居然是这么深沉憔悴的男人。

她应付不了的只有燕子，燕子总是瞪着那双迷人的丹凤眼，在后面悄悄拉着乔云雪："嫂子，你和哥没努力哦。我爸要是知道你们没努力生宝宝，一定很生气。"

乔云雪扑哧笑了："你爸不在，别急。"笑完之后她躲了起来，容谦上次吞吞吐吐说的那句话，到底是真的还是假的，他说——他如果不孕……

这让她小心翼翼应付着燕子，打趣儿："燕子喜欢宝宝，赶紧去恋爱结婚。瞧，过了年就是二十六岁的大姑娘了。"

"我以前谈了呀。"燕子郁闷，"可是比不上我哥，所以我不要了。宁缺毋滥。"

乔云雪无语。一个狂恋兄长的妹妹，她不知道拿燕子怎么劝。

上班的时候，她似乎比容谦还忙。有事情要请示上司的，容谦总会亲自过来。但他总是来去匆匆，只要处理完，一分钟都不耽搁，就又回京华大厦去。

"你和总裁很近吗？你和他一样的忙？"乔云雪偶尔会开开他的玩笑，"总是一分钟都不耽搁。忙得联合国秘书都要给你让道。"

"非常近。"对映月花园封锁一切消息，乔云雪这两三个月又忙，并且升为经理，和销售员有了距离，没多少八卦消息来源。现在一切都掌握在他手中。

"等满三个月，我都差不多可以放长假了吧？"朝容谦笑笑，乔云雪期待着，"每周两天，一个月八天，我三个月一共二十四天。嘎，我可以大休一个月了。请上司批准！"

"你想休息，随时告诉我一声。"容谦无法拒绝那张笑脸。

但乔云雪没有休假，只是有时偷偷懒。周末容谦上班的时候，她就带着无所事事的燕子去油画街混半天日子。去油画街的日子一定是精彩的，因为燕子和舒渔总是不可避免地会遇上，而燕子绝对是毒嘴一张，不放过越来越处于下风的舒渔。

那个被燕子请来的女人，让舒渔完全抬不起头，燕子已经不怕舒渔了。

舒渔一不小心就被燕子暗地里一绊，生生倒在大马路上。可那没良心的丫头还哈哈大笑呢："果然君子报仇，十年不晚。"

舒渔憋屈啊："我就是要你做做模特儿而已。可始终也没如愿，反而被你欺负了……"

"我欺负你了？"睐着漂亮的丹凤眼，燕子冷冷一哼，大大方方过去抱紧舒渔的胳膊，把他从地上扶起来，还替舒渔揉揉摔痛的屁股，"瞧，我多疼你啊！"

被揉了屁股的老处男恼羞成怒："不要随便毁男人的贞操——"

燕子这才觉得事态严重，讪讪地离开。

乔云雪在夕阳画廊里捧腹大笑。

夏心琴提醒："你家小姑子年纪也不小了，是该找个男人嫁了。"

于是晚上要睡觉的时候，乔云雪把白天的事一五一十告诉容谦。

"燕子怎么做的？"容谦挑眉。今天白天父亲又过来，问他对妻子儿子的看法……

"怎么做的？你听不明白啊？"乔云雪瞪他，却扑哧笑了，"这样……"依葫芦画瓢，她痛痛快快摸上容谦的屁股。

却被他飞快反手抓住，似笑非笑地凝着她："果然事关男人的贞操。"长臂一伸，她就滚回他臂弯中了。

"等等！"乔云雪脸红红躲闪着。

箭在弦上，她还有心思拖时间。容谦扯了扯薄唇，凝着她。

"那个……我们最近太频繁了，好像专门要生宝宝一样地赶趟儿。"她脸红红地不敢看他，可绝不退缩，"我觉得我们一周一次最好了。以后吧，我们可以计划一下。"

唇角一扯，容谦睐眼凝她，郑重地摇头。

"可是，本来一个月也只有那么多时间嘛！"乔云雪抵着他胳膊，模样娇羞，可神志清醒得很。

容谦目光一闪："多少时间？不就是……大姨妈那几天不行？"

"没有呀！"她爬出他的掌握，急着和他算，"人上班都是一周五天制呢！这个也一样。所以一个月下来四周半，就是要休息九天。然后一年有十几天公众假期，摊算下来，一个月也有一天。这样一个月就共有十天假……"

原来夫妻生活还可以这样安排？

乔云雪说一句，容谦好笑一分："那也就十天，一个月还剩二十天，一周还可以五天。"

"哪能呢！"乔云雪还没算完了，"女人每个月有十天不方便……"

容谦纠正："三天。"

"我说十天就十天。"她眉眼弯弯，"我的大姨妈，你清楚还是我清楚？"

"……"容谦无语。

"所以，一个月还剩下十天。"乔云雪接着算，"这十天我们ＡＡ掉，五天由你决定，五天由我决定。所以，你的主导权一个月只有五天。"

"……"容谦抚额。忽然想知道，她这么恐慌，是不是心底为他起了情愫……

"不行吗？"乔云雪闷声问。这样不亲不疏挺好嘛。

容谦揉揉她脸儿："我们能忍，宝宝不能忍。他爷爷还盼着他呢……"

一定不行吗？乔云雪纠结了。但是，容谦说他"如果不孕"这四个字却让她心惊肉跳，一想到这四个字，她不知不觉就会放纵容谦接近……

男人的自尊心很强烈，她愿意守护这个二话不说，就和她结婚的男人的自尊心。她一再地疏离，他给予了无限的宽容。虽然不苟言笑，但那温和的目光一扫过来，她不知不觉就安心了。

可是，都好几个月了，她肚子里怎么一点动静也没有呢？这世上那么多一次中奖的，为什么她就这么难中呢？因为没怀上，她的心态起了微妙的变化，不再太纠结生孩子，而开始纠结怎么没怀上。容谦他——真的不行吗？

要不下次买个福彩测试下运气怎么样？

这天早上，她吃了一半的面条就放下筷子："容谦，是不是我身体有问题呀？"

容谦黑瞳深幽几分："你身体很健康。医学上建议，一年内没怀孩子，才会开始考虑身体是不是有问题。"这是安慰，也不算安慰。她思想豁达，身体确实很健康，连流感都不会传染到她。

"要不，我去做个检查。"乔云雪咬着筷子，"如果真有问题，也好早点治治。"

燕子猛摇头："不会啦！哥，你是不是没努力啊……"

容谦的目光横过去，燕子立即闭紧小嘴儿，专心吃她的面条。容谦的目光落在乔云雪那淡定的脸儿上。如果去查的话……

"年后再说吧！"他不动声色地，"两人一起去查查。说不定是我的问题。"

乔云雪以手支腮，愣愣地瞅着他优雅的吃相，有些出神。他这优雅的举止，淡定的神情，让她隐隐明白，是不是自己哪里出错了？眼神这么深邃的男人，怎么可能会笨呢？

心中一动，她转身问燕子："燕子，你爸呢？"

那个年轻的继母还真不好问，但他们的爸，应该可以问吧。

燕子似乎呛到了，偷偷瞅了瞅容谦，小心翼翼地："我爸现在在深圳。"

乔云雪有些郁闷："容谦，深圳不远。我们不应该去看看爸爸吗？我们结婚这么久，不主动去看长辈，是我们失礼呢！难道真的要生了宝宝才能见你爸爸吗？"

容谦一顿，放下筷子："最迟过年，我会带你去见爸。"

"哦。"乔云雪摸摸鼻子，不再作声。也许容谦不喜欢见到他爸。毕竟那个年轻继母的存在，一定有个不一样的故事。想到这儿她抿嘴儿笑，"燕子，为什么我觉得，你家比人家豪门贵族还复杂？"

"不复杂不复杂。"燕子笑眯眯的,"就一个爸,一个继母,一个哥,一个弟,一个我而已。"

想想也是,家家有本难念的经。乔云雪不再纠结这个,上班去。

"我送你。"容谦也回房。淡淡的古龙香水传开。和着他特有的男人气味。很好闻,也让人心思恍惚,不知不觉漾开别样的心情。

乔云雪忍不住替他拿起西装,套上。一颗一颗纽扣上。

居高临下地瞄着她的脑门,宽宽的额,长长的眉,她聪明,却有些偏执。当然,聪明的女人多少有点偏执,可是她的偏执,却是一种有意的意识封存。

她不愿朝她不希望的方面想。

如今他总裁的身份,在京华总部已经人所共知,面对随时有被她揭穿的可能。那原本不是有意隐瞒,可太久不说明,对她而言就成了刻意隐瞒。这事比较棘手。

他忽然抓住她正停在他第二颗纽扣的指尖:"在想什么?"

他第二颗纽扣正在心口位置,她正在想它这里曾经住过什么样的女人。可她仰首,浅浅地笑:"打搔扰电话的女人那么多,真不知道你现在升职了,是不是天天都有女人绕着你打转。"

黑瞳一闪,他没有温度的声音传开:"没事,你的飞吻可以打败她们。"

"嘎——"她手底一抖,差点扯掉他第二颗纽扣。不知不觉想起赵佩蓉,那个女人的恒心是值得学习的,一直不远不近地和容谦保持联系。

"小蝌蚪已经全留在家里,交老婆保管。"容谦低语。

"容谦——"她跺脚了,不再管他的纽扣,拿了手袋往外冲。

燕子当然全听到了,趴在客厅摇着沙发哈哈大笑。

容谦瞅了瞅扣了一半的纽扣,扯扯唇角,缓缓扣紧。

出来,燕子还在笑,建议:"哥你说,你和嫂子两人生的宝宝,到底是可爱些,还是腹黑些。哈哈,会不会既可爱又腹黑,一定好好玩……"

容谦挑挑眉:"燕子,你该找个男人谈恋爱了。"

燕子立即三两步就奔进卧室。

无语地瞅着不识愁滋味的妹妹的背影,轻轻摇头。容谦拿了车钥匙,下楼,坐进奥迪,前面那个小女人明明就在磨蹭,想是给他机会快点上去载美人。

黑瞳微深,容谦唇角微勾,他的确没有料到,她会如此矜持,如此可爱。他觉得那不应该出现在她身上,可是偏偏就出现了,一点也不造作。有点奇异……

踩上油门,十秒后,他停在她跟前,打开车门。

"以后再取笑我,就不理你啦!"她故意说。

容谦淡淡笑了:"不取笑。"

"那就好。"她乖乖坐进去。

容谦平稳加上一句:"都是肺腑之言。我已慢慢习惯气管炎……"她会明白,

第十八章 用飞吻打败觊觎老公的女人

这气管炎就是传说中的妻管严。

乔云雪一把掐上他的腰。

"腰……关系老婆的性福。"容谦没温度地提醒。

乔云雪懊恼地捶他，结果捂住自个儿的脸。

送到映月花园，他转身离开，在反光镜里看着她一蹦一跳地进了售楼部。

初嫁他时，她的步子可没这么轻松愉快……她变了。很好！

映月现在已经只剩不多的尾盘没有出售了。

也就是说，乔云雪就是旷工一天半天，都不是太大的事儿，反正售楼处有林小眉帮忙顶着，上边是容谦顶着。有忠贞朋友的生活，上司是老公的日子，通常都是幸福的生活。

不过，她偏偏是个受虐的命，不太喜欢翘班，所以天天都去报到。

走进办公室，林小眉就朝她眨眼儿："我告诉你呀，最近龙基的变化真是大呢！"

"哦，不关我的事。"乔云雪直接忽略不计。有些事，她必须让自己完全遗忘。

林小眉偷偷一笑："京华的变化也大。"

"哦，有么？"乔云雪来了兴趣，京华现在是她的衣食父母，一定要关心，绝对要关心。这两个月高额的提成，她已经为自己的宝宝存了足够的教育基金了。分别是三年和五年的定期，看着就舒适。

可惜，她现在不避孕，宝宝却不肯和她结缘。

可是为了容谦，为了老妈，她得努力生宝宝呀。一想到容谦提到的"如果"，她就觉得有些心疼，那么个忠诚可靠的男人，怎么可以有那个"如果"。为了安定他的心，她也得早点怀上。

更何况他爸爸也要孙子。唉，她压力有点大的说。

"市政府旁边那里新搬迁的那大片地，马上要拍卖哦！"林小眉朝她猛眨眼，"那可是块香饽饽，听说开标前，暗地里几方都在运用各方势力博弈。"

"正常。"乔云雪倒不以为奇。

林小眉分析："大家都说最大的可能，最后是京华和龙基博弈。另外你有没有听说过，苏氏好像壮大得挺快，有可能成为三足鼎立。"

"苏氏？"乔云雪摸摸鼻子，"快么？这些消息我怎么都不知道？"

林小眉闷哼："你现在就光纠结容先生去了，想对他好些，又怕爱上他。天天纠结这事，哪还有心思想别的。我告诉你，不止这些消息呢。你知道吗，洛少帆最近成名人了，他两个堂兄都被他找借口踢出局，现在龙基已经成为他一个人的天下……"

"说别的。"乔云雪皱眉，端起杯半热的碧螺春浓茶，小口小口地喝着。

"别的？"林小眉困惑地瞄瞄她，"我以为你最感兴趣的应该就是洛少帆和苏青兰，好像苏青兰最近闹得厉害，不肯离婚。"

"离婚？"乔云雪手一抖，手中的杯掉落，幸亏林小眉预料她有此一举，竟飞快接住。

林小眉斜睨她，小小声："我就知道你还是忘不了洛少帆。"

眨眨眸子，乔云雪双手稳稳端住茶杯，轻轻浅浅地笑："嗯，才结婚一年半不到就离婚？难以想象。我和容先生别的不好说，就是婚姻稳固如山。很难想象离婚这码子事。"

"真的？"林小眉一脸疑惑。

乔云雪一瞄她："难道离婚这码子事也能赶潮流，人家离我也要考虑？小眉你个臭丫头没人娶，居然想咒我的婚姻！"

"没有没有。"林小眉赶紧否认，可一双眼睛，总是不时瞄过来。那么多年的好友，她才是最了解乔云雪的，最初的心动，经年情深，八年的追逐，她怎么可能忘得那样快？

如果不是因为深爱，她怎么可能绝望得去西藏，她最怕冷啊。

乔云雪轻抿一口茶："豪门大少要离婚，这不是什么新闻。"

真的一点也没有感觉了？林小眉皱眉打量着乔云雪，似乎想看出她到底几分真心几分假意。

"我去外面看看。"乔云雪懒得和林小眉扯淡，起身出来。站在一个背光的地方没动。

她出来是因为看到洛少帆正在对面，视线正好对着她。憔悴的男人似乎神采飞扬起来了，颇有了当初几分傲气。难道他真的很高兴离婚……

洛少帆坐进奔驰，离开了。

乔云雪出来，默默瞧着龙腾花园，不知道苏青兰是不是还在里面坐镇。正想着，发现对面售楼处又开出一辆奔驰。

江琼？

江琼原本是个女强人，最近这两年儿子渐渐独揽龙基大权，才慢慢放权。怎么江琼亲自监管销售了吗？

江琼放慢车速，看着纤细的乔云雪。

"妈？"洛海燕扯扯母亲的衣角，"你看她做什么呀？"

"少帆爱她……"江琼轻叹，"好绝情的女人呀……"

"妈，是哥不要她的。"洛海燕提高声音。

江琼颔首："一念之差……你不懂。"

夕阳画廊门口，奔驰停下，江琼抬头看着那块略带陈旧的牌匾，暖暖一笑。踩着悠闲的步子，雍容华贵依旧，走进夕阳画廊。

夏心琴站起，面无表情地打量着面前的贵妇，明明五十多岁的贵妇，可因为保养得好，一张脸还像四十出头。一身质地极好的紫色休闲服，流畅自然，令江琼微胖的身材也有了曲线美。明明已五十多，居然还穿着时下年轻人爱穿的高脚靴。

脸上含笑，很亲善。

夏心琴淡淡地笑："这位太太喜欢什么样的油画？有特别钟意的画家么？"

"我们……用得着这么客气么？"江琼直视着夏心琴，点点笑意盈满丰腴的脸庞，"为了我们的孩子，我们暂时忘记几十年的过去，好好谈谈吧！"

夏心琴拿起鸡毛掸子拂灰尘，手底下舒缓自然，灰尘飞扬开来："我们这里是画廊，江女士有钟意的油画，就买吧。别的事，我还真听不懂，也没打算懂。我们平民百姓过的是小日子，把小日子过好，就很好了。"

江琼母女俩不由自主对视了下。江琼上前几步，仔细打量着油画，挑中最贵的一幅，自己取了下来，送到柜台："我要这一幅。"

是店里最贵重的画。夏心琴放下鸡毛掸子，不假思索地伸手过来，要拿起油画去装裱打包。

江琼轻轻压住画："买画事小。亲家母……"

"如果没有诚心买这幅画，请下次再来。"夏心琴语气凉凉，"对于我们来说，卖一幅有名的油画是大事。别的事，都是小事。"

江琼皱眉："我知道云雪现在和那个容谦在一起。我来，是想确定一下，云雪到底有没有结婚？"

"结了，女婿挺好。我们做父母的很欣慰！"夏心琴又拿起鸡毛掸子，开始拂着挂在门边的画。变天了，秋天干燥得很，灰尘满天，油画很容易就布满灰尘。

江琼忽然上前两步，一把抓住鸡毛掸子："这些油画比你女儿的幸福重要吗？"

"当然不。"夏心琴恼了，凉凉地瞄着面前高贵的女人，"但比你江琼重要。如果没心买油画，还是请你出去，免得这低门装不下江女士。"

夏心琴的直言咄咄逼人，江琼脸红了红："我没有看轻你的意思。我们都是生意人……"

"在洛夫人眼里，我们是小贩。"夏心琴凉凉提醒。

"哪有哪有！"江琼连忙摇手，"我来有重要的事。为了我们一双儿女。我想你最明白，云雪当初有多爱少帆……"

"那已经过去了。现在的年代不比以前，结了婚再离婚都没什么大不了。更何况是谈朋友。"夏心琴还是不疾不徐的，"云雪当初识人不精，误跟了人。现在云雪擦亮眼睛，跟了可靠的男人。怎么，江女士有意见？"

江琼有些尴尬，忍气吞声，依然含笑："我来，是希望少帆和云雪复合。拆散一对恋人，我们做父母的有罪过。"

"拆散？"夏心琴冷笑，"我可不知道，我做过拆散女儿婚事的事。江琼，几十年了，我可还记得你老公对我们做的缺德事。你有多反对两个孩子的婚姻，我就有多反对。但为了云雪的爱情，我装聋作哑整整八年，忍受你们的挑剔。怎么，现在把我女儿甩了，还不够吗？"

一番话说得江琼脸儿青一块紫一块。她是自私的母亲，高傲的女人，但并不是不讲道理，这会儿讪讪地站起来。

"这件事也不能完全怪我妈呀。我妈现在过来，也是好意呀。"洛海燕急了，"哥没有孩子，就继承不了龙基。瞧，如今有了孩子，妈没有后顾之忧，立即就成全哥和云雪姐姐了。"

"你们说的我听不懂。"夏心琴声音不高不低，"承康，送客。"

洛海燕上前一步，抱着夏心琴胳膊："阿姨还没听懂吗？云雪姐姐不能给哥生孩子……"

"海燕，别插嘴。"江琼赶紧喝止。

夏心琴无法再忍："你们还打算毁谤我家云雪？"

江琼缓缓将一张照片塞进夏心琴手里："我们没有毁谤。这是少帆宝宝的照片，很可爱，云雪会喜欢。少帆已经在办离婚手续，希望能和云雪复合。我这次来是真心的，少帆都不知道我为他来找你……"

夏心琴拉开玻璃大门："不管你们来是什么意思，现在都给我滚！"

"阿姨带云雪姐姐检查下就明白了——"洛海燕说。

江琼起身："丫头，我们走吧！"

走到门边，江琼慎重交心："做妈妈的都疼自己的孩子，相信你也是。云雪不能生孩子，有婚姻也不会幸福。可现在少帆刚好有了孩子，两人复合，是最圆融的美满……"

第十八章 用飞吻打败觊觎老公的女人

第十九章　AA 制成了"杀手锏"

江琼暗自找上母亲的事，乔云雪当然不知道。乔云雪更不知道，因为她迟迟没有怀孕，已经急倒身边一大群人。

容氏长辈至今不知道儿媳的存在，自然安静。乔云雪在京华时，给大家留下的印象就是情人，就是和容谦走得近，也没有人觉得有异。

京华总裁办公室。

精瘦的老人倚在落地窗，扫过自己的儿子："我听说，你养了个情人？"

"情人？"容谦挑眉，"我不养情人。"

容长风立即转过身来，皱眉："那你的意思，是要娶她？"

"我已经娶了她。"容谦平静地迎上父亲犀利的目光。

"胡扯！"容长风斜睨儿子，"一年多前，洛家风光娶媳妇，满城皆知。我们容家怎能悄无声息地娶媳妇！"

容谦没意见："爸可以准备，到时想要怎么风光，就怎么风光。"

看着儿子淡定的神情，容长风长吁一口气："别和我怄气，那件事毕竟已经过去六年，你是得考虑结婚了。赵佩蓉已经和你交往三年……"

"我和她是普通朋友。"容谦平静地拉下领带。

容长风久久看着儿子。

容谦拉上舒适的转椅："爸坐。坐下来再看着我，不辛苦。"

脸颊抽了抽，容长风有要发怒的征兆。

容谦恭顺站着："燕子说，我要是娶佩蓉，家里会有两只冰箱。"

"你……"容长风精瘦的身子一震。

容谦恭恭敬敬站着："爸也是男人。明白男人只会娶女人，不喜欢供着机器。"

容长风转身就走。很大很大的甩门声。容谦薄唇微勾，唇畔浮现淡淡的舒适笑意。

容长风一走，在外面观察动静的钱涛立即就潜进来。

钱涛都为容谦急出满嘴火泡泡了："容董会天天问的。你还不快点想办法。"

容谦颔首："船到桥头自然直。"

"船上人不急，急死岸上人。"钱涛跟前跟后地打圈圈，双拳跃跃欲试，似乎想海扁容谦，"你只有两条路，要不和赵佩蓉重婚；要不赶紧生个宝宝出来。我保证，只要你把你的宝宝往容董手里一放，所有的隐瞒都算不上大事。可如果你没有孩子，什么欺骗、不孝，全部扣上你脑袋，更何况乔云雪还是洛少帆的出逃未婚妻……"

容谦平静地把手里的文件往钱涛身边一推："这些你来处理，我回去和云雪生孩子。"

"……"钱涛石化。无可奈何地走开，可不一会儿又绕回来了，"想当年你和洛少帆称兄道弟，如今势同水火。你们不会哪天打起来吧？"

"所以你应该省点力气，将来好为我和他劝架。"容谦一个漂亮的容字签上文件。

钱涛脸抽筋："我老了，闪人都来不及，还劝架……"说着说着没了声音，凝着他文件上的名字感慨，"如果乔云雪看到你这个容字，再不肯面对现实，也会看出你的真实面目了。"

勾如铁丝，滑如蛟龙。能写出如此有气魄的字，怎么可能是一个老实本分的人。

容谦微微闪神——自从他成为她上司起，云雪已经在怀疑了，只是不肯问出来。或许说，她宁愿生活在她自以为的那个小世界里，像只蜗牛守护着自己……

唇角一扯，容谦不再想这事。挑眉："不劝架？"

"不劝。"钱涛字字落地有音。

容谦起身："那好。我现在就去和洛少帆见面，你去忙。"

"你去见洛少帆？"钱涛大吃一惊，"你现在还有什么必要去见洛少帆？你们的感情早在六年前就没有了。难道你真要去和洛少帆干架？"

"谈不来，不干架怎么办？"容谦悠闲经过钱涛，穿上西装，果然出去了。

钱涛冲了出去："容总，别冲动……"

"男人不冲动，还有谁会冲动……"容谦低低的声音若有若无地传来。

"我的天！"钱涛双手一摊，没奈何地转回办公室。摸着下巴想半天——他要不要报警？

月亮湾咖啡厅。

同样的身高，同样的体魄，同样的黑西装，从背后看去，还以为是两亲兄弟。可从当面看，就不对劲了。一个孤傲，一个平静，疏离感就像一条看得见的线，把两人划开。可是，两双手竟然奇迹般地握在一起。而那双稍微年轻的，微微使上了劲。

容谦淡淡扫了洛少帆一眼，指关节一紧。洛少帆松手。

"就算只大你两岁，依然能用姜还是老的辣。"容谦没有温度地评论。

"谢谢你照顾云雪。"抑郁了近半年的洛少帆，面容虽还有点瘦削，可神采飞扬，显然度过了心理阴暗期。

容谦面容平静："云雪是我老婆，我照顾天经地义。不劳洛大少发表意见。"

"你不爱她，你们容氏也不会容她，又何必强求。"洛少帆细长的黑眸眯起。

容谦声音四平八稳："爱与不爱，你知道？近半年的夫妻生活，你又知道？"

洛少帆脸儿显过一丝狼狈，但意气风发的男人，用张扬的笑意遮住自己的落寞："云雪的事我处理欠妥。她跟你半年，我就当这半年是对我的惩罚。容谦，我现在对你笑，并不意味着我不在乎你的小人行径。以闪电之势娶我深爱的女人，无非是想断我退路。我已经度过最难的时候，龙基我已牢牢掌控。现在要应付你，绰绰有余。"

"错。"容谦老神在在，"不嫁我，她也会嫁别人。不是我容谦的女人，她也会成为别人的女人。那个时候，她非嫁不可。"

洛少帆青筋微跳，细眸眯紧："你明知云雪是我的未婚妻！"

"你结婚之日起，她已经不是。"容谦薄唇微勾。

洛少帆目光像流星划过，"云雪难以受孕，这是事实，容谦你如果真是君子，不能误她终身。她迟早会是你权力之争的牺牲品。"

容谦淡淡笑了，笑容如清晨阳光，透着寒意："你知道云雪难以受孕？"

洛少帆俊美无俦的脸掠过别样的光芒："我不知道，谁知道？"

略一沉思，容谦扬眉："云雪不知道。"

洛少帆眸中流光闪过："我当然不会让这傻丫头知道！"

容谦轻轻搁在咖啡杯上的指尖，渐渐握紧，指关节渐渐泛白，隐隐发出摩擦声。

洛少帆自然看出容谦指关节的变化，呈现心思微妙的变化——容谦多少在乎乔云雪的过去。可只有对喜欢的女人，男人才会在乎她的过去。

"容谦——"洛少帆忽然觉得心底横过一股寒流。

容谦平静起身，平复心中刹那的躁动："失去的并不是每样都能追回。自求多福。"

放下五十块钱在桌上，拿起西装，容谦踩着优雅而稳重的步子，向外走去。

洛少帆淡定的声音尾随着容谦："既然不爱，又何苦自寻烦恼。赵佩蓉一直苦苦等你，她是所有男人的梦想。"

容谦淡淡一句："我一生只打算结一次婚。"

他走了。

洛少帆长身而立，视野中奥迪的影子越来越小。他唇畔一直噙着自信的笑容，可就在奥迪消失在视野的瞬间，他的拳头砸上玻璃自动门。

这段时间，他赢了龙基，夺了儿子，清理一团乱的婚姻生活，却已经失去最佳良机。容谦已经开始对那个傻丫头用上了心。但愿，那个傻丫头的心，还没为容谦跳动……

他洛少帆与乔云雪，才是相爱的一对。

晚上。

乔云雪黑白分明的眸子一直跟随着容谦。好奇怪的男人！太奇怪了！

这个大忙人今天吃了晚餐，没进书房修真做道士。而是洗完碗，主动帮燕子清洁地板。最后竟然还暗示她快点沐浴，然后走进她的小浴室，捡起她的小内衣裤洗。洗也就算了，问题是他洗的时候，居然还死死盯着，似乎想从那上面看出点金子银子来。

他再那样看下去，她怀疑自己会冲过去捂住他的眼睛。再甩上他两巴掌，打醒他。

难道因为她没怀宝宝，这个男人受打击了，所以有怪癖了？

乔云雪越想越紧张，做什么都没心思了，就跟在容谦后面转悠。好吧，她得承认，今天亲亲老公大人忘了 AA 制，居然一个人把所有能找出来做的事，全做完了。

她很想知道，当容谦把这些全做完的时候，是不是还不进他的书房。如果还不进，那真是天大的事了。她早早回到主卧室，这个视角能看到书房门口。

容谦没有进书房，而是进了主卧室。倚着门框凝着她。似笑非笑。有些欢喜，又像有些奇异的感觉，好像今天才认识她。

乔云雪忍不住摸摸鼻子：“那个……离 2012 还有几天。”

"2012？"容谦挑眉。

"嗯，大家都说 2012 是世界末日。"乔云雪一本正经地告诉他，"本来我不这样认为，可现在觉得很有可能。"一个工作狂忽然放弃他最爱的工作，而来做他不喜欢做的家务。她不能接受。

容谦略一勾唇：“傻丫头！”

"嘎——"请原谅她今天实在没办法接受这个男人怪异的动作。乔云雪伸出五个手指头，"容谦，你看我这是什么？"

容谦皱眉：“你的手？五个手指头？你怎么问这么奇怪的问题？”

呜呜，明明是他不正常，怎么反而她是傻丫头？乔云雪龇牙咧嘴地瞪着他。决定再不理他，转身找存折看。

"我应该谢谢京华的老板，让我一下子存了这么多银子。"乔云雪趴在被子上，眉眼弯弯地感恩。看存折真是人生最大的乐趣了。

明明不是那么爱钱的人，可就是对着教育基金迷得不得了。容谦好笑地凝着她调皮的笑容，唇角微弯：“多少了？”

她向来对教育基金宝贝得很，睡之前如果不抱着存折看看，一准儿半夜两点还翻腾着睡不着。可是，绝不给他看。他老婆是新版守财奴。

"不告诉你，你也别想打我们宝宝的教育基金的主意。"她看得入迷，一边损他，"虽然还没有宝宝，但钱总是我的。万一你看上那什么赵千金，我还有银子可以依靠。"

赵佩蓉？容谦摇摇头。她是记得赵佩蓉一辈子了。

可乔云雪偏偏眼尖地看到他摇头，闷哼：“别以为我不知道，她有后台嘛，是个好跳板呢！可以助男人要钱要权，容先生心思难测，我当然也要两手准备。”

可是下一秒，她发出低呼：“你干吗？”他的手臂太有力了，一箍很疼嘛！

第十九章 AA 制成了「杀手锏」

他的气息萦绕在她耳边："傻丫头，别吃飞醋。赵佩蓉不行！"

"她为什么不行？"乔云雪来了兴趣，"是石心女？"

石心女都出来了……容谦摇头，平静而认真："没欲望。"

乔云雪脸儿一抽，整个儿趴进被窝里了。这男人真损人，那么美丽的女人，他居然说没欲望，赵佩蓉要是听到了，估计会以自杀式袭击的形式对付他。

"别告诉我你的事。"她朝远一点的地方挪去，"我们ＡＡ制呢，不能干涉对方。我一点都不关心你和赵佩蓉的事。"

容谦一把抓住她，揪回来，静静揽入怀中："傻丫头，我们已经够生疏了。"她对谁都大方，唯独和他一起，什么都要计较，小心翼翼地守护着她的心。

"唉！"她居然叹息，趴在被窝中，"生疏么，我不觉得……"

电话铃声响了。

乔云雪赶紧爬起来，接过话筒："妈，我在呢？"

"你们睡了？"夏心琴试探着。

乔云雪皱眉儿："妈，这么晚，不睡觉做什么呀？天气凉了，妈也得赶紧睡。最近画廊很忙吗，妈怎么这么晚还打电话过来？"

怕你们做假夫妻……夏心琴心里想着，却笑了："没事，我忽然想着，我和你爸老了，画廊有时闲，想带孙子……"

"知道啦！"专门打电话要孙子，乔云雪脸儿有点红。然后，她果然挂断，感慨："我发现天下所有的爸妈都一样，到了年纪就想孙子，连儿女都不怎么稀罕了，就只想要孙子……不说了，睡觉。容谦我警告你，这个月早就超了五天了，要养'精'蓄锐了呀。"

她侧过身去，用背对着他，果断睡了。不一会儿，响起均匀的呼吸声。

容谦侧身凝着她皎洁的面容，亲了亲她额头。躺下，拂过她唇边一缕黑发。她曾是洛少帆的未婚妻，在容家，这信息相当于一个原子弹的力量。

她的心，到底有没有为他敞开一点儿……应该有的，她居然能这么放心地躺在他身边，脸上还噙着笑容。如果她没有一点爱意，怎么可能这么自在。

修长指尖缠着她柔软青丝，容谦把她的小脑袋埋进自个儿的胸膛——傻丫头，如果他请求你回到他身边，你会不会飞离我的胸膛……

想到这儿，容谦忽然一用力，搂紧，大掌密密抚过她娇嫩肌肤……

一大早，乔云雪就醒来了。有心事的人睡不了懒觉——连老妈都急着要宝宝了？

唉，这事真的和中彩票一样啦，急也急不来。

容谦还熟睡呢！她趴过去，打量着他长长的眉，长长的眸。宽宽的额头，宽宽的下巴。他还是那个西藏第一眼的模样。

可清静的早晨，心思似乎宁静些，敏锐了许多，他的平和内敛，让他绽放不一样的神采。

这个男人，手脚笨，但脑袋好用。这几个月来，是他的宽容与"笨"让她笑口常开。

"谢谢……"她低低的，几乎连自己都听不出来。

很低很低的声音，可容谦立即醒了，敏捷地坐起，星眸在晨光中闪烁，格外灼亮，像天边的启明星："这么早？"

"容谦，今天周日，我不去上班了。"她急忙别开眸子，不好意思对着他光光的上身。那匀称的肌理，总会勾起她口干的感觉。总算适应他的轻爱，可仍然有些尴尬。

"哦？"黑瞳透过淡淡的疑惑，容谦侧身，抓过她指尖，"要不要我陪着？"

她沉思了会儿，摇头："最近几个月都忙，都没怎么和妈谈心。我今天好好陪陪妈。"

颔首，容谦没说什么。

想和妈妈好好谈心，就必须甩开燕子。这丫头没有定性，每次一跑到油画街，就拉着她到处跑。明明对油画不怎么在行，可如今也能说出一二。

今天周日，燕子不用上班，一大早就精心地妆扮那张娇嫩美丽的小脸儿。女人爱美绝对是件花时间的事，乔云雪所有事情都做完了，燕子还没洗漱好。

"燕子，你将来一定要嫁个耐心超级好的老公。"乔云雪感慨，"而且会做家务的。"

燕子扑哧笑了："好说。就是我哥这样嘛！然后我像嫂子这样，努力训练哥成为家庭主男。"

容谦薄唇颤了颤，没作声。

可燕子已经跑过来抢台："哥，你该上班了，今天电视机是我的。"然后不管三七二十一，到处乱晃，结果又晃到市娱乐频道了。

"洛少帆与苏青兰协议离婚？"燕子惊叫，困惑地瞅着乔云雪，"嫂子，这个洛少帆打算结几次婚啊？"

"今天煎饼太硬了。"乔云雪似乎没听见燕子的一惊一乍，反而在纠结手中的饼，"水放少了。下次多放点。"

容谦修长指尖轻轻捋好她掉落额头的发丝："煎饼很好，云雪辛苦了。"

"嘎——"他这语气太温柔了点儿，她很不习惯好不好。

"中午我上油画街来吃饭。多煮点儿。"在她白净额头落下个轻柔的吻，容谦上班去。

容谦到底怎么了？好像很黏她的样子？

乔云雪困惑着回房，拿起手袋准备回娘家。好不容易甩开燕子，她步行去。一到街口就遇上舒渔。

舒渔高兴地凑上来："来，丫头，哥请吃早餐。"

她吃过早餐了呀，可面对舒渔的笑脸，想想时间够用，她还真陪舒渔去了。

一份肠粉，慢慢吃着，听着舒渔不着边际的话。乔云雪的心思又飞远了——怎么还没有宝宝呢？

正想着，只觉得对面灼人的视线扫过来。心里一惊，乔云雪看过去。

第十九章 AA 制成了"杀手锏"

273

洛少帆？他怎么在这里吃早餐？这里可不太适合他的身份……

舒渔背着洛少帆坐，所以并不知道乔云雪心里的变化，仍然在高谈阔论。

乔云雪转动着眸子，确认洛少帆只是一个人。他的五官还是那么有型，但比起以前，却多了份稳重从容的感觉。可这让原本高傲的男人多了几分男人的成熟感。

八年没变，可一年多之间，她变了，他也变了。

被一个不想看到的人打量着，实在不舒服。乔云雪起身："舒渔，我胃有点不舒服，我先走了。"

"怎么了？要不要紧？"舒渔担心地站了起来，"要不我送你去医院。"

"吃撑了。"乔云雪抿嘴儿笑，"我去走动走动，消化消化。走到我妈那儿，差不多就好了。"

告别舒渔，悄无声息地从洛少帆身边走过。她没有忽略洛少帆灼灼的视线，但直接无视。这个自从她离开他身边的男人，一直新闻不断，如今更是闹起离婚的新闻。他的人生，比她的精彩多了。

离开早餐厅，她加快脚步向夕阳画廊走去。可才走几步，她就知道被人跟踪。

知道身后是谁，她更走快了些。但她立即明白，她再快也快不过长手长腿的洛少帆，他完全一步可以当她三步。她不管多费力地向前走，他都不紧不慢地跟着。

有些郁闷——洛少帆想干什么？

不想理他，可怕他跟到老妈画廊，让老妈担心。她倏地转身。

果然是洛少帆。那双细长的眼是如此深邃。她站住，洛少帆也停下，深深地凝着她。

她摸摸鼻子，试图让自己轻松："洛先生，跟踪女人很丢男人的面子哦。"

乔云雪转身朝另一条油画街拐去。她去大妈大婶们家串门子，他也跟去么？

听着后面不疾不徐的脚步声，乔云雪知道，洛少帆确实跟上了。是可忍，孰不可忍，她猛地转过身，瞪着那个莫名其妙跟着她的男人："洛少帆，你告诉我你去哪，我好另外走一条路。省得一条道上有点挤。"

洛少帆不语。

有些头痛，乔云雪深呼吸，礼貌而不失疏离："有这工夫，洛先生不如多陪陪老婆孩子。他们很需要你。"

洛少帆站在原地，似乎怕她跑，并没有进一步的举动。

"苏青兰谁都需要你。麻烦你去陪你老婆大人，不要跟着我。"乔云雪耐着性子劝。快点回去守着老婆吧，这样子跟着她，容谦知道了也不好，还以为她旧情难忘。

洛少帆倏地大步跨到她跟前。乔云雪立即朝旁边拐，可双肩已被他稳稳抓住。

"没有苏青兰。"洛少帆一字一字地吐出，抓过她的手，强制放到他心口，"这个位置，一直只有你，乔云雪。"

"别胡说八道。"乔云雪被吓住了，急忙缩手。可她的力气对他而言，几乎是蚂蚁撼大象般悬殊。

她的挣扎，更让洛少帆产生征服欲。长而有力的胳膊，慢慢缩拢，将她圈入胳膊中。将她的身子紧紧搂着，似乎这种接近令他轻松舒适，他长长地吁口气。声音带着令人眩晕的磁性："我们应该都回到自己原来的世界。"

"我不是你的候补情人。"她愤怒地挣扎着，手脚用不上力气，她用牙齿，可洛少帆压根没理会她的血腥。

洛少帆居高临下地凝着那张怒气腾腾的小脸，细长黑瞳闪过痛楚："那……我是你的候补情人。"

乔云雪傻眼。一回神，拳脚全送给他："你疯了？你是情圣么？不爱苏青兰，你娶她做什么？不爱苏青兰，你成天带着她在公众面前晃悠什么？女人对于你来言，真的是衣服么？你想换就换，不想就扔了？没门！"

"云雪，看着我的眼睛。"洛少帆热烈起来，"看着。"

他转变太快，乔云雪困惑地抬头，看到洛少帆眸间的伤楚。

洛少帆凝着她："我娶苏青兰，是为了给天天一个合法的身份，苏青兰以后不能凭着孩子来讹诈我。我带她到公众面前，只想激你出来，想让你回来。你为什么连问都不问我，这个苏青兰到底是怎么来的？"

她是想知道苏青兰是怎么来的。她想了整整一年，也不明白洛少帆是什么时候招惹了一个这样的女人……

不，她不想。乔云雪拼命拉开他搁在她肩头的手："我当然知道，她是你招惹来的。洛少帆，没有女人强迫男人这回事。我现在有自己的婚姻生活，你不能来招惹我。"

洛少帆没有松开她，紧紧凝着她："我唯一没想到的是，你会如此绝情，用那么快的速度离开我身边，连解释的机会都不给我。一年后回来，立即跟了容谦。我仍然连解释的机会都没有。云雪，没有机会的一直是我！"

她细细地缓缓地反问："我绝情？"

"你知不知道，当你睡在容谦怀里，当你对容谦笑靥如花时，辗转难眠的是我洛少帆！"箍紧她，洛少帆深邃细眸隐含痛苦，"你不会明白，我的心碎。"

连心碎都出来了……

乔云雪想笑，结果眸子湿润了。一扬手，抹干泪花，她绽开笑颜："我嫁了容谦，当然要和容谦亲近。就像苏青兰应该和你恩爱一样。"

"我和苏青兰不是你想的那样。我和她只有孩子。"洛少帆强调。

"这还不够吗？"乔云雪笑了，泪花闪烁。

再次抹干泪花，她仰首，拿开他的手掌，加快步子离开。乔云雪走着，可知道洛少帆还跟在后面。她走得快，他跟得快。她慢一些，他的步子也放缓。

他还缠上瘾了么？

眼看夕阳画廊越来越近，乔云雪脚步越来越慢——她不能让这男人跟进夕阳画廊。爸妈一看到这人就会伤心。她还记得，第一次带洛少帆回家见爸妈时，妈当时一

第十九章　AA 制成了"杀手锏"

听是洛家的儿子，就强烈反对他们恋爱。但最后因为她的固执，老妈不得不妥协。

但老妈说得明明白白——她不喜欢洛家人。所以没到万一，最好两家家长别碰面。

老妈的反对有点奇怪……

在十字油画街晃悠了快一个小时，洛少帆还跟在后面。乔云雪忽然有些懊恼，苏青兰呢，不是还没离婚吗，她不是有私人侦探吗，怎么不出来了？

想了想，乔云雪特意走进一条脏乱的巷子。她慢慢转过身来，静静地凝着跟踪她的男人。

洛少帆在距她一米的地方站住。修长的男人似乎有做错事的自觉，双手似乎不知该放哪儿，有些局促。唇勾了勾，却没有说话。

深呼吸，乔云雪漾开浅浅的笑容，反而向他走去："你到底想干什么？"

"你知道我在干什么。"洛少帆见她走近，唇角扬起弧度，可竟有些生硬，没笑出来。那个表情，略带忧伤，略带无助。

这是他的拿手好戏，以前总是用这个表情博取她的同情。而她一次次心甘情愿地上当。

心头闪过一丝生涩，她一步步逼过去："我和容谦很幸福，你不知道吗？"

或许是为了博取她的同情，洛少帆故意示弱，乖乖向后退了一步。

她进一步，他退一步。她再进，他再退……

瞄瞄他身后，乔云雪纤细手儿抵住他心口。她掌心的热度传向心口。

洛少帆浑身一震，细长的黑眸，倏地变亮。男人的心，在她掌心下咚咚直跳，失去规律。

乔云雪轻轻地笑："你……心跳有些不规律。"

"它在你面前，一直就没规律过。"洛少帆沙哑了声音。

"哦？"乔云雪轻轻点头，紧贴他心口的手儿忽然用力一推。他掉下去了。

他后面是一个废弃的池子，里面有废弃处理不用的油画颜料。而前些天刚好下了大雨，把里面的颜料调和起来。相信他会在里面变得很"帅气"的。

乔云雪没有转头看，飞快向夕阳画廊跑去。隐隐似乎听到洛少帆喊"云雪"两个字……

坐在夕阳画廊好一会儿，她才平静下来。却瞪着外面的大街发愣。

"我正要打电话让你过来。"夏心琴说，拉着女儿的手，上下打量着，目光不着痕迹地落在女儿腹间。

"妈——"乔云雪收敛心神，歪着脑袋瞅着老妈，笑嘻嘻地，"下次别半夜打电话要孙子啦，容谦听了很尴尬的。"

夏心琴不动声色地坐到女儿身边："你们没有避孕吧？"

"没有啦！"事实一开始有，但最后她被容谦阴了，自动放弃。想起来真郁闷，她好像老是稀里糊涂败在容谦手里。

夏心琴没事般地起身:"孩子嘛,总是件大事,妈想带你去检查一下。"

"妈,容谦说过了年,我们再一起检查。"乔云雪皱眉。

"你不能和容谦一起去。"夏心琴急切地制止。

"妈,我们之间不是为了爱情结婚,但起码有信任。"乔云雪跺脚。

夏心琴压低声音:"傻丫头,就是因为你们感情薄弱,这种事才不能和容谦一起去。妈是想稳心一点,万一有什么问题,可以暗暗治好。容谦这男人,越看越称心,妈想你们能百年好合呢,可不想因为孩子的事出什么娄子!"

"妈!"乔云雪错愕地瞅着老妈。

"听话,妈都是为了你好。"夏心琴说。

嘟着小嘴儿,乔云雪默默趴上收银柜台。怎么全世界都好像在怀疑她生不出宝宝来呀……好吧,她是还没生个宝宝出来。全世界都怀疑得有理。

想着老妈的话,她闷闷地,打开手机:"容谦……"

"截断苏氏的资金流,用老办法……"容谦吩咐钱涛,却在看着手机上跳动的号码微微勾唇,容谦低沉而富有磁性的声音传来,"再过一两个小时,我就过来了。乖,等我。"

她轻轻地问:"容谦,如果我们没有宝宝,是不是不能一起生活了?"她小心翼翼地避开"离婚"两个字。

"傻丫头……"容谦轻轻叹息着,忽然挂了电话。

乔云雪心里涌上涩涩的感觉,这是容谦第一次挂断她的电话。

他虽然从来不埋怨,可他很想要宝宝的,她知道。虽然从来不曾交心,也不谈心。但她真的想这样在他身边过上一辈子。在他身边,借口ＡＡ制,她可以完完全全做自己,过着潇洒恣意的婚姻生活。

她已经开始依恋这种轻松愉快的生活,真实的自己正渐渐出现在容谦视野中……

如果不是他不能生,而是她不能,容谦会不会掉头而去?他身边美女如云,更有一个死等的赵佩蓉。

"容谦……"乔云雪想得脑袋疼,见老爸从外面回来,交代一声,便闷闷地爬上三楼睡大头觉。这些烦心事,说不定睡上一觉就好。

油画街上,一辆奥迪飞驰,紧急刹车,从车上下来个颀长男人。他怀中,抱着一把嫣红的玫瑰花。

接到电话,他已经用最快的速度处理好手头上的事情,急速赶来,结果这么短的时间内,她仍然睡着了。这傻丫头从来不哭不闹,有心事就藏着,闷头大睡,或者闷头发呆。很伤身的。

这隐忍的性子到底是怎么养成的?

和乔承康打声招呼,容谦阔步向三楼走去。

他好像是第二次见到她的闺房。干净整洁,简单明朗。和她的人一样。容谦把

第十九章 ＡＡ制成了「杀手锏」

搁大一把玫瑰放在她米色小书桌上。转过身边。长眸扫过房间。

天气已经冷了,但她没开暖气。她床上的大红被子很单薄,纤细的身子正蜷缩着。被窝中露出张白净的小脸儿,咬着嘴唇。

容谦关紧门,下了锁,开了暖气。拉好橙红的窗帘,小房间立即透着薄薄的橙色,温馨,旋着小小的浪漫气流。

他坐上床沿,床的一侧就深深陷下去。抓过她的小手儿,有些凉意。她似乎感觉到了他带进的冷风,身子缩了缩。

略一思索,容谦脱掉多余的衣服,悄悄睡在她身边。他温热的气息立即让求暖的小女人攀上。

潜意识里没想到容谦会过来,睡梦中的她只把他的到来当作梦境,不满地埋怨:"唉,还是男人有阳气。女人的热度一定全被大姨妈带走了……"

她小嘴儿翘翘的模样真可爱。薄唇微勾,容谦长臂一伸,把她怕冷的身子圈进胳膊,四肢缠住她四肢,让热气包裹住她。

暖气渐渐生效,有些热了。容谦这才松开她些,却被她紧紧缠住。

"容谦,我们结婚了。"她在说梦话,一双小手却不规矩地爬上他结实的胸膛。

"嗯。"他随意应着,忍受不了她小手儿,忍不住轻轻挑开她薄薄的保暖衣,粉红丝质的文胸跃入眼帘,随着均匀的呼吸,她胸口起伏着,生生勾住他的长眸。

黑瞳顷刻深幽几分,容谦蓦地捞过她细细的腰,修长指尖悄悄滑入衣摆……

"容谦——"乔云雪醒来了,爬起半个身子,看着一身凌乱,看着他结实的身子光裸着,她尴尬着,"容谦,这是我的房间,我的床——"

女人的卧室就是女人秘密呀,她战战兢兢地坚守着自己最隐秘的地带,坚持着两人的那点儿距离感。

容谦颔首,唇畔掠过丝淡淡的坏笑:"只许你天天睡老公,不许老公睡你?这不符合ＡＡ制原则。"

"嘎——"乔云雪傻眼,这也是ＡＡ制?

她一傻眼,他乘虚而入。

"容谦——"她要羞死了。这是大白天,这房子有点老了,不隔音,他们在三楼发出的声音,一二楼有可能听得到。要是被爸妈听到这些声音,她会好尴尬呀。

开弓没有回头箭,容谦停不下来,她只能紧紧咬着牙关,尽量让自己发出的声音低点儿。然而今天的容谦似乎有些不同,格外的热情。

当小蝌蚪全冲向她的卵宝宝时,他壮硕的身子压上她的纤细,压得她头昏眼花。他指尖划过她长长的睫毛:"以后别傻傻地受别人的影响。老婆太漂亮就是麻烦,得防着有人挖墙脚。"

乔云雪小嘴儿扁了好一会儿,扑哧笑了:"谁会挖你墙脚呀?"

等等,她今天是受了洛少帆和妈的影响。可是容谦怎么知道,他不能猜得这么准吧？

似乎知道她的心思，容谦淡淡一句："以后不许把宝宝和婚姻连在一起。"再加一句，"想挖墙脚的可多了……"

乔云雪再度扑哧笑了，婉笑流转中，黑白分明的眸子对上小书桌上的大把娇嫩红玫瑰，心中一热，鼻子一塞，声音有些把握不住的轻颤："容谦，我也不知道为什么，心里就是有些慌。我怕我们真的没有宝宝……"

她极少极少这么感性，声音柔和了些，那目光就有些媚媚的感觉，小脸儿就有些流光溢彩的动人。那模样，明明清新闲适，可偏偏给人一种活脱脱的勾人的感觉。

纵是无情也动人。

这七个字，生生跃上容谦心头。面对着这样一张温柔动人的小脸，想起洛少帆那番话，容谦心中忽然前所未有的躁动，一伸手，把她搂上身子："乖，今天让你翻身做女王。"

"嘎——"这样坐着，她有些心猿意马。她想逃。

他凝着脸色赤红的她，淡淡的委屈："基于AA制，该老婆在上面运动了。"

"嘎。"乔云雪傻眼。

他有些委屈："老婆不想执行AA制？"

"谁不想执行AA制了？"脸抽了抽，乔云雪再度掐了把容谦的腮帮。呜呜，是个真人，可是，容谦不是老实巴交的吗？

难道她看错了，他根本就是顶着张老实的面孔，装着满肚子花花肠子行花贼之道？

容谦颔首："那就好……"

好什么呀？现在大白天的。说不定老爸老妈就在外面听墙脚。

乔云雪慌了，眸子眨呀眨，拼命找借口："容谦，我们这个月的任务满了……"

"任务？"容谦长眸眯起。男欢女爱，随性而起，哪能用一个月五天来制定。

她努力想爬开："爸妈会笑话我们。"

一只大掌捞回她："宝贝……"

"嘎——"这两个字喊得她肉麻，立即僵了身子。

他在她耳侧勾着她："我们从来没有试过这个姿势，或许能一举得子。"

"会么？"她眸子腾起小小的火花。

"而且，我们的AA制能不能坚持，就看宝贝的表现……"长眸似笑非笑地凝着她惊慌的眸子，容谦懒懒躺着，那模样舒服而期待……

"呜呜。"乔云雪内伤呀，怎么也没想明白，怎么自个儿把自个儿推到浪尖，非得让自个儿跨上他的身子运动，她才是一个有爱又贤惠的好老婆。

乔云雪委委屈屈地蜗牛般爬上去，他长臂一捞，她已经跨坐上去……

他个儿那么高，身形大，他撑得她好疼好疼，疼得她好想哭。

第十九章 AA制成了「杀手锏」

半个小时后，乔云雪泡进浴缸时，皱眉打量着身上的点点"草莓"时，还是没明白，她的 AA 制为什么变味了。

明明是用来保护她的 AA 制，现在成了老公大人的"杀手锏"？

全混乱了呀！

摸摸肚子，她傻傻想着，或许这个姿势真能一举得子呢……因为这姿势达到她身子的极限，确实让小蝌蚪零距离地缠上卵宝宝了。

虽然她现在身子好酸，但却无限幻想……

一身清爽地站在屋子中，乔云雪这才抱着那束玫瑰嗅了嗅。咳，她本来爱百合，可是现在觉得娇艳的玫瑰也不错。只要是女人都喜欢玫瑰的花语是吧……

真难想象容谦这么个四平八稳的男人会懂得送女人玫瑰。虽然乔云雪死死认为，容谦和她之间的缠绵无关爱情，而只有对婚姻的尊重与配合。

她有见过容谦在书房里什么也不做，静默地瞅着夜空出神。那样的夜，他在缅怀谁么？

她会记得经营好婚姻，别太执着情爱。就会过得很舒适。

"辣手摧花！"她漾开浅浅的笑容，掐掉一枝艳红玫瑰，装进口袋做标本。

容谦倚在阳台，懒懒瞄着那个容易满足的小女人。他不过是送一束花，她能傻笑成那样。但她眉宇间细微的戒备，却逃不过他的长眸。

这么令人舒适的女人，也不怪洛少帆如今费尽心思想把她赢回去。

洛少帆在她生命中太长了。八年，确实会让她放不下。她的心，曾经全在别的男人身上。

但，她现在是他的妻子。

瞄到容谦唇角满足的微笑，如一抹阳光惊艳，乔云雪生生收回眸子，把玫瑰随意插进花瓶，转身向楼下走去。闷哼着："还不走，等着老爸老妈上来捉奸么……"

唇角微勾，容谦尾随而下。看着她因疼痛而迈着的别扭步子，长眸隐隐若笑。

果然，老爸老妈暧昧的眼神轮流射来。乔云雪抽搐着别开目光。

如果她以前有英名的话，也在今天，全被容谦毁了。

但她却忍不住笑意。因为爸妈投射在容谦身上那种惊疑困惑的目光，那才真令人回味。容谦以后来夕阳画廊，绝对要顶着张牛皮来，才能应付爸妈的目光。

哼哼，这男人的英名才叫全毁了。估计老爸老妈早已为他冠上"色鬼"的大名。

一餐饭，在诡异的安静中度过。

"累不？"夏心琴有意无意地问。

"累。"乔云雪说。

"不累！"容谦颔首。

然后两人尴尬对视，别开眸子，吃饭。

一用过餐，容谦就赶去京华上班。坐进奥迪，容谦却没关车门。他是时候让她明白，他是京华总裁了。再不说明，如果被人利用，后果会很严重。

如果现在带她去参观他的办公室，看到京华机密商业文件，聪明的她，会慢慢明白过来。

想着，容谦侧身，正想和乔云雪打招呼，她忽然蹦蹦跳跳跑进去了。

淡淡的遗憾，容谦踩上油门，离开油画街。

乔云雪是被夏心琴喊进去的。老妈拉着女儿的手，激动得说不顺溜了："云雪，我现在放心了。大白天的，他都舍不得你。我很放心了。生孩子的事，不急了。"

"妈呀——"瞅着老妈高兴的模样，乔云雪哭笑不得。灵光一闪，她蹦出一句，"妈，他肯定特意这样做的。当着大家的面对我好，说明他重视我。以后呀，他就是做了对不起我的事，你们反而会认为我身在福中不知福，甚至以为我冤枉了他……"

"没良心的丫头！"夏心琴一拧女儿的腮帮，"真糟蹋了我的好女婿。容谦真背运，娶了这么没心没肺的女人……"

乔云雪彻底无语。

为了逃避老妈的轰炸，乔云雪在听完老妈十分钟的家训后，慢悠悠地走上油画街。她还是回去陪燕子好了，得开导开导她，快点找个好男人嫁了。

才走到巷口，经过那家熟悉的咖啡厅。乔云雪停住了。

苏青兰？好久不见！

乔云雪的目光掠过苏青兰，落上小宝宝。

才一岁多的宝宝，可眉眼灵动，可爱而帅气。细长的丹凤眼，高挺的鼻子，粉妆玉琢，一个小小版的洛少帆。长大后必定迷死一大票美眉。

唉，她不喜欢看起来脸上写着"桃花"两个字的男同胞……

"看在孩子的分上，陪我聊聊吧！"苏青兰一改往日的咄咄逼人，柔婉相约。

一分钟后，两人坐进咖啡厅。

苏青兰可怜兮兮地浮出一个笑容："云雪，你应该也听到了。我和少帆协议离婚的事。"

"哦。"乔云雪点头，她其实没太关心。

苏青兰的眼泪叭叭地掉落下来。泪雾迷离中，她可怜兮兮地瞅着乔云雪深思的脸儿……

第十九章 AA 制成了「杀手锏」

第二十章　空白的离婚协议书

"你肯定不会相信，我会同意和少帆协议离婚。"苏青兰声音细微，"从怀上孩子那一刻起，我天天盼着和他在一起。从结婚那一刻起，我就想着我们是不是一起活到八十还是一百岁。我怎么可能和少帆协议离婚呢？"

乔云雪淡淡一笑："你怀上孩子的时候，我已经订婚，正开始筹备婚礼。"

"我……"苏青兰脸渐渐红了，头低垂下去。

扶着咖啡杯，乔云雪淡定地瞄着苏青兰："你运气挺不错，找上门时，刚好能用上我现成的婚礼！"

"咳——"苏青兰半个字也说不上来了。

乔云雪的目光落在洛天鹏身上，小娃娃正顽皮地把咖啡倒进手心洗手。咖啡香味四溢开来。

好一会儿，苏青兰才恢复她的声音："我是被逼的。云雪，这一切都是被逼的。"

"哦。"乔云雪不明白谁会去逼她替洛少帆怀宝宝，和洛少帆结婚。

瞅着乔云雪无心的模样，苏青兰有些底气不足："嫁给少帆的第一天，他就给了我一巴掌。他说，他要的是我的宝宝，不是我。所以，我恨你。一看到你，就想让你从这个世界消失。"

"哦？"乔云雪目光落上洛天鹏，这娃娃太漂亮了，一个微型的洛少帆。

苏青兰语无伦次："云雪，看在宝宝的分上，帮我劝少帆回心转意。"

乔云雪静静地瞄瞄苏青兰："我不能。"转身，乔云雪要离开。

苏青兰眸间透着愤恨："他就是个没品的男人，你不要被他迷惑了。我现在是没办法才来求你。"

"求我？"乔云雪轻轻地，"为何不去求他？求孩子奶奶？我是你们什么人？"

轻轻的声音，缥缈的语气。乔云雪从来没有过的漠然，让苏青兰有些无所适从。苏青兰不由自主站起来，愕然瞅着透着淡漠的乔云雪："你一直是那么善良……"

"善良是要看对象的。"乔云雪的眸子仍然在洛天鹏身上。

"我要和宝宝在一起，我当然是你能帮忙的对象。"苏青兰紧张起来。

"错了。人心有限，装不下太多爱恨。"乔云雪扬起眸子，锁着苏青兰那张略为憔悴的脸，"我的心，从今天开始，只给我在乎的人。什么杂七杂八的，我没精力，也没心思管。苏青兰，我和你本来就是两条平行线，你为什么幻想有相交的一天呢？"

说完，乔云雪转身就要离开。

"乔云雪——"苏青兰尖叫着，忽然抱起儿子追着她，"天天，喊阿姨，叫阿姨帮你。"

"阿姨，抱抱！"小小的洛天鹏，真的朝乔云雪伸开他嫩藕般的小手。

听着稚嫩的声音，乔云雪脚步一顿，侧身望着那个小小的绅士，唇角慢慢勾起："你以为我不明白，洛少帆的胃口有多挑，他能看中你？"

"我……"苏青兰被她的犀利惊得后退一步。

"他身边的女人，哪一个都比你有料。温柔漂亮贤惠能干，应有尽有，随手一勾便能手到擒来。何必专门挑上你这破落户。"语气轻轻，乔云雪却毫不留情。

苏青兰脸儿一白："那是因为我无依无靠，他利用我之后就能随手甩掉。"

乔云雪浅浅笑了："他有的是钱，难道不能去做银货两讫的事？非要招惹你？"

"你居然相信洛少帆？你难道还爱他？"苏青兰错愕着，"你难道不想和容先生在一起了？你难道想吃回头草？"慌乱的苏青兰，失去控制地胡乱猜测。

"我不相信你。"乔云雪淡淡一笑，"或许，你苏青兰才是一个阴谋。"

预产期前一天才找上门来，这要多大的忍耐力。

"乔云雪你不帮忙，有一天会后悔的。"苏青兰似乎要哭了。

"我帮你，也会后悔。"乔云雪已经走远了。即使走得很慢很慢，也已经很远。

乔云雪来到油画村创作大厦。舒渔今天才思敏捷，一直在画室没出来。她在窗口看着，瞅着舒渔认真的表情笑了笑。还是单纯的男人更可爱。

"丫头——"舒渔一转眼瞄到她了，放下画笔，出来。

乔云雪扯着笑容："你画你的。我就是忽然觉得没地方可以去，随便逛逛。"

语气轻轻，可舒渔立即收拾好画具，拉着她走向休息室："来，哥陪你。怎么不高兴了？和哥说说，谁欺负我们油画村的美人儿，哥都帮你打回去。"

乔云雪抿嘴儿笑："我没有不高兴，我也算不上美人儿，也没有人欺负我，你也不用打人。"

"啊？"舒渔小心翼翼打量着乔云雪，伸出手摸摸她额头，再摸摸自己的，喃喃着，"没发烧啊！"可是怎么好奇怪的感觉。

唉，话不投机半句多。乔云雪吸吸鼻子："舒渔你是男人，你说吧，如果你老婆生不了宝宝，你会怎么样？"

"啊？这是什么问题？"舒渔大吃一惊。

乔云雪摸摸鼻子："你别那么紧张。你随便说说就成了。"

"丁克家庭也不错啊！"舒渔皱眉，"我还真难以想象，画画的时候，旁边还有个烦人的小不点跟着。我得时刻担心，小家伙破坏我一天甚至一个月的心血……"

"我明白了。"乔云雪头疼地打断舒渔的话——和一个艺术家谈这人间烟火的事，简直自找麻烦。

乔云雪离开了。走上油画街，站在十字路口，忽然不知该何去何从。夕阳画廊就在眼前，可是她却没打算回去送给老妈念叨。

她站在那儿，忽然微微拧眉。

三米开外，洛少帆站在那儿。清俊依然，神采依然。那细长的眸子，似要把她吞进腹间。她转身就走，可再次明白，洛少帆在重复上午做的事——他在跟踪她。

她不想见他！

走得有些快，天气寒冷，北风呼呼地吹进她鼻子，有些难受。她吸吸鼻子，可一个大大的喷嚏打了出来。慌乱拿出纸巾来抹，一方洁净的手帕却递到她跟前。

干干净净的手帕。

随后是清润迷人的男低音："我早该明白，容谦说你有孕是假的。"

乔云雪没有看他，甚至没想知道他掉进油画颜料池子里时，有没有染成五颜六色。她转身钻进一辆的士就走。

十分钟后，乔云雪来到人民医院，开了妇科的门诊。再半个小时后，她眼眶红红地从里面出来。无力地靠到墙上，轻轻啜泣起来。

好久好久，她才抹掉泪珠，茫然走出医院。

她能去哪里呢？

乔云雪来到映月花园，窝进办公室，无视林小眉的存在，一个人画画。

"哟！这不是容先生吗？"林小眉朝她挤眉弄眼，"怎么，一时不见，如隔三秋？"

容先生？

乔云雪有些失神。她怎么画他了呢？或许，他长眉长眸，宽额宽下巴，相貌特征比较明显，容易入画，她才随手画他吧？

哦，对了……容先生很想很想要宝宝的，还说他爸也想快点看到宝宝。他好像从一结婚就想要宝宝，纵使她总是别扭，他也总是以极大的耐心引导她。

不知不觉，她把画胡乱折了，塞进手袋。碰到一样东西，她从手袋里掏出，无意识地把它放在眼前打量。

"天，云雪，你吃错药了！这儿有客户来往呢，你拿这东西出来，雷死人啦。"林小眉惊呼着扑过来，一把夺下她的东西，"你怎么了，和容先生生气了，还是发春了？"

被林小眉一轰炸，乔云雪才回神，瞅着林小眉遮遮掩掩的东西，脸儿一下子红了。

那是她结婚不久就买了，可容先生一直不肯用的东西。他说——夫妻间不用那个。他第一次明确拒绝用的时候，他好像喊她"宝贝"，哄她就范……

面对着吃惊的林小眉，乔云雪脸儿僵了僵，找理由："我只是想把它扔了。"

"扔了？"林小眉皱眉打量她小会儿，随手把那东西塞进她手袋，"这里不合适，拿回家扔。扔了就扔了，还举那么高，你吓死我了。"

乔云雪摸摸脸，有些热，有些臊，幸亏面前是林小眉。她想了想，问："你和你男友那个，有没有戴那个？"

"妞儿你咋啦？"林小眉这回可认真起来了，扳着乔云雪的脸儿，左瞅瞅右瞅瞅。

"我问你呢？有问有答。"乔云雪眨动着眸子，轻轻拍开她不规矩的手。

林小眉紧紧盯着她："我告诉你，如果男人主动用这个，我不会理这个男人。这样的男人摆明了是不想负责任。怎么了，你家老公也用这个？所以你纠结？"

轻轻摇头。乔云雪伏在办公桌上，默默想心事——容谦才不会用这个。就是他一直不肯用这个，她才一直困惑着，纠结着，躲避着。小心翼翼防着。

乔云雪今天不正常，林小眉断定。可手头上有事，她只得忙自己的去了："云雪，一起下班哦，我们谈心哦。"

乔云雪瞄了龙腾花园小会儿——她还是闪人吧，今天不想看到和龙基任何有关的东西。走出来，居然发现对面马路又停了辆奔驰，里面不知道坐的是洛少帆还是江琼。不管是谁，她都没打算多加注意。抬头挺胸，从奔驰旁边走过。

一束偌大的百合挡在她胸前。

瞅着百合，她掉头离开。可个子小，腿短，怎么闪人，都逃不开百合挡路。

"洛少帆！你不能动我嫂子！"随着清脆的声音响起，燕子娇艳的脸庞出现在面前，一脸怒气，伸着手臂护着乔云雪，"别以为你是嫂子的前男友，就可以纠缠。你不怕我哥吗？我哥会削你的皮。"

"闪开。"洛少帆的声音不太耐烦。显然没想对面前这个天姿国色的大美人怜香惜玉。

燕子娇娇地笑了："不闪！有本事你找我哥单挑去。欺负我一个弱女子，算什么英雄好汉！"

洛少帆的长眸眯紧："你爱慕我？"

"呸！"燕子弯腰做吐的动作，"天下又不是只剩你一个男人，没得选。"

"有了？"洛少帆皱眉。

"什么？"燕子皱眉。

洛少帆挑眉："肚子里有私生子？所以孕吐？"

"……"燕子瞪死面前这个臭男人，脸憋得通红，"我告诉你，如果你有一天犯到我手里，你就惨了。"

乔云雪悄悄把燕子拉到身后："我们去京华。送我去。"

洛少帆不声不响地把百合又伸到她胸前。

瞅着清新的百合，乔云雪忽然伸出手臂，折下一枝，然后一瓣瓣撕落。花瓣轻飘飘落到地上。仰首，她浅浅地笑："你能把这散落的花瓣再长成花苞，我们再谈谈。"

俊逸的洛少帆，瞬间如凋零的樱花。

乔云雪钻进燕子的宝马，飞快离开。

燕子不肯见容谦，自己一到京华就闪人。乔云雪瞅着燕子轻快离开的身子，不由轻笑。燕子怕容谦，一到公司，绝对不把自己送到容谦面前去。

闪进电梯，她没料到周日总裁电梯也有人，一不小心撞到了。

"不好意思！"乔云雪赶紧让路。她是偷偷坐总裁电梯的，里面的人她一定惹不起。

"是你？"容长风犀利长眸扫过乔云雪。

一听声音，乔云雪就不得不打起精神，漾开笑容："容董好！容董慢走！"

可是容长风不走，站在电梯门口，居高临下地锁着她的眸子："你叫乔云雪？"

"嘎？"有些吃惊，乔云雪迟疑地，"容董记性很好，老当益壮，京华在容董的领导下奔向世界……"

"现在京华并不是我领导。"容长风双手环胸，摆明是在为难她，"你是京华员工，连现任京华执行总裁都不知道，怎么能做好事？"

"嘎？"有么，她最近没听到京华有升执行总裁。一瞅容长风的神情，她立即见机行事，"我会好好打听我们的新任执行总裁。"

"哦？"容长风扫过她灵动的眸子，"你想坐这电梯上楼？"

"那个……我坐错了。"乔云雪赶紧垂首，一副小媳妇模样。她今天没精打采，没有斗志和这老人抬杠。

容长风眯眼："一句坐错了就行？"

"……"乔云雪不语，她才不答这话。自己不陷害自己。

容长风瞄瞄她恭敬的模样，上两次见过面的她，可不是这么听话。容长风倒有了整她的兴趣。他走进电梯："只要你能让我主动出来，我自然让你坐这电梯上去。不向人事部记你的处分。否则……这京华你也不用待下去了。"

容长风脸色严肃，看上去不是开玩笑。乔云雪无可奈何："让容董主动出来，这不可能。"

"那就接受处分。"严肃的容长风下结论。

"本来就不可能的事。"乔云雪摸摸鼻子，"虽然不能让容董主动出来，但如果容董在外面，我绝对有办法让容董走进去。"

"哦？"容长风挑眉，有些不信。

"要不容董可以试试。"她眯眼笑了，"容董不敢？"

岂有此理！这胆大包天的员工居然老是挑战他的极限。容长风二话不说走出电梯，可才出来，乔云雪漾开笑容，而容长风僵住长脸。

"虽然我的方法不厚道，但我确实让容董主动从电梯里出来了。"乔云雪伸出手来，眉眼弯弯，"容董，承让！请原谅一个小职员，三餐饭卑躬屈膝的无可奈何。"

被骗出电梯的容长风一脸怪异，忽然掉头就走。

容谦的臭屁情人，居然敢用欺骗的方法赢他容董。乔云雪，走着瞧！

瞄着容长风离去，乔云雪这才跳进电梯，按下五十楼。这里没几个人上班。

这样更好，省得那些人用看情人的眼光看她。蹑手蹑脚地朝容谦办公室走，脑袋挨着玻璃落地窗往里看，容谦果然在里面忙。

办公室门没关。她高高弯起唇角，一下子跳进去："容先生——"

被小小吓了一跳的容谦先是一愕，接着大大漾开笑容，似一缕和煦的春风拂过她躁动的心。

"傻丫头！"他一挑眉，示意旁边有椅子可坐。

可今天乔云雪就是不一样，她挨近他，似乎要看他做什么。长发蹭着他的脸，女人的幽香丝丝沁入他心房。

一愕，容谦大掌摸摸她小脑袋："先等十分钟，我就过来。"

"不，我不等。"乔云雪眯眼笑着。

"哦？"她今天有点怪，容谦挑眉，"难道……特意送过来让老公疼？"

"容先生——"她又羞又恼。

容谦似笑非笑凝着她。

她却忽然轻佻地坐上他大腿，用挑战的目光凝着他。轻轻靠上他臂膀，手指无意识地卷着他领带玩："容谦，你像一个父亲，也像一个大哥。让人无限信任。你哪一天不在我身边，我一定会很不习惯。非常非常地不习惯。"

"最多，我万一要出差，也带着你。"容谦挑挑眉。长眸若笑，要总是疏离的她做这么温柔的小女人，保持着那么暖暖的浅浅的笑意，真是破天荒头一遭。

大概明天太阳要从西边出来了。如果能经常这样，真好！

"你怎么这么忙呢？"她扫过他面前的办公桌，对着一堆山似的文件皱眉，"会累死你的。"

心中一动，容谦将一份重要文件塞进她小手儿："疼我，可以帮我做。"

"我才不。"她赶紧避开，闷哼着，"伴君如伴虎，说的就是这情况。我才不胡乱惹事。你不知道，我刚刚还在电梯里碰到容董，他差点抓我的小辫子了。如果不是我看多了脑筋急转弯，有点小聪明，说不定我下周一就被他开除出京华。"

"哦……"沉吟小会儿，容谦颔首，"我理解。"

乔云雪忽然搂住他脖子，轻轻地问："容谦，你真的很想很想要宝宝呀？"

"当然。"容谦颔首，黑瞳若星，发出璀璨的光芒，凝着她。

在他的注视下，她有点瑟缩，小小声问："你爸也很想很想要宝宝呀？"

"老人家都想要。"容谦捏捏她腮帮。这么听话，这么乖，他真的很不习惯。出什么事了吗？

想了想，乔云雪忽然仰起脖子："容谦，我和你说一件事。"

"哦？"他挑眉。

"容谦，你是一个好人，非常非常好的好人。"她夸赞他，飞快在他脸上亲了下。然后脸红红缩回脖子。

越来越不对劲！

容谦不动声色地把玩着她的指尖，不语。

乔云雪终于站起来，没事般地走开，距他一米远，笑吟吟地："我要回家了。不打扰负翁的工作。"

"嗯，帮燕子做点好吃的。"容谦叮咛，"燕子贪吃。"

"嗯，燕子贪吃。"她歪着小脑袋，绽开温柔美丽的笑容，目光晶莹，"容谦，我一定忘不了你。如果有来生，我肯定会好好爱你。"

容谦不动声色地瞄瞄她："为什么要等来生？现在就可以。"

她脸腾地红了，飞快向外面跑去。只留下咚咚的脚步声。没有去找燕子，乔云雪独自回到水乡花园。明明还早，她却做好饭，做最拿手的农家小炒肉。

回到房间，拿起小小的旅行袋，随便塞了些衣服。她把那张教育基金的存折放进旅行袋。

走出大厅，她又折回来，来到他的书房。

不一会儿，打印机里面跑出一张纸——

一张空白的离婚协议书。上面只有上方正中"离婚协议书"五个字，下面一片空白。

伸出指尖，乔云雪拿起来，出神地瞅着上面五个字。瞄瞄墙壁上的法式大钟。时间四点半，容谦如果不应酬，一般六点到家，她还有一个半小时可以自由支配。

左右瞧瞧，她找到一支黑色签字笔。坐到一侧的书桌边，绞尽脑汁地想着。好一会儿，才开始落笔。

"容谦，我希望你幸福，找到比我贤惠一百倍的女人，比我知心一千倍的女人，好好地疼你……"写完，她歪着脑袋瞄了瞄——唉，这样容谦会太感动，然后说不定舍不得她……

重新打一张，她想了想，写下："不好意思，我太鲁莽。太自以为是，太自私。为了自己得到婚姻，让你糊里糊涂娶了我。我又天真又幼稚又可笑，让你在婚姻里得不到男人应该有的尊重。不过我现在想通了，我不能拖累你的幸福，所以我们分开吧……"

乔云雪写不下去了。她干吗要把自己写得这么差，这么粗鲁，这么肤浅，给他留下这么差劲的印象。不可以。

于是她再去打印了张出来，写："我轻轻地来，又轻轻地走了，不带走一丝云彩。"才写了一句，她就撤。这样写，容谦还以为她在敷衍他。还以为她和他恶作剧，以为她在和他开玩笑。

身子仰向椅背，她双手覆住小脸儿——唉，她要怎么写，才能写出自己现在的心情，并且给容谦风过无痕的感觉呢？

她希望他幸福，妻贤子孝，其乐融融。

折腾半天，乔云雪忽然站起。鼓着腮帮瞪着空白的离婚协议书，弯腰，把上面的一大页全空着，只在页尾右端工工整整签下乔云雪三个字。

容谦那么可靠的男人，她愿意相信。他愿意在上面加什么条件，他就加什么条件吧！

反正不会亏待她。

起身，她打量着书房，想着把它放在哪里更好。她不想他马上看到，可也不想他一直看不到。他成日待在书房里，好像放在这里的话，容谦很容易就会发现它。

一手拿着行李袋，一手拿着"协议书"，乔云雪来到卧室。四面打量，最后落在梳妆台上。

他是个很注意仪表的男人，虽然不说要把自己打理得人见人爱，但起码干净清爽。所以，他用梳妆台的机率还是比较高。

可是，机率会不会太高了？她会不会还没离开，他已经发现了呀？

真是太纠结了啊……

正皱眉想着，听到客厅门开的声音。然后有脚步声传来。

燕子？燕子脚步声没有这么响。

容谦？可容谦向来是六点准时下班，现在才五点不到，他怎么可能忽然这么早回家？

难道他看出她的心事来了？

心中一慌，旅行袋都差点掉了出来。乔云雪左顾右盼，眸子一亮，飞快打开床头柜。一眼瞄到那本只看到一半的《人之初》，来不及多想，她把签了名的空白协议书夹进里面。

看着手中的旅行袋，她飞快跑上阳台，把自己藏在墙壁后面。

果然是容谦。打量着桌上被大碗盖住的热菜，他轻轻地吁了口气。放下心来。厨房里没有人，洗手间和房间都没有人。

回到客厅，瞄瞄桌上的饭菜，容谦均匀而有力的步伐向主卧室走去。拿出手机，似乎要打电话。

乔云雪的心儿提到嗓门口。如果他打的是她的电话，手机铃声一响，她就会立即现原形。

那她要怎么解释手臂中的旅行袋……

第二十章 空白的离婚协议书

容谦拨了号码，指腹压上绿色键，可又拧眉放下。她喜欢身心自由，不会喜欢他的试探。尽管她今天有些不对劲，但他应该给她时间缓冲心里的郁闷。

瞧，桌子上还有盖好的热热的农家小炒肉……

容谦进了洗手间。

一瞄到容谦进了洗手间，不假思索，乔云雪飞快出了卧室，打开大门，轻轻关好。她在门口站了三秒钟，最后踩进电梯。

一直走到去油画村的路上，迎着冬日里略带寒意的夕阳，她才掏出手机。深呼吸，漾开浅浅的笑容："容谦——"

"在哪？"容谦温和的声音传来，"燕子回来了，可以吃饭了。"

平平淡淡的话，平平淡淡的声音，可她听着心里一阵暖流淌过，可心头接着有点涩。深呼吸，吸吸鼻子，她才用轻快的话语回过去："容谦，我还有近一个月的假没休掉是不是？你说过我如果要休假，只要和你说一声就行是不是？"

"嗯。"容谦声音谦和得不像话，"等我清闲些，我们可以一起休。"

"不啦！"她撒娇儿，"我想一个人走走，想去哪就去哪。我已经报团旅游了。可能要好多天。你不会生气吧？"

长眉一拧，容谦瞄瞄桌子上的饭菜，颔首："现在是傍晚。"

"嗯，现在这个时候的机票便宜。"她满有理由，"你不会怪我吧？"

"云雪！"当然不太好，虽然她之前在外面孤身一人整整一年，已经练就生存本事。可现在她已婚，再孤身一人漂泊天涯，有点不合适。

乔云雪咬咬牙，轻声地："你就不能给我一次信任吗？我已经在机场等候了。"

容谦抚额，他最需要她的信任。可是，她今天反常……

"快去快回。燕子喜欢你做的饭。"容谦嘱咐，挂了电话，来到阳台，长眸深邃几分。明知她的忽然"散心"一定有事，他却不能强硬留下她……

"嫂子去干吗啦？"燕子已经盛饭品味农家小炒肉了，边吃边流口水。一号大馋猫。

容谦朝房间走去："没事，她要出游。"

来到主卧室，随意套上西装，容谦朝外面走去。开上奥迪，他赶向机场。

她可以出游，但总得告诉她去哪里。但显然，她不想说，那他就亲自去送送，顺便看看她的行程。

挂掉电话，乔云雪长长地吁了口气。唉，这样容谦就不会怀疑老妈这边吧。想着，她加快脚步，朝油画街走去。

整个市区都是不夜城，唯独油画街还遵循日出而作，日落而息的规律。走到油画街上，虽然大家还没关门，也已经开始整理油画。

她在巷口晃了两圈，直到夕阳消失，听到油画村此起彼落的店门关闭声，可以避人耳目了，才轻快地穿过大街，向夕阳画廊走去。

经过十字路口时，乔云雪忽然侧身闪入旁边巷子。

这么晚了，洛少帆和一群人站在那里干什么？还一个个西装革履，挺拔非常，气势天然。

脑海里一闪，好像洛少帆早几个月前就有这个动作，和这些人在油画街转悠。洛少帆没什么时间可以浪费，那他们在做什么？

拍拍脑门，好像不起作用。她想不出来他们要干什么，现在连怎么过去都有点麻烦。

十字路口是必经之路。

看了看那群人，她挺起胸脯，踩着优雅的步子，没事般地经过洛少帆身边。

洛少帆细长的眼眸定在她肩头上的旅行包，似有淡淡的惊喜。他和身边那群富贵之流商讨着什么。可长眸，却尾随着她纤细的身子。一直到她走进夕阳画廊，洛少帆的视线才慢悠悠收回去。

"妈，我回来了——"乔云雪说上一声，就朝楼上走去。

夏心琴从厨房里走出来："云雪你怎么背着个包？容谦呢？"

"我明天去旅游。先借住一晚，这里搭公车去机场方便。"乔云雪已经上楼。

"丫头……"夏心琴有些不安，直接洗了手上来。尾随着女儿进来。

坐到女儿床边，夏心琴不放心地和女儿谈心："怎么背着包一个人回家，和容谦生气了？"

"妈，那不可能！"乔云雪扑哧笑了，"我有二十天假期，想到向往的地方走走。像三亚呀，桂林呀，我想了好些年，可都还没去过呢！"

"云雪！"夏心琴严厉起来，"你这模样，还背着行装，你能骗过妈吗？"

乔云雪放下旅行袋，默默坐到老妈身边："妈，你那么不放心我和容谦，催着我们要宝宝。妈能告诉我，到底是为什么吗？"

夏心琴惊愕地瞪着女儿，半晌才握紧女儿的手，喃喃着："丫头，你怀疑什么？你……"

偎进老妈怀抱，不想让老妈担心，乔云雪笑着："妈，我只是想起这些事儿就烦，没什么别的。妈别想歪了。这样说吧，最近苏青兰老找我，我想躲起来安静一会儿，不好吗？"

"原来是这样啊！"夏心琴明白了，一颗心果然安定。只要和容谦没闹矛盾，她这个当妈的当然会站在女儿这边。

"所以，妈要淡定，一定要淡定！"乔云雪伸出大拇指给老妈看，"我要活得比苏青兰漂亮嘛！"

看着女儿可爱的笑颜，夏心琴放心了。

"不过……"乔云雪乖乖地倚着老妈胳膊，"妈不能告诉容谦，我今晚还在这里。要不然他会把我绑回去。那我就不能出去散心了。妈，我出去说不定三五天就会回去。"

夏心琴怜爱地摸摸女儿的脸："他绑你是因为舍不得离开你，哪怕是离开一天，这样的男人妈才放心。不过，你确实不能和那个什么苏青兰有牵扯。先让苏青兰的事冷了好。妈保证不告诉容谦你还在家里。"

"嗯嗯。"乔云雪这才眉眼弯弯地点头。

夏心琴下楼做饭去了。

老妈一下去，乔云雪就蹦起来。啧，容谦送的玫瑰还有在开着呢！漂亮又恣意，好看得紧。她瞅着，有些出神。掐下枝玫瑰，心思飘在那飘落的百合花瓣上。等回过神来，手中的玫瑰已只剩茎，而没了花瓣。乔云雪黑白分明的眸子投向窗外。

下面洛少帆还在。看着看着，乔云雪忽然大步回房，再也不看下面。

晚饭吃得早，她吃完就爬上三楼，拿着自己以前的感恩画册默默看着。忽然起身，从书房里拿出白纸，想画些什么。

心里有些乱，她需要专心地画画才能让自己的心静下来。

结果，她画了自己。画出眸子里那抹不甘，那抹倔强，那么调皮，这是她画得最久的一幅素描。她瞅着画儿撇嘴儿："你真娇贵，居然让我画这么久。哼！如果容先生知道，会找你算账的。"

落下最后一笔，乔云雪瞄瞄墙壁，已经晚上十点了。

她脑海忽然掠过容谦英俊的五官，唉，十点对于那个男人来说，根本就是工作开始的好时间。他什么时候能少做点事呢？

想着，她瞄到自己的旅行袋。双手不知不觉抚上小腹。

如果这里面有个宝宝，一切都会好。可是，今天去医院检查的那张诊断书，写的不是她想要的，更不是容谦想要的。

医生说，她基本处于不孕的状态……

正想着，不怎么隔音的楼下传来容谦温和的声音。

容谦怎么这时候来了？

这一吓不轻，乔云雪扔了素描，随手一抓旅行袋，一手拿了手机，朝客房冲去。

才关好客房的门，容谦就上来了。

淡淡扫过房间，似乎还留有她的余香。容谦的目光落在书桌上完成的素描。

她自己？

唇角扯了扯，容谦抬起胳膊，指尖悄悄抚上她小巧的鼻子。她总爱摸小鼻子，结果还没自觉，常常说他才爱摸鼻子。

又倔又傻又善良的女人！

除了西藏，她还对哪些地方感兴趣。她说她要去旅游——原来她最喜欢的是旅游。

"傻丫头！"容谦的胳膊轻轻搁上床头柜。

夏心琴终于爬上三楼，来到乔云雪卧室，没见到卧室的人，不由得松了口气，转而笑盈盈:"容谦,这床小了些,不如我再开个大铺给你睡。客房里就有。"

"不用。"容谦摇头,平静而坚决,"我睡云雪这儿就好。"

"那也行。"夏心琴打量四周,人呢?云雪居然这么快就溜掉,能溜哪儿去?

容谦拿着那张清晰的铅笔素描,长眸深邃几分,平静地打量着。唇角越翘越高。

画中人小巧的鼻子,宽宽的额头,长及腰的长发,眸子里有着笑意。好生动好令人心动的小美人。

从流畅的线条来说,她对自己十分满意。但那画中的她,却是扁着小嘴儿的……她对自己哪里不满意?看来,她果然遇上自己不想提的烦心事了。

"容谦,别生云雪的气。"夏心琴小心翼翼地,"云雪这孩子……"

"云雪今天有心事。"容谦颔首,"不能逼太急,让她出去散散心挺好。希望妈理解她。"

夏心琴长长吁了一口气:"你能这样想……真是太好了。"

夏心琴出去了,瞄到客房有灯光冒出来,放心地离开。

睡上她的床,容谦的指尖探入床上的被子。薄薄的被子散发出好闻的气息。有着女人的体香,清淡好闻。他忽然起身,大步走出,双眸对着那个客房。

虽然没有动静,没有声音,可她的存在感如此强烈!

果然如他所料,她在这里。心慢慢放下来,容谦回房,倒在她床上睡去。

第二天一大早。乔云雪就爬了起来,只见门上别了张小纸条:"云雪,我上班去了。记得旅游完早点回家。"

泪花,忽然闪烁起来。他知道她在这里,但没有阻止她。容谦,你为什么这么温柔,让我不忍离开……

忽然希望容谦不要那么早看到《人之初》。

洗漱好,乔云雪告别爸妈,背着行李袋上了大街。才走出画廊,一辆红色的士就从门口经过。

"等等——"乔云雪喊住,轻快地上了车,"我要去机场。"

"好咧——"司机是个中年人,吆喝一声,出租车一溜烟向前开去。

出租车开得挺快。可十分钟后,乔云雪跳了起来:"你要带我去哪里?这不是去机场的路。停车——你再不停车我就跳车了……"

乔云雪已经离开两天了。没有来电,没有消息,就像一个人凭空消失了一样。

最焦躁的是燕子,没人陪她说话,没人陪她玩,整个人都蔫了一大截。

"哥,嫂子去了哪里?什么时候回来啊?"燕子跟到容谦后面,缩着脖子问话。不爱说话的哥哥,空空荡荡的屋子,她都想去住京华员工宿舍了。

容谦静静扫过空空的客厅,长眸落在阳台上。一天没来电,正常,两天还没来电,不太正常。

她去了哪里?

长眸一闪，容谦按上乔承康那边的电话。

"容谦啊？"夏心琴接着，语气里也有着忧心，"云雪这丫头没给我们电话呢。怎么，她也没给你电话？"

容谦凝神，沉默了下："她有说去哪里？"

夏心琴回想了下："她说想去看三亚，也想去看桂林，想去好多好多地方。"

按照她的脾气，不可能连自己的父母都不告诉去向，可她就是没来电告诉自己老爸老妈。这对父母对女儿太放心了⋯⋯

容谦揉揉额头："云雪如果来电，请妈告诉我一声。"

"好的，这孩子为什么到了那儿，都不给我们家里一个电话呢？以前都不会这样，都不知道最近这几天怎么了。唉，这丫头⋯⋯"夏心琴忧心如焚，可不便和容谦提乔云雪涉及孩子的事。

容谦抚额："云雪去的时候没什么异常吧？"

"没有啊，我亲眼看到她上了出租车。"夏心琴说。

"我找找。"容谦挂掉电话。

才要打，那边燕子听到，早就拨过去了。放到耳边一会儿，燕子急得蹦过来了，把手机放到容谦耳边："哥你听听。"

"此用户暂时无法接通。"总台的声音清晰传来。

容谦面容一凛。

"嫂子不会出什么事吧？"燕子噘着小嘴儿，悄悄地缩了缩脑袋，"这两天好像没出什么新闻啊！飞机没有失事。"

容谦起身，回到主卧室，深邃的目光落在大床上。那里洁净整齐，她的气息已经淡去。

他的目光落在床头柜上的电话机上。

她居然真不打半个电话回来。如果不是那么温暖的晚餐，他会认为他哪里做得不好，让她负气出逃。可是，她离去的那天还特意跑去京华看他，第一次不顾羞涩，煽情地坐上他大腿，不顾他的胡子楂儿，吻他的脸⋯⋯

找开手机，浏览来电显示，确信没有她的来电。

她去了哪里？

"哥⋯⋯"燕子怯怯地挨着门口，瞄着哥。

"我去找人联系机场。"容谦拿起西装，大步出去。

燕子跟了上去："哥，如果嫂子没坐飞机，改坐火车或者汽车，就找不到了呀。"

容谦忽然站住。

"哎哟⋯⋯"燕子一个没注意，撞上容谦后背，疼得她揉着鼻子掉眼泪。

"和她一样傻乎乎的。"轻轻摸摸燕子的鼻子，容谦黑瞳深幽几分，"她会没事的。"

"嗯。"燕子站住了。听着容谦的话，不再焦灼。只默默锁好门。唉，嫂子到底去哪旅游了嘛，去旅游也不带着她。真不厚道的嫂子。

下楼，坐进奥迪，系好安全带，手轻轻搁上方向盘。长眸凝着远方，容谦拿起手机："老赵，帮我查查前两天的乘客名单……"

可是，这三天都没有个叫乔云雪的女乘客有坐过航班。

她没有坐飞机？容谦眸子深邃几分。踩上油门，奥迪朝花园外面开去。明明已到了京华大厦，奥迪却越过京华，直接向前面开去。

"哥——"燕子大惊，开着宝马跟了上去。

奥迪停在龙腾和映月花园正中的马路。容谦的目光紧紧锁着龙腾花园。虽然时间有点早，虽然龙腾花园也已经过了最旺盛的销售季节，但洛少帆居然坐在里面。

神采飞扬。

似乎离婚对洛少帆而言，比人生四大喜事还愉快。

"哥，他不会对嫂子不利吧？"燕子的宝马跟上来了，打开车窗，歪着头瞄着洛少帆，"要不然他哪里还有心思到这里上班。"

"我们回去。"容谦将奥迪掉头。

三分钟后，燕子喊起来了："哥，你开错了，京华右拐。"

"没错。"容谦吩咐，"别跟着了，去京华。"

燕子担心地看着奥迪离去，脑袋靠在方向盘上，碎碎念，"哥这样是不是紧张嫂子了？爱爱上嫂子了吗？嗯，就是这样，相爱的哥哥嫂子，然后有个可爱的侄子，到时一起去放风筝……真好！上班！"

奥迪开进一栋纯白欧式别墅。

才一进去，里面就迎出一个风姿绰约的少妇——正是容长风年少的娇妻，容谦和夏燕的后妈白玉瑶。

"容谦？"白玉瑶发出惊喜的喊声，三步作两步赶了上来，"你终于回这边来了。你爸会高兴的，快来，他在后院练太极。"

"我去后院。"长臂一伸，轻轻隔开白玉瑶半拥式动作，容谦长眸深上几分。

白玉瑶尴尬地退后一步："去吧！容谦你太见外了，我是你妈。"

容谦大步走向后院。

白玉瑶有些慌神。其实，嫁给容长风是不错，风范天然，疼宠无双。可惜，容长风毕竟年近六十，已经没了年轻的体魄……

容长风正在练太极。看似柔，却柔中带刚。一看见容谦，就自动收了拳脚，坐到旁边的小桌上。搭起二郎腿，悠闲地喝早茶："怎么，今天记得看你快进棺材的爸了？"

容谦也坐下，自动给自己倒了杯父亲泡好的碧螺春。轻抿几口，才悠然扫过父亲："爸三不五时自会送到京华让我看，我到这里来，反而多此一举。"

"你……"容长风瞄瞄儿子四平八稳的模样，有些气怒，"无事不登三宝殿。

有什么事，直接说。甚至你找个情人的事，都可以和我商量。依你这脾气，能找个情人在身边，我也该满足了。"

容长风一说，后面的白玉瑶就抿嘴笑了："长风，哪有你这么教儿子的。"

"情人可以乱找，媳妇不行。"容长风表明，"我有我的底线。"

容谦凝着杯中的浓茶，语气淡淡："我要单独和爸谈谈。"

白玉瑶脸色一白，转身离开。

容长风瞄瞄儿子："说吧，什么事？你最近在业内干的缺德事，差不多业内都胆寒，人人送你笑面虎的称号。没人敢拦你的路。我觉得你现在八面威风，不应该找我。"

"我来，是谈云雪的事。"容谦放下茶杯，长眸凝着父亲，"她前几天在电梯里遇上爸。爸有没有给她难堪？"

"什么？"容长风怒，"她才给我难堪……容谦，你长进了。一年回一次家，居然为了情人来找我？"

"爸不喜欢我身边有女人？"语气淡淡，容谦平静地与父亲对视。

容长风怒气冲冲站起："我恨不得天下的女人都来找你，恨不得你被女人压死！"

说完，老人家别开脸，看旁边的白墙壁，可越想心里越不舒服，训开了："人家豪门子弟都是闹风流债，变着法儿玩女人。你倒好，都成了和尚了。你难道没看到，洛家的孙子都一岁多了，最近听说洛少帆还要离婚，又有喜欢的女人，很快二婚了。你呢，你的女人在哪里？"

容谦扬眉，瞄着父亲。

被儿子瞄着，容长风的老脸慢慢变红，轻咳一声："我不就是为你着急。"

"我女人不见了。"容谦淡淡的。

容长风错愕地瞅着儿子，摸摸他的额头："没发烧。"

再一想，容长风忽然站了起来，急了："难道你喂不饱女人？"

容谦平静地瞧着父亲。

容长风在儿子镇定的目光中讪讪坐下："在你面前，神仙都会急。我那天没为难她，就只考量了她一下，她有点小聪明，过关了。气的是我。"

"爸没动她？"容谦深邃的目光凝着父亲双眸。

"我动她做什么？"容长风冷哼，"就是生个私生子出来，好歹我容长风有后了。"

容谦站起，唇角微勾："爸还有容靖，总会有后代。"

容长风脸一僵："我比较相信你才是我儿子。所以，你如果没给我孙子，我有的是办法收拾你。"

"我去上班了。"容谦朝前院走去。

"等等——"容长风憋着气儿跟上，"她怎么不见了？要不要我动用关系找？"

容谦瞄瞄父亲："我有关系网。"

容长风气闷。甩甩手，示意容谦快点滚。

容谦转身就走。

一见儿子加快脚步，容长风又变了脸："你就知道上班！天天上班！就是这样才不惹女人喜欢！八成那女人嫌弃你不懂情趣，失望了，跑了！"

容谦停住脚步："爸上班管公司，我找个女人谈恋爱？"

"咳……"容长风呛到了，瞄瞄儿子变冷的脸，容长风闷哼，"你就不能和我多说点她的事？她既然肯跟着你，应该会爱你，怎么说走就走？这种女人你也喜欢，你年纪轻轻患青光眼了？"

容谦蓦地转身，瞄着父亲，紧抿薄唇，却不发一言。

容长风软下来："你给我她父母的名字，我去找他们父母提亲。佩蓉那边，我会亲自去和她爸解释。"

"等我找到她再谈这个。"容谦阔步离开，拉开车门，奥迪驶离别墅。

看着远去的奥迪，容长风精瘦的身躯却微微一颤。

"长风……"白玉瑶悄悄走近，担忧地扶住容长风。

"唉……"容长风拧眉不语。

白玉瑶轻轻地："长风，你后悔拆散了他们吗？"

"那个女人现在在哪？"容长风似乎耳语，幽幽叹息。

白玉瑶犹豫了下："听说，年初人在法国。现在不知道在哪。不过，打听到了也没用，那个女人……太傲气了。我们当初做得太绝了，不怪容谦现在防着我们。瞧，如今养个情人快半年了，京华上下的员工全都知道，燕子还和她住一起，就我们不知道……"

容长风抬手，示意白玉瑶不要再说下去。

回到后院，容长风拿起外套穿上。回头朝楼上喊一声："王司机，送我一程。"

"长风？"白玉瑶担忧地跟上来。

"我去查查这个女人。"容长风叹息，"我就不相信有女人舍得离开我儿子。应该有点原因。不管怎么样，容谦愿意和她在一起，总比当和尚道上强。但愿……"

"哦？"白玉瑶疑惑地看着丈夫。

"但愿她不要傲气。傲气的女人……太不可爱了。"容长风坐进车，示意王司机可以开了。

白玉瑶脸儿一抽："长风，你还是拿自己的眼光，去看你儿子喜欢的女人……"

"有么？"容长风冷哼，"我们是父子。我如果喜欢，容谦自然会喜欢。"

"……"白玉瑶无语。

京华总部。

容谦站在阳台上，久久凝着一个方向。

"我猜，会不会云雪自己躲起来了？"钱涛不知什么时候进来了，中肯地建议。

压上太阳穴，容谦淡淡地："她不会让父母担心。"

更重要的是，她是去坐飞机，但人没有上飞机。

"那还能有谁打她的主意？"钱涛拧眉，"你的对手也就只有龙基，她的对手只有苏青兰。我绝对相信，赵佩蓉是不会干这种事的。"